EIN RETTER FÜR BRISTOL

Das Bergungsteam vom Eagle Point, Buch 3

SUSAN STOKER

Titelbild entworfen von: Chris Mackey, AURA Design Group
eBook: ISBN: 978-1-64499-299-9
Taschenbuch: ISBN: 978-1-64499-300-2

Besuchen Sie Susan im Netz!
www.stokeraces.com
facebook.com/authorsusanstoker
twitter.com/Susan_Stoker
bookbub.com/authors/susan-stoker
instagram.com/authorsusanstoker
Email: Susan@StokerAces.com

EBENFALLS VON SUSAN STOKER

Zuflucht für Reese
Zuflucht für Cora
Zuflucht für Lara
Zuflucht für Maisy
Zuflucht für Ryleigh

Mountain Mercenaries:
Die Befreiung von Allye
Die Befreiung von Chloe
Die Befreiung von Morgan
Die Befreiung von Harlow
Die Befreiung von Everly
Die Befreiung von Zara
Die Befreiung von Raven

Ace Security Reihe:
Anspruch auf Grace
Anspruch auf Alexis
Anspruch auf Bailey
Anspruch auf Felicity
Anspruch auf Sarah

Die Delta Force Heroes:
Die Rettung von Rayne
Die Rettung von Emily
Die Rettung von Harley
Die Hochzeit von Emily
Die Rettung von Kassie
Die Rettung von Bryn
Die Rettung von Casey
Die Rettung von Wendy
Die Rettung von Sadie
Die Rettung von Mary
Die Rettung von Macie
Die Rettung von Annie

KAPITEL EINS

Bristol Wingham hätte sich am liebsten selbst in den Hintern getreten.

Sie hätte es besser wissen müssen, als allein wandern zu gehen. Aber Mike hatte sie so wütend gemacht, dass sie keine weitere Nacht in seiner Gegenwart ertragen konnte. Sie hatte ihm immer wieder gesagt, dass sie nicht daran interessiert war, in ihm mehr als einen Freund zu sehen, und sie war davon ausgegangen, dass sie endlich zu ihm durchgedrungen war.

Und okay, sie brauchte dringend Freunde. Deshalb hatte sie auch überhaupt erst eingewilligt, als er diese Reise vorgeschlagen hatte.

Aber kaum waren sie in der malerischen Stadt Fallport angekommen, hatte er wieder angefangen, sie unter Druck zu setzen, und versucht, ihr eine Verabredung aufzuschwatzen.

Mike war einigermaßen gut aussehend. Er war daran gewöhnt, dass die Frauen sich in ihn verknallten. Sein braunes Haar, seine schokoladenbraunen Augen und sein muskulöser Körperbau reichten aus, um viele Frauen zu beeindrucken, aber Bristol hatte schon vor langer Zeit aufgehört, sich von körperlichen Attributen beeindrucken zu lassen. Und mit neunundzwanzig hätte Mike die Zeit, in der er alle Frauen als

Eroberungen betrachtete, längst hinter sich haben müssen. Aber anscheinend war dem nicht so.

Seufzend schloss Bristol die Augen. Sie hätte wissen müssen, dass etwas nicht stimmte, als er ihr mit Verspätung mitgeteilt hatte, dass Drake Long und Carol Page mit auf die Reise kommen würden. Drake war fünfundzwanzig und Carol dreiundzwanzig Jahre alt. Die letzte Woche hatte sie damit verbracht, der anderen Frau zuzuhören, wie sie kicherte und sich bei ihrem Freund einschmeichelte ... und bei Mike.

Der Plan vor der Abreise war gewesen, eine letzte Wanderung zu unternehmen, zu einem malerischen Campingplatz am Falling Water Wanderweg. Es handelte sich um eine mittelschwere Wanderung, die irgendwann auf den berühmten Appalachian Trail führte, aber so lange würden sie nicht unterwegs sein. Der Aussichtspunkt, an dem sich der Zeltplatz befand, war etwa dreizehn Kilometer vom Ausgangspunkt entfernt.

Aber schon nach sechs Kilometern hatte Mike vorgeschlagen, anzuhalten und direkt am Weg zu zelten. Bristol war verwirrt gewesen ... bis er sie gebeten hatte, bei einem sexuellen Intermezzo mitzumachen, das er, Carol und Drake offensichtlich bereits geplant hatten.

Sie war entsetzt gewesen – und hatte Mike zum dreitausendsten Mal gesagt, dass sie kein Interesse an etwas hatte, das über Freundschaft hinausging, und dass sie *ganz sicher* auch keinen Sex mit dem anderen Paar haben würde.

Mike hatte mit den Schultern gezuckt und gesagt, es sei ihr Pech. Dann hatte er sich seelenruhig umgedreht und begonnen, das Lager aufzuschlagen ... mit nur einem Zelt.

Bristol wollte auf keinen Fall den Rest des Nachmittags und Abends zusehen, wie die drei Sex hatten, also machte sie auf dem Absatz kehrt und ging den Weg weiter. Ihr Plan war, am Aussichtspunkt zu zelten, wie es anfangs geplant gewesen war ... nun, zumindest *ihrer* Ansicht nach.

Am Morgen würde sie sich dann wieder mit ihrem ehemaligen Freund treffen, nach Kingsport fahren und nie wieder mit einem der drei reden.

Nur hatte sie es nicht bis zum Campingplatz geschafft. Sie war vom Weg abgegangen, um zu pinkeln, hatte ein Rascheln im Wald gehört und beschlossen, dem nachzugehen. Sie hatte nicht unbedingt erwartet, Bigfoot oder so etwas zu sehen, aber sie hätte gern irgendwelche wilden Tiere gesehen, und sie wusste, dass man sich nicht zu weit vom Weg entfernen sollte.

Aber sie hatte nicht erwartet, dass der Boden unter ihr plötzlich nachgeben würde.

An das, was danach geschah, konnte sie sich nicht mehr erinnern. Bristol nahm an, dass sie sich bei dem Sturz den Kopf angeschlagen hatte und bewusstlos geworden war. Ihr Kopf tat weh – sehr weh. Ihr war übel und sie hatte rasende Kopfschmerzen. Aber das war nicht das Schlimmste an ihren Verletzungen.

Irgendwie hatte sie sich bei dem Sturz das Schienbein ihres rechten Beins so schwer verletzt, dass sie beim ersten Versuch aufzustehen vor Schmerz ohnmächtig geworden war.

Als sie das nächste Mal aufwachte – und sie sich wegen der Schmerzen in ihrem Kopf und ihrem Bein übergeben musste –, war sie viel vorsichtiger gewesen.

Als sie aufblickte, sah sie, dass sie sich am Fuß einer sehr steilen Felswand befand. Bis zum Gipfel waren es noch etwa fünfundzwanzig Meter, und dank des lockeren Bodens konnte sie deutlich die Spur sehen, die ihr Körper beim Sturz nach unten hinterlassen hatte. Ihr Sturz war durch Büsche am Boden abgefedert worden, sonst wäre sie jetzt vielleicht nicht mehr am Leben ... oder zumindest in einer viel schlechteren Verfassung, als sie es jetzt war.

Ihr Rucksack war noch auf ihrem Rücken, was von Vorteil war, aber sie konnte nicht laufen. Sie konnte nur über den Boden kriechen und versuchen, einen Weg zur Spitze der kleinen Klippe zu finden, von der sie gestürzt war, und zurück zum Pfad zu gelangen. Irgendwann würde jemand vorbeikommen müssen ... hoffte sie.

Aber es waren nun schon drei Nächte vergangen und Bristol bekam langsam Angst. Sie hatte stundenlang geschrien, aber entweder war niemand auf dem Pfad oder sie war zu weit weg, um gehört zu werden. Sie hatte gehofft, Mike und die anderen würden jemanden benachrichtigen, dass sie vermisst wurde, als sie zum Wagen zurückkamen und sie nicht vorfanden, aber das hatten sie offensichtlich nicht getan.

Wahrscheinlich dachten sie, sie sei per Anhalter in die Stadt gefahren oder so. Aber wie glaubten sie, würde sie nach Hause kommen? Durch Teleportieren?

Aber vielleicht war sie auch zu hart. Es war möglich, dass ein Suchteam an dem Fall dran war, sie aber noch nicht gefunden hatte.

Tief in ihrem Inneren hatte Bristol jedoch das Gefühl, dass Mike und seine Freunde nach drei Nächten einfach abgehauen waren, ohne sich Gedanken darüber zu machen, was mit ihr geschehen war.

Die Vorstellung war entmutigend und beängstigend.

Am ersten Tag war sie am Boden entlanggekrochen und hatte sich in der Nähe des Fußes der Klippe aufgehalten, aber weg von den scharfen Felsen, und sie war nur extrem langsam vorangekommen. Die Schmerzen in ihrem Bein hinderten sie daran, viel mehr zu tun, als auf ihrem Hintern zu rutschen. Bei jeder noch so kleinen Bewegung ihres Beins schossen stechende Schmerzen durch ihren ganzen Körper, und schon nach ein paar Stunden hatte Bristol beschlossen, dass es besser war, an Ort und Stelle zu bleiben und zu hoffen, dass jemand sie fand, als zu riskieren, dass sich das Problem mit ihrem Bein durch Bewegung verschlimmerte.

Sie hatte ihr Bestes getan, um eine Schiene für ihr Schienbein zu machen, aber da sie keine Ahnung hatte, was sie tat, wusste Bristol nicht, ob sie der Verletzung half oder schadete. Die Übelkeit, die sie verspürt hatte, als sie am Fuß der Klippe aufgewacht war, war noch immer da, ob wegen der Kopfverletzung oder wegen der Schmerzen in ihrem Bein wusste sie nicht. Sie hatte versucht, viel zu trinken, und sich gezwungen, ein paar der mitgebrachten Müsli- und Proteinriegel zu essen, aber sie schmeckten wie Kreide, und sie konnte sich nur mit Mühe beherrschen, das Essen bei sich zu behalten.

Sie hatte es auch geschafft, ihr Zelt aus dem Rucksack zu holen, aber sie konnte es nicht richtig aufbauen, da sie nicht stehen konnte. Aber eine Art von Unterschlupf zu haben war besser als gar nichts, und sie war dankbar, dass sie das Zelt hatte. Auf die Toilette zu gehen war ein Abenteuer gewesen, und sie fühlte sich absolut schmutzig.

Als sie zur Sonne aufblickte, die durch die Bäume um sie herum schien, wollte Bristol am liebsten weinen, aber sie zwang sich, stattdessen tief durchzuatmen. Sie war am Leben; sie musste positiv bleiben. Aber sie hatte das Gefühl, dass sie nicht mehr lange in ihrem behelfsmäßigen Lager bleiben konnte. Wenn niemand nach ihr suchte, musste sie tun, was sie konnte, um sich selbst zu retten.

Sie war noch nie ein Mensch gewesen, der in Selbstmitleid ertrank. Ihre Eltern hatten sie nicht dazu erzogen aufzugeben, und sie hatte nicht vor, jetzt damit anzufangen.

Niemand würde sie dort finden, wo sie war, das war sicher. Sie musste einen Weg finden, den Schmerz zu verdrängen und sich wieder auf den Weg zu machen. Sie war nicht allzu weit vom Weg abgekommen, als sie das Tier verfolgte, das die Geräusche gemacht hatte. Wenn sie zum Pfad zurückkehren konnte, würde es viel einfacher sein vorwärtszukommen. Irgendwann würde sie wieder am Ausgangspunkt des Weges ankommen und jemand würde vorbeikommen. Dies war ein ziemlich beliebtes Wanderziel.

Es dauerte zwei Stunden, bis Bristol ihr Zelt und alles andere wieder in ihrem Rucksack verstaut hatte und sie bereit war aufzubrechen. Sie hatte sich selbst aufgemuntert und den Verband um ihr Bein neu angelegt, um es ruhigzustellen – sie wusste, dass sie das schlecht gemacht hatte, aber sie versuchte, so zu tun, als wäre das nicht der Fall. Sie hatte den Rucksack auf ihren Schultern und sie war bereit loszulegen.

Sie beschloss, dass ihr Bein vielleicht weniger wehtun würde, wenn sie sich auf den Bauch legte und sich auf diese Weise vorwärtszog, atmete tief durch und drehte sich um. Schwarze Flecke schwammen vor ihren Augen, als sie sich umdrehte. Keuchend stützte sie ihre Stirn auf den Boden unter ihr.

»Verdammt. Verdammter Mist«, murmelte sie, während sich die Welt zu drehen schien. Tränen traten ihr in die Augen, aber sie unterdrückte sie. »Reiß dich zusammen«, sagte sie laut. »Du hast dir das selbst eingebrockt, und jetzt musst du dich selbst da rausholen.«

Sie hob ihr Kinn und betrachtete die Landschaft vor sich. Sie musste nach Osten gehen, um die Klippe herum, und dann nach Süden abbiegen, um hoffentlich den Pfad zu erreichen. Sie hatte keine Ahnung, wie breit die Klippe war oder wie weit sie kriechen musste, um wieder auf den Pfad zu gelangen, aber letztlich spielte die Entfernung keine Rolle. Sie hatte keine andere Wahl. Sie hatte drei Nächte lang gewartet und gehofft, dass jemand nach ihr suchen würde, aber nachdem sie von niemandem mehr etwas gehört hatte, konnte sie nicht länger dort sitzen bleiben.

Zentimeter für Zentimeter begann Bristol zu kriechen. Jeder Meter kam ihr wie ein Kilometer vor. Steine gruben sich in ihre Unterarme und Hände, und ihr Bein pochte so stark, dass sie zweimal anhalten musste, um sich zu übergeben – doch ihr Magen war leer. Aber sie gab nicht auf. Sie tat ihr Bestes, um Steine und Äste aus dem Weg zu werfen, damit sie ihr Bein nicht über sie hinwegziehen musste, aber das unwegsame Gelände, durch das sie sich schleppte, war brutal.

Nach einer gefühlten Stunde schaute Bristol hinter sich, um zu sehen, wie weit sie gekommen war – und wünschte sich sofort, sie hätte es nicht getan. Die Bäume waren dicht, aber sie konnte in der Ferne gerade noch erkennen, wo sie die letzten drei Nächte verbracht hatte.

Der Drang aufzugeben war stark. Sie wollte Mike die Schuld an ihrer Situation geben, weil er ein notgeiler Dreckskerl war, aber in Wirklichkeit war sie die Dumme gewesen, die vom Weg abgekommen war. Sie war entschlossen gewesen, den Aussichtspunkt zu erreichen, der ihr ursprüngliches Ziel gewesen war, anstatt sofort zum Ausgangspunkt und dann nach Fallport zurückzukehren.

Bristol holte tief Luft, biss die Zähne zusammen und begann erneut zu kriechen. Sie würde das durchhalten. Sie hatte buchstäblich keine andere Wahl.

***

Cohen »Rocky« Watson ging schnell den Falling Water Wanderweg entlang. Als er auf dem Parkplatz eingetroffen war, hatten dort keine anderen Fahrzeuge am Ausgangspunkt des Pfades gestanden, was für diese Jahreszeit ungewöhnlich war.

Er war sich immer noch nicht sicher, ob die vermeintlich »vermisste Person«, nach der er suchte, nicht nur ihr Versprechen vergessen hatte, Sandra Hain zu besuchen, die Besitzerin des Restaurants *Sunny Side Up* in der Stadt. Die Leute machten so etwas ständig. Sie versprachen etwas und vergaßen es dann einfach, ohne zu wissen, wie sehr die andere Person auf sie zählte.

Aber Sandra sah das anders. Sie hatte Rocky angefleht, nach Bristol Wingham zu suchen, der Touristin, mit der sie sich angefreundet hatte.

Rocky hatte keine Ahnung, warum Sandra so sehr an ihr hing. Sie war notorisch wählerisch, wen sie akzeptierte und wen nicht, wie die meisten Menschen, die in der kleinen Stadt Fallport lebten. Wie dem auch sei, Sandra und diese Bristol hatten sich offensichtlich gut verstanden, und Rocky hatte es nicht übers Herz gebracht, Sandras Bitte abzuschlagen, wenigstens die Spur zu überprüfen, um zu sehen, ob die Frau in Schwierigkeiten steckte.

Nachdem er im *Sunny Side Up* gefrühstückt hatte, war er zurück in seine Wohnung gegangen, um seinen Rucksack zu holen, den er immer für Such- und Rettungseinsätze bereithielt, und um sich die passende Wanderkleidung anzuziehen. Er hatte sich nicht die Mühe gemacht, Raiden anzurufen, das andere Mitglied des Eagle Point Such- und Bergungsteams, das gerade in der Stadt war.

Die anderen waren alle mit Zeke, Elsie und ihrem Sohn Tony zum Aussichtsturm von Eagle Point gegangen.

Rocky lächelte in sich hinein, denn er wusste genau, welche Überraschung Elsie dort erwartete, sobald sie ankamen. Sie war nicht gerade ein Naturmensch, und Zeke wollte es ihr auf dem Turm so bequem wie möglich machen, also war er die fünfzehn Kilometer im Voraus gewandert und hatte ihn mit einer komfortablen Luftmatratze, Laken und einer Bettdecke ausgestattet. Rocky war sich ziemlich sicher, dass er auch noch Blumen mitgebracht hatte.

Er freute sich sehr für seinen Freund. Rocky mochte Elsie und ihren Sohn aufrichtig. Tony war ein guter Junge, der sich nach positiver männlicher Aufmerksamkeit sehnte. Er verstand ein wenig, wie sich der Neunjährige fühlte, denn sein eigener Vater war gestorben und er war von seiner Mutter aufgezogen worden. Aber seine Situation war etwas anders, denn er hatte seinen Zwillingsbruder Ethan und seine Schwester, mit denen er zusammen groß geworden war.

Rocky schauderte, als er daran dachte, was Tonys leiblicher Vater seinem eigenen Kind angetan hatte. An diesen Plan, ihn zu töten und nach seinem Tod die Lebensversicherung zu kassieren. Was für ein verdammter Mistkerl.

Er war sich nicht sicher, ob er selbst Kinder haben wollte, aber wenn er jemals welche haben sollte, würde er sie mit seinem Leben beschützen. Es gab schon zu viel Böses auf der Welt, sodass es zu einfach für Kinder war, verletzt oder verdorben zu werden. Er hatte es durch seinen früheren Job als Navy SEAL mit eigenen Augen gesehen.

Er war zur gleichen Zeit wie sein Bruder aus der Marine ausgestiegen, weil er sich nicht vorstellen konnte, nicht in der Nähe von Ethan zu sein. Er vermisste es nicht; er war desillusioniert von der Bürokratie, die das Militär mit sich brachte. Nach Fallport zu ziehen und Leute zu suchen, die sich in den Appalachen verirrt hatten, war viel weniger gefährlich als das, was er früher getan hatte, aber nicht weniger erfüllend.

Der Morgen war wunderschön, herrlich warm, und obwohl das Wandern wegen der Hitze am Nachmittag zur Qual werden würde, konnte Rocky sich im Moment nicht beschweren. Er richtete seinen Rucksack auf dem Rücken aus – er war leicht im Vergleich zu den Lasten, die er als SEAL getragen hatte – und ging weiter den Pfad entlang.

Er war knapp zehn Kilometer gelaufen, als ihm etwas auffiel. Ein paar Kilometer weiter hinten hatte er Hinweise auf einen Lagerplatz gesehen. Er befand sich in einem nicht genehmigten Gebiet ... kein Ort, der zum Zelten ausgeschrieben war. Rocky war zwar verärgert, aber nicht wirklich überrascht. Früher war er schockiert gewesen, wenn sie Müll auf dem Weg gefunden hatten – vollgekackte Windeln, leere Flaschen und Dosen, sogar ab und zu ein Kleidungsstück –, aber heute konnte ihn das kaum noch überraschen. Viele Menschen waren faul, anmaßend und interessierten sich für nichts außer sich selbst. Sicherlich nicht für andere, die hinter ihnen den Weg entlangkommen könnten, nicht für die Tiere, die sich verletzen könnten, wenn sie den zurückgelassenen Müll fraßen, und ganz sicher nicht für diejenigen, die den Müll wegräumen mussten, den sie hinterlassen hatten.

Daher war es nicht sonderlich überraschend, dass jemand in einem Gebiet kampierte, das nicht dafür vorgesehen war. Rocky vermutete, dass die Vierergruppe, von der Sandra ihm erzählt hatte, wahrscheinlich dort übernachtet hatte, bevor sie zum Ausgangspunkt zurückkehrte und sich auf den Heimweg nach Kingsport, Tennessee machte. Aber weil es so ein schöner Tag war und er nicht sicher sein konnte, dass das ihr Platz war, beschloss er, weiter zum Aussichtspunkt zu gehen, dem ursprünglichen Ziel der Gruppe. Es waren nur noch etwa sechs Kilometer.

Nach ein paar weiteren Kilometern stellte er sich in die Mitte des Weges und betrachtete stirnrunzelnd das niedergetrampelte Unkraut, das links von ihm in den Wald führte. Wenn er sich nicht irrte, hatte ein Mensch diese Spuren hinterlassen.

Und zwar erst *vor Kurzem.*

Und einfach so schoss sein Adrenalinspiegel in die Höhe. Alle Gedanken an die unbeschwerte Wanderung, die er sich vorgenommen hatte, waren plötzlich verschwunden.

»Es ist wahrscheinlich nichts«, murmelte Rocky. »Es waren schon viele Leute auf diesem Weg. Wer weiß, wie viele sich hierher verirrt haben?«

Aber wie lange wäre das wohl her? Die Spur, die er vor sich hatte, war vielleicht ein paar Tage alt.

Vorsichtig verließ er den gut ausgetretenen und markierten Wanderweg und folgte dem Pfad, der in den Wald führte. Rocky war sich sehr wohl bewusst, dass es nicht weit vom Pfad entfernt einen großen Abhang gab. Es gab einen Felsvorsprung, der sich über etwa einen Kilometer oder so erstreckte, und hin und wieder stürzte jemand über die Klippe. Es war möglich, einen Sturz von der Klippe zu überleben, da es nicht mehr als acht Meter in die Tiefe ging, aber die Verletzungen, die man sich dabei möglicherweise zuzog, konnten schwerwiegend sein. Er und sein Team hatten in der Vergangenheit zwei abgestürzte Personen gerettet, und Rocky rechnete damit, dass es in Zukunft noch mehr geben würde.

Er hatte keine Ahnung, *was* die Leute dazu brachte, sich vom Wanderweg zu entfernen. Wäre er abergläubisch, würde er behaupten, dass in den Bäumen Kreaturen lauerten, die die Menschen an den Abgrund lockten. Aber da er zu viel gesehen und erlebt hatte, um an Dinge wie Bigfoot oder Mothman zu glauben – oder noch schlimmer, an das Wesen, das einige Leute in den Appalachen Sheepsquatch nannten –, verspürte Rocky keine Angst, als er dem Weg folgte, den jemand ganz offensichtlich während der letzten Tage genommen hatte.

Er fluchte leise vor sich hin, als der Pfad dort endete, wo er es erwartet hatte, direkt am Rand der kleinen Felswand. Schlimmer noch, er sah Schleifspuren in der felsigen Erde neben der Kante, und ein Stück Erde war eindeutig abgebrochen. Jemand war hier gewesen – und über die Klippe gefallen.

Vorsichtig schaute er hinunter und war erleichtert, als er am Fuß des Abgrunds keinen gebrochenen und zerschundenen Körper sah. Aber das bedeutete nicht, dass nicht jemand dort unten war, der verletzt war und Hilfe brauchte.

»Hallo?«, rief er und hörte, wie das Wort von den Bäumen um ihn herum widerhallte. Das laute Geräusch erschreckte ein paar Vögel in der Nähe, die mit lautem Gekrächze von ihren Ästen über ihm flatterten.

Rocky lauschte angestrengt, aber er hörte nichts, nur den Klang seines eigenen Herzschlags.

Er schluckte schwer. Die meisten Menschen würden einfach mit den Schultern zucken und ihren Weg fortsetzen, aber ihm stellten sich die Haare auf den Armen auf. Seine Intuition sagte ihm, dass er die vermisste Frau gefunden hatte, die zu suchen Sandra ihn geschickt hatte. Er hatte keine Beweise und es war unwahrscheinlich, dass sie hier war, obwohl ihre Mitwanderer eindeutig nicht hier waren, aber irgendetwas sagte Rocky, dass er nicht aufgeben durfte. Dass er herausfinden würde, was mit Bristol Wingham geschehen war.

Er wartete einen Moment und versuchte zu überlegen, was *er* getan hätte, wenn er über diesen Felsvorsprung gestürzt wäre. Wenn er nicht verletzt wäre, würde er wahrscheinlich versuchen, an der gleichen Stelle wieder hochzuklettern, an der er gefallen war. Aber wenn er verletzt wäre …

Rocky schaute nach rechts und links. Wenn er verletzt war,

würde er sein Bestes tun, um auf dem schnellsten und einfachsten Weg zurück zum Pfad – und hoffentlich zu den Menschen – zu gelangen.

Das bedeutete, nach Osten zu gehen.

Er ging langsam, achtete darauf, wo er seine Füße hinsetzte, um nicht selbst in den Abgrund zu fallen, und hielt Ausschau nach allem Ungewöhnlichen. Es ging nur langsam voran, da der Felsvorsprung nicht gut definiert war und er großen Felsbrocken, Bäumen und Dornen ausweichen musste. Ab und zu rief er laut, in der Hoffnung, dass Bristol – oder wer auch immer heruntergefallen war – bei Bewusstsein war und ihn hören konnte.

Er war gerade einmal zehn Minuten gelaufen, als unten etwas seine Aufmerksamkeit erregte. Die meisten Menschen hätten es übersehen, aber Rocky war nicht wie die meisten Menschen.

Da war ein großer kreisförmiger Fleck, der durch das höhere Unkraut und Gras um ihn herum sichtbar war. Hätte er wetten wollen, hätte er darauf getippt, dass dort jemand ein Zelt oder einen Unterstand errichtet hatte.

Wenn er geglaubt hatte, dass sein Adrenalin vorhin angeschlagen hatte, war das nichts im Vergleich zu jetzt. Der Drang, dort hinunterzugehen und die vermisste Frau zu finden, schoss durch seine Adern, aber Rocky zwang sich, langsamer zu werden und nachzudenken.

»Hallo?«, rief er erneut. »Bristol Wingham, kannst du mich hören?«

Er strengte sich an, um zu lauschen, aber er hörte nur den Wind.

»Verdammt«, murmelte Rocky. Aber Entschlossenheit durchströmte ihn. Er war nahe dran. Die Zeichen waren alle da. Bristol war hier. Oder sie war hier gewesen.

Es war möglich, dass sie es zurück zum Pfad geschafft und jemand sie gefunden und aus dem Wald geholt hatte ... aber er glaubte es nicht. Eine verletzte Frau auf einem Wanderweg zu finden wäre etwas, das sich bei den guten Leuten von Fallport schnell herumgesprochen hätte.

Silas, Otto und Art, die drei alten Kauze, die jeden Tag vor dem Postamt auf dem Platz herumhingen, hätten das auf jeden Fall erfahren und hätten nicht widerstehen können, es buchstäblich jedem zu erzählen, mit dem sie in Kontakt kamen. Nein, wenn Bristol diejenige war, die am Felsvorsprung gefallen und gezwungen war, am Fuß des Abhangs zu kampieren, war sie immer noch hier draußen. Und sie brauchte Hilfe. Rocky wusste das bis in die Tiefe seines Herzens.

Er ging oben an dem kleinen Felsvorsprung entlang und suchte nach einem Weg nach unten, während er weiter nach Spuren der vermissten Frau suchte. Es dauerte noch ein paar Minuten, aber schließlich entdeckte er einen Weg nach unten, der nicht so steil aussah wie die Felswand hinter ihm. Es würde nicht einfach sein, aber es war schwer, jemanden aus fünfundzwanzig Metern Höhe zu verfolgen. Er musste nach unten gelangen, um die Spuren besser lesen zu können.

Langsam begann Rocky mit dem Abstieg an der Felswand. Sorgfältig wählte er seine Griffe aus, während er sich seinen Weg nach unten suchte. Seine Freunde würden ihn wahrscheinlich für das Risiko, das er einging, für verrückt erklären, aber mit jeder Minute, die verging, drängte es ihn mehr und mehr. Er wusste nicht warum, aber er verspürte ein tief sitzendes Bedürfnis, die vermisste Frau zu finden.

Zugegeben, so fühlte er sich immer, wenn er und sein Team auf der Suche waren, aber das hier fühlte sich ... anders an. Vielleicht lag es daran, dass er allein war. Vielleicht weil Bristol schon seit drei Nächten hier draußen war. Vielleicht lag es an der Art, wie Sandra über sie gesprochen hatte, mit Respekt und Sorge. Die Besitzerin des Restaurants war gesellig, ja, aber soweit Rocky wusste, machte sie sich nicht die Mühe, sich mit Fremden anzufreunden, wie sie es bei Bristol getan hatte.

Was auch immer der Grund war, Rocky wusste, dass er sie finden musste. Und zwar schnell.

Er erreichte den Fuß der Felswand und wischte sich die Hände an seiner Hose ab. Seine Handflächen brannten, weil er sich von dem Felsen, den er gerade heruntergeklettert war, viele kleine Schnittwunden zugezogen hatte, aber er spürte die winzigen Verletzungen kaum. Als er das Gelände untersuchte, sah er, was er von seinem Aussichtspunkt in etwa acht Metern Höhe übersehen hatte.

Schleifspuren.

Und sofort überkam ihn die Angst.

Es war vielleicht keine legendäre Kreatur, die Bristol vom Pfad weggelockt hatte ... aber es hätte ein Mann aus Fleisch und Blut sein können. Oder eine Frau. Vielleicht hatte es einer der Leute, mit denen sie gewandert war, auf sie abgesehen und sie zum Aussichtspunkt gebracht und von dort heruntergeschubst, um sich zu vergewissern, dass sie tot war. Er oder sie könnte ihre Leiche mitgeschleift und einen Platz gesucht haben, um sie zu verstecken.

Rocky griff nachdenklich nach seiner Waffe – einer Waffe, die er nicht mehr trug, weil er kein SEAL mehr war. Er hatte ein Messer und er konnte verdammt gut damit umgehen, aber wenn jemand hier draußen war, der einem Wanderer etwas antun wollte, hätte er eine Waffe bevorzugt, mit der er auf Distanz bleiben konnte.

Fluchend untersuchte er noch einmal die Gegend und sah nichts Ungewöhnliches mehr. Wenn jemand Bristol absichtlich verletzt hatte, war es unwahrscheinlich, dass derjenige noch in der Nähe war, aber er wollte kein Risiko eingehen.

Entschlossen verfolgte Rocky die Spuren auf dem Boden. Er wollte nicht mehr schreien, nur für den Fall, dass jemand sie *tatsächlich* verletzt hatte und sich noch in der Nähe befand. In diesem Fall würde er sich anschleichen müssen, wenn er die Oberhand behalten wollte. Und das *würde* er, daran bestand kein Zweifel. Er kannte diese Wälder besser als die meisten Menschen, und er war darauf trainiert, notfalls mit bloßen Händen zu töten.

Bei dem Gedanken, jemanden töten zu müssen, wurde ihm ganz flau im Magen, aber Rocky ließ sich nicht beirren. Er würde tun, was nötig war, um ein unschuldiges Leben zu retten. Er war zwar kein SEAL mehr, aber das bedeutete nicht, dass er wegsehen würde, wenn jemand Hilfe brauchte.

Je länger Rocky den Schleifspuren folgte, desto sicherer war er sich, dass derjenige, der sie verursacht hatte, nicht nur eine Leiche verstecken wollte. Vor allem, weil *niemand*, der bei Verstand war, jemanden so lange herumschleifen würde. Er war schon an vielen Stellen vorbeigekommen, an denen jemand eine Leiche hätte verstecken können, darunter befanden sich Unterholz und kleine Höhlen entlang der Felswand.

Nein, der Pfad, dem er folgte, stammte von etwas anderem – einer sehr entschlossenen und hartnäckigen Person, die alles tat, was sie tun musste, um zu überleben. Er konnte jetzt sehen, dass die Spur, der er folgte, nicht danach aussah, als würde eine Leiche von jemandem gezogen werden, sondern als stammte sie von jemandem, der auf dem Boden entlangrobbte. Und das würde man nur tun, wenn man verletzt war und nicht richtig laufen konnte.

Respekt keimte in Rocky auf, und je weiter er ging, desto beeindruckter war er. Wenn das Bristol war, dann war sie eine Kämpferin, so viel stand fest. Er hasste es, dass sie wahrscheinlich verletzt war, aber er respektierte ihre Hartnäckigkeit und ihren Willen, zurück in die Zivilisation zu kommen.

Ohne zu zögern, hob er das Kinn und rief noch einmal ihren Namen, nicht mehr in der Sorge, dass da draußen jemand auf der Lauer lag. »Bristol!«

Einen Moment lang hörte er nur noch mehr Stille. Er seufzte frustriert.

Dann hörte er etwas anderes. Eine Stimme in der Ferne.

»Hilfe! Ich bin hier!«

Verdammt noch mal!

Er hatte es geschafft. Er hatte sie gefunden.

Rocky setzte sich in Bewegung, bevor er es merkte. Er begann zu laufen und folgte der Stimme und den Spuren auf dem Boden.

»Hallo?«, rief die weibliche Stimme und klang extrem gestresst.

»Ich komme!«, rief er zurück. »Halte durch!«

Es dauerte noch ein paar Minuten, aber als er Bristol Wingham endlich sah, stolperte er fast über sie.

Er war um eine Ecke gebogen, hatte endlich das Ende des Felsvorsprungs erreicht, wo das Land an Höhe gewann und wieder zum Pfad anstieg, und plötzlich war sie da. Sie saß auf dem Boden, die Beine bergab gerichtet, das Gesicht vor Anstrengung gerötet, das lange, wirre schwarze Haar in einem Haargummi und Tränen in den Augen.

Rocky warf sich praktisch zur Seite, um nicht auf sie zu treten.

»Bristol?«, fragte er, während er neben ihr auf die Knie ging.

Ihre dunkelbraunen Augen waren weit aufgerissen und sie atmete viel zu schnell. Sie nickte als Antwort auf seine Frage.

»Ich bin Rocky. Ist alles in Ordnung mit dir?«

Sie holte tief Luft und schüttelte den Kopf.

»Was tut weh?« Es war offensichtlich, dass sie Schmerzen hatte, aber Rocky war trotzdem beeindruckt. Sie war nicht hysterisch. Er ließ den Blick zu ihren Beinen wandern, bevor sie sprach. Der einzige Grund, warum jemand durch den Wald kriechen würde, war, dass sie nicht laufen konnte.

Eine behelfsmäßige Schiene bestätigte seinen Verdacht.

»Mein Bein«, erklärte sie. »Ich weiß nicht, was damit los ist, aber ich schätze, ich habe mir etwas gebrochen. Es tut weh. Und zwar sehr.«

Das war auch sein Gedanke. Bristol hatte ihr Bestes mit der Schiene an ihrem rechten Schienbein gegeben. Es war offensichtlich, dass sie keine medizinische Ausbildung hatte, aber das Grundprinzip hatte sie drauf. Ruhigstellen der Gliedmaße. Die verletzte Stelle schützen. Rocky konnte keine Knochen sehen, die durch die Hose ragten, die sie trug, aber das bedeutete nicht, dass sie unter ihrer Kleidung nicht einen komplizierten Bruch hatte.

»Wie hast du mich gefunden?«, fragte sie leise.

»Sandra«, antwortete Rocky ihr.

»Die Besitzerin des *Sunny Side Up*?«, fragte sie sichtlich überrascht.

Rocky war ebenso überrascht, dass sie wusste, von wem er sprach. Er hatte die Erfahrung gemacht, dass die meisten Touristen sich nicht die Mühe machten, sich die Namen der Einheimischen zu merken. Es war nicht so, dass sie unhöflich sein wollten, aber bei der Anzahl der Namen, die man in seinem Leben hört, war das einfach nicht zu erwarten.

Aber genau, wie er gedacht hatte, hatten diese Frau und Sandra offensichtlich eine Verbindung zueinander. »Ja. Sie hat sich Sorgen gemacht, als du nicht zurückkamst, um dich zu verabschieden. Sie hat mich gefragt, ob ich mal nach dem Rechten sehen und nach dir suchen könnte.«

Bristol runzelte die Stirn. »Also hast du ... was ... einfach alles stehen und liegen gelassen und bist ziellos durch den Wald gelaufen?«

Rocky lachte. Er war so erleichtert, sie gefunden zu haben, dass er sich nicht einmal an ihrem ungläubigen Gesichtsausdruck störte. »So etwas in der Art. Ich gehöre einem örtlichen Such- und Bergungsteam an«, erklärte er. »Ich kenne diese Wanderwege sehr gut. Deshalb hat Sandra mich gebeten nachzusehen.«

»Oh. Wow. Okay«, bemerkte Bristol. »Also ich bin dir jedenfalls dankbar. Mehr als dankbar. Ehrlich gesagt freue ich mich wie verrückt!« Sie schenkte ihm ein kleines erleichtertes Lächeln.

Rocky durchfuhr ein Schauer, als er dieses Lächeln sah. Sie war schmutzig, roch ein bisschen komisch, hatte möglicherweise ein gebrochenes Bein ... und trotz alledem hatte sie irgendwie noch die Fähigkeit, Freude zu empfinden.

Rocky hatte im Laufe der Jahre eine Menge Menschen gerettet, sowohl als SEAL als auch als Mitglied des Such- und Bergungsteams. Er hatte Menschen in ihren besten und schlimmsten Momenten gesehen. Wenn sie gefunden wurden, hatten sie geweint, waren völlig ausgeflippt, hatten sich zu Tode erschreckt, waren verwirrt, streitlustig und sogar wütend. Aber Rocky verstand es; sie waren aus ihrer Komfortzone gerissen worden. Er nahm es nie persönlich, wenn jemand, den er rettete, sich wie ein Vollidiot benahm. Sein Job war es, denjenigen aus der Situation herauszuholen, in der er sich befand, und das war alles.

Aber irgendetwas an Bristol Wingham, ihre Tapferkeit, ihre Stärke, ihre ... offensichtlich positive Persönlichkeit zog ihn an.

Im Geiste schüttelte Rocky den Kopf. Jetzt war nicht der richtige Zeitpunkt, um über seine eigene mögliche Beziehung zu dieser Frau nachzudenken. Sie war verletzt. Und sie waren noch knapp zehn Kilometer vom Ausgangspunkt entfernt.

Bei diesem Gedanken verfinsterte sich seine Miene.

»Was ist?«, fragte sie, als sie die Veränderung in seinem Verhalten bemerkte. »Was ist denn los?«

»Nichts«, zwang Rocky sich, leichthin zu sagen. Er hatte nicht vor, ihr zu erzählen, dass er sie zwar gefunden hatte, aber dass sie noch einen verdammt harten Weg vor sich hatten, um sie in ein Krankenhaus zu bringen. Er hatte nämlich idiotischerweise Raiden nicht angerufen, um ihm zu sagen, was er vorhatte. Niemand außer Sandra wusste, dass er hier draußen war, um Bristol zu suchen und eventuell zu retten, und sie würde Raiden wahrscheinlich nicht anrufen.

Er wusste nicht, wann Ethan und die anderen vom Eagle Point Aussichtsturm zurück sein würden, und obwohl er ein Handy dabeihatte, war der Handyempfang in den Wäldern miserabel. Zum tausendsten Mal wünschte er sich, die Stadt hätte die Mittel, um sich die Satellitentelefone zu besorgen, von denen Ethan immer wieder sagte, dass sie sie bräuchten, um miteinander und mit Doc Snow, dem örtlichen Arzt von Fallport, zu kommunizieren.

Er verdrängte diese Gedanken – jetzt war nicht die Zeit, um über Dinge nachzudenken, die er nicht hatte oder nicht getan hatte – und nahm seinen Rucksack ab. »Ich muss mir das Bein ansehen, um herauszufinden, womit wir es zu tun haben. Dann werde ich es richtig schienen. Die gute Nachricht ist, dass ich ein paar Schmerztabletten für dich habe, damit du es nicht so schwer hast, während wir hier verschwinden.«

»Es tut mir leid, dass ich nicht wusste, wie man es richtig macht.«

Ihre sanften Worte sorgten dafür, dass Rocky ihr erneut in die Augen sah. »Wie man was richtig macht?«

»Mein Bein. Ich wusste nicht genau, wie man es schient, also habe ich einfach versucht, das nachzuahmen, was ich in Fernsehsendungen und Filmen und so gesehen habe. Ich habe die Schnüre von meinem Zelt benutzt, um die Stöcke an mein Bein zu binden, aber ich wusste offensichtlich nicht, wie es richtig geht.«

»Das hast du gut gemacht«, beruhigte Rocky sie.

Sie schnaubte.

»Im Ernst. Ich bin beeindruckt.« Und das war er auch. »Du hast keine Ahnung, wie viele Leute ich getroffen habe, die *nichts* tun konnten, um sich selbst zu helfen. Du hast nicht nur getan, was du konntest, um dich um deine Verletzung zu kümmern, du warst auch drei Nächte lang allein hier draußen. Ich vermute, dass du eine Weile in deinem Zelt geblieben bist, bevor du beschlossen hast, dass es besser ist zu versuchen, den Pfad zu erreichen, anstatt hierzubleiben. Und trotz deiner Verletzung hast du dich mühsam bis hierher geschleppt. Ich kenne nicht viele Menschen, die das tun könnten oder *würden*, was du getan hast.«

Ihre Augen füllten sich erneut mit Tränen, aber sie schloss sie, bevor welche über ihre Wangen laufen konnten. »Ich danke dir«, flüsterte sie.

»Nein. Danke *dir*, dass du nicht aufgegeben hast«, erwiderte Rocky. »Dass du stark bist. Dass du durchgehalten hast, bis ich dich finden konnte.«

»Wie *hast* du mich überhaupt gefunden? Es ist ja nicht so, als läge ich auf einem Trampelpfad oder so.«

Rocky zog eine Schere aus seinem Rucksack und deutete auf ihr Bein. »Ich muss deine Hose aufschneiden, um zu sehen, womit wir es zu tun haben. Ist das okay?«

»Natürlich«, versicherte sie ihm, ohne zu zögern.

Es war eine kleine Bitte, aber sie wäre wahrscheinlich überrascht, wenn sie wüsste, wie viele Leute sich darüber beschwerten, dass man ihnen bei ihrer Rettung ihre Kleidung aufgeschnitten hatte. Rocky verstand das; Wanderkleidung war nicht gerade billig. Aber wenn es darum ging, Verletzungen zu finden und zu behandeln, wurde es lästig, wenn die Leute wegen einer Hose sauer waren.

Während er vorsichtig die Schiene entfernte, die sie sich ans Bein gebunden hatte, und begann, den Stoff ihrer Cargohose aufzuschneiden, damit er ihr Schienbein sehen konnte, erklärte er, wie er bemerkt hatte, wo sie vom Hauptweg abgekommen war, und dann, wie er die Stelle gefunden hatte, an der sie über den Felsvorsprung gefallen war. Schließlich erwähnte er die Stelle, an der sie ihr Zelt aufgeschlagen hatte, und erklärte, wie er, nachdem er die Felsen hinuntergeklettert war, die Spur, wie sie über den Boden gerobbt war, deutlich gesehen hatte.

»Einen Moment lang hatte ich gedacht, dass dich vielleicht jemand gestoßen hat und deine Leiche mitschleppt«, fuhr er fort, ohne nachzudenken. Und dann machte er sich Vorwürfe, weil er so unverblümt war. Sicher wollte sie auf keinen Fall hören, wie er über ihr Ableben sprach. Aber sie überraschte ihn wieder einmal, indem sie lachte.

»Daran habe ich gar nicht gedacht, aber ich habe genügend von diesen Sendungen über wahre Verbrechen gesehen, um zu wissen, dass du mit deiner Art zu denken genau richtigliegst.

Ich kann nicht glauben, dass du meine Spur so leicht verfolgen konntest. Ich musste pinkeln«, gab sie verlegen zu. »Als ich fertig war, dachte ich, ich hätte etwas gehört, und wollte nachsehen. Das war dumm. Ich hätte es eigentlich besser wissen müssen. Ich habe die verdammte Klippe erst bemerkt, als ich schon runtergerutscht war. Ich erinnere mich, dass ich mich übergeben musste und ohnmächtig wurde, aber an mehr erinnere ich mich nicht ... außer an die Schmerzen.«

»Du erinnerst dich an nichts mehr?«, fragte Rocky scharf.

»Nein.«

»Tut dein Kopf weh? Hast du dir den Kopf gestoßen?«

»Er bringt mich um«, erklärte sie so beiläufig, als würde sie über das Wetter reden.

Rockys Respekt vor ihr wuchs. »Du könntest eine Gehirnerschütterung haben«, bemerkte er.

»Ich bin sicher, dass ich eine habe«, sagte sie mit einem leichten Schulterzucken. »In den ersten Tagen nach dem Sturz musste ich mich ständig übergeben. Die Übelkeit ist jetzt besser, aber die Kopfschmerzen sind immer noch da.«

Er runzelte die Stirn. Das war alles nicht gut. Aber es war schon drei Tage her, dass sie von den Felsen gefallen war. Gegen die Gehirnerschütterung konnte er nicht mehr viel tun. Als er ihr Bein untersuchte, war er erleichtert, dass keine Knochen durch die Haut ragten. »Kein komplizierter Bruch«, murmelte er leise.

»Das ist gut«, erwiderte Bristol und beobachtete, wie er sie untersuchte.

Er tastete ihr Bein ab und achtete darauf, wann sie zuckte und wo der Schmerz am stärksten zu sein schien. Er war kein Arzt, aber er hatte in seinem Leben schon viele Knochenbrüche gesehen. »Es ist definitiv gebrochen. Wie schlimm es ist, wissen wir erst nach dem Röntgen«, erklärte er ihr, während er begann, ihr Bein fest zu umwickeln und neu zu schienen.

Bristol nickte, antwortete aber nicht. Erst als er ihr Bein so gut wie möglich fixiert hatte, blickte Rocky wieder auf. Sie hatte die Augen fest zusammengekniffen und die Zähne zusammengebissen. Sie stützte sich mit einer Hand ab und die andere war zu einer Faust geballt.

Rocky hätte sich selbst am liebsten in den Hintern getreten. Er war so sehr darauf konzentriert gewesen, ihr Bein zu verbinden, dass er nicht einmal daran gedacht hatte, ihr die Schmerzmittel zu geben, bevor er angefangen hatte. Wenn er mit seinem Team unterwegs war, kümmerte sich normalerweise einer der anderen Jungs darum, während er sich um den Patienten kümmerte.

Und er bedauerte erneut, dass er Raiden nicht angerufen hatte. Sein Freund hätte alles stehen und liegen gelassen, um mit ihm hierherzukommen, und Rocky brauchte im Moment wirklich einen Partner. Jemanden, der zum Ausgangspunkt zurückkehren konnte, um den Arzt zu kontaktieren und vielleicht LifeFlight anzurufen, damit Bristol per Flugzeug nach Roanoke evakuiert und untersucht werden konnte.

Aber stattdessen war er auf sich allein gestellt. Und seine Stümperhaftigkeit bereitete ihr Schmerzen.

»Verdammt«, entgegnete er und griff nach seinem Rucksack.

Sie machte große Augen, als er fluchte. »Was? Was ist denn los?«

»Nichts ist los, ich bin nur ein Idiot«, erklärte er ihr ehrlich. »Hier«, sagte er, nahm zwei Tabletten und hielt sie ihr hin.

Sie schaute sie nur verwirrt an.

»Das sind Schmerztabletten. Es tut mir so leid, ich hätte sie dir geben sollen, bevor ich angefangen habe, an deinem Bein herumzudoktern. Ich könnte eine Infusion legen, aber ehrlich gesagt habe ich keine Möglichkeit, die Anlage vorzubereiten und dich gleichzeitig hier wegzuschaffen. Ich würde dich lieber möglichst schnell hier weg und zu einem Arzt bringen.« Er sprach zu schnell und erklärte zu viel, aber Rocky konnte sich nicht zurückhalten.

»Ich hab's vermasselt«, gab er zu. »Ich weiß, dass ich nicht allein auf die Suche gehen sollte, aber ich hätte wirklich nicht gedacht, dass du hier draußen bist. Ich hatte gehofft, du hättest nur vergessen, dich von Sandra zu verabschieden, und würdest zu Hause sitzen, sicher und gesund. Dich zu evakuieren wird nicht einfach sein. Es wird für dich sogar richtig ätzend. Und wie. Und dafür trete ich mir jetzt selbst in den Hintern. Hier draußen gibt es keinen Handyempfang und ich kann dich nicht allein lassen, um zum Ausgangspunkt des Weges zurückzukehren, um Hilfe zu holen.«

Bristol blinzelte. »Warum nicht?«, fragte sie, während sie die Tabletten nahm und sie mit Wasser aus der Feldflasche, die sie sich um die Brust geschnallt hatte, hinunterschluckte.

Rocky wusste nicht, ob er erleichtert sein sollte, dass sie ihm genügend vertraute, um nicht einmal zu fragen, was die Tabletten waren, oder ob er sauer sein sollte, dass sie es nicht getan hatte. Es war ein seltsames Gefühl, ein Gefühl, das er noch nie bei jemandem hatte, den er gerettet hatte. Er konnte sich nicht erklären, warum er bei dieser Frau so aus dem Gleichgewicht geraten war, und beschloss, sich später darüber Gedanken zu machen. »Warum nicht was?«, fragte er.

»Warum kannst du mich nicht hier zurücklassen? Jetzt, da du weißt, dass ich hier bin, hätte ich keine Angst mehr. Außer natürlich, du würdest dich auf dem Rückweg zum Ausgangspunkt verletzen. Oder wenn du einen Unfall hättest, während du Hilfe holst. *Das* wäre nämlich wirklich großer Mist.« Sie schenkte ihm ein kleines Lächeln.

»Ich werde dich nicht allein lassen«, erklärte Rocky mit Nachdruck. Sie hatte recht, es wäre wahrscheinlich schneller, wenn er zum Ausgangspunkt zurückliefe, um Hilfe zu holen, aber allein der Gedanke, sie wieder allein zu lassen, war etwas, das er nicht einmal in Erwägung ziehen wollte. Es war ihm immer wieder eingebläut worden, dass man ein Opfer nicht allein ließ. Niemals. Er hatte gesehen, wie Menschen, die völlig gesund aussahen, innerhalb weniger Minuten starben. Und er wollte auf keinen Fall Bristol gefunden haben, nur um sie dann wegen seiner dummen Entscheidung, ohne Hilfe nach ihr zu suchen, zu verlieren.

»Also, wie lautet der Plan?«, fragte sie mit zur Seite gelegtem Kopf. »Ich meine, ich könnte mich weiter zum Pfad schleppen, aber ich bin mir nicht sicher, ob ich es die ganzen neun Kilometer bis zum Parkplatz schaffe.«

Rocky verdrehte die Augen. »Als würde ich das zulassen. Ich werde dich tragen.«

Sie machte große Augen. »Das kannst du doch nicht machen!«, rief sie aus.

»Warum nicht?«

»Darum!«

Jetzt war es an Rocky zu lachen. »Ich versichere dir, ich werde dich nicht fallen lassen. Wie groß bist du eigentlich? Ein Meter zweiundfünfzig?«

»Ein Meter fünfzig«, murmelte Bristol.

»Also, ich glaube, dass einige der Rucksäcke, die ich während meiner Zeit bei der Navy getragen habe, wahrscheinlich mehr gewogen haben als du. Aber es wird nicht gerade gemütlich werden«, warnte er.

»So gemütlich, wie hier über den Boden zu robben?«, fragte Bristol und verdrehte die Augen ein wenig, während sie ihre Hände mit den Handflächen nach außen hielt, damit er sie sehen konnte.

Einmal mehr wollte Rocky sich selbst in den Hintern treten. Er war so besorgt um ihr Bein gewesen, dass er gar nicht daran gedacht hatte, was die Tatsache, dass sie sich über den unwegsamen Boden gezogen hatte, mit ihren Handflächen angerichtet hatte. Sanft fasste er ihre Handgelenke und beugte sich vor, um die Schrammen und Risse auf ihren Handflächen besser sehen zu können.

»Nicht bewegen«, befahl er, während er erneut nach seinem Rucksack griff.

KAPITEL ZWEI

Bristol starrte den Mann an, der sie gefunden hatte. Die Erleichterung, die sie durchströmt hatte, als sie hörte, wie ihr Name irgendwo hinter ihr gerufen wurde, war so groß gewesen, dass sie glaubte, sie würde ohnmächtig werden. Obwohl ... der Mann, der zwischen den Bäumen aufgetaucht war, hatte ihr zuerst Angst eingejagt.

Er trug ein militärgrünes T-Shirt und eine Tarnhose, hatte einen ziemlich langen, buschigen Bart und war extrem muskulös. Sie konnte die Andeutung einer Tätowierung erkennen, die unter einem der Ärmel seines Hemdes hervorlugte, und er hatte einen großen Rucksack auf dem Rücken. Eine Sekunde lang hatte sie Angst, dass sie nicht nur in Schwierigkeiten, sondern sogar in *großen* Schwierigkeiten steckte. Aber dann stellte er sich vor, erwähnte Sandra und machte sich sofort an die Arbeit, sie zu beruhigen.

Bristol war kein sehr weltoffener Mensch. Sie verbrachte die meiste Zeit allein in ihrem Haus in Kingsport und vertiefte sich in ihre Kunst. Aber dieser große Mann hatte etwas an sich, das sie dazu brachte, ihm in kürzester Zeit zu vertrauen. Vielleicht lag es daran, dass er der erste Mensch war, den sie seit Tagen gesehen hatte. Oder weil sie tief in ihrem Inneren wusste, dass sie es allein nie zum Pfad zurückgeschafft hätte. Vielleicht war es der Ausdruck in seinen tiefbraunen Augen, als er um Erlaubnis gebeten hatte, ihre Hose aufzuschneiden, oder sein offensichtliches Geschick, als er ihr Bein neu geschient hatte.

Wie dem auch sei, Bristol hatte jetzt keinen Zweifel mehr daran, dass dieser Mann ihr nichts antun würde.

Sie beobachtete, wie er in seinem Rucksack nach etwas kramte, womit er ihre Hände behandeln konnte. Sie schmerzten, aber nicht so sehr wie ihr Bein. Allerdings begannen die Tabletten, die Rocky ihr gegeben hatte, bereits zu wirken. Sie fühlte sich irgendwie schwerelos. Sie war sich zwar immer noch bewusst, wo sie sich befand und was geschah, aber es fühlte sich an, als würde es jemand anderem passieren, und sie beobachtete es von oben.

Sie lächelte leicht, als er sich mit einer Flasche irgendeiner Flüssigkeit in der Hand und etwas Gaze wieder zu ihr umdrehte.

»Was ist los?«, fragte er, nachdem er ihr Gesicht gesehen hatte. »Geht es dir gut?«

»Mir geht's gut«, entgegnete sie. »Um ehrlich zu sein, fühle ich mich großartig. Hat dir schon mal jemand gesagt, dass du irgendwie wie Bigfoot aussiehst?«

Er zögerte einen Moment und starrte sie an, bevor er in Gelächter ausbrach.

Bristol konnte einfach nur zurückstarren. Er war ein gut aussehender Mann, daran gab es keinen Zweifel, aber wenn er lachte? Dann war er *unwiderstehlich*.

Sie war noch nie mit einem Mann zusammen gewesen, der einen Bart trug. Sie fragte sich, ob es juckte. Ob er ihn beim Essen störte. Ob er sich komisch anfühlte, wenn er schwimmen ging, und ob er ihn morgens bürstete wie andere Leute ihre Haare. Sie hatte so viele Fragen, aber selbst in ihrem benebelten Zustand wusste sie, dass sie wahrscheinlich unangebracht waren.

»Das kann ich nicht behaupten, aber bei dem ganzen Wirbel um Bigfoot und diese verdammte Sendung werde ich das jetzt wohl öfter hören.«

»Es tut mir leid, ich wollte dich nicht beleidigen«, entschuldigte sich Bristol, während er begann, eine ihrer Hände sanft zu reinigen. Sie hatte nicht bemerkt, wie sehr sie ihre Haut verletzt hatte, als sie sich über den Waldboden gezogen hatte, aber sie hatte buchstäblich keine andere Wahl gehabt, und selbst wenn sie es bemerkt hätte, wäre es nicht zu ändern gewesen.

Rocky grinste. »Du hast mich nicht beleidigt«, versicherte er ihr. »So leicht lasse ich mich nicht beleidigen. Außerdem sehe ich mit meinem Bart und der Tatsache, dass du ... winzig bist ... wahrscheinlich *wirklich* wie ein Waldmensch aus.«

»Wie groß bist du?«, wollte Bristol wissen. Ohne das Schmerzmittel in ihrem Körper wäre sie nicht so neugierig gewesen, aber da er nicht verärgert schien, konnte sie sich die Frage nicht verkneifen.

»Etwas über ein Meter achtzig.«

»Hmmmm. Einen ganzen Kopf größer als ich.«

Er lächelte. »Ich nehme an, du bist das wahrscheinlich gewohnt, oder?«

»Kleiner zu sein als die meisten Leute? Oh ja.«

»Vielleicht ist es gut, dass Raiden doch nicht mit mir gekommen ist.«

»Warum? Wer ist Raiden?«, fragte Bristol.

»Mein Freund. Er ist mit mir im Such- und Bergungsteam. Er ist über zwei Meter groß.«

Bristol starrte Rocky mit großen Augen an. »Im Ernst?«

»Ja. Ich glaube, sein Bluthund ist wahrscheinlich größer als du.«

Sie runzelte die Stirn. »Ich *weiß*, dass du dich nicht über meine Größe lustig machst. Ich meine, nicht über mich, die arme Kleine. Die sich im Wald verlaufen hat. Verletzt ist und unter Schmerzen leidet«, scherzte sie. Zumindest war es größtenteils ein Scherz.

Rocky sah sie an und aus seinem Gesichtsausdruck war nun jeglicher Humor verschwunden. »Ich würde mich nie über dich lustig machen«, entgegnete er ernst. »Es ist mir verdammt egal, *wie* groß oder klein du bist. Oder wie viel du wiegst, woher du kommst oder andere oberflächliche Dinge, mit denen die Leute heutzutage diskriminieren. Mich interessiert mehr, wer du im Inneren bist. Gehörst du zu den Menschen, die einfach an jemandem vorbeigehen, der Hilfe braucht? Oder würdest du mitten auf einer viel befahrenen Schnellstraße anhalten, um ein verängstigtes Kätzchen zu retten?«

»Ich würde anhalten«, flüsterte Bristol und war wie gebannt von dem intensiven Blick in seinen Augen.

Sie starrten sich einen Moment lang an, bevor er nickte. »Davon wäre ich bei dir auch ausgegangen. Du hast Sandra ziemlich beeindruckt.«

Bristol blinzelte und hatte das Gefühl, als sei gerade etwas Wichtiges passiert, war sich aber nicht sicher was. »Sie ist nett. Sie hat mir zugehört, als ich über Mike gelästert habe. Sie hat mir *wirklich* zugehört, weil es sie interessiert hat, und nicht nur, weil sie mich als Kundin gewinnen wollte.«

»Mike?«, fragte Rocky, während er ihre Handfläche weiter reinigte.

»Ja, der Idiot, mit dem ich gekommen bin. Der, den ich für meinen Freund gehalten habe. Der Typ, der mich in aller Seelenruhe gefragt hat, ob ich bei einer *ménage à trois*, die er mit Carol und Drake geplant hatte, mitmachen will. Ich weiß nicht, wie man das nennt, wenn man zu viert ist, aber egal, es ist definitiv nicht mein Ding. Das habe ich ihm auch schon *mehrmals* gesagt.«

»Und so bist du alleine hier draußen gelandet?«, fragte Rocky.

Bristol nickte. »Sie waren zu sehr am Sex interessiert, um es überhaupt bis zum Zeltplatz am Aussichtspunkt zu schaffen.

Ich wollte die Aussicht aber unbedingt sehen. Also beschloss ich weiterzugehen. Dumm von mir, ich weiß. Dann musste ich pinkeln und ... den Rest kennst du ja.«

»Ich habe gesehen, wo sie gezeltet haben«, bemerkte Rocky. Er war mit dem Säubern ihrer Hände fertig und saß nun neben ihr und hielt einfach ihre Handgelenke fest. Sie war sich seiner Berührung sehr bewusst, aber da er es nicht einmal zu bemerken schien, hielt sie still, um nicht als Spinnerin dazustehen, weil seine Berührung ein gewisses Prickeln in ihren Armen auslöste. Das konnte natürlich auch von dem Desinfektionsmittel stammen, das er für ihre Handflächen verwendet hatte, aber egal.

»Ich habe ihnen gesagt, dass es kein ausgewiesener Campingplatz ist, aber sie waren zu scharf darauf, miteinander ins Bett zu steigen, als dass es sie interessiert hätte«, erklärte Bristol achselzuckend. »Ich bin davon ausgegangen, dass ich am nächsten Tag vor ihnen wieder am Ausgangspunkt sein würde, um mit ihnen nach Hause zu fahren. Es wäre eine sehr unangenehme Fahrt gewesen, aber egal. Ich nehme an, sie haben niemandem gesagt, dass ich vielleicht noch hier draußen sein könnte?«, fragte sie.

Rocky schüttelte den Kopf. »Nicht dass ich wüsste. Tut mir leid.«

»Das wundert mich nicht. Mike war nicht gerade der beste Freund.«

»Warum bist du dann mit ihm hergekommen?«, fragte Rocky.

»Soll ich ehrlich sein?«

»Immer.«

»Ich brauchte eine Pause ... und ich habe nicht viele Freunde. Ich komme nicht viel raus, und ich wandere gern. Ich dachte, es würde mich wenigstens für eine Weile aus dem Haus bringen und ich könnte neue Energie tanken.«

»Neue Energie tanken?«

»Ich bin Künstlerin. Ich mache kundenspezifische Buntglasfenster. Ich mache auch Schmuck und einige Skulpturen, aber die Glasmalerei ist meine Leidenschaft. Aber da ich selten etwas anderes mache als arbeiten, war ich ein bisschen ausgebrannt und beschloss, dass mir ein Tapetenwechsel guttun würde. Das war ein bisschen aufregender, als ich erwartet hatte«, bemerkte sie ein wenig verlegen. Bristol wusste, dass sie plapperte, aber sie konnte einfach nicht aufhören. »Rocky?«

»Ja, Punky?«

Bristol runzelte die Stirn. »Punky?«

Rocky grinste. »Du erinnerst mich irgendwie an sie.«

»Du meinst Punky Brewster, aus dieser Serie aus den Achtzigern?«

»Ja. Sie ist lustig und mutig. Und lässt sich nicht unterkriegen. So wie du.«

»Ich schätze, das ist besser, als Winzling oder Kurze genannt zu werden.«

»Na ja, Punky war auch klein«, bemerkte Rocky.

Bristol verdrehte die Augen, aber insgeheim machte ihr der Spitzname nichts aus. Die Leute hatten sie in ihrem Leben schon vieles genannt, aber sie mochte Rockys Spitznamen für sie.

»Was wolltest du mich fragen?«

Bristol runzelte die Stirn. »Ich habe keine Ahnung.«

»Hast du Kopfschmerzen?«, fragte Rocky und klang besorgt.

Sie nickte.

»Dein Bein?«

Bristol nickte erneut.

»Was tut dir sonst noch weh?«

»Meine Hände. Mein Rücken. Mein Hintern. Meine Füße sind in meinen Stiefeln eingequetscht und fühlen sich an, als würden sie ersticken, weil ich meine Schuhe seit dem Sturz nicht mehr ausgezogen habe. Meine Ellbogen. Und ich glaube, ich habe mir die Seite aufgeschürft, als ich die Felswand hinuntergestürzt bin.«

Rocky griff nach dem Saum ihres Hemdes und Bristol wich ihm instinktiv aus.

Sie mochte ihm vertrauen, aber sie war keine komplette Närrin. Immerhin war er immer noch ein Mann. Einer, der sie leicht überwältigen konnte. In ihrem Zustand war sie ihm nicht gewachsen, besonders in Anbetracht der Tatsache, wie muskulös und groß er war. Ganz zu schweigen davon, dass ihr sein Hinweis auf die Navy nicht entgangen war ... bei ihrem Glück war er wahrscheinlich ein SEAL oder so etwas und kannte hundertundeine Möglichkeiten, jemanden zu töten und danach keine Spuren zu hinterlassen.

»Du brauchst keine Angst vor mir zu haben«, versicherte er ihr leise, während er ein wenig von ihr zurückwich.

Bristol atmete tief ein. »Tut mir leid«, murmelte sie.

»Und du brauchst dich auch nicht zu entschuldigen.«

Jetzt war sie irritiert und seufzte etwas genervt. »Was kann ich *dann* tun?«, fragte sie.

»Durchhalten«, erwiderte er, ohne zu zögern. »Das war kein Scherz, als ich gesagt habe, dass es ziemlich unangenehm wird, dich hier rauszuschaffen. Ich kann dich tragen, aber es wird ziemlich unbequem für dich sein.«

»Aber für *dich* ist es bequem?«, fragte sie.

»Nicht unbedingt. Aber ich bin nicht derjenige, der ein verletztes Bein, einen verletzten Hintern, Hände, Ellbogen, eine verletzte Seite und einen verletzten Kopf hat.«

Da hatte er nicht ganz unrecht. »Ich stehe das schon durch. Die Alternative wäre, neun Kilometer auf meinem Hintern hier rauszurobben, und glaub mir, das war auch nicht gerade lustig.«

Rocky lächelte und schüttelte den Kopf. »Ich kann nicht glauben, dass ich lächle. Und noch weniger kann ich glauben, dass *du* lächelst.«

»Habe ich denn eine Wahl?«, fragte sie ernst. »Ich könnte weinen, aber das würde mir überhaupt nichts bringen. Ich könnte auf mich selbst oder auf dich wütend sein, aber das wäre einfach nur dumm, denn du bist derjenige, der mich hier rausholen wird. Ich könnte ausrasten, aber auch das würde nichts bringen. Ich kann dir versprechen, dass ich all diese Dinge später tun werde – außer auf dich wütend zu sein, denn das wird einfach nicht passieren –, wenn du dich dann besser fühlst.«

»Nein, ich denke, es passt schon so. Bist du bereit aufzubrechen?«

»Ja.« Doch dann runzelte sie die Stirn. »Wie soll das denn funktionieren?«

Rocky war bereits in Bewegung. Vorsichtig nahm er ihr den Rucksack vom Rücken und öffnete ihn.

»Rocky?«

»Ja?«, fragte er, während er begann, ihre Sachen auszupacken.

»Was tust du da?«

»Ich kann dich nicht tragen, wenn du deinen Rucksack trägst, also muss ich deine Sachen zu meinen packen. Gib mir einen Moment Zeit.«

»Lass es einfach hier.«

Daraufhin sah er auf. »Was?«

Bristol nickte. »Lass es einfach liegen. Die Bigfoots können es haben. Oder sind es Bigfeet? Wie ist der Plural?«

Aus irgendeinem Grund musste Rocky darüber lachen. Und wie.

»Was? Was ist daran so lustig?«

»Es ist nur so, dass der Sohn der Verlobten meines Freundes ihn einmal das Gleiche gefragt hat. Er hat mich gefragt, was ich davon halte, und wir hatten eine zwanzigminütige Unterhaltung über die englische Sprache und Pluralformen.«

»Was war eure Schlussfolgerung über Bigfoot?«, fragte Bristol mit einem Lächeln.

»Wir haben immer noch keine Ahnung. Aber ich lasse dein Zeug nicht hier. Es wird alles in meinen Rucksack passen. Ich habe ihn für meine Wanderung hierher nicht vollgepackt, weil ich wie ein Idiot davon ausgegangen bin, ich wäre nur eine Nacht auf einem einfachen Ausflug. Ich lasse deine Unterwäsche nicht hier draußen liegen, damit ein Sheepsquatch sie findet und sich daran vergreift.«

»Ein was?«, fragte Bristol und sah zu, wie er seine Tasche mit ihren Sachen packte.

»Ein Sheepsquatch. Ich hatte auch noch nie von ihnen gehört, bevor ich hierhergezogen bin. Offenbar sind sie wollig behaart, haben einen langen, spitzen Kopf, säbelartige Zähne und natürlich Hörner wie eine Ziege. Sie laufen auf zwei Füßen, haben einen unbehaarten Schwanz wie ein Opossum, sind so groß wie ein Bär und riechen nach Moschus, so ähnlich wie ein Stinktier.«

»Was zum Teufel soll das denn sein?«, fragte Bristol völlig verwirrt.

Rocky lachte. »Nicht wahr? Er soll in Kentucky gesehen worden sein, aber auch drüben in Fulks Run, Virginia. Ich glaube, mir wäre es lieber, wenn Fallport für Bigfoot bekannt wäre als für Sheepsquatch.«

»Hast du jemals einen Bigfoot gesehen?«, fragte Bristol. Der Blick, den Rocky ihr zuwarf, brachte sie zum Lachen. »Also, ich nehme an, das ist ein Nein.«

»Ich habe in meinem Leben schon viele Dinge gesehen, Punky, aber Bigfoot gehört nicht dazu. Ich habe keine Ahnung, ob so eine Kreatur existiert, aber wenn ja, dann hoffe ich, dass sie sich versteckt hält. Die Hölle, die sein – oder ihr – Leben werden würde, wenn jemand tatsächlich einen fängt, wäre unbeschreiblich. Die Regierung würde ihn wahrscheinlich sezieren wollen, die Nachrichtensendungen würden durchdrehen und für alle anderen auf der Welt wäre das der Untergang. Wahrscheinlich würde man ihn in einen Zoo stecken, um ihn zu bestaunen, falls er überhaupt überlebt. Er würde nicht mehr frei herumlaufen können.«

»Der Meinung bin ich auch«, stimmte Bristol ihm mit einem Nicken zu.

Er faltete ihren Rucksack zusammen und stopfte ihn in seinen eigenen, dann stand er auf und zog ihn an. Der Mann tat so, als hätte er nicht gerade rund fünfundzwanzig Kilo an Ausrüstung auf seinen Rücken geladen. Sie wusste aus eigener Erfahrung, dass ihr ganzer Kram nicht gerade leicht war. Aber als sie sah, dass er sich verhielt, als wäre das vereinte Gewicht ihrer beiden Rucksäcke zusammen nicht sonderlich groß, wurde ihr klar, wie stark der Mann war.

»Ich wette, ich kann laufen«, bot sie an. »Ich meine, wenn du mir hilfst. Wenn du deinen Arm um mich legst, könnte ich dich als Krücke benutzen. Oder als Gehstock. Was auch immer.«

Rocky starrte sie an, als würde er versuchen, ihre Gedanken zu lesen. Dann ging er in die Hocke – und Bristol hatte alle Mühe, ihm nicht zwischen die Beine zu sehen.

Ja, sie war verletzt und irgendwie high von den Schmerzmitteln, die sie genommen hatte, aber sie war immer noch eine heterosexuelle Frau. Und er sah extrem gut aus. Und okay, sie kannte sich selbst – sie fühlte sich zu ihm hingezogen. Sie hatte schon immer auf große, kräftige Männer gestanden. Sie wollte sehen, ob er auch am ganzen Körper groß war, aber sie glotzte ihn nicht an. Auch wenn es sie all ihre Selbstbeherrschung kostete.

»Du wirst nicht laufen. Oder hüpfen. Ich schaffe das schon, Punky. Ich werde dich nicht fallen lassen. Ich kann uns beide zu meinem Wagen bringen.«

»Und was dann?«, platzte sie heraus und wünschte, sie könnte die Frage in dem Moment zurücknehmen, in dem sie sie ausgesprochen hatte. »Ist auch egal. Es spielt keine Rolle«, erklärte sie schnell. »Ich weiß es zu schätzen, dass du hier bist und mir hilfst.«

»Dann bringe ich dich nach Fallport zu Doc Snow. Er ist der ansässige Arzt in der Stadt. Ich werde ihn bitten, dich zu untersuchen und seine professionelle Meinung über das Bein abzugeben. Er hat ein Röntgengerät, aber ich vermute, dass er dich nach dem Sturz und der Gehirnerschütterung in einem Traumazentrum der Stufe eins oder zwei untersuchen lassen wird. Vor allem, wenn du operiert werden musst. Wenn das der Fall ist, werden wir dich, je nach deinem Schmerzempfinden, entweder nach Roanoke fahren oder LifeFlight anrufen. Aber zunächst werden wir uns darauf konzentrieren, dich zurück nach Fallport zu bringen, und nachdem wir die Meinung des Arztes gehört haben, werden wir sehen, wie es weitergeht.«

»Werden wir das?« Bristol runzelte die Stirn.

Rocky antwortete nicht sofort, sondern starrte sie nur an. Doch nach einer langen Pause nickte er. »Ja. Wenn du denkst, ich setze dich in einen Hubschrauber oder setze dich im Krankenhaus ab und laufe weg ... falsch gedacht, denn das wird nicht passieren.«

Sie wollte fragen warum. Aber sie war so erleichtert, so dankbar – Ärzte waren wirklich nicht ihr Ding –, dass Bristol nur nicken konnte.

»Ist das okay für dich?«, fragte er.

»Ja«, sagte sie einfach.

»Gut.« Er lächelte ein wenig. »Denn du hast etwas an dir, Bristol Wingham, das mich bereits jetzt in seinen Bann gezogen hat.«

Seine Worte verursachten so ziemlich überall auf ihrem Körper eine Gänsehaut. »Geht mir ebenso«, entgegnete sie leise.

Ein weiteres Lächeln erschien auf seinem Gesicht. »Also, jetzt kommt der schreckliche Teil. Es tut mir leid, aber ich kann es nicht anders sagen. Deine einzige Aufgabe ist es, nicht von mir runterzufallen, verstanden? Ich werde dich nicht fallen lassen. Ich beuge mich vor und hebe dich auf. Ein Arm unter deinen Knien und der andere auf deinem Rücken. Wir machen viele Pausen, denn deine Beine werden irgendwann taub von meinem Arm unter deinen Knien. Ich habe noch mehr

Schmerztabletten dabei und wir werden dich mit Flüssigkeit versorgen, aber das bedeutet nicht, dass du dich nicht wund und unwohl fühlen wirst, okay?«

»Okay«, hauchte sie, obwohl sie sich da gar nicht so sicher war. Aber dass Rocky sie trug, war um einiges besser, als alleine durch den Wald zu kriechen. Als sie sich daran erinnerte, was für Schmerzen sie schon ertragen hatte, als sie genau das getan hatte, straffte sie die Schultern und beschloss, sich zusammen-zureißen.

»So ist's brav«, sagte Rocky leise. »Los geht's.«

Bristol verkrampfte sich, als er sich über sie beugte, aber sie legte einen Arm um seinen Hals und hielt den Atem an, als er sie auf den Arm nahm. Er stöhnte nicht bei der Anstrengung, die es gekostet haben musste, sie hochzuheben. Stattdessen schien es ihm leichtzufallen, und er stöhnte nicht einmal.

Aber als der Schmerz ihr Bein hochschoss, stöhnte *Bristol* stattdessen.

»Atme durch, Punky«, sagte Rocky leise und blieb stehen. »Ich weiß, es tut weh, aber du schaffst das.«

Sie tat ihr Bestes, um sich nicht auf den Mann, der sie auf dem Arm hielt, zu übergeben, und schließlich ließ der Schmerz ein wenig nach. Es fühlte sich gut an, nicht mehr auf ihrem Hintern auf dem harten Boden zu sitzen. Sie öffnete die Augen und drehte den Kopf leicht, um ihn anzusehen. Ihre Gesichter waren sich nahe. Extrem nahe. Aber Bristol hatte keine Angst. Nicht vor ihm. »Mir geht es gut.«

»Bist du sicher?«, fragte er.

Bristol nickte. »Na, dann mal los.«

Ein Ausdruck des Respekts und der Bewunderung legte sich über Rockys Züge, als er nickte und losmarschierte.

KAPITEL DREI

Rocky versuchte, sich so behutsam wie möglich zu bewegen, aber er wusste, dass er der Frau in seinen Armen mit jedem Schritt wehtat. Es war nicht leicht, durch den Wald zu wandern, ohne mit den Füßen an Büschen oder Ästen anzustoßen. Und bei jeder Berührung eines Astes mit ihren Beinen zuckte sie zusammen und keuchte.

Aber er war noch nie von jemandem so beeindruckt gewesen wie von Bristol. Sie weinte nicht. Schrie nicht vor Schmerz auf. Verdammt, ein Teil von ihm wünschte, sie würde es tun, wenn auch nur, um etwas von ihrem Stress abzulassen. Als sie endlich den Pfad erreichten, seufzte er erleichtert auf. Er hielt die Augen nach einem geeigneten Ort für eine kurze Pause offen, und als er einen flachen Felsen am Wegesrand sah, wusste er, dass er ihn gefunden hatte.

»Bist du bereit für eine Pause?«, fragte er.

Sie hatten nicht viel geredet, als er sie hinauf und um den Felsvorsprung herum trug, von dem sie gefallen war. Alles in allem war sie nicht sehr schwer, aber mit dem zusätzlichen Gewicht des Rucksacks auf seinem Rücken und dem Versuch, vorsichtig zu sein, wo er hintrat, um ihr nicht noch mehr wehzutun, während er durch den Wald wanderte, konnte er selbst eine zehnminütige Pause gebrauchen. Und Bristol musste inzwischen ziemliche Schmerzen haben.

»Ja«, sagte sie ohne Umschweife.

Das gefiel ihm an ihr. Es gefiel ihm, dass sie keine Angst hatte zuzugeben, dass sie eine Pause brauchte.

»Also gut. Hier ist ein Stein. Ich beuge mich jetzt vor und setze dich mit dem Hintern darauf. Versuche am besten, deine Beine *nicht* zu bewegen. Halte das Gleichgewicht mit den Händen, dann senke ich deine Beine gerade nach unten. Hast du das verstanden?«

Sie nickte.

Rocky hatte zwar ihre Hände bandagiert, aber auch sie taten wahrscheinlich noch weh. Ein mulmiges Gefühl machte sich in seinem Bauch breit. Der Gedanke, dass sie Schmerzen hatte, gefiel ihm überhaupt nicht. Aber wie sie vorhin gesagt hatte, war im Moment alles schmerzhaft. Alles in allem hatte sie großes Glück gehabt, dass sie nur ein möglicherweise gebrochenes Bein und einige Schrammen und Prellungen hatte. Sie hatte höchstwahrscheinlich eine Gehirnerschütterung nach den Symptomen zu urteilen, von denen sie ihm erzählt hatte, aber nun, da drei Tage vergangen waren, hatte sie das Schlimmste überstanden.

»Okay, los geht's. Tief einatmen.« Als sie tief einatmete, tat Rocky genau das, was er beschrieben hatte, er setzte sie mit dem Hintern auf den Felsen und wartete, bis sie das Gleichgewicht gefunden hatte. Dann senkte er vorsichtig ihre Beine und ließ ihre Fersen auf der Erde vor ihr ruhen.

Bristols Gesicht war weiß und sie biss sich mit den Zähnen auf die Unterlippe, aber sie schrie nicht vor Schmerz auf. Sie tat einfach, was er von ihr verlangte, und ließ sich von ihm dorthin setzen, wo sie sich seiner Meinung nach am wohlsten fühlen würde.

»Auf einer Skala von eins bis zehn, wobei zehn der schlimmste Schmerz ist, den du je in deinem Leben empfunden hast, wo stehst du da jetzt?«, fragte er.

»Fünf«, sagte sie zwischen zusammengebissenen Zähnen.

Rocky blinzelte überrascht. »Ernsthaft?«, platzte er heraus. Er war davon ausgegangen, dass sie ihren Schmerz mindestens als acht einstufen würde.

»Ja.«

»Wann warst du schon mal bei einer Zehn?«, konnte er nicht umhin zu fragen.

Sie machte die Augen auf und ihm wurde klar, dass die Schmerzmittel, die er ihr gegeben hatte, definitiv ihre Wirkung zeigten. Daran hätte er denken sollen.

»Es gibt Schmerzen, und es gibt *Schmerzen*«, erklärte sie mit einem Seufzer. »Der größte Schmerz, den ich je empfunden habe, war der Tag, an dem mein Vater an Dickdarmkrebs starb. Ich war völlig hilflos und konnte nichts für ihn tun.

Meine Eltern haben mich großartig erzogen. Sie haben sich nie beschwert, wenn es offensichtlich war, dass ich mich mehr für Kunst als für etwas *Nützlicheres* wie Mathematik oder Naturwissenschaften interessierte. Sie haben mich immer ermutigt, so viele Kunstkurse zu belegen, wie ich in meinem Stundenplan unterbringen konnte. Als ich dann auf dem College Kunst als Hauptfach belegte, sagten sie immer noch kein einziges Wort, um mich zu entmutigen. Und du kannst mir glauben, viele andere Leute sagten mir, dass ich als Künstlerin niemals meinen Lebensunterhalt bestreiten könnte. Sie sagten, ich bräuchte einen Ausweichplan. Aber ich wollte in meinem Leben nur eins, nämlich schöne Dinge kreieren. Meine Mutter war meine erste zahlende Kundin, als ich meinen Online-Shop eröffnet habe. Sie benutzte sogar einen falschen Namen, damit ich nicht wusste, dass sie es war. Sie hat es mir erst Jahre später erzählt.« Sie lächelte liebevoll bei dieser Erinnerung.

»Jedenfalls, als Daddy mir sagte, dass er Krebs hat ... wollte ich ihn unbedingt heilen. Mit dem Geld, das ich verdient hatte, wollte ich ihm den besten Arzt der Welt besorgen. Ich habe noch nie so viel Schmerz empfunden wie in diesem Moment, als ich wusste, dass mein großer, starker Vater im Sterben lag. Er versuchte es mit Chemotherapie, Bestrahlung und so weiter, aber es half nichts. Ich konnte nichts weiter tun, als seine Hand zu halten, als er seinen letzten Atemzug tat. Kein körperlicher Schmerz könnte da jemals mithalten.«

Rocky fühlte sich furchtbar. Er hatte nicht vorgehabt, eine so schmerzhafte Erinnerung heraufzubeschwören. »Es tut mir leid.«

»Danke«, erklärte sie, ohne zu zögern. »Sein Todestag jährt sich bald zum siebenten Mal, und es tut immer noch genauso weh wie damals, als er gestorben ist. Aber ... das Leben geht weiter, weißt du? Man kann nicht zurückgehen und die Dinge ändern, so sehr man sich das auch wünscht.«

»Ich weiß.«

Bristol sah ihm in die Augen und er hatte das Gefühl, als könne sie irgendwie seine Gedanken lesen. Doch anstatt Fragen zu stellen, nickte sie nur.

»Mein Vater starb, als ich noch sehr jung war«, sagte Rocky und fühlte den Zwang, etwas zu erzählen. »Ich habe ihn nicht so gut gekannt, nicht so, wie du deinen gekannt hast. Meine Mutter hat mich, meinen Bruder und unsere Schwester großgezogen. Sie ist großartig. Ich könnte mir nicht vorstellen, sie zu verlieren, so wie du deinen Vater verloren hast.«

»Du hast einen Bruder?«, fragte sie. »Und eine Schwester?«

Rocky nahm den Rucksack von seinem Rücken und legte sich mitten auf den Weg. Er streckte den Rücken und genoss es, für einen Moment nicht auf den Beinen zu sein. Bristol war nicht gerade schwer, aber jemanden beim Wandern durch den Wald zu tragen war nichts, was er normalerweise tat, und seine Muskeln sagten ihm bereits, dass er während der kommenden Tage für die Anstrengung bezahlen würde.

Er blickte zu den Baumwipfeln hinauf und nickte. »Ja. Und mein Bruder Ethan wohnt auch in Fallport. Wir sind Zwillinge.«

»Zwillinge? Gott schütze uns alle, wenn zwei von euch herumlaufen!«, rief Bristol aus.

Rocky musste lachen. »Leider ist er der Gutaussehende von uns. Wir sind zweieiige Zwillinge, also sehen wir uns nicht wirklich ähnlich.«

»Du machst Witze, oder?«

Rocky runzelte die Stirn und drehte den Kopf, um sie anzusehen. »Darüber, dass wir Zwillinge sind? Nein.«

Sie schüttelte den Kopf. »Nein, darüber, dass du denkst, du sähest nicht gut aus.«

Zwischen den beiden schien ein elektrischer Funke überzuspringen. Rocky war sich der Blicke, die ihm von Frauen zugeworfen wurden, wenn er unterwegs war, durchaus bewusst, aber zumeist ignorierte er sie. Und diese Blicke hatten etwas nachgelassen, seit er sich einen Bart wachsen ließ. Die Frauen fühlten sich viel mehr zu Ethan und seiner sauberen Schroffheit hingezogen als zu Rockys ungepflegtem Holzfäller-Look. Aber er war nicht auf der Suche nach Liebe. Er begnügte sich damit, seine Arbeit als Bauunternehmer zu erledigen und in seiner etwas schäbigen Wohnung zu leben.

Aber als Bristol zugab, dass sie sein Aussehen mochte, wurde ihm klar, wie sehr er sich zu *ihr* hingezogen fühlte. Sie war mit Sicherheit asiatischer Abstammung, was definitiv attraktiv war. Selbst mit ihrem zerzausten und schmutzigen Haar, dem Schweiß in ihrem Gesicht und dem Schmutz, der praktisch jeden Zentimeter ihres Körpers bedeckte, sah sie gut aus.

»Im Ernst, Rocky. Ja, du erinnerst ein wenig an einen Bigfoot, aber dir steht das. Sehr sogar«, erklärte sie ihm. Ein Hauch von Röte stieg ihr in die Wangen, als sie sprach, aber sie wandte den Blick nicht von ihm ab.

»Ich habe nie viel darüber nachgedacht. Solange mein Körper tut, was er tun muss, wenn ich es von ihm verlange, geht es mir gut«, erklärte er ihr ehrlich.

»So wie Jungfrauen in Not retten und durch den Wald tragen?«, fragte sie.

Er lächelte sie an, setzte sich auf und stützte sich mit den Händen hinter sich ab. »Ja. Obwohl ich nicht sicher bin, ob ich dich als Jungfrau in Not bezeichnen würde. Du bist in den drei Tagen, bevor ich dich gefunden habe, verdammt gut allein zurechtgekommen.«

Sie schnaubte. »Nun, es ist ein Unterschied zwischen drei Tagen und der Frage, ob ich es tatsächlich zurück zum Pfad geschafft habe.«

»Du hättest es geschafft«, sagte Rocky und glaubte die Worte von ganzem Herzen.

Sie zuckte mit den Schultern. »Was machst du, wenn du nicht gerade im Wald bist und verletzte Wanderer rettest?«, fragte sie.

Rocky hatte bemerkt, dass sie das Thema gewechselt hatte, sprach sie jedoch nicht darauf an. Wenn sie nicht darüber reden wollte, dass er sie für verdammt hart hielt, ließ er es eben bleiben. »Ich bin im Grunde ein Bauunternehmer. Ich arbeite an alten Häusern, baue Terrassen, lege neue Fußböden, so etwas in der Art.«

Sie nickte. »Deine Bemerkung von vorhin, dass du möchtest, dass dein Körper gut funktioniert, ergibt jetzt mehr Sinn. Kein Wunder, dass du so gut in Form bist.«

»Mein ehemaliger Teamleiter in der Navy würde mir in den Hintern treten, wenn ich zugenommen hätte und weich geworden wäre«, erklärte er ihr.

»Wie lange warst du dabei?«, fragte sie.

Rocky gefiel das. Das gegenseitige Kennenlernen. Es gefiel ihm auch, dass er ihre volle Aufmerksamkeit hatte. Sie fummelte nicht an einem Telefon herum. Sie versuchte nicht, sich aus dem Gespräch herauszuwinden, oder sprach nur über sich selbst. Sie sah ihm in die Augen und war anscheinend neugierig auf mehr Informationen über ihn. Er war ebenso daran interessiert, mehr über sie zu erfahren.

»Es kam mir wie ein ganzes Leben vor«, erklärte er schließlich. »Aber ich habe es genossen, ein SEAL zu sein, zumindest zum größten Teil. Ich hätte es nicht so sehr genossen, wenn Ethan nicht an meiner Seite gewesen wäre. Wir waren zwar nicht im selben Team, aber wir haben oft dieselben Missionen zusammen gemacht. Die Welt der Spezialeinheiten ist klein, also haben wir irgendwann mit den meisten amerikanischen SEAL-Teams zusammengearbeitet ... und auch mit vielen Delta-Force-Teams.«

Bristol lachte.

»Was ist so lustig?«, fragte Rocky. Er sah sie gern lachen. Sie lachte von ganzem Herzen und ohne Vorbehalt.

»Ich habe vorhin gedacht, dass du bei meinem Glück ein SEAL bist und hundert Wege kennst, jemanden zu töten, ohne Spuren zu hinterlassen. Das hat mich kurz erschreckt, aber ich habe mir eingeredet, dass ich nur albern bin.«

Rockys Grinsen verblasste. »Ich werde dir nicht wehtun.«

»Ich weiß.«

»Tust du das?«, konnte er nicht umhin, sie zu fragen. »Ich bin ein großer Mann. Du hast recht, ich kenne *tatsächlich* mehrere Möglichkeiten, jemanden ohne eine Waffe zu töten. Ich war ein verdammt guter SEAL und die Regierung hat mich gut ausgebildet.«

»Willst du mir Angst machen?«, fragte sie leise.

Rocky dachte einen Moment lang darüber nach und zuckte dann mit den Schultern. »Vielleicht.«

»Warum?«

»Weil du mir eine *Heidenangst* einjagst.«

Sie sah schockiert aus. »Ich? Komm schon. Ich bin so harmlos wie ein Hündchen. Außerdem, wie du schon sagtest, bist du ein großer Mann. Sobald ich etwas versuchen würde, würdest du mich in den Boden stampfen.«

»Niemals«, erklärte Rocky inbrünstig.

»Warum mache ich dir dann Angst?«, fragte sie.

Rocky beschloss, dass Ehrlichkeit die beste Option war.

»Weil du etwas an dir hast, das anders ist als bei allen anderen Frauen, die ich je getroffen habe. Ich habe keine Ahnung, was es ist oder warum, aber jetzt verstehe ich, warum Sandra sich so schnell in dich verguckt hat. Der Gedanke, dass du Schmerzen hast oder verletzt bist, macht mich irgendwie völlig fertig. Ich will es in Ordnung bringen. Ich möchte Mike und seinen dämlichen Freunden am liebsten die Hölle heißmachen, weil sie dich, ohne nachzudenken, zurückgelassen haben.«

Sie starrten sich einen Moment lang an und Rocky wusste, dass das verrückt war. Sie hatten sich gerade erst kennengelernt. Aber er konnte nicht lügen. Sie hatte einfach etwas an sich.

»Ich weiß nicht, was ich dazu sagen soll.«

»Du musst gar nichts sagen«, erwiderte Rocky. »Ich habe es dir nicht erzählt, um dich in Verlegenheit zu bringen. Ich wollte dir nur versichern, dass ich dir genauso wenig etwas antun würde wie meinem Bruder. Wie fühlen sich deine Beine an?«

»Abgesehen davon, dass das rechte gebrochen ist? Nicht schlecht«, scherzte sie.

Da. Genau das. Sie hatte allen Grund, sich über ihre Schmerzen zu beklagen, aber stattdessen spielte sie sie herunter und machte einen Scherz. Das war etwas, was *er* vielleicht tun würde oder seine engen Freunde. Vielleicht fühlte er sich deshalb so wohl bei ihr.

»Kribbelt es in deinen Füßen? Wenn ich dich mit meinem Arm unter den Knien trage, kann die Durchblutung unterbrochen werden, wenn wir nicht aufpassen.«

»Mir geht's gut. Und wie geht es *dir*? Es kann nicht einfach sein, mich zu tragen, auch wenn ich nicht so groß bin.«

»Mir geht's gut. Aber ja, es wäre einfacher, wenn ich mein Team dabeihätte, natürlich. Bist du bereit, erneut loszulegen?«

Sie nickte. »Erzählst du mir von deinem Team?«

»Klar.« Rocky stand auf, wölbte den Rücken, beugte sich

vor und berührte seine Zehen. Er drehte sich nach rechts, dann nach links, bevor er dorthin ging, wo er den Rucksack abgestellt hatte. Er setzte ihn wieder auf und kehrte zu Bristol zurück. »Okay, wir machen dasselbe wie beim letzten Mal. Ich nehme dich hoch, du legst deinen Arm um meinen Hals und bewegst deine Beine überhaupt nicht. Lass mich die ganze Arbeit machen.«

»Okay. Ich bin bereit.«

Rocky hob sie hoch, als wäre sie aus Glas, und sie wieder in seinen Armen zu haben fühlte sich ... richtig an. Was irrational war.

Am besten war es, sich auf das Hier und Jetzt zu konzentrieren. Sie war verletzt und die kleinste Bewegung konnte möglicherweise zu Schmerzen für den Rest ihres Lebens führen, wenn er ihr Bein in die falsche Richtung bewegte. Das absolute Vertrauen, das sie ihm entgegenbrachte, machte ihn noch entschlossener, nichts zu tun, was ihr Unbehagen bereiten könnte.

Jetzt, da sie auf dem Pfad waren, konnte er schneller gehen. Er hatte noch einen weiten Weg vor sich, um zum Ausgangspunkt zurückzukehren, wo er Handyempfang hatte. Als Erstes würde er Raiden anrufen, auch wenn sein Freund ihm die Hölle heißmachen würde, weil er wirklich Mist gebaut hatte und allein auf die Suche gegangen war ... obwohl Rocky der Meinung war, dass es wahrscheinlich nichts zu suchen gab. Dann würde er Doc Snow anrufen und sich vergewissern, dass er sich mit ihm und Bristol in der Praxis in der Stadt treffen konnte.

»Rocky?«, fragte Bristol. »Worüber denkst du so angestrengt nach?«

»Dass ich dir Hilfe besorge, wenn wir vom Wanderpfad runter sind«, erklärte er ihr. »Aber du wolltest doch etwas über mein Team erfahren, oder?«

»Ja bitte.«

Rocky hatte kein Problem damit, über seine Freunde zu

sprechen. »Nun, du weißt ja von meinem Bruder. Ethan ist de facto der Anführer des Eagle Point Such- und Bergungsteams. Er war derjenige, der die Idee hatte, unsere Gruppe ins Leben zu rufen, und er hat mich und die anderen rekrutiert. Die beste Entscheidung meines Lebens war es, nach Fallport zu kommen. Nicht nur, dass ich weiterhin mit meinem Bruder zusammenarbeiten kann, er hat es auch geschafft, ein Team von Gleichgesinnten zusammenzustellen.«

»Wie alt sind du und dein Zwillingsbruder?«

»Fünfunddreißig. Warum? Wie alt bist du? Oh, Mist, das darf ich doch nicht fragen, oder? Vergiss es, vergiss, dass ich gefragt habe«, sagte er zu ihr.

Bristol lachte und Rocky spürte, wie das Lachen in ihm vibrierte, da er sie an sich gedrückt hielt.

»Es macht mir nichts aus. Ich schäme mich nicht für mein Alter. Ich bin siebenunddreißig. Obwohl es sich manchmal anfühlt, als wäre ich schon uralt, und an anderen Tagen könnte ich schwören, dass ich erst gestern den Highschool-Abschluss gemacht habe.«

»Das Gefühl kenne ich. Jedenfalls hat Ethan Anfang des Jahres eine wunderbare Frau, Lilly, kennengelernt. Sie sind verlobt und planen eine Hochzeit an Halloween.«

»Wie haben sie sich kennengelernt?«, fragte Bristol. »Bitte sag mir, dass sie sich nicht im Wald verlaufen hat und er sie gefunden hat.«

Jetzt war es an Rocky zu lachen. »Nicht ganz. Sie war als Kamerafrau in der Stadt, um eine Sendung über Bigfoot zu filmen.«

»Ach komm!«, rief Bristol aus. »Ist das dein Ernst?«

»Ja. Lange Rede, kurzer Sinn, Ethan und sie haben eine Menge Zeit miteinander verbracht, und sie ist in Fallport geblieben.«

»Wow. Das ist verrückt. Ich meine, das ist so ziemlich der Grund, warum ich auch in der Stadt bin. Mike hat von der Show gehört und dachte, es würde Spaß machen, hierherzukommen und nach Bigfoot zu suchen. Er sagte, es wäre besser, es jetzt zu tun, bevor die Show ausgestrahlt wird und alle Welt in die Stadt kommt.«

»Er hat nicht unrecht, auch wenn er trotzdem noch ein *Mistkerl* ist für das, was er dir angetan hat.«

Bristol lachte erneut. »Da sind wir uns einig.«

»Wie auch immer, als Nächstes ist da Zeke. Er war früher ein Green Beret in der Armee und besitzt jetzt die Kneipe in der Stadt, das *On the Rocks*. Er ist mit Elsie zusammen. Sie war eine alleinerziehende Mutter und arbeitet als Kellnerin in der Kneipe. Sie kannten sich schon eine Weile, aber die Dinge zwischen ihnen wurden heißer und sie haben erst kürzlich geheiratet. Er ist mit Elsie und ihrem Sohn Tony zum Eagle Point Aussichtsturm gewandert, und die meisten Mitglieder des Such- und Bergungsteams sind mitgewandert, weshalb sie jetzt nicht hier sind. Drew war früher Beamter der Virginia State Police und ist jetzt Steuerberater. Er macht alle unsere Steuern, und ich schwöre, der Mann ist ein Genie, der uns allen schon viel Geld gespart hat.«

»Ich wünschte, ich hätte einen guten Steuerberater. Ich habe im Laufe der Jahre mehrere ausprobiert und es scheint, als wären sie nur daran interessiert, Geld zu *kassieren*, anstatt mir zu helfen, Steuern zu sparen«, bemerkte sie seufzend.

»Ich bin mir sicher, dass er nichts dagegen hätte, sich mit dir zusammenzusetzen und über dein Geschäft und so zu reden. Er würde dir bestimmt ein paar tolle Tipps geben.«

»Das wäre großartig. Ich werde mal sehen, ob wir das machen können, danke«, entgegnete Bristol.

»Und dann ist da noch Brock, der früher bei der US-Zollbehörde gearbeitet hat und jetzt in der örtlichen Autowerkstatt beschäftigt ist. Es gibt nichts, was der Mann nicht über Motoren und alles, was mit Autos zu tun hat, weiß. Talon kommt aus Großbritannien und war beim Special Boat Service, einer Spezialeinheit in England. Er ist der Schönling von uns allen. Wahrscheinlich weil er Friseur ist. Er ist immer tadellos frisiert, wenn du dich also mal mit ihm anlegen willst, sag ihm, wie unordentlich seine Haare aussehen oder dass sie zu lang sind.«

Bristol lächelte. »Ähm, da ich ihn nicht kenne, glaube ich nicht, dass ich das tun werde.«

»Hoffentlich lernst du ihn kennen. Er ist auch eine Art Clown ... aber das kann sich ganz schnell ändern. Ich habe ihn schon in einem Moment lachend gesehen und im nächsten Moment schlägt er erst zu und stellt dann Fragen.«

»Dann werde ich ihn bestimmt nicht so bald verärgern«, erklärte Bristol.

»Der Letzte im Team ist Raiden. Er ist groß, das habe ich dir gesagt. Er hatte es nicht leicht als Jugendlicher. Er war schlaksig, hatte irgendwie komisch aussehende Ohren – zumindest hat er das gesagt – und eine spitze Nase. Man hat sich oft über ihn lustig gemacht. Er hat uns mehr als einmal erzählt, dass seine einzigen Freunde während seiner Kindheit seine Hunde waren. Als er zur Küstenwache ging, wurde er Hundeführer, was nicht überraschend war. Und zwar ein verdammt guter. Er ist so etwas wie ein Hundeflüsterer oder so. Er hat einen Suchhund, einen Bluthund namens Duke. Der ist erstaunlich. Viele Hunde sind schwer zu handhaben, weil sie zu viel fressen und stur sind, aber Duke tut alles, was Raiden sagt, fast bevor er es sagt.«

»Ooooh, ich liebe Bluthunde!«, rief Bristol aus. »Bis auf den Sabber. Das ist irgendwie eklig.«

Rocky lachte. »Ja, das ist es. Aber Duke ist ein *unglaublicher* Spürhund. Er hätte dich wahrscheinlich in der Hälfte der Zeit gefunden, die ich gebraucht habe.«

»Du klingst wirklich so, als würdest du alle deine Freunde respektieren und mögen.«

»Das tue ich. Und mehr als das, ich vertraue ihnen mit meinem Leben. Wenn wir hier draußen im Einsatz sind, gibt es niemanden, den ich lieber dabeihätte.«

»Wirst du Ärger bekommen, weil du allein hierhergekommen bist?«, fragte Bristol und legte ihre Stirn besorgt in Falten.

»Nein. So arbeiten wir nicht. In unserem Team gibt es keine Hierarchie. Ethan ist unser Anführer, aber nur, weil er bereit ist, Dinge zu tun, wie sich mit dem Stadtrat und dem Bürgermeister zu treffen, wenn wir den Finanzplan besprechen müssen, und er spricht mit der Presse, wenn nötig. Aber ansonsten sind wir alle ein Haufen Leute, die unserer Stadt dienen und unseren Freunden und Nachbarn – und Touristen, wenn nötig – helfen, wenn sie es brauchen. Das soll aber nicht heißen, dass sie mich nicht ausschimpfen werden, weil ich auf eigene Faust losgezogen bin, ohne jemandem zu sagen, wohin ich unterwegs war. Eigentlich sollte ich es besser wissen, als so etwas Dummes zu tun.«

»Genauso wie ich es hätte besser wissen müssen, als allein zu wandern«, entgegnete Bristol leise.

»Ganz genau. Raiden ist im Moment der Einzige in der Stadt, und ich hätte ihn anrufen sollen, bevor ich losgezogen bin. Auch wenn ich mir nicht sicher war, ob Sandras Sorge berechtigt war. Ich habe definitiv meine Lektion gelernt. Ich hoffe nur, es war nicht auf deine Kosten.«

»Auf meine Kosten? Rocky, du hast mich *gefunden*.«

»Und wenn Raid bei mir gewesen wäre, wären wir wahrscheinlich schon längst wieder am Anfang des Weges angekommen. Ich hätte ihn zurückschicken können, um Hilfe zu holen, während ich bei dir geblieben wäre. Du müsstest nicht die Schmerzen erleiden, die du jetzt hast, wenn ich nicht allein wäre.«

»Wie auch immer«, entgegnete Bristol ein wenig hitzig. »Du musst aufhören, dir Vorwürfe zu machen. Wenn wir jede Entscheidung, die wir je getroffen haben, im Nachhinein bereuen würden, könnten wir morgens nicht mehr aufstehen. Hättest du etwas anders machen können? Ja. Aber das hätte ich auch tun können. Und du hättest dich entscheiden können, Sandra zu ignorieren, sie davon zu überzeugen, dass es mir gut geht, und dann hätte mich *niemand* gefunden. Also komm, hör auf, dir Vorwürfe zu machen.«

Rocky konnte sich ein Lachen nicht verkneifen. »Stimmt, tut mir leid.«

Sie hatte nicht unrecht. Er hatte zwar Mist gebaut, weil er allein herausgekommen war, aber er *war* immerhin hergekommen.

Er ging noch eine halbe Stunde weiter, bevor er erneut auf einer Pause bestand. Als er sie dieses Mal absetzte, konnte sie das Zusammenzucken nicht mehr zurückhalten. Rocky holte eine weitere Schmerztablette für sie heraus. So gern er sie auch dazu gebracht hätte, etwas zu essen, wenn ihr in Kürze eine Operation bevorstand, war das keine gute Idee.

Also unterhielten sie sich noch ein wenig, und als es Zeit war, nahm er sie noch einmal ganz vorsichtig hoch. Je mehr Zeit er damit verbrachte, sie zu halten, desto richtiger fühlte sich das für Rocky an. Sie war so zierlich, aber sie schien trotzdem perfekt zu ihm zu passen, was angesichts des Größenunterschieds zwischen ihnen schon etwas seltsam war.

Als sie den Anfangspunkt des Wanderweges erreichten, waren sie beide müde, verschwitzt und hatten Schmerzen. Es war später Nachmittag und er war fast zwanzig Kilometer gelaufen, die Hälfte davon mit mehr als dem doppelten Gewicht, mit dem er am Morgen losgegangen war. Rocky ignorierte seine Schmerzen, denn er wusste, dass sie nichts waren im Vergleich zu dem, was Bristol fühlte. Sie leugnete immer noch, dass sie mehr als eine Fünf auf einer Skala von eins bis zehn empfand, aber je länger der Tag andauerte, desto mehr hatte Rocky das Gefühl, dass sie ihm ins Gesicht log.

Er ließ sie auf der Beifahrerseite seines dunkelblauen Chevy Tahoe Platz nehmen und holte sein Handy heraus. Der erste Mensch, den er anrief, war Robert Snow, der Hausarzt von Fallport. Der Mann sagte zu, sich mit ihm in der Praxis am Stadtplatz zu treffen, sobald er dort sei.

Um keine Zeit zu verlieren, startete Rocky seinen Wagen

und fuhr in Richtung Stadt. Während der Fahrt wählte er Raidens Nummer.

»Hey, Rocky, was gibt's?«, begrüßte Raiden ihn, als er abnahm.

»Erstens, ich habe Mist gebaut, ich *weiß*, dass ich Mist gebaut habe, und ich wäre dir dankbar, wenn du dir den Vortrag für ein anderes Mal aufheben würdest«, erklärte Rocky ihm. Er benutzte die Bluetooth-Freisprechfunktion des Telefons und zuckte leicht mit den Schultern, während er die Antwort seines Freundes abwartete.

»Gut. Was soll ich tun?«

Das war der Grund, warum Rocky so viel Respekt vor seinen Freunden hatte. Vor Raiden. Er ging schnell durch, was Sandra an diesem Morgen gesagt hatte und wie er auf dem Falling Water Trail gewandert war und Bristol gefunden hatte. »Wir sind gerade auf dem Weg zu Doc Snow, aber je nachdem, was die Röntgenbilder ergeben, müssen wir vielleicht nach Roanoke fahren.«

»In Ordnung. Noch einmal, was soll ich tun?«, fragte Raid.

»Gehst du im *Sunny Side Up* vorbei und redest mit Sandra? Sag ihr bitte Bescheid, dass ich Bristol gefunden habe und es ihr gut geht. Es könnte ein paar Tage dauern, bis sie sie besuchen kann, je nachdem, ob wir nach Roanoke fahren müssen oder nicht, aber ich möchte, dass sie weiß, dass Bristol in Sicherheit ist.«

»Wird erledigt. Was noch? Soll ich bei ihr bleiben, während du nach Hause fährst und duschst oder etwas zu essen holst?«

»Ich brauche keinen Babysitter«, protestierte Bristol.

Rocky ignorierte ihren Protest. »Das wäre großartig, danke. Ich bin ziemlich fertig nach all dem. Ich bin sicher, Doc Snow und das Personal in Roanoke würden sich freuen, wenn ich nicht wie ein dreckiger Schuh rieche.«

»Gut. Ich spreche mit Khloe und mache mich dann auf den Weg zum Doc. Soll ich dir etwas mitbringen?«

»Nein. Danke, Raid. Ich weiß das zu schätzen.«

»Wie auch immer, Mann. Als würde ich Nein sagen. Auch *wenn* du Mist gebaut hast, weil du mich nicht angerufen hast. Bis später.«

Rocky zuckte zusammen, als er auflegte. Raid war ein introvertierter Mensch. Die Tatsache, dass er nicht gezögert hatte, Rocky am Ende noch mal darauf hinzuweisen, dass er Mist gebaut hatte, zeigte ihm, wie sauer sein Freund *wirklich* war.

»Er klingt ... nett.«

»Das ist er auch«, entgegnete Rocky.

»Wer ist Khloe?«

»Seine Angestellte.«

»Wo arbeitet er?«

»Oh, habe ich dir das nicht schon gesagt? Er ist der Chefbibliothekar der öffentlichen Bücherei von Fallport.«

»Ernsthaft?«

»Ja. Warum?«

»Ich weiß es nicht. Ich habe ein Bild davon im Kopf, wie er aussieht, und Bibliothekar ist der letzte Job, der mir bei einem ehemaligen Mitglied der Küstenwache, der einen Bluthund hat und verdammt groß ist, einfallen würde.«

Rocky konnte sich ein Lachen nicht verkneifen. »Eines muss man dem Such- und Bergungsteam von Eagle Point lassen: Wir entsprechen definitiv nicht den meisten Klischees.«

Bristol legte ihre Hand auf seinen Arm, und Rocky hätte schwören können, dass ihre Berührung ihn am ganzen Körper kribbelte. »Danke, dass du dafür sorgst, dass er Sandra Bescheid sagt. Das war sehr rücksichtsvoll von dir.«

»Du hast bei ihr einen ziemlich großen Eindruck hinterlassen. Sie ist besorgt. Es wäre grausam, sie warten zu lassen, jetzt, da du in Sicherheit bist.«

»Finde ich auch. Deshalb danke ich dir.«

»Du musst *aufhören*, mir zu danken«, bat Rocky sie.

»Warum?«, fragte sie, zog ihre Hand zurück und legte sie in ihren Schoß.

Ihr schwarzes Haar war auf ihrem Kopf ein einziger Wirrwarr – sie hatte es in einer ihrer Pausen zu einem unordentlichen Dutt hochgesteckt, aber die Strähnen hatten sich gelöst und hingen ihr ins Gesicht. Sie trug absolut kein Make-up, ihr Gesicht war schmutzig, sie roch wie jeder andere, der tagelang in der freien Natur war, und brauchte definitiv eine Dusche und saubere Kleidung. Und doch konnte Rocky den Blick nicht von ihr abwenden.

Er verstand langsam, warum sein Bruder sich so schnell in Lilly verliebt hatte.

»Weil ich nicht die nächste Zeit, die wir zusammen sind, damit verbringen will, immer wieder ›Gern geschehen‹ zu sagen.«

»Aber du gibst dir doch Mühe, mir zu helfen«, protestierte sie.

»Und das bist du nicht gewohnt?«, fragte er aufrichtig interessiert.

»Ich … nein. Ich schätze, ich bin wie dein Freund Raid. Ich bin ein introvertierter Mensch. Ich verbringe viel Zeit allein zu Hause und arbeite an meinen Projekten.«

»Nun, ich denke, du musst dich daran gewöhnen. Denn ich gehe nirgendwo hin. Ich bin auf lange Sicht dabei.«

»Bei was dabei?«

Rocky zuckte mit den Schultern und wurde langsamer, als er sich dem Stadtplatz näherte. »Dabei, dafür zu sorgen, dass es dir wirklich gut geht.«

»Machst du das bei jedem, den du rettest?«

Rocky parkte in einer Parklücke direkt vor der Arztpraxis am Stadtplatz und stellte dann den Motor ab. Er drehte sich um und sah Bristol in die Augen. »Nein. Wenn wir jemanden gefunden haben, der vermisst wurde, ist unser Job erledigt. Wir überlassen diese Personen dann der Polizei oder den Sanitätern.«

»Warum machst du es dann bei mir?«, fragte sie.

»Weil mir etwas sagt, dass ich es ein Leben lang bereuen würde, wenn ich dich gehen ließe.«

Mit diesen Worten stieg Rocky aus dem Geländewagen und ging auf die andere Seite. Er hatte wahrscheinlich zu viel gesagt und er wusste, dass es sich lächerlich anhörte, aber so war es. Er hatte nicht vor, vor der Verbindung, die er zu dieser Frau empfand, zurückzuschrecken.

Nicht, solange sie ihm nicht klipp und klar sagte, dass sie nichts mit einem Kleinstadt-Handwerker, einem ehemaligen Militärsoldaten und Naturburschen zu tun haben wollte.

KAPITEL VIER

Bristol war sich nicht sicher, was sie von Rocky halten sollte.

Nein, das stimmte so nicht.

Sie mochte ihn. Sehr. Zu sehr. Es war verrückt, wie sehr sie den Mann schätzte, obwohl sie ihn erst seit wenigen Stunden kannte. Aber in dieser Zeit hatte er sich Mühe gegeben, sie zu beruhigen, ihre Wunden zu versorgen, ihr nicht mehr als nötig wehzutun und sie generell so zu behandeln, als wäre sie ein wertvolles Stück Glas, das er zufällig mitten im Wald gefunden hatte.

Alles, was sie bis jetzt über ihn erfahren hatte, gefiel ihr.

Er hatte sie in die Klinik in der bezaubernden Innenstadt von Fallport getragen, und der Arzt war verständnisvoll und besorgt darüber gewesen, was sie durchgemacht hatte. Er war auch sehr beeindruckt gewesen und hatte sich nicht gescheut, das zu sagen. Er hatte ihr Bein geröntgt und festgestellt, dass ihr Wadenbein definitiv gebrochen war, und erklärt, sie habe Glück gehabt, dass es der kleine Knochen in ihrem Schienbein war, den sie sich gebrochen hatte, und nicht das Schienbein selbst.

Da es aber gebrochen und nicht nur angeknackst war, war er der Meinung, dass der Knochen mit Schrauben fixiert werden müsse, damit er richtig heilen konnte. Das bedeutete, sie mussten nach Roanoke fahren und dort einen Arzt aufsuchen. Doc Snow hatte ihr versichert, dass er mit einem seiner Kollegen in dem größeren Krankenhaus sprechen würde und dass man dort für sie bereit wäre, wenn sie ankäme.

Während sie auf die Rückkehr von Rocky wartete – er war gegangen, um zu duschen und sich umzuziehen, bevor er sich auf den Weg nach Roanoke machte –, lernte Bristol seinen Freund Raid kennen, der sich zu ihr gesetzt hatte. Rocky hatte recht, Raid sah ungewöhnlich aus, und das nicht nur, weil er sie überragte. Er hatte besonders helles, rotes Haar und seine Ohren standen ein wenig ab. Sie musste lachen, als sie sah, dass er auch einen Bart trug.

»Was ist so lustig?«, hatte Rocky gefragt, bevor er gegangen war.

Bristol hatte mit den Schultern gezuckt und gefragt: »Habt ihr alle Bärte?«

Er hatte gelächelt, genickt – und sie dann maßlos schockiert, als er sich zu ihr hinuntergebeugt und sie sanft auf die Stirn geküsst hatte. Als sie ihn angesichts dieser intimen, aber nicht unwillkommenen Geste mit großen Augen anstarrte, hatte er erwidert: »Meiner ist allerdings der beeindruckendste«, bevor er ihr noch schnell zugezwinkert und dann den Raum verlassen hatte.

»Interessant«, bemerkte Raid, als Rocky gegangen war.

»Was?«

»Ihr zwei scheint euch da draußen im Wald ziemlich angefreundet zu haben.«

Manche Leute hätten seine Worte vielleicht falsch verstanden, aber da er ein kleines Lächeln im Gesicht hatte, war Bristol nicht empört. Sie zuckte mit den Schultern und sagte einfach: »Ja.«

Raids Blick aus seinen grünen Augen traf auf ihren, und er starrte sie einen Moment lang an, bevor er bemerkte: »Rocky ist ein guter Mann. Einer der besten. Ich würde buchstäblich mein Leben für ihn geben. Ich denke, nachdem er gesehen hat, wie schnell sich sein Bruder und Zeke in tolle Frauen verliebt haben, will er das Gleiche für sich. Ich weiß zwar nicht, was die Zukunft bringt, aber ich bitte dich ... wenn du dir nicht vorstellen kannst, nach Fallport zu ziehen und mit Rocky zusammenzuleben, dann verführ ihn bitte nicht.«

Wieder hätte Bristol empört sein können, dass Raiden sich so viel herausnahm, aber da es offensichtlich war, dass er sich um seinen Freund sorgte, nahm sie es ihm nicht übel. »Ich habe auch keine Ahnung, was in der Zukunft passieren wird. Es scheint mir ein bisschen früh zu sein, um an einen Umzug zu denken oder gar an eine Beziehung mit Rocky. Aber nur, damit du es weißt ... ich arbeite von zu Hause und kann daher überall leben.

Ich habe noch nie einen meiner ehemaligen Freunde verarscht und habe nicht vor, jetzt damit anzufangen. Falls – und das ist ein großes Falls – Rocky und ich entscheiden, dass wir sehen wollen, wohin uns diese ganze Sache führt, werde ich ihn nicht an der Nase herumführen. Ich verspreche es dir, Raid. Ich habe einen Job, den ich liebe, wunderbare Eltern, genügend Geld auf meinem Bankkonto und ich schätze meine Unabhängigkeit. Ich bin kein Schnorrer, ich will nicht unbedingt ein Kind, und wenn ich für den Rest meines Lebens Single bleiben sollte, ist das auch in Ordnung.«

Raiden lächelte und Bristol stockte der Atem. Das Lächeln veränderte sein gesamtes Erscheinungsbild. Von groß, dunkel und mürrisch verwandelte er sich innerhalb eines Augenblicks in einen gut aussehenden und charmanten Mann.

Er lachte und bemerkte dann leise: »Rocky ist verloren.«

Bristol öffnete den Mund, um zu fragen, was er genau meinte, aber eine Frau marschierte in den Raum, als hätte sie jedes Recht dazu, obwohl sie nicht wie eine typische Krankenschwester oder Ärztin gekleidet war.

»Hi, mein Name ist Khloe. Ich wollte mich vergewissern, dass es dir gut geht. Tut dein Bein weh? Was können wir tun, damit du dich besser fühlst? Wo ist Rocky? Ich denke, du solltest dich auf den Weg machen; dein Bein ist bereits zu lange verletzt. Je eher du ins Krankenhaus kommst und operiert wirst, desto besser wird es heilen. Raid, kannst du Rocky anrufen und fragen, wie lange er noch braucht?«

Bristol konnte die Frau nur verwirrt anstarren. Sie schien sich mehr Sorgen um sie, eine völlig Fremde, zu machen, als es normal war. Sie war eher klein, wie Bristol, aber sie war trotzdem rund fünfzehn Zentimeter größer als Bristol mit ihren Einsfünfzig. Ihre und Raids Köpfe waren praktisch auf gleicher Höhe, obwohl er saß und sie stand. Sie hatte hellbraunes Haar und haselnussbraune Augen, und Bristol war nicht entgangen, dass sie hinkte, als sie den Raum betreten hatte. Sie war angenehm mollig und füllte die Jeans, die sie trug, aus, als wäre sie aufgemalt.

Als Raid die Frau anstarrte, ohne sich zu bewegen, sagte sie: »Gut, *ich* rufe ihn an.« Sie zog ein Telefon aus ihrer Gesäßtasche.

Raid griff danach und nahm ihr das Telefon aus der Hand. »Er wird jeden Moment zurück sein. Es gibt keinen Grund, ihn durch einen Anruf zu nerven.«

Khloe runzelte die Stirn und ging auf das Bett zu, auf dem Bristol lag, wobei sie dem großen Mann, der neben ihr saß, den Rücken zuwandte. »Geht es dir einigermaßen gut? Hast du starke Schmerzen? Hat Doc Snow dir ein paar Schmerzmittel gegeben? Ich kann ihn suchen und ihm sagen, dass du mehr brauchst, wenn du Schmerzen hast.«

»Mir geht es gut. Aber danke«, entgegnete Bristol. Und das stimmte auch. Ihr Bein pochte, ebenso wie ihre Handflächen, die der Arzt wieder gesäubert hatte, und sie fühlte sich immer noch etwas benebelt von den Tabletten, die Rocky ihr gegeben hatte.

Aber ihre Worte schienen keine Wirkung auf Khloes Besorgnis zu haben. »Ich weiß, dass du nichts essen darfst, aber ich kann dir noch etwas Wasser holen, wenn du möchtest.«

In dem Wunsch, die offensichtlich besorgte Frau zu beruhigen, streckte Bristol eine Hand aus und berührte ihren Arm. »Es geht mir wirklich gut.«

»Khloe?«, fragte Raiden hinter ihr. Bristol konnte sehen, dass er die Stirn runzelte. »Was ist los?«

Bristol beobachtete, wie die andere Frau tief einatmete. Sie schloss für einen Moment die Augen und drehte sich dann um. »Nichts ist los. Mir geht's gut. Ich ... ich wollte nur sichergehen, dass es Bristol gut geht. Gebrochene Knochen tun weh, und du und Rocky seid Supersoldaten, die wahrscheinlich keinen Schmerz empfinden, selbst wenn ihr euch einen Knochen brecht. Also wollte ich nur nach ihr sehen. Jetzt, da ich das getan habe, werde ich wieder gehen. Keine Sorge, ich habe die Inventur fertig gemacht, bevor ich gegangen bin, und ich werde mich daranmachen, die Bücher zu beschriften und sie morgen in die Regale zu stellen.«

Sie ging auf die Tür zu, aber Raid blieb stehen und ergriff ihren Arm. Er hielt sie sanft, aber bestimmt fest. »Ich pfeife auf die Bücher. Im Moment mache ich mir mehr Sorgen um *dich*.«

»Mir geht's gut«, erwiderte Khloe schnell. Vielleicht zu schnell.

»Irgendwas ist los«, konterte Raid leise.

»Nichts ist los«, beharrte sie nachdrücklich. »Mir geht's gut. Bristol geht es gut. Rocky ist auf dem Rückweg, um sie nach Roanoke zu bringen, also werde ich jetzt gehen.«

»Ich bringe dich nach Hause«, entgegnete Raid fest.

Der panische Ausdruck auf Khloes Gesicht war offensichtlich – und verwirrend. »Nein, das wirst du nicht. Du kannst Bristol nicht allein zurücklassen. Rocky würde dir den Hintern versohlen, wenn er zurückkommt und sie allein ist.« Dann wandte sie sich dem Bett zu. »Ich bin froh, dass es dir gut geht.«

»Danke, dass du gekommen bist, um nach mir zu sehen«, erwiderte Bristol, immer noch völlig verblüfft.

Khloe nickte. »Ich bin sicher, Lilly und Elsie wären beide auch hier, wenn sie in der Stadt wären. Sie sind so supernett.«

Dann versuchte sie, sich loszureißen, und obwohl Raid weiterhin die Stirn runzelte, ließ er sie los. Sie riss ihm das Handy aus der Hand und schritt mit ihrem schwankenden Gang zur Tür.

Raiden starrte noch einen Moment zur Tür hinaus, nachdem sie gegangen war, und Bristol war sich nicht sicher, was sie sagen oder tun sollte, also blieb sie still. Es war mehr als offensichtlich, dass zwischen Raiden und seiner hübschen Kollegin eine Art Spannung herrschte, obwohl sie nicht sicher war, welcher Art. Aber das ging sie nichts an, und sie würde Fallport ohnehin bald verlassen.

In diesem Moment kam Rocky zurück. »Alles in Ordnung? Ich habe Khloe gehen sehen«, sagte er.

»Sie ist gekommen, um sich zu vergewissern, dass es mir gut geht«, erwiderte Bristol nach einem Moment, als Raid nicht reagierte.

»Das war nett von ihr.«

»Das war es«, stimmte Bristol zu.

»Da du wieder da bist, werde ich mich auf den Weg machen. Ich habe Duke in der Bibliothek zurückgelassen und muss mich vergewissern, dass es ihm gut geht.«

»Ich bin sicher, es geht ihm gut«, entgegnete Rocky. »Du hast ihn schon oft genug mit den anderen Bibliothekaren dort gelassen.«

Raid zuckte mit den Schultern. »Ich hoffe, in Roanoke läuft alles gut«, sagte er zu Bristol, bevor er Rocky zunickte und zur Tür hinausging.

»Was sollte das denn?«, fragte Rocky verwirrt.

Aber Bristol hatte bereits alles andere vergessen, nur nicht den Mann vor ihr. Sie hatte ihn fast den ganzen Tag über aus nächster Nähe gesehen, aber als sie ihn in Jeans und frischem T-Shirt sah und sogar seinen sauberen Geruch aus ein paar Metern Entfernung roch, verschlug es ihr die Sprache. Das machte ihren eigenen Zustand nur noch offensichtlicher. Sie würde jetzt für eine Dusche töten, aber sie wusste, dass das unmöglich war. Sie hasste es, sich neben Rocky so schmuddelig zu fühlen und auch so auszusehen.

»Was ist los?«, fragte er und deutete ihr Schweigen falsch. »Hast du Schmerzen? Der Arzt ist noch hier, ich werde ihn holen. Vielleicht will er dir noch eine Infusion legen, bevor wir losfahren, und ...«

»Nein!«, rief Bristol und unterbrach ihn. »Mir geht's gut.«

»Dir geht es nicht gut«, beharrte Rocky. »Irgendetwas stimmt nicht.«

Sie hasste es, dass er so aufmerksam war, aber es überraschte sie nicht – schließlich *war* er ein SEAL gewesen, und nach allem, was sie über die Eliteeinheit wusste, waren die Angehörigen sich ihrer Umgebung jederzeit äußerst bewusst –, und sie warf ihm einen verlegenen Blick zu. »Es ist nur ... dich so frisch und sauber zu sehen hat mir klar gemacht, wie *wenig* frisch und sauber *ich* bin.«

Rockys Gesicht entspannte sich und er zog den Stuhl, auf dem Raid gesessen hatte, näher an das Bett heran. Er streckte eine Hand aus und streichelte ihre Wange. Seine große Hand war warm und sie genoss das Gefühl auf ihrer Haut. »Es tut mir leid.«

»Was denn?« Aus irgendeinem Grund flüsterte sie die Worte.

»Ich hätte mir überlegen sollen, wie du dich fühlst, wenn ich geduscht habe. Ich war schon oft an deiner Stelle, und es ist echt blöd. Wir sind oft von einer Mission zurückgekommen und stanken zum Himmel, und dann mussten wir uns mit ein paar hohen Tieren treffen. Die hatten ihre gebügelten und gestärkten Uniformen an und gaben sich Mühe, nicht die Nase zu rümpfen über den Schweißgeruch, der von uns ausging.« Er lächelte sie an, dann wurde er wieder ernst. »Es macht mir wirklich nichts aus«, erklärte er ihr.

Bristol verdrehte die Augen. »Genau, weil es so angenehm ist.«

»Du bist am Leben. Du riechst nach *Leben*«, entgegnete Rocky unverblümt.

Sie konnte ihn nur anstarren. Er hatte recht. Der getrocknete Schweiß auf ihrer Haut und der Schmutz, der sich in ihrer Kleidung festgesetzt hatte, waren das direkte Ergebnis ihres Überlebenskampfes.

»Ihr zwei solltet jetzt gehen«, bemerkte eine tiefe Stimme von der Tür aus.

Bristol zuckte überrascht zusammen, aber Rocky schien von dem Erscheinen des Arztes nicht überrascht zu sein. Ihr wurde klar, dass er es wahrscheinlich nicht war. Wahrscheinlich hatte er ihn kommen hören. Wieder einmal erwies sich seine Ausbildung bei der Spezialeinheit als nützlich.

Ohne seine Hand wegzunehmen, drehte Rocky sich um und sah den Arzt an. »Erwarten sie uns?«

»Ja. Ihr kommt direkt dran, sobald ihr ankommt. Dr. Madden ist einer der besten Chirurgen in der Gegend. Er wird sie sofort wieder zusammenflicken. Der Bruch ist nicht schlimm, sie hat Glück gehabt, und er hat gesagt, nach Ansicht der Röntgenbilder, die ich ihm geschickt habe, glaubt er, dass sie nur eine Schraube braucht.«

»Danke«, erwiderte Rocky und stand auf.

Bristol hätte fast geweint, als er die Hand von ihrer Wange nahm. Was lächerlich war.

»Bist du bereit zu gehen?«, fragte er und stellte sich neben ihr Bett.

Bristol nickte.

»Doc, machen Sie uns die Tür auf?«, fragte Rocky.

»Aber natürlich. Seid vorsichtig«, mahnte der ältere Mann, während Rocky sich über sie beugte.

Wie schon so oft an diesem Tag legte Bristol einen Arm um seinen Hals, als er sie sanft aus dem Bett hob. Dankbar, dass sie nicht in ein schreckliches Krankenhauskleid gesteckt worden war, hielt Bristol sich fest, während Rocky sie durch die Praxis und zurück zu seinem Wagen trug.

Ehe sie sichs versah, waren sie unterwegs und fuhren auf der I-480 zur Interstate, die nach Norden nach Roanoke führte. Die Fahrt würde zwei Stunden dauern, und wenn sie ehrlich war, hatte Bristol ein wenig Angst vor der bevorstehenden Operation.

»Ich habe vergessen, Raiden zu fragen, ob er mit Sandra gesprochen hat«, bemerkte Bristol, nachdem ein paar Minuten des Schweigens vergangen waren.

»Das hat er«, erklärte Rocky. »Ich war gerade aus der Dusche raus, als sie mich angerufen hat, um sich von mir bestätigen zu lassen, dass es dir gut geht. Dann hat sie zu mir gesagt: ›Ich hab's dir ja gesagt.‹«

Bristol lächelte. »Was mich betrifft, kann sie sich eine Krone aufsetzen lassen, auf der ›Königin der *Ich hab's dir ja gesagt*‹ steht.«

Rocky lachte leise. »Gut, ich lasse sie so schnell wie möglich anfertigen.«

Bristol spürte, wie es ihr die Kehle zuschnürte, und sie tat ihr Bestes, um das überwältigende Gefühl hinunterzuschlucken. »Ich danke dir.«

»Obwohl, wenn du ihr eine Krone gibst, wird sie ihr zu Kopf steigen. Und sie wird wahrscheinlich Silas, Otto und Art den Rang ablaufen, wenn es darum geht, die Königin der Klatschbasen hier zu sein«, fügte Rocky hinzu.

Er blickte zu ihr hinüber, als er fertig gesprochen hatte, und sein Gesicht entspannte sich. »Bristol«, sagte er leise, als er sah, wie sehr sie sich bemühte, nicht die Fassung zu verlieren.

Bristol wandte sich ab und vergrub ihr Gesicht in einer ihrer Hände, als sie den Kampf um ihre Fassung verlor.

»Immer mit der Ruhe, es ist alles in Ordnung«, beruhigte Rocky sie. Er streichelte ihr mit einer seiner großen Hände den Rücken, während sie leise schluchzte.

Bristol hatte keine Ahnung, wie lange sie schon geweint hatte, als sie schließlich schwer schluckte und versuchte, sich zu beruhigen. Sie bemerkte, dass Rocky die ganze Zeit über beruhigende Dinge gemurmelt hatte. Er hatte ihr gesagt, wie tapfer und stark sie war. Dass die Operation ein Kinderspiel sein würde und dass er nicht eher gehen würde, bis sie wieder entlassen wurde.

Da drehte sie sich um und sah ihn an. »Was?«

Er schien überrascht, dass sie wieder sprach. »Was, *was?*«, fragte er.

»Du kannst nicht in Roanoke bleiben, solange ich im Krankenhaus bin«, entgegnete sie.

»Warum nicht?«, fragte er mit einer leichten Neigung seines Kopfes. Er ließ seine Hand zu ihrem Unterschenkel wandern. Er drückte nicht zu, bewegte seine Finger nicht in unzüchtiges Gebiet. Es war nur eine deutliche Erinnerung daran, dass sie nicht allein war. Was Bristol nach allem, was sie durchgemacht hatte, auch nötig hatte.

»Darum«, sagte sie. »Du hast ein Leben. Einen Job. Zwei Jobs, um genau zu sein. Und wir wissen nicht, wie lange ich dort sein werde. Und du hast keine Tasche mit Sachen, um dort zu übernachten.«

»Doch, habe ich«, erklärte er ganz ruhig. »Ich habe eine eingepackt, als ich nach Hause gefahren bin. Und ich bin selbstständig. Meine Kunden werden es verstehen, wenn ich sie anrufe und ihnen sage, warum ich den Termin verschieben muss. Ethan und der Rest der Jungs sollten morgen von ihrem Campingausflug zurück sein. Und es spielt keine Rolle, wie lange du im Krankenhaus bist – ich bleibe bei dir.«

»Ich ... danke. Ich bin immer noch erstaunt, dass du mich überhaupt selbst fährst.«

»Du brauchst mir nicht zu danken. Du faszinierst mich, Bristol. Und beeindruckst mich. Wie ich schon sagte, hast du die ganze Zeit über eine positive Einstellung zu deiner Situation behalten. Du hättest verbittert sein können, über dein Unbehagen meckern und deine Freunde schlechtmachen können, die dich da draußen zurückgelassen haben. Aber abgesehen von ein paar Kommentaren, in denen du erklärt hast, was passiert ist, hast du nichts dergleichen getan. Du hast bei Sandra einen Eindruck hinterlassen, und das ist ziemlich schwer. Aber hör zu ... wenn du nicht *willst*, dass ich bleibe, wenn du dich in meiner Nähe unwohl fühlst, dann musst du es nur sagen.«

»Nein!«, rief sie ein wenig zu energisch. »Das ist es nicht. Ich habe nur ... Angst.«

»Wovor? Vor mir?«, fragte Rocky.

»Vor dir werde ich nie Angst haben«, erklärte Bristol ehrlich. »Ich befinde mich nur außerhalb meiner Komfortzone. Ich hatte noch nie eine Operation. Ich war noch nie in Roanoke. Ich kenne dort niemanden und ich weiß nicht, was nach der Operation passieren wird. Ich vermute, dass ich eine Zeit lang nicht laufen kann, also habe ich auch keine Ahnung, wie das funktionieren wird, wenn ich zu Hause bin. Verdammt, ich weiß nicht einmal, wie ich nach Hause kommen soll. Ich verbringe die meiste Zeit allein, ich habe nicht viele Freunde, die mir helfen können, wenn ich wieder in Kingsport bin. Ich kann meine Mutter anrufen, aber sie lebt in Kalifornien, und so sehr ich sie auch liebe, sie würde mich erdrücken und wir würden uns in ein paar Tagen gegenseitig umbringen wollen. Ich bin einfach ... ich bin einfach überfordert. Du hast mir schon so viel geholfen. Ich habe keine Ahnung, warum du dich für eine Fremde so sehr ins Zeug legst. Und ... Raid hat mich davor gewarnt, dich zu verführen.«

»Verdammt. Hat er das? Ich werde mit ihm reden«, bemerkte Rocky mit harter Stimme.

»Nein, bitte nicht. Ich finde es wunderbar, dass du so gute Freunde hast, die sich so um dich sorgen.«

Rocky seufzte, dann legte er seine Hand einen Moment lang auf ihren Oberschenkel, bevor er sprach. »Wie wäre es, wenn wir die Dinge einen Tag nach dem anderen angehen? Doc Snow hat gesagt, er glaubt nicht, dass deine Operation schlimm wird. Er schätzt, dass du vielleicht einen Tag oder so im Krankenhaus bleiben musst, aber dann müsstest du entlassen werden. Du hast recht, du wirst wahrscheinlich für eine Weile nicht mehr auf dem Bein stehen können. Du könntest allerdings einfach in Fallport bleiben, während du dich erholst.«

Bristol blinzelte ihn an und runzelte die Stirn. »Fallport?«

»Ja. Wenn es dir besser geht, könnte ich dich nach Kingsport bringen und wir könnten ein paar von deinen Sachen holen. Du hast gesagt, du bist Künstlerin, stimmt's? Wir könnten ein paar deiner Materialien mitnehmen. Du kannst in Virginia genauso gut daran arbeiten wie in Tennessee. Du hast ja selbst gesagt, du hast nicht viele Freunde in Kingsport. Aber in Fallport kennst du schon viele Leute. Sandra wird sich um dich kümmern, denn das ist ihr Job. Du kennst jetzt Khloe, die sich besonders um dich zu sorgen scheint. Ich bin sicher, Lilly und Elsie werden sich freuen, dich kennenzulernen, und ihr werdet euch gut verstehen. Tony, Elsies Sohn, wird dich sicher auch gern unterhalten. Er ist immer auf der Suche nach jemandem, der ihm vorliest.

Ganz zu schweigen davon, dass die anderen Jungs dich kennenlernen wollen, denn wir sind immer beeindruckt von Leuten, die sich im Wald behaupten können. Und du, Bristol, gehörst zu den Besten, die sich behauptet haben. Verdammt, du hättest dich selbst gerettet, wenn ich nicht vorbeigekommen wäre. Was auch immer nach der Operation passiert, ich werde dir helfen, damit zurechtzukommen, und du wirst es schaffen.«

Bristol schwirrte der Kopf, und das nicht nur wegen der Schmerztabletten. »Wo soll ich wohnen?«, sagte sie leise, mehr zu sich selbst.

Rocky nahm seine Hand von ihrem Oberschenkel und legte sie wieder auf das Lenkrad. Es war verrückt, aber sie vermisste das beruhigende Gewicht seiner Handfläche.

Und wenn sie sich nicht irrte, sah der Mann neben ihr zum ersten Mal unbehaglich aus.

»Nun, Elsie und Zeke sind gerade in ein Haus gezogen, sie haben ein paar zusätzliche Zimmer. Ich weiß, dass sie nichts dagegen hätten, wenn du bei ihnen wohnst, bis du allein zurechtkommst. Whitney Crawford hat eine tolle Frühstückspension. Wir müssen herausfinden, ob sie noch etwas frei hat, aber das wäre eine Möglichkeit. Die Wohnung, in der Elsie gewohnt hat, liegt ganz in der Nähe von meiner und steht im Moment leer, sie wurde nicht erneut vermietet, aber ich bin mir nicht sicher, ob du gleich von Anfang an allein sein solltest. Es wird nicht leicht für dich sein, dich allein zurechtzufinden. Sandra würde sich sicher auch freuen, dich beherbergen zu dürfen.«

Er sah sie einen Moment lang an, bevor er sich wieder der Straße zuwandte. Dann sagte er lässig: »Und ich habe ein zusätzliches Zimmer in meiner Wohnung. Es ist nichts Außergewöhnliches, aber es ist sauber, und du kannst mir absolut vertrauen. Ich bin kein schlechter Koch, und wenn etwas passiert, habe ich viel Erfahrung in Erster Hilfe. Ich bin im Grunde ein Sanitäter, habe aber nach meinem Ausscheiden aus der Navy nie die offiziellen Zertifikate erhalten. Du hättest deinen eigenen Raum, und das Licht in meiner Wohnung ist ziemlich gut, wenn die Vorhänge offen sind, sodass du an deinen Kunstwerken arbeiten könntest. Ich wäre nicht die ganze Zeit da, weil ich arbeiten muss, aber wenn du etwas brauchst, wäre jede der anderen Frauen – kurz, jeder in Fallport – gern bereit, nach dir zu sehen und dir bei allem zu helfen, was du brauchst, wenn ich nicht da bin.«

Bristol hatte das Gefühl, dass ihr der Mund offen stand, aber sie konnte es nicht verhindern. Hatte dieser Mann sie gerade eingeladen, bei ihm zu wohnen? Und vielleicht hatte sie sich verhört, aber es hörte sich so an, als versuchte er, seine Wohnung ebenfalls als die beste Option erscheinen zu lassen.

Noch überraschter war sie, als sie feststellte, dass sie der Idee nicht abgeneigt war. Je mehr er redete, desto idealer erschien es ihr. Bis auf die Tatsache, dass sie diesen Mann gerade erst kennengelernt hatte. Der Gedanke, mit jemandem zusammenzuziehen, den sie nicht kannte, war völlig verrückt.

Ja, sie war verletzt und würde Hilfe brauchen, zumindest für eine Weile, aber trotzdem.

»Stimmt. Zu früh«, bemerkte er, als könnte er ihre Gedanken und ihre Bedenken lesen. »Ich will damit nur sagen, dass es eine Menge Leute gibt, die bereit sind, dir nach deiner Operation zu helfen. Du solltest nicht allein sein. Das ist einfach nicht sicher. Und du solltest dir auf keinen Fall Sorgen machen. Alles wird wieder gut. Die Operation wird gut verlaufen. Du brauchst keine Angst zu haben, Punky. Eins nach dem anderen. Alles klar?«

Oh, verdammt. Sie würde wieder weinen. Bristol nickte und lehnte den Kopf an die Sitzlehne hinter sich. »Danke«, flüsterte sie erneut. »Für alles. Ich habe wirklich keine Ahnung, was ich getan hätte, wenn du mich nicht gefunden hättest.«

Sie war nicht überrascht, als er ihren Dank achselzuckend abtat. »Du hättest es geschafft, Punky. Daran habe ich keinen Zweifel.«

Dieser Mann. Sie hatte noch nie jemanden wie ihn getroffen. Großzügig, selbstlos, umwerfend, und er schien absolut keine Ahnung zu haben, wie attraktiv er war. »Ich habe Geld«, platzte sie heraus.

Rocky lachte. »Okay?«

»Ich meine, ich bin versichert, und was nicht abgedeckt ist, kann ich bezahlen. Und ich kann auch etwas zur Miete oder zu den Lebensmitteln oder was auch immer beisteuern.«

Rocky nickte. »Das ist gut.«

Sie wollte am liebsten lachen. Die meisten Leute würden mehr wissen wollen. Vielleicht wie viel Geld sie hatte, wie sie ihren Lebensunterhalt als Künstlerin verdiente, und vielleicht würden sie versuchen, ihre Situation auszunutzen. Aber nicht Rocky.

Ihn würde wahrscheinlich nicht einmal die Tatsache interessieren, dass sie in diesem Moment mehrere Millionen Dollar in Investitionen und einen sechsstelligen Betrag auf ihrem Bankkonto hatte.

»Mach die Augen zu, Punky«, befahl er. »Ich bin mir sicher, dass du erschöpft bist. Ich habe alles im Griff, du bist in Sicherheit. Du kannst dich entspannen.«

Und als hätte ihr Körper genau auf diese Worte gewartet, hatte Bristol plötzlich das Gefühl, dass ihre Augen viel zu schwer waren, um sie offen zu halten.

Ohne darüber nachzudenken, griff sie mit ihrer linken Hand nach seiner. In dem Moment, in der sie ihn berührte, drehte er seine Hand und verschränkte ihre Finger. Er legte ihre verschränkten Hände auf die Konsole zwischen ihnen. Sie spürte, wie er ihre Hand einmal drückte, dann fiel sie in einen tiefen Schlaf, sicher in dem Wissen, dass sie nicht allein war. Dass Rocky sich um sie kümmern würde.

KAPITEL FÜNF

Rocky ging besorgt im Wartezimmer auf und ab. Bristol war vor einer Stunde in den OP gebracht worden und er wartete darauf, etwas darüber zu erfahren, wie es ihr ging.

Im Geiste versetzte er sich selbst einen Tritt in den Hintern, weil er im Wagen all diesen Mist gesagt hatte. Sicherlich war sie jetzt nicht in der Verfassung, sich anzuhören, wie er sie drängte, nach Fallport zurückzukommen. Sie war offensichtlich daran gewöhnt, auf sich allein gestellt zu sein, und konnte auf sich selbst aufpassen. Aber ihm gefiel der Gedanke nicht, dass sie nach ihrer Operation ganz allein war und versuchte, herumzuhüpfen und ihrem Alltag nachzugehen. Das wäre nicht nur schmerzhaft, es wäre auch gefährlich. Wenn sie auf das Bein stürzte, könnte das noch mehr Schaden anrichten.

Er hatte sich wie ein Idiot benommen und versucht, sie zu überreden, bei ihm zu bleiben. Was verrückt war. Sie hatten sich gerade erst kennengelernt. Aber tief in seinem Inneren war es ihm egal. Sie hatte ihn mit ihrer Tapferkeit und Stärke in ihren Bann gezogen. Sie hatte in den Wäldern nicht aufgegeben. Sie hatte alles getan, was sie konnte, um sich zu retten. Er hatte sie nicht beschwichtigt; wenn Rocky sie nicht gefunden hätte oder wenn er Sandras Bedenken ignoriert hätte, hätte sie sich zweifellos bis zum Pfad geschleppt und den ganzen Weg zurück zum Ausgangspunkt, wenn es nötig gewesen wäre.

Bristol Wingham war eine Kämpferin. Eine Überlebenskünstlerin. Sie war eine mächtige Kraft in einem winzig kleinen Körper.

Und er wollte sie. Das war wahnsinnig. Völlig lächerlich. Aber so war es.

Sein Handy klingelte, während er auf und ab ging, und Rocky hielt inne, um es aus seiner Tasche zu ziehen. Er sah, dass es sein Bruder am anderen Ende der Leitung war.

»Hey, Bruderherz«, grüßte er ihn, als er den Anruf entgegennahm.

»Was zum Teufel?«, fragte Ethan als Antwort.

Rocky konnte sich ein Seufzen nicht verkneifen. »Ach ja, also ... Sandra hat sich Sorgen um eine Touristin gemacht, die gesagt hat, sie würde zelten gehen, und dann allerdings nicht zurückgekommen ist, um sich zu verabschieden, wie sie versprochen hatte. Ich bin auf eigene Faust losgezogen – ja, ich weiß, das war dumm – und habe sie gefunden. Sie war von einer Klippe gestürzt und hat ein gebrochenes Bein. Ich habe sie zum Anfang des Pfades getragen und sie zu Doc Snow gebracht, jetzt sind wir in Roanoke und sie wird operiert.«

»Ernsthaft – was zum *Teufel*?«, wiederholte Ethan.

»Ich hätte dich ja angerufen, aber du hattest kein Netz«, entgegnete Rocky.

»Wir besorgen uns diese verdammten Satellitentelefone. Es ist mir egal, ob der Stadtrat sagt, dass sie das Budget dafür nicht haben.«

Rocky seufzte, ihm war nicht klar, wie sehr er die Stimme seines Bruders gebraucht hatte, auch wenn Ethan offensichtlich sauer war, dass er für Bristols Rettung nicht zur Verfügung gestanden hatte. Mit ihm zu reden beruhigte etwas tief in Rocky.

»Wie geht es ihr?«, fragte Ethan.

»Sie ist im OP. Ich warte darauf, mehr zu erfahren.«

»Sollen wir zu euch rüberkommen?«, wollte Ethan wissen.

Rocky wusste das Angebot mehr zu schätzen, als sein Bruder ahnte. »Nein, im Moment nicht. Wir können ohnehin nichts tun.«

»Bleibst du bei ihr?«

»Ja.«

Ethan stellte nicht einmal infrage, warum er so entschlossen war, an Bristols Seite zu bleiben. »Was können Lilly und ich für euch tun?«, fragte Ethan.

Sein Bruder war einfach der Beste, wie er gerade erneut unter Beweis stellte. »Bristol hat nur die Sachen, die in ihrem Rucksack sind. Meinst du, du könntest zum Hotel gehen und versuchen, die Sachen zu bekommen, die sie dort gelassen hat? Ich nehme an, das Personal dort hat ihre Sachen aufgehoben, als sie ihr Zimmer gereinigt haben. Und wenn Lilly ein paar Dinge mitnehmen kann, bis wir nach Kingsport fahren können, um einige ihrer Sachen zu holen, wäre das auch gut.«

»Selbstverständlich. Ich bin sicher, dass Elsie und Lil gern helfen werden.«

»Danke. Sie ist winzig. Gerade einmal eins fünfzig groß. Und schlank. Ich habe aber keine Ahnung, welche Größe sie hat.«

»Lilly wird es herausfinden.«

»Sie hat lange Haare. Ich schätze, mein Shampoo reicht da nicht aus. Also braucht sie auch Toilettenartikel und Frauenkram.«

»Kein Problem. Was ist der Plan, wenn sie entlassen wird? Kehrt sie nach Hause zurück?«, wollte Ethan wissen.

Rocky atmete tief ein und ließ den Atem in einem langen Seufzer aus. »Ich weiß es nicht. Sie hat niemanden in Kingsport, und sie wird nicht gut allein zurechtkommen. Ich habe ihr gesagt, dass sie in Fallport willkommen ist und dass es viele Möglichkeiten gibt, wo sie unterkommen kann, während sie sich erholt.«

Am anderen Ende der Leitung herrschte einen Moment lang Stille, bevor Ethan fragte: »Sie ist deine Lilly, nicht wahr?«

»Ich weiß es nicht. Woher wusstest du, dass Lilly die Richtige für dich ist?«, fragte Rocky.

»Ich wusste es einfach«, antwortete Ethan. »Ich weiß, das ist keine gute Antwort, aber ich kann es nicht erklären. Es war der schreckliche Gedanke, dass sie nach dem Ende ihres Jobs gehen würde. Es war ihr Sinn für Humor. Ihre Loyalität. Aber hauptsächlich war es ein Gefühl tief in mir, das mir sagte, dass ich es bereuen würde, wenn ich sie gehen ließe.«

Rocky nickte. Er wusste, wovon sein Bruder sprach. Der Gedanke, sich von Bristol zu verabschieden, tat ihm körperlich weh. »Ich kenne sie erst seit einem Tag«, gab er zu bedenken.

»Das macht nichts. Wenn man es weiß, weiß man es. Das heißt natürlich nicht, dass alles so kommt, wie man es sich wünscht. Oder dass du dich unsterblich in sie verlieben wirst. Oder dass sie dasselbe für dich empfinden wird. Das Leben ist manchmal hart, und wenn du glaubst, dass sie die Richtige für dich ist, musst du vielleicht kämpfen wie der Teufel, damit es funktioniert. Sie hat ein Leben, genau wie du.«

»Ich weiß«, erwiderte Rocky. Und das tat er auch. Er hatte nicht aufgehört, über die Logistik einer möglichen Beziehung mit Bristol nachzudenken. Und wie sie, nachdem sie etwas Zeit zum Nachdenken gehabt hatte, feststellen könnte, dass ihre Gefühle das Ergebnis ihrer Rettung durch ihn waren. Rocky wollte auf keinen Fall, dass eine Frau mit ihm zusammen war, weil diejenige für seine Hilfe dankbar war.

»Ruf mich morgen früh an«, verlangte Ethan. »Sag mir Bescheid, was los ist. Wie lange sie dortbleiben muss und was du brauchst. Ich schicke Lilly morgen früh los, um ein paar Sachen für sie zu holen, und wir können entweder alles dorthin bringen oder uns hier in Fallport treffen, wo auch immer sie bleiben wird. Und damit das klar ist, du weißt, dass sie hier willkommen ist. Wir haben Platz.«

»Danke. Euer Haus war bereits eine der Optionen, die ich ihr genannt habe.«

»Egal was du brauchst, wir sind immer für dich da«, erklärte Ethan mit Nachdruck.

Gott, Rocky liebte seinen Bruder. »Wie ist es Elsie während der Wanderung ergangen? Ich nehme an, sie hat es geschafft und mochte die Überraschung, die Zeke für sie hatte?«, fragte er, weil er über etwas anderes reden musste als über seine verwirrenden Gefühle für die Frau, die er gerade erst kennengelernt hatte.

»Sie war großartig. Wandern wird nie ihr Ding sein, aber zu wissen, dass sie es für ihren Sohn getan hat ... das ist ziemlich großartig. Und ja, Zeke hat den Turm wirklich toll umgestaltet. Aufblasbare Matratze, Blumen, das ganze Drumherum. Wir haben ihm alle geholfen, alles wieder wegzubringen, damit er nicht in nächster Zeit wiederkommen muss, um aufzuräumen.«

»Cool. Und Tony? Hat es ihm gefallen?«

Ethan lachte. »Das ist ja gar kein Ausdruck. Zeke und Elsie haben ihm den Papierkram gezeigt, um seinen Namen in Calhoun zu ändern, so wie den ihren, und ich glaube, sein Freudenschrei war durch den ganzen Wald zu hören.«

Rocky lächelte. »Die beiden sind gute Menschen«, bemerkte er leise.

»Ja. Und fürs Protokoll? Wir werden uns auf jeden Fall noch darüber unterhalten, dass du allein auf die Suche gegangen bist, Bruderherz.«

Rocky seufzte. Es war eine Wunschvorstellung gewesen, dass Ethan sein Fehlverhalten auf sich beruhen lassen würde. »Das dachte ich mir schon. Ich weiß, dass ich Mist gebaut habe, und es wird sicher nicht wieder vorkommen. Aber ... wenn wir diese Satellitentelefone hätten, wäre das für uns alle sehr viel sicherer. Selbst wenn wir alle zur gleichen Zeit suchen, können wir nicht alle zusammenbleiben. Es wäre eine große Hilfe, wenn wir miteinander kommunizieren könnten, während wir da draußen sind.«

»Einverstanden. Ich habe mit dem Bürgermeister darüber gesprochen, ob er Druck auf die Mobilfunkanbieter ausüben kann, damit auch hier ein weiterer Sendemast errichtet wird. Es ist nicht sicher, dass die Handys auf der Interstate 480 oder im Wald nicht funktionieren. Aber das ist offenbar eine politische Angelegenheit ... und kompliziert. Das ist verdammt ärgerlich.«

Rocky beneidete seinen Bruder nicht und er war froh, dass er nicht derjenige war, der mit dem Bürgermeister reden musste. Jonathan Coleman war ein Idiot, und ihn aus welchem Grund auch immer dazu zu bringen, den Geldhahn zu öffnen, war so gut wie unmöglich.

»Ich muss Schluss machen. Aber ich erwarte morgen früh einen Anruf. Ich werde die anderen Jungs anrufen und Bescheid sagen, was los ist. Ich nehme an, du hast mit Raiden gesprochen?«

»Ja. Er war der erste Anruf, den ich getätigt habe, als ich wieder Handyempfang hatte.«

»Gut. Dann sehen wir uns morgen und bis bald. Ich liebe dich, Bruder.«

»Ich liebe dich auch. Grüß Lilly von mir.«

»Mache ich. Bis später.«

Rocky legte auf und begann wieder, auf und ab zu gehen. Er war froh, die Unterstützung seines Bruders und des restlichen Teams zu haben, aber im Moment konnte er nur an Bristol denken. War die Operation gut verlaufen? War der Bruch so unkompliziert, wie Doc Snow gedacht hatte?

Gerade als er sich in eine kleine Panik hineinsteigerte und sich alles Mögliche ausmalte, was bei der Operation hätte schiefgehen können, öffnete sich die Tür zu dem kleinen Wartezimmer.

»Mr. Watson?«

»Das bin ich.«

»Die Operation Ihrer Verlobten ist sehr gut verlaufen.«

Rocky hatte nicht einmal ein schlechtes Gewissen wegen seiner kleinen Notlüge. Er wusste, dass die Ärzte nicht mit ihm reden würden, wenn er nicht in irgendeinem Verwandtschaftsverhältnis zu Bristol stand. Und die Tatsache, dass sie nicht einmal mit der Wimper gezuckt hatte, als er sie als seine Verlobte bezeichnet hatte, gab ihm ein gutes Gefühl bei dieser Lüge. Er lenkte die Aufmerksamkeit wieder auf den Arzt.

»Es war ein einfacher Bruch und ich konnte die Knochen mit nur einer Schraube wieder zusammenfügen. Sie befindet sich jetzt im Aufwachraum, sollte aber nicht auf die Intensivstation müssen. Sie ist in guter Verfassung und gesund. Möchten Sie sie sehen, bevor Sie nach Hause fahren?«

»Ich fahre erst nach Hause, wenn sie wieder gesund ist, und ja, ich möchte sie so schnell wie möglich sehen, bitte«, entgegnete Rocky.

»In Ordnung. Sobald sie in einem Zimmer untergebracht ist, schicke ich jemanden, der Sie benachrichtigt. Ich werde auch dafür sorgen, dass ein Bett für Sie in ihr Zimmer gestellt wird.«

Rocky nickte dem Mann zu und er wandte sich zum Gehen.

»Doc?«

»Ja?«, fragte er mit einer Hand an der Tür.

»Danke.«

Der Mann zuckte mit den Schultern. »Das ist mein Job.« Dann war er verschwunden.

Rocky lachte. Ihm kam der Gedanke, dass *er* sich wahrscheinlich so anhörte, wenn die Leute versuchten, ihm dafür zu danken, dass er sie im Wald gefunden hatte.

Erleichterung durchströmte seine Adern. Bristol war in Ordnung. Sie würde sich erholen und bald wieder auf den Beinen sein.

Eine Stunde später steckte eine Krankenschwester den Kopf in den Warteraum und teilte ihm mit, dass es Bristol gut gehe. Er folgte ihr eilig in ein anderes Stockwerk, und als sie das kleine Krankenhauszimmer betraten, hatte er nur Augen für die Frau, die in dem Bett lag. Ihr Haar war immer noch schmutzig, aber es sah so aus, als sei ihre Haut ein wenig gereinigt worden. Sie hatte eine Infusion im Arm, ihre Wangen waren blass, und er war noch nie so froh gewesen, jemanden zu sehen.

Ihr Bein war genäht und hatte einen halbstarren Gips. In etwa einer Woche, so erklärte die Krankenschwester, würden die Fäden entfernt und sie bekäme wahrscheinlich einen normalen Gipsverband.

Er bedankte sich bei der Frau, die sagte, dass sie die ganze Nacht nach Bristol sehen würde, und zog einen Stuhl näher an das Bett heran. Er nahm vorsichtig ihre Hand und streichelte sie. »Hey«, begrüßte er sie leise.

Zu seiner Überraschung drehte Bristol den Kopf in seine Richtung. »Rocky?«

»Ja, ich bin's.«

»Sie haben es doch nicht abgeschnitten, oder?«

»Dein Bein? Nein! Wie kommst du denn darauf?«

»Ich spüre es nicht.«

Rocky lachte. »Es ist noch da. Der Arzt hat gesagt, es war ein sauberer Bruch. Nur eine Schraube. Du wirst bald wieder tanzen können.«

»Ich kann nicht tanzen«, murmelte sie. »Ich bin müde.«

»Schlaf, Punky.«

Ihre Hand umschloss die seine fester. »Du wirst doch nicht verschwinden?«

Rockys Herz machte einen Sprung in seiner Brust. »Nein. Ich bleibe heute Nacht hier bei dir.«

»Das Bett ist ein bisschen klein, um zu zweit darin zu schlafen.«

Rocky lachte erneut. »So klein, wie du bist, würden wir sicher beide reinpassen. Aber für mich haben sie ein Feldbett gebracht.«

»Okay. Rocky?«

»Ja, Baby?«, fragte er, wobei ihm der Kosename problemlos über die Lippen kam.

»Wenn dein Angebot noch steht, möchte ich bei dir bleiben. Du weißt schon ... bis ich wieder laufen kann.«

Rocky schloss die Augen. Die Erleichterung, die er spürte, war fast überwältigend. »Aber na klar, Punky. Schlaf jetzt. Wir reden morgen früh.«

Sie nickte und schloss die Augen. Er setzte sich neben sie und hielt ihre Hand, bis sie ganz schlaff wurde. Er rührte sich nicht, bis die Krankenschwester eine Stunde später kam, um ihre Infusion und den Stand ihrer Schmerzmittel zu überprüfen und sich zu vergewissern, dass ihre Vitalwerte in Ordnung waren.

Rocky ging zur Liege und legte sich hin. Er hatte eine Übernachtungstasche in seinem Kofferraum, wollte aber nicht losgehen, um sie zu holen. Es machte ihm nichts aus, in seinen Kleidern zu schlafen. Er hatte in seinem Leben schon an viel schlimmeren Orten geschlafen. Es dauerte eine Weile, bis er einschlief, aber als er es tat, warf er noch einen letzten Blick auf Bristols Gesicht, die im Bett neben ihm schlief.

Bristol brauchte einen Moment, um sich daran zu erinnern, wo sie war und was passiert war, als sie aufwachte, aber dann öffnete sie die Augen – und sah als Allererstes Rocky, der auf einem Feldbett neben ihrem Bett schlief, seine Füße ragten über das Ende der Matratze. Allein das Wissen, dass er bei ihr geblieben war, verursachte Schmetterlinge in ihrem Bauch.

Sie konnte sich an nichts mehr erinnern, nachdem sie in der Nacht zuvor zur Operation gerollt worden war. Als sie an sich herunterschaute, sah sie, dass ihr gebrochenes Bein unter der Decke leicht angehoben war. Sie hatte keine Schmerzen und nahm an, dass das an den Medikamenten lag, die durch die Infusion in ihren Arm flossen.

Sie fühlte sich erstaunlich gut nach allem, was sie durchgemacht hatte. Sie war kein großer Fan von Krankenhäusern – wer war das schon? –, aber Rocky an ihrer Seite zu haben half ihr, ruhig zu bleiben.

Sie sah ihm eine Weile beim Schlafen zu. Das Licht, das durch das Fenster hereinkam, verriet ihr, dass es Morgen sein musste. Sein Mund war leicht geöffnet und er hatte einen Arm über den Kopf gelegt, während der andere auf seinem Bauch ruhte. Er trug immer noch die gleiche Kleidung, die er angezogen hatte, bevor er sie nach Roanoke gefahren hatte.

Bristol konnte immer noch nicht glauben, dass er das getan hatte. Er war definitiv über das hinausgegangen, was die meisten Menschen für eine völlig Fremde getan hätten. Aber sie waren einander im Wald nähergekommen und es war eine Verbindung zwischen ihnen entstanden. Das konnte und *wollte* sie nicht leugnen. Irgendetwas hatte zwischen ihnen gefunkt, als er sie sanft an seine Brust drückte und sie den knapp zehn Kilometer langen Weg zurück zu seinem Wagen zurückgelegt hatten. Es gab vieles, was sie immer noch nicht über den Mann wusste, der neben ihr schlief, aber *was* sie wusste, gefiel ihr. Mehr als wahrscheinlich klug war.

Ein lautes Klirren ertönte von außerhalb ihres Zimmers und ließ Bristol zusammenzucken. Es klang, als hätte jemand eine Bettpfanne oder etwas anderes fallen lassen. Die Bewegung fuhr in ihr Bein und ein leises Stöhnen entwich ihren Lippen. Es tat nicht wirklich weh, aber es überraschte sie und machte ihr bewusst, dass sie erst am Abend zuvor an diesem Bein operiert worden war.

Als sie sich wieder Rocky zuwandte, saß er auf der Seite seines Feldbettes und sah hinreißend zerzaust aus. Sein Haar stand hoch und überraschenderweise sah sogar sein Bart so aus, als könnte er es durchaus vertragen, mal ordentlich durchgebürstet zu werden.

Während sie ihn beobachtete, strich er sich mit der Hand über das Gesicht, anscheinend, um richtig aufzuwachen, dann hob er den Blick und sah sie mit seinen braunen Augen an. »Morgen«, sagte er unwirsch in einem tiefen, rumpeligen Ton.

»Hallo«, erwiderte sie und fühlte sich aus irgendeinem Grund etwas verlegen. Vielleicht lag es daran, dass sie nur einen Krankenhauskittel trug. Vielleicht lag es daran, dass sie irgendwie die Nacht zusammen verbracht hatten, auch wenn sie völlig weggetreten und in einem anderen Bett gelegen hatte. Oder vielleicht lag es daran, dass sie sich umso mehr zu diesem Mann hingezogen fühlte, je mehr Zeit sie mit ihm verbrachte.

»Wie fühlst du dich?«, fragte er und stand auf.

Bristol hob das Kinn, damit sie ihn weiter ansehen konnte. Er war wirklich groß, besonders im Vergleich zu ihr. Er wandte sich dem Bett zu, in dem er geschlafen hatte, und begann, das Bett zu machen, während sie ihm antwortete: »Mir geht's gut.«

Rocky lachte und drehte sich wieder zu ihr um. »Das würdest du auch sagen, wenn dein Bein nur noch an einer Sehne hängen würde, nicht wahr?«

Bristol zuckte mit den Schultern. »Es ist albern, sich darüber zu beschweren, besonders in Anbetracht der Alternative.«

»Natürlich, das verstehe ich, aber gleichzeitig gibt es keinen Grund, dass du Schmerzen hast oder dich unwohl fühlst. Wenn du Schmerzen hast, hole ich eine Krankenschwester, die dir etwas gibt oder die Menge der Medikamente erhöht, die dir über die Infusion verabreicht werden.«

Er war sehr fürsorglich. »Ehrlich gesagt, es geht mir gut. Ich mag es nicht besonders, wie ich mich fühle, wenn ich völlig zugedröhnt bin. Mein Bein pocht ein wenig, aber das ist nichts, womit ich nicht umgehen kann. Es ist soweit alles in Ordnung, wirklich.«

Rocky nickte. »Na gut. Sag mir Bescheid, wenn sich daran etwas ändern sollte.« Er ging zum Stuhl hinüber und zog ihn näher heran, bevor er sich setzte. Er griff nach ihrer Hand, und die Zufriedenheit, die sie überkam, als er mit dem Daumen über ihren Handrücken strich, war berauschend ... und verwirrend.

»Ich habe gestern Abend mit der Krankenschwester gesprochen, und sie sagte, der Arzt meint, dass du morgen oder übermorgen entlassen werden kannst ... je nachdem, wie du dich fühlst, natürlich. Er wird mit Doc Snow darüber sprechen, dass die Fäden kurz danach gezogen werden und der Gips gewechselt wird. Ich werde Ethan, meinen Bruder, gleich anrufen, vielleicht wenn die Krankenschwester kommt, um dich fertig zu machen. Er und Lilly kommen her und bringen dir ein paar saubere Klamotten und ein paar Toilettenartikel mit. Ich werde Zeke bitten, in meiner Wohnung vorbeizuschauen und zu sehen, was er tun kann, um das Gästezimmer für dich herzurichten, damit du dich leichter fortbewegen kannst, sobald du auf Krücken gehen kannst. Magst du irgendetwas essen? Ich bin mir sicher, dass Drew oder einer der anderen Jungs gern für uns einkaufen gehen würde.«

Bristol starrte ihn verwirrt an. »Ähm ... dein Gästezimmer?«, fragte sie leise.

Rocky erstarrte. Es gab kein anderes Wort dafür. Gerade war er noch einigermaßen entspannt gewesen, aber jetzt war er stocksteif und starrte sie an. »Woran erinnerst du dich noch von gestern Abend?«, fragte er.

»An nichts. Ich meine, ich erinnere mich an alles bis zur Operation. Dass ich den Arzt gesehen habe und weggebracht wurde. Aber ich kann mich nicht daran erinnern, in den Operationssaal gefahren worden zu sein oder an irgendetwas danach, bis ich heute Morgen aufgewacht bin.«

Rocky seufzte.

»Warum? Ist etwas passiert?«, fragte sie plötzlich nervös.

»Nein, es ist nichts passiert«, entgegnete er beruhigend. Er drückte ihre Hand, stand dann plötzlich auf und ging in Richtung des kleinen Badezimmers in der Ecke.

Bristol biss sich auf die Lippe. Sie dachte darüber nach, was Rocky gesagt hatte, dass sie in seiner Wohnung bleiben sollte und er ihre Kleidung und Lebensmittel holen würde. Sie zermarterte sich das Hirn und versuchte, sich daran zu erinnern, ob sie sich darüber unterhalten hatten, was geschehen würde, sobald sie aus dem Krankenhaus entlassen wurde, aber es war sinnlos. Ihr Kopf war leer.

Rocky kam aus dem Badezimmer, das Haar an seinen Schläfen nass und kleine Wassertropfen in seinem Bart. Er hatte sich offensichtlich das Gesicht gewaschen. Um aufzuwachen? Oder um Zeit zu gewinnen, sich zu überlegen, was er zu ihr sagen sollte? Bristol war sich nicht sicher. Aber sie vermutete, dass es wahrscheinlich eine Kombination aus beidem war.

Er setzte sich wieder auf den Stuhl neben ihrem Bett, aber dieses Mal griff er nicht nach ihrer Hand. Ein Anflug von Enttäuschung durchfuhr Bristol und sie schimpfte mit sich selbst, weil sie sich lächerlich verhielt. »Ich nehme an, wir haben uns über die Zeit nach meiner Entlassung aus dem Krankenhaus unterhalten«, sagte sie, nicht bereit, um den heißen Brei herumzureden.

Rocky nickte. »Ja. Wie ich dir schon sagte, du hast die Wahl.« Er holte tief Luft, wahrscheinlich wollte er all die Möglichkeiten wiederholen, die er am Vortag erwähnt hatte, aber Bristol hielt ihn auf.

»Habe ich gesagt, dass ich bei dir bleiben möchte?«, fragte sie unverblümt.

Er starrte sie einen Moment lang an, bevor er nickte. »Aber wenn dir das unangenehm ist, ist das nicht schlimm.«

»Ich erinnere mich nicht an das Gespräch.«

Er lachte, aber es war kein humorvolles Geräusch. »Ja, das habe ich verstanden, Punky. Ich hätte wissen müssen, dass du so neben der Spur bist und dich nicht an das erinnern kannst, worüber wir gesprochen haben.«

»Wird es umständlich für dich, wenn ich bei dir bleibe?«

»Nein. Wie ich dir schon sagte, habe ich ein Gästezimmer. Es ist nichts Besonderes und die Wände in diesem Gebäude sind ziemlich dünn. Aber wenn du bei mir wohnst, hast du dein eigenes Zimmer. Wir müssen uns allerdings ein Bad teilen. Ich wohne im ersten Stock, also wirst du eine Zeit lang Hilfe beim Treppensteigen brauchen, schätze ich. Ich werde bald nach unserer Rückkehr wieder arbeiten müssen, sodass es dir in der Wohnung langweilig werden könnte, aber ich bin sicher, dass Lilly und Elsie dich so oft wie möglich besuchen werden. Ganz zu schweigen davon, dass Sandra, wenn sie erfährt, wo du bist, wahrscheinlich ein regelmäßiger Gast sein wird.« Er schnaubte. »Wem mache ich etwas vor? Sobald die Leute in Fallport erfahren, wo du bist und dass du sozusagen ortsgebunden bist, bis du wieder laufen kannst, wirst du dich wahrscheinlich vor Besuchern nicht retten können.«

Bristol legte den Kopf schief und musterte ihn. »Warum?«

»Warum was?«, fragte er.

»Warum sollte das jemanden interessieren?«

»Du kennst dich nicht mit Kleinstädten aus, oder?«

Bristol zuckte mit den Schultern. »Eigentlich nicht. Kingsport ist nicht riesig, aber es ist größer als Fallport. Ich habe meine Nachbarn ein paarmal getroffen, obwohl ich sie nicht wirklich *kenne*. Ich war beeindruckt, dass Sandra sich nach nur einem Besuch im Restaurant an meinen Namen erinnert hat.«

»In Kleinstädten kennt jeder jeden. Das kann toll sein, wie in dem Fall, dass Sandra schon beim zweiten Mal wusste, wer du bist, und mich bat, dich zu suchen. Es kann aber auch sehr lästig sein, denn jeder weiß über jeden Bescheid. Ich kann nicht glauben, dass Zeke es vor Elsie geheim halten konnte, dass er den Eagle Point Aussichtsturm in ein gemütliches Liebesnest für die beiden verwandelt hat. Zum Teufel, als ich an dem Tag, als alle zur Wanderung aufbrachen, zur Post ging, fragten mich Art und seine Kumpane danach und ob ich schon etwas darüber gehört hätte, wie es ihr gefallen hat.«

»Art?«, fragte Bristol.

»Er ist einer der drei Männer, die jeden Tag vor dem Postamt sitzen. Sie lieben es zu tratschen und sind verdammt gut darin. Wie auch immer, ich will damit nur sagen, dass

Kleinstädte nicht wie jeder andere Ort sind. Die Leute interessieren sich füreinander. Ja, sie sind vielleicht neugierige Zeitgenossen, die es nicht erwarten können, Neuigkeiten herumzutratschen, aber sie bringen trotzdem einen Auflauf vorbei, während sie deine Geheimnisse ausspionieren.« Er lachte. »Also, um deine erste Frage zu beantworten, warum die Leute sich Sorgen machen ... so sind sie nun mal in Fallport. Ohne eingebildet sein zu wollen, aber meine Freunde und ich genießen ein ziemlich hohes Ansehen, einfach aufgrund der Leute, die wir gefunden haben. Und wenn du bei mir bleibst, werden sie dir helfen wollen, wo sie nur können.«

Bristol nickte. Sie konnte das verstehen. Rocky war ein sympathischer Kerl, daran gab es keinen Zweifel. Und wenn seine Freunde in seinem Such- und Bergungsteam nur halb so zuvorkommend und großzügig waren wie Rocky, wunderte es sie nicht, dass die Menschen in Fallport alles tun würden, um jemandem zu helfen, für den er sich einsetzte.

»Damit das klar ist: Ich mache das«, sagte er und gestikulierte zwischen ihnen hin und her, »normalerweise nicht. Meine Aufgabe ist es, Menschen zu finden, nicht sie gesund zu pflegen. Und nicht, sie nach Roanoke ins Krankenhaus zu fahren.« Er zuckte ein wenig verlegen mit den Schultern. »Und wenn das Eagle Point Such- und Bergungsteam den Leuten, die wir retten, diese Art von Service anbieten *würde*, würde mich wahrscheinlich sowieso niemand haben wollen.«

Bristol runzelte die Stirn. Aber er fuhr fort, bevor sie etwas sagen konnte.

»Ich bin zu ... ungehobelt. Mein Aussehen schreckt die Leute manchmal ab. Ganz zu schweigen von den Holzfällerwitzen, die ich über mich ergehen lassen muss.«

Das ärgerte Bristol. »Nun, diese Leute sind dumm«, erklärte sie verärgert.

Rocky lächelte, dann wurde er wieder ernst. »Wie dem auch sei, die nächsten Wochen werden hart für dich. Der Gedanke, dass du abreist und versuchst, die Dinge in Kingsport allein zu regeln, und dabei möglicherweise einen weiteren Unfall hast, gefällt mir nicht. Wir verstehen uns gut, ich unterhalte mich gern mit dir und ich kann dir helfen, während du dich erholst.« Er zuckte mit den Schultern. »Ich bin nicht besonders gut darin, Leute zu überzeugen.«

»Doch, bist du«, entgegnete Bristol. »Ich bin überhaupt nicht böse, dass du anscheinend schon alles geplant hast. Ich bin erleichtert, um die Wahrheit zu sagen. Und nur damit du es weißt, ich nehme normalerweise keine Angebote an, mit Männern zu leben, die ich gerade erst kennengelernt habe.« Sie lächelte ihn verlegen an. »Aber es fühlt sich an, als würde ich dich schon seit Monaten kennen und nicht erst seit einem Tag.«

»Das geht mir auch so«, bemerkte er grinsend. »Es ist irgendwie seltsam.«

»Wahnsinnig seltsam«, stimmte sie zu.

Sie lächelten einander an und Bristol konnte ein erleichtertes Seufzen nicht unterdrücken, als er erneut nach ihrer Hand griff.

»Also ... dein Bruder und seine Verlobte werden heute Morgen vorbeikommen?«, fragte sie.

»Höchstwahrscheinlich. Ich muss sie trotzdem anrufen, nachdem du beim Arzt warst, um ihnen mitzuteilen, wie es dir geht und wie lange du hierbleiben wirst.«

»Ich weiß, dass du das nicht gern hörst, aber ich möchte mich noch einmal bei dir bedanken«, erklärte Bristol. »Im Ernst, nur deine Anwesenheit hält mich davon ab durchzudrehen. Und zu wissen, dass ich eine Bleibe habe – und einen Weg dorthin, da ich kein Fahrzeug habe –, beruhigt mich ungemein.«

»Du kannst so lange bei mir bleiben, bis du wieder ganz gesund bist, Punky«, erklärte Rocky. »Mein Angebot ist nicht an Bedingungen geknüpft. Wenn du dich unwohl fühlst und woanders bleiben willst, ist das okay. Ich werde nicht sauer sein, wenn du etwas anderes vorziehst. Wie gesagt, meine

Wohnung ist nicht sonderlich schick, und wenn ich nicht arbeite, verbringe ich die meiste Zeit damit, vor dem Fernseher zu entspannen oder mit meinen Freunden abzuhängen.«

»Das klingt sehr nach dem, was ich tue«, erklärte sie ihm ehrlich. »Bis auf den Teil mit den Freunden.«

Er lächelte sie an und strich mit den Daumen noch einmal über ihren Handrücken, sodass sich die Haare in ihrem Nacken aufstellten. Rocky öffnete den Mund, um etwas zu sagen, wurde aber unterbrochen, als die Tür aufging und eine Krankenschwester das Zimmer betrat.

»Guten Morgen!«, sagte sie fröhlich. »Schön, Sie wach zu sehen. Wie fühlen Sie sich?«

Rocky ließ ihre Hand los und stand auf, um der Krankenschwester Platz zu machen, damit sie an die Seite des Bettes treten konnte. Bristol ärgerte sich ein wenig darüber, dass sie unterbrochen wurden, lächelte die Frau aber trotzdem an.

Rocky klappte das Feldbett zusammen, auf dem er geschlafen hatte, und verließ dann das Zimmer, um ihr Privatsphäre zu geben, während die Krankenschwester sie wusch. Bristol hätte alles gegeben, um sich die Haare waschen und eine richtige Dusche nehmen zu können, aber als die Schwester ihr Bein bewegte, brach ihr trotz der Schmerzmittel der kalte Schweiß aus. Es war offensichtlich, dass es noch eine Weile dauern würde, bis sie selbst duschen konnte. Der Gedanke hätte eigentlich deprimierend sein müssen, aber da sie nicht befürchten musste, während ihrer Heilungsphase allein zu sein, war sie überraschenderweise gar nicht so aufgebracht.

Der Arzt kam kurz darauf ins Zimmer mit Rocky dicht hinter ihm. Er stellte dem Arzt gefühlte Hunderte von Fragen, aber meistens stellte er Fragen, die zu fragen Bristol vergessen hätte oder auf die sie gar nicht erst gekommen war, sodass sie über seine Anwesenheit erleichtert war. Der Arzt war nicht bereit, sich auf einen verbindlichen Entlassungstermin festzulegen, aber wie die Krankenschwester Rocky gesagt hatte, vermutete er, dass sie in einem Tag oder so gehen konnte ... aber nur, weil sie nicht allein war und weil er den Arzt von Fallport persönlich kannte.

Übersetzt heißt das: Ohne Rockys Angebot, bei ihm zu bleiben, würde sie wahrscheinlich länger im Krankenhaus bleiben müssen, da sie alleinstehend war und allein lebte.

Nachdem der Arzt gegangen war, erinnerte die Krankenschwester sie daran, wie die Schmerzmittel in ihrer Infusion funktionierten und dass sie den Knopf drücken sollte, wenn es ihr zu unangenehm wurde. Dann machte sie sich auf den Weg, um andere Patienten zu versorgen, als das Frühstück geliefert wurde.

Bristol merkte, dass sie Hunger hatte, aber nachdem sie nur die Hälfte der Mahlzeit auf dem Tablett gegessen hatte, war es ihr fast unmöglich, die Augen offen zu halten.

»Ich werde jetzt meinen Bruder anrufen«, sagte Rocky zu ihr.

Bristol nickte und blinzelte, um wach zu bleiben.

»Schlaf, Punky. Hör auf, dagegen anzukämpfen.«

»Ich sollte nicht so müde sein«, beschwerte sie sich.

Rocky verdrehte die Augen und Bristol konnte nicht anders, als über den Anblick des muskulösen Mannes zu lachen, der einen so lächerlichen Gesichtsausdruck machte.

»Geh nicht zu hart mit dir ins Gericht. Du hattest ein paar schwere Tage«, erklärte er. »Sollen die Jungs im Laden irgendetwas Bestimmtes für dich besorgen?«, fragte er.

Bristol schüttelte den Kopf. »Ich bin nicht so wählerisch. Ich esse alles, was du machst.«

»Okay. Soll ich dir den Rest deines Frühstücks beiseitestellen, damit du es später essen kannst?«

Bristol fielen die Augen zu und sie zwang sich, sie wieder zu öffnen. »Nein, ich möchte nichts.«

Daraufhin schob Rocky das Tablett von ihrem Bett weg und drückte auf den Knopf, um die Matratze abzusenken, sodass sie halb lag und nicht mehr saß. Dann überraschte er sie, indem er sich zu ihr beugte und sie sanft auf die Stirn küsste. Sein Bart kitzelte ihre Haut und sie lächelte ein wenig, auch wenn ihr die Augen wieder zufielen.

»Ich komme später wieder«, sagte er leise.

Aus irgendeinem Grund überkam sie plötzlich Panik. Sie riss die Augen auf und griff mit der Hand nach ihm. Sie griff nach seinem Unterarm und hielt sich fest, aber sie brachte kein Wort heraus.

»Bristol?«, fragte er und in seinen Worten schwang Sorge mit.

»Versprichst du, dass du zurückkommst?«

Sein Gesicht entspannte sich und er legte eine Hand auf ihre. »Ja. Ich werde gar nicht erst gehen.«

Bristol holte tief Luft. »Gut, okay. Tut mir leid ... ich hatte nur einen Moment lang eine kleine Panikattacke.«

Rocky lehnte sich vor und stützte sein Gewicht auf seine Hände, die flach neben ihr auf der Matratze lagen. Sie ließ seinen Arm nicht los und spürte, wie sich die Muskeln unter ihrer Handfläche bewegten. »Ich werde Ethan anrufen. Ich muss zum Parkplatz gehen und meine Reisetasche holen, damit ich mich umziehen kann. Wahrscheinlich werde ich auch in der Cafeteria anhalten und etwas frühstücken. Ich lasse dich auf keinen Fall allein, Punky. Wenn du aufwachst, sitze ich genau hier, arbeite etwas und entscheide, welche Projekte ich annehmen will und welche ich noch eine Weile aufschieben kann, okay?«

»Okay«, stimmte sie ihm sofort zu. »Es war nur ... allein im Wald zu sein ... das war nicht so toll. Und plötzlich hatte ich einen Moment lang Angst, allein zu sein. Aber das ist blöd, denn ich bin *nicht* allein. Ich kann den Rufknopf drücken, wann immer ich jemanden brauche. Es tut mir leid. Es tut mir leid. Geh jetzt. Mach deine Sachen. Ich werde einfach hier sein ... und schlafen.«

»Lass deine Gefühle nicht außer Acht. Du warst in einer

sehr beängstigenden Situation. Aber ich verspreche dir, dass ich nicht weggehe.«

»Danke«, flüsterte sie.

Rocky starrte sie einen Moment lang an, als wollte er ihre Gedanken lesen. Schließlich nickte er, strich ihr eine Haarsträhne hinters Ohr, stand auf und ging zur Tür. Kaum hatte er sie erreicht, hatte Bristol ihre Augen auch schon wieder geschlossen.

KAPITEL SECHS

Der Arzt entschied, dass es besser wäre, sie noch eine Nacht länger zu behalten, sodass Rocky sie erst am Donnerstag aus dem Krankenhaus abholen konnte. Die letzten paar Tage waren ... entspannend gewesen. Er musste sich keine Sorgen machen, dass das Handy klingelte und er auf die Suche in den Wald gehen musste. Er musste nicht darüber nachdenken, welche Materialien er für einen Auftrag bestellen musste, und auch sonst hatte er nichts zu tun, außer Bristol zu beschäftigen.

Und nach dem ersten Tag, an dem sie die meiste Zeit geschlafen hatte, war es bemerkenswert einfach, sie zu unterhalten. Er hatte befürchtet, dass sich die Zeit im Krankenhaus in die Länge ziehen würde, aber Bristol näher kennenzulernen war faszinierend und ließ die Zeit stattdessen wie im Flug vergehen.

Ihr Bein heilte gut und sie musste nicht einmal mehr die starken Schmerzmittel nehmen. Sie nahm jetzt nur noch die rezeptfreien Tabletten. Zwei Wochen lang durfte sie ihr Bein nicht belasten, dann konnte sie Krücken oder eine Gehhilfe benutzen, die der Arzt als bequemer für die meisten Menschen empfahl, auch wenn es etwas gewöhnungsbedürftig war.

Rocky hatte Doc Snow angerufen und er hatte sich gern

bereit erklärt, in die Wohnung zu kommen, um nach ihr zu sehen und die Fäden zu ziehen, wenn es an der Zeit dafür war. Er würde auch den Gips anlegen, den sie brauchte, damit der Knochen nach dem Entfernen der Fäden richtig heilte.

Ethan war an Bristols erstem Tag im Krankenhaus zu ihr gefahren. Lilly war in letzter Minute gebeten worden, eine Überraschungsverlobung zu fotografieren, sodass sie zu ihrer Enttäuschung nicht mitkommen konnte. Er hatte Kleider mitgebracht, die Lilly und Elsie am Abend zuvor eingekauft hatten, und Lilly hatte ihm gesagt, er solle sich dafür entschuldigen, dass sie nicht allzu schick seien.

Aber Bristol hatte sich über das weiche Sweatshirt und die lockere Flanellhose gefreut. Rocky hatte ihr geholfen, das rechte Bein abzuschneiden, damit sie sie bequem tragen konnte und sie über den Gips passte.

Die drei hatten sich eine Weile unterhalten, bis eine Krankenschwester gekommen war, um ihr beim Duschen und Haarewaschen zu helfen. Als sie ins Bett zurückkehrte, konnte Bristol ihre Augen kaum noch offen halten. Rocky saß neben ihr und sah ihr viel länger beim Schlafen zu, als er sich eingestehen wollte. Er hatte keine Ahnung, was sie an sich hatte, das ihn so ... süchtig machte.

Endlich hatte sie das Krankenhaus verlassen dürfen. Sie konnte noch nicht auf ihrem Bein laufen, also wurde jemand damit beauftragt, sie zu seinem Geländewagen zu rollen, den er bereits vor den Eingang des Krankenhauses gefahren hatte.

Rocky hob sie mühelos in seinen Wagen und half der Schwesternhelferin, ihre Sachen in den Wagen zu laden. Als sie endlich auf dem Weg zurück nach Fallport waren, schaute er zu Bristol hinüber, die mit einem kleinen Lächeln neben ihm saß.

»Was soll dieses Grinsen?«, fragte er.

Bristol drehte sich zu ihm um und zuckte mit den Schultern. »Das Leben kann einen manchmal ganz schön mitnehmen. Es ist so hart, dass man nichts weiter tun kann, als einfach weiterzuatmen. Aber dann ändert sich etwas und man merkt, dass das, was einen so aufgeregt oder deprimiert hat, gar nicht mehr so schrecklich erscheint. Als ich durch den Wald robbte, zweifelte ich daran, dass ich es bis zum Pfad schaffen oder dass mich jemand finden würde. Mein Bein schmerzte schlimmer als jede andere Verletzung, die ich bisher gehabt hatte. Es fiel mir schwer, mir vorzustellen, dass ich es aus dem Wald herausschaffen würde, geschweige denn, dass ich jemals wieder glücklich sein könnte.«

Sie zuckte mit den Schultern. »Und jetzt bin ich hier ... mein Bein ist dabei zu heilen, ihr macht euch die Mühe, mir zu helfen, und obwohl ich nur per Nachrichtenaustausch mit ihnen gesprochen habe, habe ich das Gefühl, Lilly und Elsie schon seit Jahren zu kennen. Ganz zu schweigen von all den anderen Menschen aus Fallport, die mir ihre Genesungswünsche geschickt haben. Zu allem Überfluss scheint heute die Sonne und mein Bein fühlt sich unter den gegebenen Umständen verdammt gut an. Ich bin eine sehr glückliche Frau, und das weiß ich.«

»Du bist eine Optimistin«, bemerkte Rocky nach einem Moment.

»Ja«, bestätigte Bristol fröhlich. »Es gibt definitiv Zeiten, in denen ich deprimiert bin, aber im Allgemeinen versuche ich, die Dinge positiv zu sehen. Das Leben könnte immer schlimmer sein, und ich versuche, mich auf all das Gute zu konzentrieren, das um mich herum passiert, anstatt mich mit dem Schlechten zu beschäftigen.«

Rocky war normalerweise genervt von übermäßig fröhlichen Menschen wie Bristol, aber sie versuchte nicht, anderen ihren Optimismus aufzudrängen. Sie strahlte einfach nur Positivität aus, was sie zum Strahlen brachte. »Es ist eine gute Art zu leben«, bemerkte er nach einem Moment.

»Ich bin kein Idiot. Ich weiß, dass so viele schlimme Dinge auf der Welt passieren«, erklärte sie ernst. »Aber ich habe wirklich das Gefühl, dass eine gute Einstellung, wenn etwas schiefgeht, es erträglicher macht. Und wenn wirklich schlimme Dinge passieren, wie zum Beispiel, dass ich mitten im Nirgendwo von einer Klippe stürze und niemand weiß, wo ich bin … dann bewahrt mich der Versuch, positiv zu sein, davor, in einem Abgrund der Verzweiflung zu ertrinken, der so tief ist, dass er mich hinunterzieht und mich nie wieder loslässt. Wenn ich dortgeblieben wäre, wo ich gefallen bin, hättest du mich vielleicht nicht gefunden«, sagte Bristol. »Ich glaube, dass alles in unserem Leben aus einem bestimmten Grund geschieht … sogar die schlechten Dinge.«

Rocky dachte einen Moment lang darüber nach. Er war sich nicht sicher, ob er damit einverstanden war. Als SEAL war er in Situationen gewesen, die er nicht rechtfertigen konnte, unfähig, einen einzigen Grund dafür zu finden, warum sie passiert waren. Er hatte gesehen, wie Kinder für absolut nichts getötet wurden. Er hatte damit zu kämpfen gehabt, seinen Militärkameraden bei der Bewältigung von Verletzungen zu helfen, die ihre Karriere beendet hatten. Ihm fiel immer noch kein einziger guter Grund ein, warum sein Vater hatte sterben müssen.

Aber … er konnte nicht leugnen, dass die Nähe zu Bristol wie ein frischer Wind war, und er war wirklich gern mit ihr zusammen, auch *wegen* ihres sonnigen Gemüts.

»Es ist in Ordnung, wenn du anders denkst«, entgegnete sie leise. »Ich werde genügend für uns beide daran glauben.«

»Okay«, erwiderte er. Es gab so viel mehr, was er zu diesem Thema hätte sagen können, aber er wollte ihr ihre positive Einstellung nicht ausreden.

»Okay«, sagte sie mit einem Lächeln.

Sie unterhielten sich über nichts Besonderes, während sie nach Fallport fuhren, und mit jedem Kilometer, den sie hinter sich ließen, hatte Rocky das Gefühl, dass es ihm wahnsinnig schwerfallen würde, wenn er sie ziehen lassen musste. Und wenn er *jetzt* schon so empfand, wie würde er sich dann nach all der Zeit fühlen, die er brauchte, um wieder auf die Beine zu kommen … es würde ihn zerstören.

Er begann, daran zu zweifeln, dass es eine gute Idee gewesen war, sie bei sich wohnen zu lassen, aber er konnte und wollte es jetzt nicht mehr zurücknehmen. Er zwang sich, die unangenehmen Gefühle in den Hintergrund zu drängen.

»Ich dachte, wir könnten einen kurzen Zwischenstopp einlegen, bevor wir zu meiner Wohnung fahren, wenn dir danach zumute ist«, sagte er.

»Natürlich«, antwortete Bristol mit einem Schulterzucken.

»Wie geht's dem Bein?«

»Ziemlich gut.«

»Wir werden es hochlegen, wenn wir dort sind. Tun deine Hände weh?«

»Nein.«

»Na gut. Aber wenn du dich zu müde fühlst, sag mir einfach Bescheid, dann gehen wir.«

»Jetzt hast du mich aber sehr neugierig gemacht«, bemerkte Bristol, und die Aufregung war an ihrem Tonfall deutlich zu hören.

Rocky lachte. »Es ist nichts Besonderes. Schließlich sind wir in Fallport. Ich möchte nicht, dass du enttäuscht bist, wenn du erfährst, wohin wir fahren.«

Bristol streckte die Hand aus und berührte seinen Arm. »Bevor ich mich entschloss, mit Mike auf diesen Ausflug zu gehen, war die größte Aufregung in meinem Leben, die Post zu holen«, erklärte sie mit einem kleinen Lächeln.

»Nun, ich hoffe, das hier wird ein bisschen besser«, entgegnete Rocky lachend.

Er zeigte auf das *Mangree Motel* und den Wohnmobilpark, als sie vorbeifuhren, und erzählte ihr von Elsie und ihrem Sohn, die dort lebten. Er erwähnte Edna, die Frau, die das Motel zusammen mit ihrem Mann leitete, erklärte, sie sei mürrisch und schroff, aber habe ein Herz aus Gold. Er zeigte ihr, wo Brock als Mechaniker arbeitete. Er fragte sie, ob sie den *Caboose Park* gesehen habe, und als sie dies verneinte, versprach er ihr, sie dorthin zu bringen, sobald ihr Bein wieder etwas besser verheilt sei.

Während der Fahrt wies er sie auf so viele Besonderheiten der Stadt hin, wie er konnte, und als sie den Platz in der Innenstadt erreichten, parkte er schnell direkt vor dem *Sunny Side Up.*

»Oooh, werden wir Sandra besuchen?«, fragte Bristol.

Rocky lächelte. »Ja. Sie hat mich mit ihren Nachrichten in den Wahnsinn getrieben, weil sie wissen wollte, wie es dir geht, und da die Mahlzeiten im Krankenhaus nicht so toll waren, dachte ich mir, dass es dir nichts ausmachen würde, eine anständige Mahlzeit zu bekommen und gleichzeitig ihre Befürchtungen zu beruhigen.«

Bristol lächelte ihn an … doch dann begannen ihre Lippen zu zittern.

»Was? Was ist denn los?«, fragte er etwas beunruhigt.

»Es ist nur so, dass du ohne sie nicht gekommen wärst, um mich zu suchen. Und ich weiß, du hast nicht wirklich geglaubt, dass du mich finden würdest, aber trotzdem. Ich verdanke ihr so viel!«

Rocky wünschte sich, die Konsole stünde nicht zwischen ihnen, legte seine Hand auf ihren Nacken und drehte sie zu sich. Er lehnte seine Stirn an ihre. »Nicht weinen«, befahl er. »Wenn du das tust, wird Sandra völlig durchdrehen.«

Bristol schenkte ihm ein tränenreiches Lächeln.

»Ich habe dir schon gesagt, dass Sandra nicht so leicht Freundschaften schließt. Und sie ist notorisch mürrisch, wenn es um Touristen geht. Sie sind ein notwendiges Übel für sie, aber sie bevorzugt die Einheimischen. Dass sie dich so mag, bedeutet, dass du etwas Besonderes bist.«

»Ich bin einfach ich«, erklärte Bristol leise.

»Also bleib einfach du selbst«, schlug Rocky vor. Er holte tief Luft und lehnte sich zurück, behielt aber den Körperkontakt bei. Es gefiel ihm, sie zu berühren. Er wollte sie nicht loslassen, bis er es unbedingt musste. »Tief einatmen, Punky. Und denk dran, wenn du genug hast, sag einfach Bescheid. Ich bringe dich dann nach Hause ... äh ... zu mir, damit du es dir bequem machen kannst.«

Sie lächelte und er konnte den Ausdruck in ihrem Gesicht nicht lesen. »Ich weiß, du hast mir gesagt, ich solle dir nicht danken, aber unter Umständen wie diesen ist es wirklich schwer.«

»Bleib«, befahl er. »Ich komme um den Wagen herum und helfe dir.« Rocky wusste, dass er ein wenig unwirsch klang, aber er fühlte sich nicht gut. Diese kleine temperamentvolle Frau hatte ihn in ihren Bann gezogen. Er streichelte ihren Nacken mit seinem Daumen und spürte, wie sie zitterte, dann zwang er sich, loszulassen und auf seiner Seite des Wagens auszusteigen. In Sekundenschnelle war er an der Beifahrertür. Bristol hatte sich abgeschnallt und wartete geduldig auf ihn.

»Daran könnte man sich gewöhnen«, scherzte sie, als er sich zu ihr hinunterbeugte und sie mit Leichtigkeit hochhob.

Rocky achtete sehr darauf, nicht mit dem Bein an den Türrahmen zu stoßen, als er sich aufrichtete. Er drehte sich um und stieß die Beifahrertür zu, während er zum Eingang des Restaurants ging. »Wenn du willst, dass ich dich herumtrage, sag mir einfach Bescheid«, entgegnete er ernst.

»Wie auch immer«, murmelte Bristol. »Nur weil ich klein bin, heißt das nicht, dass meine Beine nicht funktionieren.« Sie holte tief Luft, um noch etwas zu sagen, aber in diesem Moment öffnete sich die Tür zum Restaurant und Rocky trat hinein.

Wie er erwartet hatte, war der Laden voll. Das kleine Wiedersehen zwischen Bristol und Sandra hatte sich zu einer regelrechten Willkommensparty entwickelt.

Rocky sah sein Such- und Bergungsteam zusammen mit Lilly, Elsie und ihrem Sohn Tony, Sandra, Finley Norris, dem die Bäckerei *The Sweet Tooth* auf der anderen Seite des Platzes gehörte, Nissi O'Neill, die Anwältin, deren Büro neben dem

Restaurant lag, Whitney Crawford, die Besitzerin der *Chestnut Street Manor* Frühstückspension, und Tiana und Reina, Kellnerinnen, die mit Elsie in Zekes Kneipe arbeiteten.

Doc Snow und sein Partner Craig saßen an einem kleinen Tisch. Außerdem sah er den Polizeichef von Fallport, Simon Hill, Davis Woolford, einen obdachlosen Veteranen, Dorothea, Cora, Ruth und Clara, vier enge Freundinnen, die gern über alles, was in Fallport passierte, Bescheid wussten, und schließlich Silas, Otto und Art, die ihren Platz vor der Post aufgegeben hatten, um sich die Frau anzusehen, über die alle in der Stadt sprachen.

Das kleine Restaurant war voll von Leuten, die Bristol kennenlernen und dem Wiedersehen von Sandra und ihr persönlich beiwohnen wollten. Die Geschichte, dass Sandra diejenige war, die Rocky auf die Möglichkeit aufmerksam gemacht hatte, dass Bristol verschwunden sein könnte, hatte sich in Fallport wie ein Lauffeuer verbreitet.

»Rocky ... ich glaube, da feiert jemand eine Party. Vielleicht sollten wir nicht stören«, bemerkte Bristol und sah ihn mit gerunzelter Stirn an.

Er konnte sich ein Lachen nicht verkneifen. »Punky, die Party ist für dich.«

Sie runzelte die Stirn noch mehr. »Was?«

»Alle sind hier, um dich kennenzulernen. Um dir zu sagen, dass sie sich freuen, dass es dir gut geht.«

Sie sah sich um und sagte: »Aber ich weiß nicht ... oh ... ist das die Frau, die die Bäckerei leitet?«

»Finley, ja.«

»Und ich erkenne diese älteren Herren ... sie haben mir immer vor dem Postamt zugewinkt.« Sie sah wieder zu ihm auf. »Sind die wirklich *meinetwegen* hier?«

»Ja.«

»Verdammt«, sagte sie und schloss die Augen. »Ich fange gleich wieder an zu weinen.«

»Nicht weinen, Punky«, bat er sie. »Da kommt Sandra.«

Die Besitzerin des Restaurants war eindeutig auf dem Weg zu ihnen. Rocky war kurz vor der Eingangstür stehen geblieben, aber sie vergeudete keine Zeit. Sandra war in den Vierzigern, fast ein Meter achtzig groß, hatte eine schöne dunkle, makellose Haut und ihr Afro wippte bei jedem Schritt.

Bristol öffnete die Augen und sah die Frau auf sie zukommen. Sie stieß ein aufgeregtes Kreischen aus und es war gut, dass Rocky sie festhielt, denn Bristol stürzte sich fast auf Sandra, sobald sie nahe genug war.

Rocky achtete darauf, ihr Bein nicht mehr als nötig zu belasten, und hielt sie vorsichtig fest, während Bristol die andere Frau umarmte.

»Vielen Dank«, sagte Bristol an Sandras Schulter.

»Ich bin so froh, dass es dir gut geht«, erwiderte sie.

Die beiden Frauen umarmten sich lange und die Verbindung, die zwischen ihnen bestand, war für alle Anwesenden offensichtlich. Schließlich zog Sandra sich zurück und wischte sich vorsichtig mit den Fingern die Tränen aus dem Gesicht.

»Herrgott, ich bin ein Wrack!«, rief sie aus. Dann begann sie, die Leute herumzukommandieren. »Rocky, Bristol muss sich setzen. Geh da rüber, ich habe einen Stuhl an den anderen geschoben, damit sie ihr Bein hochlegen kann. Pass auf!«, fuhr sie eine der Kellnerinnen an, die Bristol fast angerempelt hätte, während Rocky sich vorbeugte, um sie auf den Stuhl zu setzen.

»Du hast doch Hunger, oder? Natürlich hast du das. Krankenhausessen ist schlecht. Ich bringe dir gleich etwas.« Sandra drehte sich um und warf allen Anwesenden einen finsteren Blick zu, da sie unbedingt Fallports neue Bewohnerin kennenlernen wollten, auch wenn ihr Aufenthalt nur vorübergehend sein würde. »Wir sind hier nicht im Zoo«, herrschte sie alle an. »Hört auf, das arme Mädchen anzustarren!« Dann ging sie in Richtung Küche und murmelte dabei vor sich hin.

Bristol musste lachen und Rocky konnte nicht anders, als das Lächeln zu erwidern. Er drückte ihre Schulter und nahm dann auf der anderen Seite des Tisches Platz.

Während der nächsten fünfzehn Minuten hielt Bristol Hof. Anders konnte man es nicht nennen. Alle kamen auf sie zu, um sie zu begrüßen und ihr mitzuteilen, wie erleichtert sie waren, dass es ihr gut ging. Langsam lichtete sich das Gedränge im Restaurant und die Leute gingen zurück an ihre Arbeit und zu ihrem normalen Donnerstag-Nachmittagsprogramm.

»Schön, dass unser Rocky dich gefunden hat«, sagte Otto zu ihr, nachdem er sich vorgestellt hatte.

»Finde ich auch«, stimmte Bristol zum bestimmt fünfzigsten Mal seit ihrer Ankunft zu.

»Nach dem zu urteilen, was ich gehört habe, hast du dich da draußen gut geschlagen«, bemerkte Silas.

»Das würde ich gern glauben, aber das heißt nicht, dass ich nicht dankbar bin, dass ich nicht den ganzen Weg zum Ausgangspunkt kriechen musste«, erklärte Bristol.

»Die Leute, mit denen du unterwegs warst, sollten ausgepeitscht werden«, brummte Art. »Sie wissen nicht, was passiert ist, und es ist ihnen egal. Kein anständiger Mensch lässt jemanden im Wald zurück, wie sie es getan haben.«

Rocky stimmte zu, aber er setzte sich aufrechter hin, bereit einzugreifen, falls Art respektlos wurde. Er mochte die drei älteren Männer, aber sie neigten manchmal dazu, etwas zu unverblümt zu sein, und manchmal waren sie einfach zu krass.

»Immer mit der Ruhe, Art«, sagte Drew und schritt ein, bevor Rocky es tun konnte.

»Ich soll mich beruhigen«, spottete Art und richtete seine Verärgerung auf Drew. »Findest du es richtig, dass eine junge Frau in die Stadt kommt, um einen schönen Urlaub zu verbringen, und dann mitten im Nirgendwo zurückgelassen wird? Verletzt und unfähig, zum Ausgangspunkt zurückzukehren? Und wenn sie es doch zurückgeschafft hätte, was sollte sie dann tun ohne Transportmittel?«

»Natürlich nicht, aber wir kennen die Umstände nicht, also sollten wir ihr Verhalten nicht verurteilen«, sagte Drew ruhig.

»Oh, ich verurteile es aber«, murmelte Art.

Rocky war das Gespräch leid und wollte Art gerade sagen, dass er aufhören solle, als er Bristol von der anderen Seite des Tisches lachen hörte. Sein Blick schwenkte zu ihr. Sie schien sich sehr über das Gespräch zu amüsieren.

»Nun, du hast recht. Mike war ein Idiot. Aber ich denke, dass er eine Tracht Prügel vielleicht ein bisschen zu sehr mag.«

Es herrschte einen Moment lang Schweigen, bevor sich Arts Lippen zu einem verschmitzten Grinsen verzogen. »So ist er also?«, fragte er.

Bristol zuckte mit den Schultern. »Ich weiß es nicht, und es ist mir auch völlig egal. Wir waren Freunde – nur Freunde –, aber jetzt denke ich, dass wir nicht einmal mehr das sind.«

»Wahrscheinlich eine gute Entscheidung«, stimmte Otto zu.

»Es ist gut, dass sie schon aus der Stadt sind. Wenn sie noch hier wären, würde ihnen inzwischen jeder die kalte Schulter zeigen«, murmelte Silas.

»Rückt rüber!«, rief Sandra von hinten, und die drei Männer traten auseinander, um ihr den Zugang zum Tisch zu ermöglichen. »Wird es nicht langsam Zeit, dass ihr wieder an eure Arbeitsplätze zurückkehrt?«, fragte sie. »Ihr wollt doch nicht den nachmittäglichen Postansturm verpassen, oder?«

Die drei Männer brummten ein wenig, aber es war offensichtlich, dass sie tatsächlich bereit waren, zu ihrer Routine zurückzukehren. Sie verabschiedeten sich, und dann waren nur noch Rockys Teamkameraden sowie Lilly, Elsie und Tony am Tisch.

Talon zog ein paar weitere Tische näher heran und alle nahmen sich Stühle. Rocky war nicht verärgert, dass sie alle vorhatten, sich ihm und Bristol anzuschließen. Er freute sich, dass sie seine Freunde kennenlernte.

Lilly setzte sich direkt neben Bristol, Elsie setzte sich neben sie. Raiden nahm den Platz neben Rocky am Haupttisch ein, Duke ließ sich unter dem Tisch zu Füßen seines Herrn nieder. Der Rest der Jungs saß verstreut an den anderen Tischen.

»Gebratenes Hühnersteak«, erklärte Sandra und schob den

Teller, den sie auf den Tisch gestellt hatte, näher an Bristol heran. »Mit Spargel und Kartoffelpüree. Lasst noch Platz für meinen Zitronenbaiserkuchen zum Nachtisch. Karen kommt gleich mit dem Rest der Mahlzeiten.« Dann lächelte Sandra Bristol an, bevor sie zurück in die Küche ging.

»Woher weiß sie überhaupt, was wir wollen?«, fragte Elsie.

»Das weiß sie nicht«, entgegnete Zeke und lächelte seine Frau an. »Aber es ist egal, was sie bringt, es ist immer köstlich.«

»Allerdings«, stimmte Elsie zu und wandte sich dann an Bristol. »Hi. Ich bin Elsie. Und das ist mein Mann Zeke. Ich fühle mich wirklich schrecklich, dass wir alle auf einer Wanderung waren, als du im Wald verunglückt bist.«

»Das konntet ihr ja nicht wissen«, entgegnete Bristol leichthin. »Und es ist schön, dich kennenzulernen. Ich habe schon viel von dir gehört. Und von deinem Sohn. Hi«, sagte sie und grinste Tony an. »Rocky hat mir erzählt, wie toll *du* bist.«

»Wirklich?«, fragte der kleine Junge.

»Ja.«

»Hat er dir erzählt, dass ich mal Rennfahrer werde, wenn ich groß bin? Und ein Berufsfischer und Feuerwehrmann?«

»Wow. Nein, hat er nicht. Aber ich denke, ich sollte mir ein Autogramm von dir holen, damit ich, wenn du berühmt bist, sagen kann, dass ich dich schon als Kind kannte.«

Tony setzte sich aufrecht in seinen Stuhl und strahlte. »Cool!« Bristol schob ihm eine saubere Serviette zu und Elsie lachte, als sie in ihre Handtasche griff und einen Stift herauszog. Der Junge schrieb sorgfältig seinen Namen auf die Serviette, wobei er die Zunge zwischen den Lippen herausstreckte, während er sich konzentrierte. Als er fertig war, hielt er sie hoch und lächelte. »Es ist ein bisschen schief, aber das liegt daran, dass die Serviette immer wieder verrutscht ist. Aber hier ist das Autogramm.«

»Danke«, erklärte Bristol. »Ich werde es für immer behalten.«

Rocky beobachtete den Austausch und war nicht überrascht, dass Bristol Tony bereits um den kleinen Finger gewickelt hatte. Ihm entgingen auch nicht die anerkennenden Blicke seiner Freunde. Ob sie es wusste oder nicht, sie hatte bei ihnen allen einen Volltreffer gelandet.

Bristol konzentrierte sich dann auf Lilly und Elsie. »Danke für die Kleider. Ihr habt mir das Leben gerettet. Krankenhauskittel sind das Letzte.«

»Gern geschehen«, erwiderte Lilly mit einem Lächeln. »Du musst uns nur sagen, was du sonst noch brauchst, und wir besorgen es dir gern.«

»Oh nein, ich brauche nichts. Ich meine, ich habe nicht viel hier, aber das, was ich habe – dank eurer Großzügigkeit und dem, was ich dabeihatte, als ich in die Stadt kam – sollte reichen, um mir über die Runden zu helfen. Ich habe sowieso schon viel zu viele Klamotten zu Hause.«

»Kingsport, richtig?«, fragte Drew. »Übrigens, ich bin Drew.«

»Hi«, sagte Bristol und schenkte ihm ein warmes Lächeln. »Und ja, Kingsport.«

»Ich bin Talon. Rocky hat uns erzählt, dass du Künstlerin bist. Ich habe mir deine Webseite und deinen Laden angesehen, du bist sehr talentiert.«

»Wow, ähm ... danke. Und ja, meine Spezialität ist Glasmalerei, aber ich beschäftige mich auch mit Schmuck und kleinen Skulpturen. Ich müsste wahrscheinlich mal online gehen und meine Kunden auf dem Laufenden halten, was so los ist. Ich habe zwar eine Notiz gepostet, dass ich eine kurze Pause mache, aber ich habe nicht gesagt, warum und wie lange ich weg bin«, überlegte Bristol.

»Ich bin sicher, sie werden es verstehen«, erklärte Lilly.

»Und wenn sie sauer werden, weil du nicht da bist, können sie dich mal«, bemerkte Brock. »Wenn sie nicht verstehen können, dass dein Leben in Gefahr war und du wegen einer Operation das Bett hüten musstest, sind sie Idioten.«

»Das ist Brock«, erklärte Zeke trocken. »Sag uns ruhig, was

du wirklich denkst«, meinte er mit einem Kopfschütteln zu seinem Freund. »Und ... pass auf, was du sagst.« Er gestikulierte in Richtung Tony. Glücklicherweise schien der Junge in ein Buch vertieft zu sein, das er auf der Tischplatte ausgebreitet hatte. Elsie hatte immer eines für ihren Sohn in der Tasche, um ihn in Situationen wie dieser zu beschäftigen.

»Tut mir leid«, entgegnete Brock achselzuckend. »Ich musste mich heute mit einem nicht so netten Kunden auf der Arbeit herumschlagen. Meine Toleranzgrenze ist niedrig.«

»Ist schon okay«, erwiderte Elsie.

»Und du hast recht«, fügte Bristol hinzu. »Zum Glück bin ich nicht auf die Kunden des Webshops angewiesen. Meine Arbeit für Kirchen und andere große Aufträge sorgen dafür, dass ich ein Dach über dem Kopf und Lebensmittel auf dem Teller habe.«

»Die Glasmalerei-Branche ist so gut?«, fragte Raiden.

»Ich denke, Bristol zu befragen, wie viel Geld sie verdient, ist nicht gerade eine angemessene Unterhaltung«, warnte Rocky.

»Ich bin nur neugierig«, wandte Raiden ein.

»Ist schon okay«, entgegnete Bristol. »Und um deine Frage zu beantworten: Nein, die Glasmalerei-Branche ist nicht so gut ... aber ich schon.«

Es herrschte einen Moment lang Schweigen, dann lachten alle.

»Da bist du direkt reingelaufen, Raid.«

»Sie hat es dir gezeigt.«

»Recht hast du, Schwester.«

Rocky grinste, er mochte Bristols Selbstvertrauen in das, was sie tat, aber noch mehr mochte er, dass sie perfekt in die Gruppe zu passen schien.

Dann kam Karen mit einem riesigen Tablett auf der Schulter zum Tisch und begann, die Gerichte abzuladen. Sandra hatte ein Familienessen für sie ausgesucht, mit großen Schüsseln und Tellern, die sich jeder teilen konnte. Rocky fiel auf, dass sie niemandem sonst ein gebratenes Hühnersteak mitgebracht hatte. Bristol war die Einzige, die ihre Spezialität bekam.

Alle bedienten sich an den Speisen und die Stimmung war fröhlich und entspannt. Sie aßen alle und das Geplänkel ging unaufhörlich weiter. Rocky regte sich nicht einmal auf, als das Thema auf seine idiotische Entscheidung kam, allein in den Wald zu gehen, ohne Raid Bescheid zu sagen, wo er hinwollte.

»Wir brauchen diese Satellitentelefone wirklich«, murmelte Brock. »Wenn Rocky eins gehabt hätte, hätte er Raid anrufen können, oder sogar einen von uns. Er hätte bei Bristol bleiben und uns zu sich kommen lassen können.«

»Ich habe ein Treffen mit dem Bürgermeister und dem Stadtrat einberufen, um zu sehen, ob ich sie davon überzeugen kann, sich der Sache anzunehmen«, erklärte Ethan der Gruppe.

»Wie lange wird das dauern?«, fragte Bristol und schaltete sich in das Gespräch ein.

»Wer zum Teufel weiß das schon?«, entgegnete Ethan angewidert. »Ich dachte, ich hätte die Bürokratie hinter mir gelassen, als ich das Militär verlassen habe, aber selbst in kleinen Städten muss man sich besonders anstrengen, wenn es um solche Dinge geht.«

»Ich würde sie gern für das Team besorgen«, bemerkte Bristol.

Einen Moment lang herrschte Schweigen am Tisch, dann begannen alle gleichzeitig zu reden.

»Nein, das wirst du nicht.«

»Der Stadtrat wird das Geld schon auftreiben.«

»Das ist großzügig von dir, aber es ist schon in Ordnung.«

»Großartig!«

Das letzte Wort kam von Lilly.

Rocky hob eine Hand, um seine Freunde zum Schweigen zu bringen, dann sah er Bristol direkt an. »Wir wissen das zu schätzen, aber es ist nicht nötig.«

»Für mich hört es sich an, als wäre es *unbedingt* nötig«, konterte Bristol. »Und ich will es unbedingt machen. Es ist mir wirklich *wichtig*. Ihr habt mich kaum Danke sagen lassen. Und es ist offensichtlich, dass ihr eine bessere Möglichkeit braucht, um zu kommunizieren, wenn ihr in den Wäldern unterwegs seid. Wenn sie jemandem helfen, der sich verirrt hat, möchte ich sie spenden. Ich kann es mir leisten.«

Rocky wusste nicht, warum ihr Angebot ihm nicht gefiel. »Wir haben nicht darüber gesprochen, um dir ein schlechtes Gewissen einzureden oder dich dazu zu bringen, den Kauf von Satellitentelefonen anzubieten«, bemerkte er.

»Das weiß ich doch. Bitte lasst mich das für euch tun. Für die Stadt. Ich habe mich noch nie so wohlgefühlt wie hier. Nicht einmal in Kingsport. Bitte, Rocky. Ich möchte meinen Teil dazu beitragen, jemandem zu helfen, der vielleicht in die gleiche Situation kommt wie ich.«

Rocky seufzte. »Können wir später darüber reden?«, bat er.

Bristol nickte. »Aber ich werde meine Meinung nicht ändern«, warnte sie ihn vor.

»Ich mag sie«, stellte Brock vom Nachbartisch aus fest.

Der Rest des Essens verlief relativ ereignislos. Die freundliche Unterhaltung ging weiter und es kam ihnen vor, als gehöre Bristol schon seit Jahren zu ihrer Gruppe und nicht erst seit ein paar Tagen. Als alle mit dem Essen fertig waren und sich über Nichtigkeiten unterhielten, um ihre gemeinsame Zeit zu verlängern, bemerkte Rocky, dass Bristol die Augen kaum offen halten konnte. Er schaute auf die Uhr und stellte überrascht fest, wie spät es schon war.

»Wir müssen los«, verkündete er.

Bristol ließ den Blick zu ihm wandern. Sie nickte ihm kurz zu.

Erleichtert, dass sie nicht protestierte, bedeutete Rocky Raid, aufzustehen, damit sie den Tisch verlassen konnten. Er tat es klaglos, und schon bald hatte er Bristol wieder in seinen Armen. Es dauerte länger, als ihm lieb war, bis sie sich von

seinen Freunden – die jetzt auch ihre Freunde waren – verab-
schiedet hatte, aber auch von Sandra und den anderen Einheimischen, die im Restaurant aßen.

Lilly versprach, am nächsten Tag vorbeizukommen und sie
zu besuchen. Elsie und Bristol sprachen kurz darüber, welche
Bücher Bristol gern lesen würde, und Elsie versprach, ein paar
Romane in der Bibliothek zu besorgen und sie morgen nach
ihrer Schicht in der Kneipe bei ihr abzugeben. Auch die
anderen Jungs sagten, sie würden vorbeikommen, um zu
sehen, ob sie etwas brauchte.

Rocky war dankbar für die Unterstützung, aber er war auch
ein wenig verärgert. Er wünschte sich nichts sehnlicher, als mit
Bristol allein zu sein. Er hatte ihre gemeinsame Zeit auf dem
Weg durch den Wald genossen, auch wenn es nicht die beste
Situation gewesen war. Er konnte es kaum erwarten, noch
mehr über sie zu erfahren, jetzt, da es ihr besser ging.

Er trug sie aus dem Restaurant und zurück zu seinem
Wagen, setzte sie sanft hinein und eilte dann zur Fahrerseite.
Die Fahrt zu seiner Wohnung dauerte nicht lange, und als er
Bristol wieder in seine Arme nahm, konnte Rocky nicht anders
als zufrieden zu seufzen.

Er ging die Treppe hinauf in den ersten Stock des Wohn-
hauses. Seine Wohnung befand sich ganz am Ende der einen
Seite, und Ethans Wohnung lag drei Türen weiter. Jetzt, da
Elsie und Tony bei Zeke eingezogen waren, war sie wieder leer.

Es gab sechs Wohnungen im Erdgeschoss und sechs im
ersten Stock. Eine einzige Treppe führte in den ersten Stock.
Alle Türen gingen auf den Parkplatz hinaus. Es war nichts
Besonderes, aber Rocky hatte sich nie an dem leicht heruntergekommenen Aussehen des Gebäudes gestört. Die
Wohnungen waren sauber und seine Nachbarn blieben weitge-
hend unter sich.

Er lehnte sich an seine Tür und ließ Bristol das Schloss
aufschließen und den Knauf drehen, bevor er sie in die
Wohnung trug. Er machte mit ihr einen kurzen Rundgang

durch seine Wohnung, der buchstäblich fünf Sekunden dauerte, und zeigte ihr die Küche, das Wohnzimmer, das große Schlafzimmer und das Bad im Flur, das sie sich teilen würden. Dann brachte er sie in das Gästezimmer, und er war überrascht und dankbar, dass es so gemütlich war. Zeke und Elsie hatten sich selbst übertroffen, um den Raum für Bristol einladend zu gestalten.

Das große Bett war mit einer Bettdecke bezogen, die Rocky noch nie gesehen hatte, und auf dem Tisch neben dem Bett stand eine kleine Lampe. Sie hatten den Raum komplett aufgeräumt; die Kartons und die überall herumliegenden Trainingsgeräte, die er im Zimmer gelagert hatte, waren nirgends zu sehen. Rocky nahm an, dass sie entweder in seinem Zimmer oder in den Schränken waren. Er machte sich eine mentale Notiz, dass er sich bei seinen Freunden bedanken wollte.

Er legte Bristol sanft auf das Bett und trat einen Schritt zurück, da er sich unwohl fühlte, da sie nun nicht mehr in seinen Armen lag. »Ähm ... brauchst du Hilfe bei irgendetwas?«

Sie lächelte sanft. »Ich könnte meine Tasche mit meinen Sachen gebrauchen.«

»Richtig. Entschuldige. Ja, ich werde sie jetzt sofort holen«, erklärte Rocky mit einem kleinen Kopfschütteln, während er zur Tür ging.

»Rocky?«

Ihre Stimme hielt ihn auf. »Ja?«

»Ich weiß wirklich zu schätzen, was du für mich tust.«

Er grinste und schüttelte den Kopf.

»Hey, ich habe mich nicht bedankt«, protestierte sie mit einem Zwinkern in den Augen.

»Ich bin gleich wieder da. Rühr dich nicht vom Fleck«, scherzte er.

Bristol lachte. »Das werde ich nicht. Ich werde hier sein, wenn du zurückkommst.«

Rocky gefiel es, sie glücklich zu sehen. Er hielt mit einer

Hand die Tür auf und drehte sich um. »Ich danke *dir*, dass du mir vertraust, Bristol. Ich schwöre, dass du bei mir sicher bist.«

»Ich weiß. Ich wäre nicht hier, wenn ich dir nicht vertrauen würde.«

Mit einem guten Gefühl nickte Rocky ihr noch einmal zu und ging dann zur Haustür, um ihre Taschen aus dem Wagen zu holen.

Eine Stunde später, nachdem Bristol geschworen hatte, dass es nicht nötig sei, Lilly oder Elsie anzurufen, um ihr zu helfen, sich fürs Bett fertig zu machen, warf Rocky einen Blick ins Gästezimmer. Bristol lag auf dem Rücken, das Bein auf ein Kissen gestützt, und sie schlief tief und fest. Wahrscheinlich hatte sie es heute übertrieben, aber Rocky konnte es nicht bereuen. Es hatte ihm gefallen zu sehen, wie wohl sie sich mit seinen Freunden fühlte.

Er schloss die Tür fast ganz, ließ sie aber etwa fünf Zentimeter offen, damit er hören konnte, wenn sie rief und etwas brauchte, und ging dann zurück ins Wohnzimmer. Als er auf dem Sofa saß, stellte er fest, dass er zufrieden war.

Wenn er am Ende eines langen Tages nach Hause kam, war er normalerweise unruhig. Er verbrachte nicht viel Zeit in seiner Wohnung, weil sie sich für ihn nicht wie ein Zuhause anfühlte. Aber heute Abend hatte Rocky das Gefühl, gebraucht zu werden, weil er wusste, dass Bristol am Ende des Flurs schlief und zumindest im Laufe der nächsten Tage Hilfe benötigte, um all ihre Grundbedürfnisse zu befriedigen.

Er genoss seinen Job. Er liebte das, was er als Mitglied des Eagle Point Such- und Bergungsteams tat. Aber er fühlte sich zunehmend einsam. Bristol hier zu haben fühlte sich ... gut an.

Kopfschüttelnd verdrehte Rocky die Augen über sich selbst. Er machte sich lächerlich. Zu sehen, wie sein Bruder und Zeke Frauen fanden, die so perfekt für sie waren, hatte ihn weichgemacht. Bristol war nur hier, bis sie wieder auf den Beinen war. Dann würde sie wieder nach Kingsport zurückkehren.

Aber ein kleiner Teil von Rocky war dagegen. Er wollte,

dass sie Fallport und die Nähe zu ihm und seinen Freunden so sehr liebte, dass sie gar nicht mehr wegwollte. Es war unwahrscheinlich, aber nicht unmöglich. Lilly hatte sich entschieden zu bleiben.

Mit diesem Gedanken im Hinterkopf griff Rocky nach der Fernbedienung und schaltete den Fernseher ein. Er stellte den Ton leise, um seinen Gast nicht zu wecken, und schaltete entspannt ein Baseballspiel ein. Die Zeit würde zeigen, was mit ihm und Bristol geschehen sollte. Und wenn er einfach nur eine neue gute Freundin gefunden hatte, würde er sich selbst damit zufriedengeben müssen.

Aber im Hinterkopf konnte er nicht umhin, an das Gefühl der Verbundenheit zu denken, die sich zwischen ihnen zu mehr entwickelt hatte.

»Wo ist sie?«, murmelte der Mann vor sich hin, als er in seinem Wagen vor dem Haus von Bristol Wingham in Kingsport, Tennessee saß.

Sie war vor fast zwei Wochen abgereist und die Ungewissheit darüber, wo sie sich aufhielt, nagte mit jedem Tag mehr an ihm. Sie hatte nicht mehr als einen großen Rucksack gepackt, also hatte er angenommen, dass sie nicht lange weg sein würde. Jetzt war es fast zwei Wochen später, und sie war immer noch nicht wieder zu Hause.

Schlimmer noch, der Mann, der sie abgeholt hatte, Mike Moran, war vor fast einer Woche zurückgekehrt – ohne Bristol. Er wohnte nicht weit von Bristols Zuhause entfernt, und der Mann hatte auch auf seine Rückkehr gewartet. Hatte er sie verletzt? Hatte er ihr etwas angetan? Es machte keinen Sinn, dass sie mit ihm wegfuhr, aber nicht zurückkam.

Er spürte, wie sein Puls schneller wurde. Die Sorge um Bristol überwältigte ihn fast. Aber darunter war auch Wut. Wie konnte sie es *wagen* wegzugehen, ohne ihren Kunden mitzuteilen, wann sie zurückkommen würde? Wie konnte sie es wagen, ihn so zu beunruhigen? Sobald sie ihm gehörte, würde er dafür sorgen, dass sie nie wieder einen Fuß aus dem Haus setzte, ohne ihm zu sagen, wohin sie ging. Es war eine Frage der Sicherheit.

Er konnte sie nicht beschützen, wenn er nicht wusste, wo sie war.

Er war ihr bester Kunde. Als er das erste Mal eines ihrer Buntglasfenster gesehen hatte, wusste er sofort, dass sie für ihn bestimmt war. Die Leute würden ihn vielleicht für verrückt erklären, aber das war ihm egal. Ihre Kunst hatte zu seiner Seele gesprochen, als hätte sie das Kunstwerk nur für ihn gemacht.

Er hatte es auf der Stelle gekauft und war wie besessen davon, so viel wie möglich über Bristol zu erfahren. Er war sogar nach Kingsport gezogen, nur um näher bei ihr zu sein. Irgendwann würde sie erkennen, dass sie für ihn bestimmt war, und sie würde ihn genauso begehren wie er sie.

Er war sich sicher, dass er weitaus mehr von ihren wunderschönen Kreationen gekauft hatte als jeder andere. Schmuck, Skulpturen ... er hatte sich sogar als Pfarrer einer Kirche ausgegeben und ein großes Buntglasfenster in Auftrag gegeben, das nun sein ganzer Stolz und seine größte Freude war.

Er musste sie finden. Er musste wissen, ob es ihr gut ging, ob sie in Sicherheit war. Und wenn sie zurückkam, würde er dafür sorgen, dass sie verstand, dass sie ihn *nie* wieder so erschrecken durfte.

Es war an der Zeit.

Zeit, dass sie wusste, wie sehr er sie liebte.

Dass er alles tun würde, um sie vor all den Verrückten auf der Welt zu beschützen, vor jedem, der ihr etwas antun wollte.

Aber zuerst musste er sie finden.

KAPITEL SIEBEN

Bristol seufzte frustriert. Es waren vier Tage vergangen, seit sie aus dem Krankenhaus entlassen worden und in Rockys Gästezimmer eingezogen war. Als sie angekommen war, war sie zu optimistisch gewesen, wie gut sie sich zurechtfinden würde. Wahrscheinlich weil die Schmerzmittel, die man ihr im Krankenhaus gegeben hatte, noch nicht abgeklungen waren.

Aber jetzt, da die Wirkung nachgelassen hatte, empfand sie jede Bewegung als äußerst schmerzhaft.

Am Morgen nach ihrer Ankunft hatte sie darauf bestanden, eine Dusche zu nehmen. Es ging schnell und war unangenehm. Rocky hatte sie auf einen Plastikhocker unter der Dusche gesetzt und ihr Bein auf den Wannenrand gestützt, bevor er sie widerwillig das tun ließ, was sie tun musste – obwohl er vor dem Bad stand, bereit hereinzuplatzen, wenn sie etwas brauchte. Als sie sich abgetrocknet, angezogen und nach Rocky gerufen hatte, war sie vor lauter Schmerzen in ihrem pochenden Bein fast ohnmächtig geworden und sie bereute, dass sie so viel hatte allein machen wollen.

In der Zwischenzeit war Rocky der perfekte Gastgeber ... und Freund gewesen. Er war noch nicht wieder zur Arbeit gegangen. Er war in seiner Wohnung geblieben, um dafür zu sorgen, dass es ihr gut ging, und um ihr Gesellschaft zu leisten. Sie hatte auch einen ständigen Strom von Gästen gehabt, was überraschend war, aber sie fühlte sich sehr gut dabei.

Heute Morgen jedoch war sie schlecht gelaunt. Und extrem frustriert. Sie wollte aufstehen und auf die Toilette gehen können, ohne getragen werden zu müssen. Sie wollte sich vor das Waschbecken stellen und sich die Zähne putzen, anstatt auf der Toilette zu sitzen. Sie wollte raus an die frische Luft gehen. Sie wollte richtige Hosen tragen statt solche mit nur einem Bein.

Als Rocky an diesem Morgen an ihre Tür klopfte und fröhlich »Guten Morgen« rief, wollte Bristol ihm sagen, er solle verschwinden, damit sie sich in Selbstmitleid suhlen konnte. Aber das wäre unhöflich gewesen. Er tat ihr einen großen Gefallen. Wenn sie nach Hause nach Kingsport gefahren wäre, hätte sie große Probleme gehabt. Sie konnte sich nicht selbstständig fortbewegen, bis ihr Bein wieder einigermaßen geheilt war. Der Arzt schätzte, dass es zwei Wochen dauern würde, bis sie aufstehen und mit Krücken oder einer Gehhilfe herumhumpeln konnte.

Rocky steckte den Kopf in ihr Zimmer und in dem Moment, in dem Bristols Blick seinen traf, spürte sie, wie ihre Ungeduld und ihre Verärgerung anstiegen. Sie wollte nicht jemand sein, auf den dieser Mann aufpassen musste. Sie wollte keine Patientin sein. Sie wollte, dass er sie als ... *mehr* ansah. Tatsächlich waren die Gedanken, die ihr durch den Kopf gingen, erschreckend ... und doch nicht. Die Verbindung, die sie teilten, war von dem Moment an da gewesen, als sie sich das erste Mal in den Wäldern gesehen hatten.

So wollte sie ihre Zeit mit Rocky *nicht* verbringen.

Sie fühlte sich schmuddelig, erbärmlich und wütend.

»Was ist los?«, fragte er, als er ins Zimmer kam.

War ja klar, dass ihm auffiel, dass sie schlecht gelaunt war. »Nichts.«

Rocky schnaubte. »Ich mag zwar Single sein, aber selbst ich

weiß, wenn eine Frau sagt, dass es ihr gut geht oder dass alles in Ordnung ist, geht es ihr nicht gut, und es stimmt *definitiv* etwas nicht. Willst du darüber reden?«

Bristol seufzte und schüttelte den Kopf. »Es geht mir gut.«

»Dir geht es nicht gut. Rede mit mir, Punky. Habe ich etwas getan? Oder etwas *nicht* getan? Was kann ich tun, um dir zu helfen?«

»Etwas nicht getan?«, rief Bristol aus. »Rocky, du warst einfach unglaublich. Du hast mich gefüttert. Mir einen Platz zum Bleiben gegeben. Du bist mir praktisch nicht mehr von der Seite gewichen, seit du mich gefunden hast.«

»Du brauchst also mehr Freiraum?«

Bristol gab einen frustrierten Laut von sich und schüttelte erneut den Kopf.

Rocky kam näher und setzte sich auf die Bettkante. Bristol fand es beeindruckend, dass er sich nicht scheute, sozusagen die Höhle des Löwen zu betreten. Die meisten Männer, die sie kannte, hätten beim ersten Anzeichen einer schlecht gelaunten Frau den Rückzug angetreten. Aber Rocky *natürlich* nicht.

»Lass mich raten. Du bekommst Hüttenkoller. Du hasst es, dass du nicht aufstehen und etwas allein tun kannst. Du bist froh, dass ich hier bin, aber auch genervt. Bin ich nahe dran?«

Sie starrte ihn verwirrt an. »Woher weißt du das?«

Er lachte. »Ich habe das schon selbst erlebt. Lag als Verletzter im Bett. Einmal habe ich bei einem Einsatz eine Kugel in die Schulter bekommen. Ich wurde nach Deutschland verlegt, während der Rest meines Teams ohne mich weitermachte. Ich war allein, und obwohl die Krankenschwestern freundlich und nett waren, war ich an einem fremden Ort und hatte Schmerzen. Ich durfte nicht aufstehen und es dauerte nur ein paar Tage, während derer ich den ganzen Tag im Bett bleiben musste, um völlig durchzudrehen. Zum Glück war meine Verletzung nicht so schlimm und ich wurde nach weniger als einer Woche in die USA zurückgeschickt, aber trotzdem. Was kann ich tun, um es dir leichter zu machen?«

Bristols Magen krampfte sich bei dem Gedanken zusammen, dass dieser Mann verletzt worden war. Sie ließ den Blick an seinem Körper auf und ab gleiten, als suchte sie nach Anzeichen von Verletzungen. Es war verrückt, denn Rocky hatte sie kilometerweit durch den Wald getragen, mit einem schweren Rucksack auf dem Rücken ... er war offensichtlich von einer alten Verletzung mehr als geheilt, aber trotzdem.

»Bristol?«

Sie schüttelte leicht den Kopf und merkte, dass er darauf wartete, dass sie seine Frage beantwortete. »Ich komme schon klar. Ja, ich fühle all das, was du beschrieben hast, aber ich weiß, dass ich Glück habe.«

Er sah sie einen Moment lang an und sagte dann: »Nur weil du weißt, dass du Glück hast, heißt das noch längst nicht, dass du dich nicht eingeengt fühlst. Wenn du genau jetzt eine Sache tun könntest, was wäre das?«

Bristol brauchte nicht einmal darüber nachzudenken. »Eine Dusche nehmen. Eine richtige. Ich meine, ich weiß, dass ich vor ein paar Tagen geduscht habe, aber ich habe es abgekürzt, weil mein Bein so wehtat.«

»Was noch?«

»Etwas Kreatives machen. Ein Paar Ohrringe. Eine Skulptur. Oder noch besser, ein Stück Glasmalerei.«

»Hmmm, ich weiß nicht, ob ich dabei helfen kann. Ich nehme an, der große Laden hat nicht die Materialien, die du für deine Kunst brauchst, oder?«

Erstaunlicherweise lächelte Bristol. »Nicht wirklich. Obwohl ich so angefangen habe. Meine Mutter kaufte mir als Kind eine riesige Schachtel mit Perlen, und ich war süchtig danach.«

Rocky lächelte zurück und fragte sanft: »Bist du bereit, aufzustehen und dich von mir ins Bad bringen zu lassen?«

Bristol tat ihr Bestes, um ihre Miesepetrigkeit zu verbergen. Diese Situation war nicht Rockys Schuld. Es war ihre eigene. Es gab so viele Dinge, die sie hätte anders machen können, als

Mike sie mit seiner Sex-Party-Idee überrumpelt hatte. »Ja, ich bin bereit«, erklärte sie und schob die Decke von ihren Beinen.

Wie schon so oft im Laufe der letzten Tage hob Rocky sie sanft hoch und trug sie aus dem Gästezimmer in den Flur. Er brachte sie ins Badezimmer und setzte sie auf die Toilette. Als er das die ersten Male getan hatte, war Bristol so rot geworden, dass sie spürte, wie ihr Gesicht brannte. Aber er ging so lässig damit um, dass sie sich an ihre Routine gewöhnt hatte.

Sobald er den Raum verließ, schob Bristol ihre Unterwäsche und ihre Jogginghose nach unten und ignorierte den stechenden Schmerz, den die Bewegung verursachte. Sie erledigte ihr Geschäft, dann zog sie sich umständlich wieder an. Sie griff nach der Zahnbürste und der Zahnpasta, die Rocky in greifbarer Nähe hatte, und putzte sich schnell die Zähne. Sie konnte das Waschbecken nicht erreichen, um zu spucken, also musste sie die kleine Schüssel benutzen, die Rocky für sie mitgebracht hatte.

Doc Snow hatte ihr gestern die Fäden gezogen und ihr einen normalen Gipsverband angelegt. Sie wusste, dass dies der nächste Schritt zu ihrer Genesung war, aber sie hasste den schweren Gips und ihr Bein juckte fast unerträglich. Sie hatte keinen Zweifel daran, dass sie sich das Jucken nur einbildete, aber es war trotzdem lästig.

Bristol atmete tief durch und gab sich Mühe, sich zu konzentrieren. Ihren Optimismus wiederzufinden. Das Zimmer roch nach ihrem Mitbewohner. Rocky duschte normalerweise und machte sich fertig, bevor er hereinkam, um zu sehen, ob sie wach war, und ihr zu helfen, den Tag zu beginnen. Sie atmete tief ein und konnte nicht anders, als neidisch auf den Duft seiner Seife zu sein. Gott, was würde sie nicht dafür geben, aufstehen zu können, über den Rand der Badewanne zu steigen und sich zu waschen. Es machte ihr nicht einmal etwas aus, wenn sie seine maskuline Körperseife benutzen musste anstatt der blumigen und süßlich duftenden Seife, die sie in ihrem Haus in Kingsport hatte.

Ein leises Klopfen an der Tür riss sie aus ihren Gedanken. »Ich bin fertig«, rief sie. Rocky trat ein, und als wäre es völlig normal, eine Frau, die nach dem Geschäft auf der Toilette saß, hochzuheben, nahm er sie auf den Arm und verließ das Bad, wobei er darauf achtete, nicht mit dem Bein gegen den Türpfosten zu stoßen.

Anstatt sie zurück in ihr Zimmer zu bringen, trug Rocky sie ins Wohnzimmer und setzte sie in den Sessel. Er zog eine Ottomane heran und legte ihr Bein vorsichtig hoch. Er holte ein paar Kissen und eine Decke, und als er mit ihr fertig war, beugte er sich vor und legte seine Hände auf die Armlehnen des Sessels.

»Ich dachte, ein wenig Abwechslung würde dir guttun.«

»Dan...« Sie erinnerte sich in letzter Minute daran, dass es ihm nicht gefiel, wenn sie sich ständig bedankte. »Ich weiß das zu schätzen«, erklärte sie ihm stattdessen.

Er grinste, und plötzlich hatte Bristol Schmetterlinge im Bauch. Der Mann war ohnehin schon extrem gut aussehend, aber wenn er lächelte? Das steigerte seine Attraktivität um das Zehnfache.

»Gut. Ich hole dein Handy, damit du deine Nachrichten abrufen kannst und so. Ich werde heute Morgen dein Bettzeug wechseln. Kannst du mit dem Frühstück noch ein bisschen warten?«

»Rocky, du brauchst dich nicht ständig um mich zu kümmern«, protestierte sie, obwohl er es natürlich wirklich musste. Es war ja nicht so, dass sie aufstehen und ihr Bettzeug selbst wechseln oder ihr Frühstück selbst zubereiten konnte. Das war ein Teil der Schwierigkeit an der Sache. Sie war ein unabhängiger Mensch, und es fühlte sich seltsam und unangenehm an, wenn jemand anderes buchstäblich alles für sie tat.

»Ob du es glaubst oder nicht, ich genieße es«, entgegnete er.

Bristol verdrehte die Augen.

»Tue ich wirklich«, beharrte er. »Es ist lange her, dass mich jemand gebraucht hat.« Und damit beugte er sich hinunter, küsste sie auf den Kopf und sagte: »Entspann dich, Punky. Ich schaffe das.«

Sie sah ihm ein wenig verwirrt nach, als er in den Flur ging, wahrscheinlich um ihr Telefon zu holen, das immer noch auf dem kleinen Tisch neben ihrem Bett lag.

Tatsächlich tauchte er ein paar Sekunden später mit ihrem Telefon in der Hand wieder auf. Er gab es ihr, dann ging er in die Küche und schenkte ihr eine Tasse Kaffee ein, die er offensichtlich aufgesetzt hatte, als sie im Bad war und ihr Ding machte. Sie hielt die Tasse in beiden Händen und genoss die Wärme, die von ihr abstrahlte. Ihre Hände waren fast vollständig verheilt und die Wärme auf ihren Handflächen fühlte sich gut an. Sie atmete den Dampf ein, der aus der Tasse aufstieg, und lächelte zu Rocky hoch. »Vanille?«, fragte sie.

Er nickte. »Ja. Du hast erwähnt, dass du aromatisierten Kaffee magst, also habe ich Lilly, bevor sie gestern vorbeikam, gebeten, dir welchen zu besorgen.«

Rocky suchte ständig nach Möglichkeiten, ihre Genesung angenehmer zu gestalten. »Das war nett von dir«, sagte sie, anstatt ihm zu danken.

Er lachte und ging zurück in den Flur.

Wieder einmal sah Bristol ihm hinterher. Mein Gott, war der Mann gut gebaut. Er trug heute Morgen eine schwarze Jogginghose, die sich an seinen Hintern schmiegte. Er war muskulös, aber sein Hintern war auch rund und knackig. Sie grinste bei dem Gedanken und nippte an dem Kaffee in ihren Händen. Man konnte durchaus behaupten, je länger sie in seiner Nähe war, desto mehr faszinierte er sie und desto mehr ging er ihr unter die Haut.

Was beunruhigend war. Sie lebte in Kingsport und er war hier. Sobald sie wieder auf den Beinen war, würde sie nach Tennessee zurückkehren ... und was dann? Sie wusste es nicht. Sie wusste nur, dass sie diese kleine Stadt und die Menschen hier vermissen würde. Sie hatten ihr das Gefühl gegeben, mehr als willkommen zu sein. Angefangen bei ihrer ersten Begegnung mit Sandra im *Sunny Side Up* bis hin zu der Art und Weise, wie die Leute ständig in Rockys Wohnung vorbeikamen, Lebensmittel und Gebäck mitbrachten und einfach nur blieben, um ein wenig zu plaudern und sie zu unterhalten. Es war überraschend, und die Sehnsucht traf Bristol ... und zwar heftig.

Was wäre, wenn ich bliebe?

Bristol blinzelte bei dem Gedanken. Was, wenn sie das tatsächlich tun würde? Wie sie Raid gesagt hatte, konnte sie buchstäblich von überall arbeiten. Sie bezog die meisten ihrer Waren online und Fallport hatte ein Postamt, sodass sie die Bestellungen aus ihrem Onlineshop verschicken konnte. Sie hatte mehr als genügend Geld, um sich den Umzug leisten zu können.

Die Sehnsucht war der überraschendste Teil. Bei dem Umzug ging es nicht wirklich um Rocky ... okay, es ging nicht *nur* um Rocky. Aber sie würde nie für einen Mann umziehen, den sie erst eine Woche kannte. Der Verlockung von Fallport selbst konnte sie jedoch nur schwer widerstehen. Sie war noch nie in einer Stadt gewesen, die freundlicher war als diese. Ja, sie war sich bewusst, dass hier wahrscheinlich auch viele Idioten lebten, sie hatte sie nur noch nicht kennengelernt. Rücksichtslose Idioten gab es überall auf der Welt. Aber allein der Gedanke daran, dass die meisten Menschen, die sie bis jetzt kennengelernt hatte, sich um sie sorgten und wirklich um ihr Wohlergehen besorgt waren, ließ Bristol sich wünschen, zu dieser Gemeinschaft dazuzugehören.

Sie kannte nicht einmal ihre Nachbarn zu Hause sonderlich gut. Sie wären sicher nicht zu ihr gekommen und hätten sich abends zu ihr gesetzt und ihr beigebracht, wie man »Cards Against Humanity« spielt. Bristol hatte sich anfangs etwas unbehaglich gefühlt, weil sie gestern Abend die einzige Frau war, als Drew, Brock und Talon vorbeigekommen waren. Sie hatten zu fünft das Kartenspiel gespielt, und sie hatte so viel gelacht, dass ihr heute Morgen noch der Bauch wehtat.

Wenn sie sich daran erinnerte, wie sie aufgewacht war, schämte sie sich ein wenig. Sie hatte nichts, absolut nichts, worüber sie sich beschweren konnte.

Bristol verdrängte den Gedanken, nach Fallport zu ziehen, für den Moment und nahm einen weiteren Schluck Kaffee. Sie hatte es im Moment verdammt gut, und das wusste sie. Sie musste nur geduldig sein. Ihr Bein würde heilen, und dann könnte sie bestimmte Entscheidungen über ihr Leben treffen.

Aber sie konnte nicht umhin, sich zu fragen, was Rocky davon halten würde, dass sie nach Fallport zog. Würde er sich freuen? Oder würde er das Gefühl haben, dass sie etwas erwartete ... vielleicht sogar verärgert über sie sein?

Es war sinnlos, über das *Was wäre, wenn* zu spekulieren. Nicht bevor sie tatsächlich eine Entscheidung getroffen hatte.

»Du siehst aus, als würdest du sehr viel nachdenken«, bemerkte Rocky, als er mit dem Bettzeug von ihrem Bett unter dem Arm zurück ins Zimmer kam.

Bristol zuckte überrascht zusammen. Sie war so in Gedanken versunken gewesen, dass sie nicht gehört hatte, wie er hereingekommen war. Andererseits bewegte er sich extrem leise, wahrscheinlich etwas, das er als Navy SEAL gelernt hatte.

»Ach, weißt du, ich versuche nur, den Weltfrieden zu schaffen und so«, erklärte sie lässig.

»Großartig. Wenn du herausgefunden hast wie, sag mir Bescheid, dann rufe ich den Präsidenten an und arrangiere ein Treffen zwischen euch beiden.«

Bristol lachte und legte den Kopf schief, während sie dabei zusah, wie Rocky das Bettzeug in die Waschmaschine in einem Schrank neben dem Wohnzimmer steckte. »Warte, kennst du den Präsidenten?«

Er lachte, als er den Knopf drehte, um die Waschmaschine

zu starten, und dann sah er sie an. »Würdest du ausflippen, wenn ich Ja sagen würde?«

»Ähm ... vielleicht?«

Rocky machte sich auf den Weg in die Küche. »Dann ist es gut, dass du nicht auszuflippen brauchst. Ich kenne den Präsidenten nicht.«

»Na Gott sei Dank«, witzelte Bristol und tat so, als würde sie sich über die Stirn wischen.

Rocky warf ihr einen Blick zu und erklärte: »Zumindest nicht *diesen* Präsidenten. Ich kannte den letzten.«

Sie verschluckte sich fast an ihrem Kaffee und musterte ihren Gastgeber, um herauszufinden, ob er sie an der Nase herumführen wollte oder nicht. Als er sie verlegen angrinste und mit den Schultern zuckte, schüttelte sie den Kopf und beschloss, dass er den ehemaligen Präsidenten wahrscheinlich *wirklich* kannte.

»Sind Haferflocken zum Frühstück okay? Und ja, ich weiß, dass du viel braunen Zucker magst, und ich wollte eigentlich auch noch ein paar Blaubeeren dazutun. Außerdem habe ich frische Melone, die Doc Snow gestern mitgebracht hat, als er sich nach deinen Fortschritten erkundigt hat.«

»Klingt köstlich.«

Während sie ihren Kaffee trank, beobachtete Bristol, wie Rocky sich in der Küche bewegte. Der Raum war nicht groß, und da er ein großer Mann war, wirkte das Zimmer noch kleiner, aber er bewegte sich effizient, und bevor sie sichs versah, trug er eine Schüssel zu ihr hinüber. Er hob den großen Bildband über die Tierwelt Alaskas auf, den sie als Pseudo-Tablett benutzte, und legte ihn mit der Schüssel darauf auf ihren Schoß. »Gut so?«, fragte er.

»Perfekt«, antwortete sie ihm. Es fiel ihr wirklich schwer, sich nicht ständig bei ihm zu bedanken, aber sie hatte sich angewöhnt, das Wort Danke zu vermeiden und ihre Wertschätzung auf andere Weise zu zeigen. Indem sie aufaß, was er ihr zu essen brachte, indem sie ihm in die Augen sah, dass sie annahm, was er für sie tat, und hoffentlich auch mit ihrer Körpersprache.

»Ich hole das Obst«, erklärte er ihr und ging zurück in die Küche.

Bristol wartete, bis er mit seinem eigenen Frühstück neben ihr auf dem Sofa saß, bevor sie zu essen anfing. Er hatte ihr gesagt, dass sie nicht auf ihn zu warten brauchte, aber sie wollte sich auf keinen Fall schon vollstopfen, während er noch dabei war, sein Frühstück vorzubereiten.

Sie aßen schweigend, und als Bristol fertig war, stellte sie ihm eine Frage, über die sie schon eine Weile nachgedacht hatte. »Gehst du heute wieder zur Arbeit?«

Er sah zu ihr auf und kniff die Augen zusammen. »Hast du mich schon satt?«, scherzte er.

Aber Bristol konnte erkennen, dass er sich genau darüber Gedanken machte. Sie lachte. »Ähm, nein. Auf keinen Fall. Aber du wirst ungeduldig. Das merke ich.«

»Tatsächlich?«, fragte er.

»Hm-hm. Ich nehme an, es ist nicht normal für dich, jeden Zentimeter deines Bodens zu fegen und zu saugen, wie du es gestern getan hast.«

Er zuckte mit den Schultern. »Ich mag es, beschäftigt zu sein.«

»Genau. Also wann gehst du wieder zur Arbeit?«

Er starrte sie einen Moment lang an. »Wenn es dir wirklich nichts ausmacht, gehe ich vielleicht morgen. Ich möchte dich nicht den ganzen Tag allein lassen, aber es gibt ein paar Jobs, die ich übernehmen könnte und die nicht zu zeitintensiv sind.«

»Rocky, ich weiß es sehr zu schätzen, was du für mich getan hast, aber du musst nicht den ganzen Tag auf mich aufpassen. Außerdem kommen ständig neue Leute vorbei, seit ich hier bin. Ich nehme an, ich werde nicht allein sein, während du dein Geld verdienst. Und wenn sich noch jemand im Wald verirrt, müsstest du mit deinem Team nach ihm suchen und ich wäre sowieso allein.«

Rocky schüttelte den Kopf. »Nein, das würde ich nicht. Ich habe schon mit den Jungs geredet, und wenn wir gerufen werden, gehe ich nicht mit. Man kann nie wissen, wie lange wir suchen müssen, wenn wir rausgehen, und niemand wollte dich auf unbestimmte Zeit allein lassen.«

Bristol starrte ihn an, ehrlich gesagt schockiert. Sie hatten sich lange über einige der Suchaktionen unterhalten, an denen er teilgenommen hatte, und darüber, wie viel Befriedigung er dabei empfand. Wie er sich fühlte, als würde er einige der Fähigkeiten, die er als SEAL gelernt hatte, nutzen und seiner Gemeinschaft etwas zurückgeben. Zugegeben, es war nicht so, dass ihre Anwesenheit bedeutete, dass er seinen Platz im Suchteam ganz aufgab, aber trotzdem.

»Was? Was soll dieser Blick?«, fragte er und rutschte auf dem Sofa ein Stück nach unten, damit er näher bei ihr saß.

»Ich will nicht, dass du etwas aufgibst, das du liebst, weil du auf mich aufpassen musst«, sagte sie nach einem Moment.

»Ich gebe es nicht auf«, entgegnete er, ohne zu zögern. »Eine oder zwei Suchaktionen zu verpassen ist keine große Sache. Um ehrlich zu sein, wenn ich gehen würde, würde ich mir wahrscheinlich mehr Sorgen um dich machen, als mich auf das zu konzentrieren, was ich tue ... und das ist nicht ungefährlich. Bis du wieder auf den Beinen und einigermaßen mobil bist, möchte ich dich nicht allein lassen. Selbst wenn ich Lilly, Elsie oder jemand anderen vorbeikommen ließe, könntest du nicht aufstehen, um zu sehen, wer an der Tür steht. Du wärst auch angreifbar für jeden, der meint, er könne vorbeikommen und dich ausnutzen, weil ich nicht da bin.«

Wow. Bristol war sich nicht sicher, was sie dazu sagen sollte. Sie wusste nur, dass es ihr ein gutes Gefühl gab.

»Außerdem sehe ich es nicht als Babysitting an. Es *gefällt* mir, dich hierzuhaben. Es ist schön, dass die Jungs öfter vorbeikommen.«

»Macht ihr das sonst nicht?«, fragte Bristol.

Rocky zuckte mit den Schultern. »Eigentlich nicht. Ich

meine, wir treffen uns im *On the Rocks* oder essen zusammen zu Mittag, aber normalerweise sind wir alle ziemlich beschäftigt mit unseren Jobs und so, und wir haben uns noch nie so viel Zeit genommen, um einfach zusammen abzuhängen, wie in der letzten Woche. Ich danke *dir* dafür.«

Bristol holte tief Luft. Sie hatte keine Ahnung, ob Rocky diese Dinge nur sagte, damit sie sich nicht mehr so sehr wie eine Last fühlte, aber es fühlte sich auf jeden Fall gut an, dass sie einen kleinen Teil dazu beitrug, die erstaunliche Freundschaft zwischen den Männern des Eagle Point Such- und Bergungsteams zu stärken. »Irre ich mich oder hast du dich gerade bei mir bedankt?«, neckte sie ihn, um die Stimmung aufzulockern.

Es funktionierte. Rocky lachte. »Stimmt ja, tut mir leid, vergiss, dass ich das gesagt habe.« Er begegnete ihrem Blick und sagte: »Und du brauchst gar nicht zu denken, ich hätte nicht gemerkt, wie sehr du dich bemühst, dich nicht bei mir zu bedanken. Ich habe dich gern hier, Punky. Ich habe definitiv das Gefühl, dass ich *dir* danken sollte. Nicht dafür, dass du verletzt wurdest, dafür niemals, sondern dafür, dass du mir vertraut hast.«

»Ja, das tue ich tatsächlich«, entgegnete sie ernst. »Und ich bin nicht der vertrauensvollste Mensch. Ich meine, schau dir an, was mit Mike passiert ist«, sagte sie reumütig.

»Mike ist ein Vollidiot«, erklärte Rocky, und die Wucht seiner Worte ließ Bristol überrascht blinzeln.

»Im Ernst, was hat er sich dabei gedacht? Erstens, wenn eine Frau sagt, dass sie mit ihm befreundet sein will, muss ein Mann sich damit abfinden und weitermachen. Er sollte *auf keinen Fall* denken, dass er ihre Meinung ändern kann, indem er sie fragt, ob sie an einer verdammten Orgie teilnehmen will.«

Bristol konnte sich ein Lachen nicht verkneifen. Er hatte nicht unrecht.

»Und zweitens, dich allein losziehen zu lassen und dann

abzuhauen, obwohl er genau wusste, dass du seine Mitfahrgelegenheit warst, macht ihn zum größten Idioten weit und breit. Gott sei Dank hast du Sandra gesagt, wo du hingehst und wann du zurück sein willst«, murmelte Rocky.

Bristol war definitiv dankbar, dass sie das getan hatte. Sie war zwar nicht viel im Freien unterwegs, aber sie wanderte gern und sie wusste, dass sie nicht in den Wald gehen sollte, ohne jemandem Bescheid zu sagen, wohin sie ging.

Bristol beugte sich über das behelfsmäßige Tablett auf ihrem Schoß und berührte Rockys Arm. Sie öffnete den Mund, um ihm zu danken, hielt sich aber im letzten Moment zurück. Aber sie brauchte sich keine Sorgen zu machen. Rocky bedeckte sofort ihre Hand mit seiner und drückte sie. Sie starrten einander an und zwischen ihnen flogen die Funken. Sie fühlte sich mit diesem Mann auf eine Weise verbunden, wie sie es noch bei keinem anderen erlebt hatte. Es war ein wenig beunruhigend, da so viel in der Schwebe war.

Er öffnete den Mund, um etwas zu sagen, als es an der Tür klopfte.

Überrascht lehnte Bristol sich zurück.

»Bin gleich da«, rief Rocky, bevor er aufstand und nach dem Buch auf Bristols Schoß griff.

Offensichtlich wusste er, wer zu Besuch kam, denn er schien nicht allzu überrascht zu sein, dass jemand so früh vor der Tür stand. Er nahm das Buch mit den leeren Schüsseln mit in die Küche und ging dann zur Wohnungstür.

Elsie stand davor und lächelte breit, als sie die Wohnung betrat. »Hey, Bristol. Wie geht's dir heute Morgen?«

Sie lächelte. »Mir geht's gut. Es wird jeden Tag ein bisschen besser.«

»Großartig! Bist du bereit?«

»Ähm ... bereit wofür?«, fragte Bristol völlig verwirrt.

Als Antwort wandte sich Elsie an Rocky. »Du hast es ihr nicht gesagt?«

»Ich hatte noch keine Gelegenheit dazu. Wir haben gerade erst gefrühstückt«, erwiderte Rocky.

Sie verdrehte die Augen. »Ich dachte nur, du hättest es ihr sofort gesagt, weil du angerufen und mich gebeten hast, so schnell wie möglich zu kommen«, bemerkte Elsie. »Ich habe Tony in den Bus gesetzt und bin direkt hierhergefahren.«

»Und ich weiß das zu schätzen.«

»Ich bin sicher, das würde ich auch, wenn mir jemand sagen würde, wofür ich dankbar sein sollte«, scherzte Bristol.

Elsie lachte und ging ins Wohnzimmer. Sie setzte sich auf das Sofa, wo Rocky eben noch gesessen hatte, und erklärte: »Rocky hat gesagt, du brauchst Hilfe beim Duschen. Dass du neulich dein Bestes gegeben hast, um zu duschen, aber es hat nicht so gut geklappt. Er sagte, er hätte schon früher daran denken sollen, mich um Hilfe zu bitten, und er hatte ein schlechtes Gewissen, deshalb sollte ich so schnell wie möglich hierherkommen.«

Bristol wusste, dass ihr der Mund offen stand, aber sie war völlig schockiert. Sie schaute über Elsies Schulter zu Rocky. »Wann hast du angerufen?«

»Als ich hinten war und deine Bettwäsche geholt habe«, entgegnete er mit einem leichten Schulterzucken. »Du hast gesagt, du wünschst dir momentan nichts so sehr, wie vernünftig zu duschen. Deine Sachen zu besorgen, damit du deine Kunst machen kannst, braucht ein bisschen mehr Planung, aber ich dachte, ich könnte dir wenigstens helfen, ordentlich zu duschen. Daran hätte ich vorher denken sollen. Es tut mir leid.«

Aufregung stieg in Bristol auf. Sie konnte es kaum erwarten, ausgiebig zu duschen und sich nicht mehr so viele Sorgen zu machen, wie sie es getan hatte, als sie allein gewesen war. »Es muss dir nicht leidtun. Das ist großartig!«, rief sie aus.

»Ihr zwei setzt euch hin und unterhaltet euch ein bisschen, während ich im Bad alles vorbereite«, befahl Rocky.

»Wow. Ich kenne Rocky noch nicht so lange, aber er scheint

... sich verändert zu haben«, bemerkte Elsie, als er außer Hörweite war.

»Inwiefern?«, fragte Bristol.

»Er ist jetzt einfach *anders*. Ich meine, er ist immer nett, aber auf eine etwas distanzierte Art und Weise. Ich dachte schon, er würde mich vielleicht nicht mögen, vor allem, als er sich anbot, mit Raiden hier in Fallport zu bleiben, während der Rest von uns zum Aussichtsturm wanderte. Aber als ich ihn im Laufe der letzten Tage mit dir gesehen habe, habe ich ihn in einem neuen Licht gesehen.«

Bristol war definitiv daran interessiert, mehr zu erfahren. »Tatsächlich?«, fragte sie in der Hoffnung, die andere Frau zum Weiterreden zu ermutigen.

»Hm-hm. Er ist ... weicher geworden oder so was. Und die Art, wie er über dich wacht, erinnert mich daran, wie Zeke zu mir ist.«

Bristol schüttelte den Kopf. »Wir sind nur Freunde. Ich meine, ich bin dankbar, dass er mich gefunden hat, und ich bin sehr dankbar, dass er mir hilft, aber wir sind nicht wie du und dein Mann.«

»Ich bezweifle nicht, dass du dankbar bist, und ich bin sicher, dass Rocky mehr als erleichtert ist, dass er dich gefunden hat. Aber es steckt mehr hinter eurer Beziehung als nur Dankbarkeit.«

»Wir kennen uns erst seit einer Woche«, sagte Bristol leise und sprach damit aus, was sie sich seit Tagen sagte, als sie versuchte, ihre Gefühle für Rocky zu rationalisieren ... und dabei scheiterte.

»Wenn man es weiß, weiß man es«, erklärte Elsie leise.

»Wie lange kanntest du Zeke, bevor du wusstest, dass du ihn heiraten willst?«, fragte Bristol.

»Nun, er war lange mein Chef, bevor mehr daraus wurde. Aber die Sache ist die – sobald wir uns eingestanden hatten, dass zwischen uns eine intensive Chemie herrscht, haben sich die Dinge zwischen uns *rasend schnell* entwickelt. Und ich denke, du solltest vielleicht mit Lilly darüber reden. Sie ist schließlich mit Rockys Bruder zusammen. Und sie sind Zwillinge, also sind sie sich wahrscheinlich sehr ähnlich. Bei ihr und Ethan ging alles *extrem* schnell. Und die beiden sind so verliebt und glücklich, dass es fast lächerlich ist.«

Bristol schüttelte wieder den Kopf. Sie war dabei, die Dinge zu übereilen. »Ich freue mich für dich und Lilly, aber meine Situation ist eine ganz andere.«

»Warum?«, fragte Elsie.

»Nun, weil ich in allem von ihm abhängig bin. Ich kann nicht einmal alleine pinkeln gehen. Und die Tatsache, dass du hier bist, unterstreicht meinen Standpunkt noch mehr. Ohne Hilfe zu duschen ist nicht gerade einfach. Rocky kümmert sich um mich.«

»Sicher, ich kann verstehen, dass das die Dinge komplizierter macht, aber ihr werdet nicht immer so viel Zeit miteinander verbringen wie jetzt. Das ist die Phase, in der ihr euch kennenlernt. Wenn du dann wieder auf den Beinen bist, im wahrsten Sinne des Wortes, kannst du abwarten, wohin das Ganze führt.«

»Ich wohne nicht hier«, sagte Bristol wehmütig und ignorierte die kleine Stimme in ihrem Inneren, die ihr sagte, dass es einfach wäre umzuziehen.

»Das hat Lilly auch nicht. Aber trotzdem ist sie jetzt hier«, entgegnete Elsie schlicht.

Bristol stieß einen Atemzug aus. »Du scheinst auf alles eine Antwort zu haben. So einfach ist das nicht.«

»Natürlich ist es das nicht«, stimmte Elsie zu. »Aber nichts, was sich zu tun lohnt, ist jemals einfach.«

Ihre Worte ergaben Sinn ... und verstärkten die Sehnsucht in Bristol, Fallport zu ihrem Zuhause zu machen.

»Seid ihr fertig, meine Damen?«, fragte Rocky vom Flur aus.

»Denk darüber nach«, sagte Elsie leise, streckte die Hand aus und tätschelte Bristols Hand. »Ich bin immer da, wenn du

Fragen hast. Lilly auch, daran habe ich keinen Zweifel.« Dann wandte sie sich an Rocky. »Wir sind bereit.«

Er nickte und ging zu Bristol hinüber. »Darf ich?«, fragte er.

Bristol wurde plötzlich klar, dass er jedes Mal, wenn er sie hochhob oder berührte, um Erlaubnis bat. Der Gedanke daran, wie ihr vermeintlicher *Freund* Mike sich ständig unwillkommene Berührungen gestattet hatte, machte ihr die Unterschiede zwischen den beiden Männern nur noch deutlicher. »Ja«, sagte sie zu Rocky.

Ihre Blicke trafen sich – und es war, als wären sie plötzlich die einzigen beiden Menschen auf dem Planeten.

Sie war sich nicht sicher, wie lange sie sich angestarrt hatten, als Elsie lachte und sagte: »Wir treffen uns dann einfach im Badezimmer«, und aus dem Zimmer ging.

»Worüber denkst du so angestrengt nach?«, fragte Rocky.

»Ich weiß, du willst das nicht hören, aber danke, dass du Elsie angerufen hast, damit sie mir beim Duschen hilft.«

Rocky schüttelte den Kopf. »Ich hätte daran denken sollen, ohne dass du etwas sagen musst.«

»Du hast mich gefunden, bist mit mir ins Krankenhaus gefahren, bist bei mir geblieben, hast mich hierher zurückgebracht, hast mich mit Lebensmitteln versorgt, mich unterhalten und hast im Grunde alles getan, was möglich war, damit es mir gut geht. Ich denke, ich kann dir verzeihen, dass du nicht daran gedacht hast, jemanden zu rufen, der mir beim Baden hilft«, erklärte sie trocken.

Rocky streckte langsam eine Hand aus und strich mit der Rückseite seiner Finger über ihre Wange. »Was machst du mit mir?«, flüsterte er.

Es klang wie eine rhetorische Frage, aber Bristol antwortete trotzdem. »Dasselbe, was du mit mir machst.«

Das Aufflackern von Verlangen ... und Hoffnung ... in seinen Augen spiegelte Bristols eigene Gedanken wider.

»Ach ja, richtig. Duschen«, bemerkte Rocky, als müsste er sich beherrschen.

Einen Moment lang fragte Bristol sich, was passieren würde, wenn er seine eiserne Kontrolle aufgab. Aber dann beugte er sich hinunter und schob seine Arme unter ihre Knie und hinter ihren Rücken.

»Bei dir scheint das so einfach zu sein«, brummte sie, weil sie das Bedürfnis hatte, die intime Atmosphäre, in der sie sich befanden, in etwas Entspannteres zu verwandeln.

»Das liegt daran, dass es so ist. Falls es dir noch niemand gesagt hat, Punky ... du bist winzig.«

Bristol verdrehte die Augen. »Wow, wirklich? Was für eine Offenbarung.«

Er lachte und sie konnte das Grollen an ihrer Hand spüren, die auf seiner Brust ruhte. Ihr anderer Arm war um seinen Hals geschlungen. Wenn sie sich nur ein wenig nach vorn beugte, konnte sie seinen Bart an ihrer Wange spüren.

Gerade als sie darüber nachdachte, genau das zu tun, trat er ins Bad.

»Hier ist sie. Königin Bristol, bereit für deine Hilfe«, stichelte Rocky.

»Fantastisch. Das wird super funktionieren«, versicherte Elsie. »Setz sie auf den Hocker, dann raus hier.«

Rocky beugte sich über die Wanne, um Bristol auf denselben kleinen Plastikhocker zu setzen, auf dem sie zuvor gesessen hatte. »Ma'am, ja, Ma'am«, entgegnete er militärisch.

Bristol kicherte und Elsie tat es ihr gleich. Einen Moment lang spürte sie Rockys Hand auf ihrem Rücken, mit der er sie sanft streichelte, dann entfernte er sich von der Badewanne. Sie dachte, sie hätte sich das nur eingebildet, aber als sie aufschaute und seinem Blick begegnete, ließ das Verlangen, das sie dort sah, sie scharf einatmen.

»Genieße deine Dusche, Punky. Lass dir Zeit. Es gibt jede Menge heißes Wasser. Das Haus sieht zwar aus wie eine Müllhalde, aber der Verwalter hat tolle Warmwasserbereiter installieren lassen.« Dann nickte Rocky Elsie zu und ging, wobei er die Tür fest hinter sich schloss.

»Du meine *Güte*«, sagte Elsie leise und fächelte sich mit einer Hand Luft zu. »Dieser Blick!«, rief sie aus.

Bristol machte sich nicht die Mühe, die Worte der anderen Frau zu widerlegen. Sie hatte viele Versprechen in Rockys Augen gesehen ... Versprechen, von denen sie nicht wusste, ob einer von ihnen sie jemals einlösen würde. Sie befanden sich in einer merkwürdigen Lage. Sie fühlten sich zueinander hingezogen, aber sie waren im Moment nicht gerade gleichberechtigt. Sie war von Rocky abhängig und sie hatte das Gefühl, dass er niemals auf das reagieren würde, was sie fühlten, wenn das Kräfteverhältnis zwischen ihnen nicht ausgeglichen war.

Aber sobald sie wieder einigermaßen gesund war und sich besser bewegen konnte? Dann war alles möglich.

In diesem Moment stieg Entschlossenheit in Bristol auf. Wenn sie den Gedanken, nach Fallport zu ziehen, auch nur in Erwägung ziehen wollte, musste sie dafür sorgen, dass das, was auch immer zwischen ihr und Rocky geschah, den Umzug hierher nicht als seltsam erscheinen ließ.

Wollte sie sehen, wohin ihre Anziehung führen könnte? Ja. Verdammt, ja.

Aber sie wollte nicht, dass die Dinge schnell und heiß wurden, um dann zu verpuffen, und sie sich damit arrangieren musste, ihrem Ex überall über den Weg zu laufen, wo sie hinging. Sie würde gern glauben, dass sie Freunde bleiben könnten, wenn eine Beziehung zwischen ihnen nicht funktionierte, aber sie kannte Rocky nicht gut genug, um zu entscheiden, ob das der Fall sein könnte.

»Du denkst ganz schön heftig nach«, kommentierte Elsie.

Bristol holte tief Luft. Sie musste den Kopf freibekommen. Sie war in Gedanken viel zu voreilig. Man konnte nicht wissen, was im Laufe der nächsten ein oder zwei Monate passieren würde. Oder sogar im Laufe der nächsten Woche. Sie musste auf die Bremse treten, ihr Bestes tun, um das Verlangen in ihrem Bauch nach Rocky zu ignorieren, und die Dinge langsam angehen.

Ja, genau. Langsam. Sie hatte das Gefühl, dass Langsamkeit nicht infrage kam, wenn es um sie und Rocky ging. Sie befanden sich auf Kollisionskurs, und zum ersten Mal in ihrem Leben freute Bristol sich auf den Zusammenstoß.

»Ich denke nur darüber nach, wie das funktionieren könnte«, erklärte Bristol ehrlich. Natürlich sprach sie von sich und Rocky und nicht von der bevorstehenden Dusche, aber das brauchte Elsie nicht zu wissen.

»Du hast gesagt, du hast das schon mal allein gemacht?«, fragte Elsie.

»Das habe ich. Aber es war kurz und schmerzhaft, alles alleine zu machen, also wird es eine große Hilfe sein, dich hierzuhaben.«

»Gut. Rocky hat uns eine Plastiktüte dagelassen, um dein Bein abzudecken. Wir können dein Bein auf dem Wannenrand unter dem Duschvorhang abstützen. Es ist nicht ideal, aber es sollte funktionieren. Ich helfe dir beim Ausziehen, was wohl der schwierigste Teil ist, und dann kannst du dein Ding machen. Aber ich kann dir die Haare waschen, wenn du willst.«

»Ja bitte. Letztes Mal hatte ich ein bisschen Mühe, und ich glaube, ich habe nicht das ganze Shampoo ausgespült.«

»Ja, natürlich. Arme hoch.«

Bristol fühlte sich nicht besonders befangen, als ihre neue Freundin ihr half, sich ihrer Kleidung zu entledigen. Dabei sollte sie eigentlich wahrscheinlich befangen sein, aber nach dem kurzen Aufenthalt im Krankenhaus, wo es sich anfühlte, als hätte *jeder* sie nackt gesehen, war das hier gar nicht so schlecht.

Elsie stellte das Wasser an und wartete, bis es heiß war, bevor sie an der kleinen Lasche zog, die den Strahl über ihrem Kopf einschaltete. Sie reichte Bristol einen Waschlappen. »Sag mir Bescheid, wenn ich dir die Haare waschen soll. Ich bin dann gleich hier.«

»Mach ich, danke.« Dankbar dafür, dass sie sich in Ruhe

waschen konnte, hob Bristol den Kopf, sobald sich der Dusch-vorhang schloss, und ließ das warme Wasser auf ihr Gesicht regnen.

Sie würde nie wieder eine Dusche als selbstverständlich ansehen. Das hier war himmlisch.

KAPITEL ACHT

Rocky saß wieder einmal in seinem Wohnzimmer und biss die Zähne zusammen, als er hörte, wie im anderen Zimmer die Dusche angemacht wurde. Es war etwas mehr als eine Woche her, dass er das erste Mal hier gesessen und dasselbe getan hatte. Damals war Elsie bei Bristol gewesen und hatte darauf geachtet, dass sie nicht vom Hocker fiel oder sich anderweitig verletzte, während sie sich an das Duschen mit einer vorübergehenden Behinderung gewöhnte.

Das war damals die Hölle für seine Libido gewesen, genau wie jetzt.

Sie wurde von Tag zu Tag besser und brauchte keine Hilfe mehr beim Ausziehen. Jedes Mal wenn sie duschte, konnte Rocky nur daran denken, dass Bristol nackt in demselben Raum stand, in dem er vor einer Stunde noch gewesen war. Er war normalerweise kein Mann, der jeden Tag masturbieren musste, aber in letzter Zeit fühlte er sich wieder wie ein Jugendlicher. Er konnte nicht aufhören, an die Frau zu denken, die mit ihm die Wohnung teilte.

Auch bewegte sie sich besser auf ihren Krücken, obwohl sie es vorzog, Rocky als menschliche Krücke zu benutzen, wenn er zu Hause war. Und es gefiel ihm sehr, um ehrlich zu sein. Sie legte ihren Arm um seine Taille und er drückte sie fest an sich, während sie ins Bad oder ins Wohnzimmer humpelte. Er hatte wieder angefangen, kleinere Jobs in der Stadt anzunehmen, aber er dachte jede Minute, die er nicht bei ihr war, an Bristol – was sie tat, ob es ihr gut ging.

Er wusste, dass es ihr gut ging. Dafür, dass sie ein gebrochenes Bein hatte, an einem fremden Ort lebte und keine normale Routine hatte, an die sie gewöhnt war, ging es ihr sogar erstaunlich gut. Gelegentlich wurde sie launisch, aber wenn das der Fall war, dauerte es nie lange. Sie tat ihr Bestes, um sich aus dem Stimmungstief zu ziehen. Sie war nicht gemein zu ihm oder anderen, wenn sie schlechte Laune hatte. Und als er das feststellte, mochte Rocky sie dafür nur umso mehr.

Während er das Wasser im anderen Zimmer laufen hörte, erinnerte er sich an ihr Lächeln, als sie nach der ersten Dusche mit Elsies Hilfe aus dem Bad gekommen war. Es war atemberaubend gewesen. Und als er den Duft seiner Seife an ihrer Haut wahrnahm, konnte er nur mit Mühe seine Erektion vor beiden Frauen verbergen.

Und jetzt stand sie wieder unter der Dusche, das Wasser floss in Kaskaden an ihrem Körper hinunter, und er musste sich wahnsinnig beherrschen.

Die Gefühle, die ihn jetzt, nur eine Woche später durchströmten, waren überwältigend. Fast unwillkommen. Bristol war in seiner Obhut; es half ihr nicht gerade, wenn er sie ständig begehrte. Das brachte sie nur in Verlegenheit und Rocky wollte auf keinen Fall, dass sie sich in seiner Nähe unwohl fühlte.

Aber alles an ihr gefiel ihm ... und es kam der Zeitpunkt, an dem ihm klar wurde, dass er sich ihrer Anziehungskraft nicht erwehren konnte.

Und diese spiegelte sich auch in Bristols Augen wider, wenn sie ihn ansah.

»Ich bin bereit!«, rief sie aus dem Badezimmer.

Rocky holte tief Luft, bevor er aufstand und zu ihr ging. Sie war dazu übergegangen, auf dem gesunden Bein zu balancieren und sich am Waschtisch festzuhalten, während sie im Bad alles Notwendige erledigte. In der Dusche hatte er ein paar stabile Haltegriffe angebracht, sodass sie sich im Stehen waschen konnte, ohne Angst haben zu müssen hinzufallen. Sie wurde immer geschickter, und es war nur eine Frage der Zeit, bis sie bereit war, nach Kingsport zurückzukehren.

Bei dem Gedanken wurde Rocky ganz mulmig zumute. Aber im Moment hatte er eine andere Überraschung für sie ... und er hoffte, dass er damit etwas Zeit gewinnen würde. Natürlich könnte es auch nach hinten losgehen und dazu führen, dass sie lieber heute als morgen in ihr eigenes Leben zurückkehren wollte.

Er ging auf das Badezimmer zu und der Dampf, der aus dem kleinen Raum aufstieg, brachte ihn zum Lächeln. Seine Bristol liebte lange, heiße Duschen.

Verdammt.

Sie war nicht *seine* Bristol.

Er musste sich zusammenreißen, sonst würde er sie mit seiner übertriebenen Alpha-Persönlichkeit definitiv verschrecken. Das Zusammenleben mit Bristol hatte einen Teil von Rocky zum Vorschein gebracht, den er von sich selbst gar nicht kannte. Er hatte immer gedacht, dass sein Bruder Lilly gegenüber überfürsorglich war – aber das war *nichts* im Vergleich zu dem, was er für diese Frau empfand.

Wenn er für einen Job aus dem Haus ging, sorgte er immer dafür, dass jemand kam und sich um sie kümmerte, während er weg war. Sandra freute sich immer über einen Besuch. Und er war überrascht gewesen, wie bereitwillig Finley Norris, die Bäckereibesitzerin, ebenfalls bei ihr geblieben war. Einmal war sogar Khloe gekommen. Wenn es nötig war, kam auch Elsie morgens, bevor die Kneipe öffnete, und Lilly schaute häufig vorbei.

»Mir gefällt deine Dusche verdammt gut«, erklärte Bristol

mit einem breiten Lächeln, als Rocky auf sie zukam. »Du hast nicht gelogen, als du mir erzählt hast, wie toll der Warmwasserbereiter ist.«

Er grinste und blieb neben ihr stehen. Er legte seinen Arm um ihre Taille und seufzte innerlich, weil es sich so gut anfühlte. Sie hielt sich an ihm fest und er stützte sie, während sie ins Wohnzimmer gingen.

Er brachte ihr einen Kaffee – heute Morgen mit Haselnussschokoladenaroma – und bereitete ihr eine Schüssel Müsli zu. Sie hatten im Laufe der letzten zwei Wochen viele verschiedene Dinge zum Frühstück gegessen, aber ihr Lieblingsfrühstück schien das Müsli zu sein. Sie war leicht zufriedenzustellen, was Rocky glücklich machte, denn es gefiel ihm, ihr zu gefallen.

»Ich dachte, wir machen heute mal etwas anderes«, sagte er so beiläufig wie möglich, während er die Schüssel mit den Cornflakes und den Krug mit Milch ins Wohnzimmer trug.

»Ja?«, fragte sie, wobei ihre Augen vor Neugier glänzten.

Bristol hatte sich nie über Langeweile beklagt, obwohl Rocky sicher war, dass sie sich danach sehnte, mehr aus der Wohnung zu kommen. Er hatte sie ein paarmal auf den Gehweg getragen und sie hatten sich dort hingesetzt und das Kommen und Gehen der anderen Bewohner des Wohnhauses beobachtet, damit sie etwas frische Luft schnappen konnte. Sie hatten ferngesehen, Brett- und Kartenspiele gespielt, gelesen und in den knapp zwei Wochen, in denen sie sich in seiner Wohnung erholte, friedlich zusammengelebt. Aber er hatte das Gefühl, dass sie heute zum ersten Mal seit ihrer Verletzung das Gefühl haben würde, wirklich frei zu sein.

»Hm-hm. Vor einer Woche habe ich dich gefragt, wenn du genau jetzt eine Sache tun könntest, was wäre es?«

»Ich erinnere mich. Ich sagte, ich wolle duschen, und nicht einmal eine Stunde später hattest du dafür gesorgt, dass mir genau das möglich war«, entgegnete Bristol.

»Richtig. Und was war die andere Sache, die du wolltest?«

Sie runzelte die Stirn und versuchte, sich zu erinnern, und zuckte schließlich mit den Achseln. »Ich weiß es nicht mehr.«

»Du sagtest, du wolltest etwas Künstlerisches schaffen.«

»Stimmt, ja auch! Wow, ich bin ein bisschen zu sehr im Selbstmitleid versunken, würde ich sagen.«

Rocky zuckte mit den Schultern. »Damals konnte ich dir nicht helfen, aber jetzt, da du mobiler bist und dein Bein nicht mehr schmerzt, wenn du aufrecht stehst und dich bewegst, dachte ich, wir könnten an deinem zweiten Wunsch arbeiten.«

Sie starrte ihn verwirrt an.

»Ich möchte mit dir nach Kingsport fahren, damit du etwas von deinem Kunstzubehör kaufen kannst. Und vielleicht ein paar Klamotten. Ich bin mir sicher, dass du es satthast, meine Hemden und die wenigen Klamotten, die du hast, zu tragen. Wir können dir ein paar Shorts besorgen und was du sonst noch brauchst, um dein Leben hier einfacher und bequemer zu machen.«

Bristol starrte ihn so lange an, dass Rocky unruhig in seinem Sitz hin und her rutschte. Er hatte ehrlich gesagt keine Ahnung, was sie dachte. »Wenn du willst, dass ich dich nach Hause bringe und gehe, ist das auch okay«, erklärte er leise und es gefiel ihm ganz und gar nicht, diese Worte überhaupt auszusprechen, aber er wusste, dass er sie sagen musste.

»Du willst wahrscheinlich deine Wohnung für dich allein haben, was?«, entgegnete sie nach einem Moment.

»Nein!«, platzte Rocky heraus. Dann holte er tief Luft. »Nein«, sagte er etwas ruhiger. »Ich habe dich gern hier. Und ehrlich gesagt, wenn du sagen würdest, dass du nach Hause zurückkehren und dort bleiben willst, würde ich mir große Sorgen machen. Du bist noch immer nicht ganz sicher auf den Beinen, und dein Bein macht dir immer noch ab und zu Probleme. Ich dachte nur, vielleicht würde die Zeit schneller vergehen und du würdest dich mehr wie du selbst fühlen, wenn du etwas von deinen Sachen hättest und an einigen

Projekten arbeiten könntest. Und ich gebe zu, dass ich neugierig bin, deine Kunst zu sehen und wie du sie herstellst.«

»Es würde dir wirklich nichts ausmachen?«, fragte sie.

»Dich nach Kingsport zu bringen? Nein. Dich hier an deiner Kunst arbeiten zu lassen? Definitiv nicht.«

»Dass mein Kram überall in deiner Wohnung herumsteht?«, fragte sie. »Die Sachen, die ich für die Herstellung meines Schmucks benötige, liegen überall herum. Perlen, Ohrringhalterungen und so weiter. Und ich verliere mich oft in meiner Kunst, wenn ich an einem Projekt arbeite. Es kann sein, dass ich dich vergesse, während ich in meine Arbeit vertieft bin.«

Rocky musterte sie und fragte dann: »Ich nehme an, dass sich schon einmal jemand in deinem Leben darüber beschwert hat?«

Sie zog die Nase kraus. »Ja.«

»Punky, ich bin nicht mehr fünfzehn. Ich kann damit umgehen, dass du dich so lange auf dein eigenes Ding konzentrierst, bis du bereit bist, aus deiner Konzentration auf die Kunst herauszukommen.«

Sie lächelte. Ihr ganzes Gesicht leuchtete auf. Rocky lebte dafür, dieses Lächeln geschenkt zu bekommen. »Wenn das so ist, würde ich *gern* mit dir nach Kingsport fahren! Ich sollte wohl nachsehen, ob irgendwelche Post irrtümlich falsch zugestellt wurde, auch wenn ich sie vorübergehend hierher nachsenden lasse. Für die beiden Pflanzen, die ich besitze, mache ich mir keine Hoffnungen, denn ich habe definitiv keinen grünen Daumen, aber vielleicht haben sie sich ja gehalten und ich kann sie gießen, dann sind sie wieder fit. Und es wäre toll, ein paar meiner Shorts und andere Sachen zum Anziehen zu bekommen. Obwohl ich dir gleich sage, dass ich dir das Navy-Hemd, in dem du mich hast schlafen lassen, nicht zurückgeben werde«, neckte sie ihn.

»Es gehört dir«, erklärte Rocky und tat sein Bestes, um das

Verlangen zu unterdrücken, das ihn überkam, wenn er daran dachte, wie sie abends in seinem übergroßen T-Shirt aussah.

»Okay, ich habe mich ziemlich gut davor gedrückt, es zu sagen, aber ich muss es jetzt tun. Ich danke dir, Rocky. Ganz im Ernst. Das bedeutet mir sehr viel.«

»Gern geschehen«, entgegnete er leise. »Und jetzt iss was. Dann machen wir uns auf den Weg. Ich muss Ethan anrufen und ihm sagen, dass wir abhauen.«

»Wird er verärgert sein?«

Rocky runzelte verwirrt die Stirn. »Verärgert, weil ich die Stadt verlasse? Nein. Ich habe ihm schon vor ein paar Tagen erzählt, was ich vorhabe, aber ich war mir nicht sicher, was du davon halten würdest. Und ich habe ihm gesagt, dass ich mindestens über Nacht weg sein werde, vielleicht auch länger, falls du zu Hause bleiben willst.«

»Warum?«, fragte sie.

»Weil ich mir in diesem Fall in Kingsport ein Hotelzimmer nehmen wollte, bis ich sicher bin, dass du allein zurechtkommst.«

Er sah, wie sie schwer schluckte. »Ernsthaft?«

»Ja. Ich würde dich auf keinen Fall an deiner Türschwelle absetzen und verschwinden«, entgegnete Rocky.

»Die meisten Menschen würden das tun.«

»Ich bin nicht wie die meisten Menschen«, erklärte er mit Nachdruck.

»Ja, das habe ich während der letzten zwei Wochen auch gemerkt«, versicherte sie ihm.

Das Verlangen, sie zu küssen, war fast zu überwältigend, um ihm zu widerstehen, aber Rocky schaffte es. Es war noch nicht an der Zeit, ihr zu zeigen, wie sehr er sie bewunderte. Wie sehr er es genoss, Zeit mit ihr zu verbringen. Wie sehr er sich wünschte, mehr als nur ein Mitbewohner oder Retter zu sein.

Er räusperte sich. »Wenn wir nach dem Essen losfahren,

sollten wir es schaffen, hin- und wieder zurückzukommen, bevor es zu spät wird.«

»Alles klar. Ich esse ja schon«, bemerkte sie und lächelte ihn wieder strahlend an, bevor sie sich der Schüssel vor sich zuwandte.

Bristol konnte den Blick nicht von dem Mann abwenden, der neben ihr saß, als sie auf der Interstate 81 in Richtung Kingsport fuhren. Seit zwei Wochen wartete sie darauf, dass er ihr sagte, es sei Zeit, nach Hause zurückzukehren, aber er hatte es nicht getan. Heute Morgen, als er davon gesprochen hatte, nach Kingsport zu fahren, hatte sie für einen Moment gedacht, dass es das war. Dass er es satthatte, sie in seiner Nähe zu haben, und dass sie beide bereit waren, in ihr normales Leben zurückzukehren. Aber er hatte sie schockiert, indem er ihr versicherte, dass die Reise nur dazu dienen sollte, ein paar ihrer Kunstsachen und Kleider zu holen, und nicht, um sie für immer loszuwerden.

Bristol hielt es normalerweise für eine bessere Idee, Unangenehmes schnell hinter sich zu bringen. Sie genoss die Zeit mit Rocky ein bisschen zu sehr. Je länger sie blieb, je mehr sie ihn und seine Freunde kennenlernte, desto schwerer würde es ihr fallen, ihn zu verlassen.

Je mehr sie ihn und seine bezaubernde Stadt kennenlernte, desto mehr wollte sie bleiben.

Aber die große Frage, die sich ihr stellte, war, ob ihre Gefühle einfach nur darauf zurückzuführen waren, dass sie dankbar war, dass sie gerettet worden war, oder ob sie mehr waren.

Sie wusste so ziemlich genau, dass sie noch nie einen Mann so sehr gemocht hatte wie Rocky. Und so gut wie jeder in der Stadt hatte sie mehr als willkommen geheißen. Jeden Tag, wenn sie aufwachte, fragte sie sich, wer sie besuchen würde und welche lustigen Geschichten derjenige zu erzählen hätte. Das Gemeinschaftsgefühl in Fallport war etwas, das ihr bisher gefehlt hatte, auch wenn ihr das nie klar gewesen war ... und etwas, an dem sie teilhaben wollte.

Bristol wollte ihr Wohlwollen nicht überstrapazieren. Sie mochte Rocky. Und zwar sehr. Und sie wollte sich auf keinen Fall bis über beide Ohren in ihn verlieben, nur um dann herauszufinden, dass er nur aus Pflichtgefühl heraus nett war.

Aber tief in ihrem Inneren wusste sie, dass das nicht der Fall war. Sie hatte ihn dabei erwischt, wie er sie mit einer elektrisierenden Sehnsucht in seinen Augen anstarrte. Und obwohl er darauf achtete, keine persönlichen Grenzen zu überschreiten, war ihr nicht entgangen, dass er hin und wieder in ihrer Nähe eine Erektion bekam ...

Natürlich konnte das nur eine natürliche Reaktion seines Körpers und nicht unbedingt von *ihr* ausgelöst worden sein, aber sie glaubte das nicht. Und ihre eigene Anziehungskraft auf ihn war so stark, dass es kaum möglich war, dass es nur einseitig war. Es gab ein paar Morgen, an denen er außergewöhnlich lange unter der Dusche gebraucht hatte, und sie konnte nicht anders, als sich zu fragen, was er da drinnen tat ... und ob es das Gleiche war, was *sie* tat, wenn sie nackt unter der Dusche stand und an ihn dachte.

»Alles in Ordnung da drüben?«, fragte Rocky und riss sie damit aus ihren Gedanken.

Sie lächelte ihn an und nickte. »Mir geht es großartig. Wie könnte es anders sein?« Ein Lächeln erschien auf seinem Gesicht und sie fragte: »Was soll dieses Lächeln?«

»Ich bin einfach gern in deiner Nähe. Du bist immer so fröhlich ... das ist schön.«

»Ich habe festgestellt, dass es viel einfacher ist, die Dinge positiv zu sehen, als sich mit dem Negativen aufzuhalten. Das Leben ist kurz und ich möchte es nicht damit verbringen, etwas zu wollen, was ich nicht haben kann, oder mich auf all die schlechten Dinge zu konzentrieren, die mir passiert sind.«

»Wie der Sturz von einer Klippe«, bemerkte er trocken.

»Ganz genau. Ich meine, ja, mein Freund hat mich total im Stich gelassen, es war ihm egal, wie es mir ging und ob ich verletzt wurde. Aber die ganze Situation hätte viel schlimmer sein können, als sie war. Ich hätte mir den Kopf stoßen und sterben können, statt mir nur ein Bein zu brechen. Du hast mich gefunden, bist bei mir geblieben und hast mich bei dir aufgenommen, bis es mir wieder gut geht. Und Fallport ist wunderbar. Ich habe so viele tolle Leute kennengelernt. Ich liebe deine Freunde. Und du hast eine tolle Dusche.« Sie lächelte ihn wieder an.

Er widmete seine Aufmerksamkeit ihr jetzt gleichermaßen wie der Straße. »Du hast dir das Bein gebrochen, wurdest von deinen Freunden im Stich gelassen, bist praktisch bewegungsunfähig und sitzt in meiner winzigen Wohnung mit einem Fremden fest. Du hast weder deinen Wagen noch irgendetwas von deinen persönlichen Sachen. Du konntest zwei Wochen lang nicht arbeiten, und obwohl du nicht darüber gesprochen hast, leidet dein Geschäft wahrscheinlich darunter. Im Grunde genommen wurde dein Leben auf Eis gelegt.«

Bristol lachte. »Ja. Aber wie gesagt, all die guten Dinge, die durch den Beinbruch passiert sind, wiegen schwerer als all diese anderen Dinge. Zumindest in meiner Vorstellung.«

Rocky schüttelte den Kopf. »Ich habe noch nie jemanden wie dich kennengelernt.«

»Ist das etwas Gutes oder etwas Schlechtes?«, fragte Bristol ein wenig ängstlich.

»Etwas Gutes«, entgegnete er sofort, und das trug sehr zu ihrer Erleichterung bei. »Wir nähern uns Kingsport, kannst du mir sagen, wo ich langfahren muss?«

Bristol hielt das gute Gefühl in sich fest, das seine Antwort auslöste, als sie ihm sagte, wohin sie fahren mussten, aber je näher sie ihrem Haus kamen, desto nervöser wurde sie. Sie hatte nicht bedacht, was Rocky darüber denken könnte, wo sie wohnte ... und jetzt fürchtete sie, dass dieser Ausflug keine so gute Idee war.

Sie bogen in ihre Straße ein und sie sagte: »Es ist das dritte Haus auf der rechten Seite.«

Sie konnte nicht sagen, was er dachte, als er in ihre Einfahrt fuhr und den Motor seines Geländewagens ausschaltete.

Nach einem Moment drehte er sich zu ihr um. »Ich glaube, es gibt ein paar Dinge über dich, die du mir bisher verschwiegen hast, Punky«, bemerkte er trocken.

Sie biss sich nervös auf die Lippe, während sie ihr Haus betrachtete und versuchte, es mit seinen Augen zu sehen. Sie hatte es von dem Moment an geliebt, in dem sie es zum ersten Mal gesehen hatte. Es war groß. Wahrscheinlich um die vierhundertzwanzig Quadratmeter. Viel zu groß für eine Person, aber in dem Moment, in dem sie die Aussicht aus den hinteren Fenstern gesehen hatte, musste sie es haben. Es gab fünf Schlafzimmer, eine riesige Küche, die Bäder waren renoviert worden, bevor sie eingezogen war, und der Schrank im großen Schlafzimmer war größer als das Gästezimmer in Rockys Wohnung.

»Wohnst du hier allein?«, fragte er.

»Ja«, entgegnete sie. »Es ist nicht so groß, wie es aussieht.« Das war eine Lüge. Mit den riesigen, raumhohen Fenstern im Wohnbereich wirkte es noch größer.

Rocky lachte und schüttelte den Kopf. »Hast du deinen Schlüssel?«

Bristol verlagerte das Gewicht und zog ihren Schlüsselbund aus der Tasche. Sie hatte kein Portemonnaie dabei, denn wer nimmt schon ein Portemonnaie mit zum Wandern und Zelten? Aber es war eines der vielen Dinge, die sie auf ihrer mentalen Liste hatte, die sie einpacken musste, bevor sie nach Fallport zurückkehrte ... falls Rocky immer noch wollte, dass sie mit ihm zurückkam.

»Bleib hier«, befahl er. »Ich komme um den Wagen.«

Bristol sah ihm zu, wie er vorn an seinem Geländewagen

herumging. Seine Schritte waren lang und selbstbewusst, wie immer. Als er an ihrer Tür war, half er ihr aus dem Wagen und legte den Arm um sie, um ihr als menschliche Krücke zu dienen, während sie zu ihrer Haustür gingen.

Sie liebte es, wenn Rocky sie trug. In der Nähe anderer Menschen fühlte sie sich immer klein, aber in seinen Armen fühlte sie sich ... wertgeschätzt. Aber es hatte auch etwas für sich, an seine Seite gepresst zu sein, wobei er einen Arm um sie geschlungen hatte und seine Finger sich leicht in ihre Taille gruben, während er das Gewicht von ihrem gebrochenen Bein nahm und sie neben ihm humpelte.

Er hatte kein Gramm zusätzliches Fett an sich, zumindest nicht, soweit sie spüren konnte. Es gefiel ihr, einen Vorwand zu haben, ihn zu berühren, den Arm um ihn zu legen. Er war warm und gab ihr ein Gefühl der Sicherheit. Sie hatte keine Angst, dass er sie stolpern lassen würde. Rocky war stark und fähig an ihrer Seite.

Als sie die vier Stufen erreichten, die zu ihrer Veranda hinaufführten, fragte er sie nicht und warnte sie auch nicht, sondern legte einfach seinen Arm um ihre Taille und hob ihre Füße leicht vom Boden ab, bevor er die Treppe hinaufging.

Bristol lachte.

»Was ist?«, fragte er.

»Darüber hast du gar nicht nachgedacht, oder?«

»Worüber?«

»Darüber, mich einfach hochzuheben, um die Treppe hochzugehen.«

Er sah ein wenig verlegen aus. »Tut mir leid. Und nein. Ich wollte nicht, dass du dir wehtust. Ich bin mir nicht sicher, ob du schon treppengängig bist, also habe ich einfach gehandelt. Bist du verärgert?«

»Nein.« Und sie war es wirklich nicht. »Obwohl ich es irgendwann mal mit einer Treppe versuchen muss.«

»Ich weiß. Aber dieser Tag ist nicht heute«, erklärte er ihr, während er sie an der Tür sanft wieder auf die Füße stellte.

»Vielleicht änderst du deine Meinung, wenn du siehst, wie viele Treppen es in meinem Haus gibt«, bemerkte sie, während sie den Schlüssel in ihr Schloss steckte.

»Das wird nicht passieren, Punky«, sagte Rocky mit strenger Stimme.

Bristol konnte nur wieder lachen. »Na gut, aber wenn du es leid bist, mich herumzuschleppen, sag einfach Bescheid. Willkommen in meinem Haus«, bemerkte sie, während sie die Tür aufstieß.

Rocky half ihr hinein und schloss die Tür hinter sich. Er sah sich in dem großen, offenen Eingangsbereich um und pfiff leise. »Wow, Punky. Das ist ... es ist wunderschön.«

»Warte, bis du die Aussicht siehst«, sagte sie und zeigte dann nach rechts. »Da lang.«

Er führte sie in ihr Wohnzimmer und sie hörte, wie er scharf einatmete. »Wow.«

»Das habe ich auch gedacht, als ich es zum ersten Mal gesehen habe«, stimmte Bristol zu. Die Häuser auf ihrer Straßenseite gingen auf ein Naturschutzgebiet hinaus. Es gab sanfte Hügel, viele Bäume und eine Ruhe, die ihr half, ihre Batterien wieder aufzuladen, wenn sie niedergeschlagen oder frustriert über ein Projekt war, an dem sie arbeitete. »Deshalb habe ich dieses Haus gekauft. Der Vorteil ist, dass niemand hinter mir bauen kann, weil das Land geschützt ist.«

»Es ist wunderschön«, versicherte er ihr. Dann sah er zu ihr hinunter. »Und wieder denke ich, dass du mir ein paar Dinge über dich selbst verschwiegen hast.«

Bristol zuckte mit den Schultern. »Ich habe dir gesagt, dass ich mit meiner Kunst gut zurechtkomme. Und dass ich es mir leisten könne, die Satellitentelefone für dein Team zu kaufen.«

»Das hast du, aber das ... verdammt. Ich weiß nicht, was ich erwartet habe, aber dass du in einer Villa lebst, war es nicht. Du musst in meiner kleinen Wohnung wirklich durchdrehen.«

»Ich liebe dieses Haus ... aber es ist nur ein Haus«, sagte sie leise zu ihm. »Ich wusste, dass es zu groß ist, und ich hatte

recht. Es ist viel zu groß für mich allein. Deine Wohnung ist ...«
Sie verstummte, während sie nach einem passenden Adjektiv
suchte.

»Winzig? Beengt? Heruntergekommen?«, schlug er vor.

»Gemütlich. Behaglich. Sicher«, konterte sie.

Sie sahen sich einen Moment lang an, bevor Rocky tief
einatmete. Aber er wich nicht zurück.

»Rocky?«, fragte sie und war sich nicht sicher, warum sie
flüsterte, aber der Moment schien es zu verlangen.

»Ich werde dich küssen«, erklärte er fest. »Wenn du das
nicht willst, hast du jetzt die Gelegenheit, es mir zu sagen.«

Bristol hielt den Atem an. Sie wollte seine Lippen auf ihren.
Unbedingt. Das hatte sie fast von dem Moment an, in dem sie
ihn zum ersten Mal gesehen hatte.

»Hast du mich gehört?«, fragte er.

Sie wollte lachen. Wie konnte sie ihn *nicht* hören, wenn sie
einen Arm umeinandergelegt hatten und Hüfte an Hüfte standen? »Ja«, sagte sie und beantwortete damit seine Frage und
gab ihm gleichzeitig die Erlaubnis.

Er lächelte nicht, aber Bristol schwor, dass sie Erleichterung in seinen Augen aufblitzen sah. Er zog sie fester an sich,
drehte sie so, dass ihre Vorderseite an seiner lag, und hob mit
seiner freien Hand ihr Kinn an.

»Du bist so hübsch. Und ich meine nicht nur das Äußere,
obwohl du das auch bist. Du hast ein Leuchten in deinen
Augen, das jeden anzieht, mit dem du in Kontakt kommst. Und
ich bin da keine Ausnahme. Wenn wir einmal so weit gegangen
sind, Punky ... gibt es kein Zurück mehr«, erklärte er.

Bristol wusste zu schätzen, dass er sich erst davon über-
zeugte, dass sie gern von ihm geküsst werden wollte, aber sie
wurde ungeduldig. Sie wollte seine Lippen auf ihren spüren.
Und zwar *sofort*.

Sie stellte sich auf die Zehenspitzen und ärgerte sich, dass
er immer noch zu weit weg war, als dass sie ihn erreichen
konnte. Ohne nachzudenken, griff sie nach oben, packte eine

Handvoll seines Bartes und zerrte ihn nach unten. Bevor sie die Augen zumachte, sah sie noch sein amüsiertes Grinsen.

In dem Moment, in dem seine Lippen ihre berührten, war es um Bristol geschehen.

Sie hatte noch nie einen Mann mit Bart geküsst, und die Art, wie er ihre Wange und ihr Kinn kitzelte, war fast so erregend wie das Gefühl seiner Hand, die zu ihrem Nacken wanderte, und wie sein anderer Arm sich um ihre Taille legte.

Im nächsten Moment nahm er sie auf den Arm und hob sie hoch, sodass sie ihren Hals nicht verrenken musste, um ihn zu küssen. Sie war fest an seinen Körper gepresst und sie konnte jeden Zentimeter seines Körpers spüren. Seinen harten Oberkörper, die Art, wie er seinen Arm um ihre Taille gelegt hatte. Seinen harten Schwanz an ihrer Muschi. Aber es waren seine Lippen auf ihren, die sie tief in ihrer Kehle stöhnen ließen.

Der kleine Laut schien in ihnen beiden das Verlangen zu wecken. Dies war keine zaghafte erste Berührung. Rocky küsste sie mit dem Selbstvertrauen eines Mannes, der wusste, was er wollte, und kein Problem damit hatte, es sich zu nehmen.

Er neigte den Kopf und tauchte mit seiner Zunge in ihren Mund ein, woraufhin Bristol sofort ihre eigene mit seiner verband. Sie schob ihre Hände in sein Haar und hielt ihn an sich gedrückt, während sie sich küssten, als hinge ihr Leben davon ab. Sie hatte Schmetterlinge im Bauch, eine Gänsehaut auf den Armen und sie wand sich in seiner Umarmung, weil sie ihm näher kommen wollte.

Rocky hielt sie fest im Arm, während er sie küsste. Er knabberte an ihrer Lippe und Bristol erwiderte seinen Kuss. Sie schob ihre Zunge in seinen Mund und genoss es, dass er ihr die Kontrolle über den Kuss überließ. Dann war er an der Reihe zu stöhnen, als sie wieder an seiner Lippe knabberte.

Sie hatte keine Ahnung, wie lange sie sich schon küssten, als er den Kopf hob und sie anstarrte. Da er sie immer noch festhielt, waren sie fast Auge in Auge. Als er sich über die

Lippen leckte, konnte Bristol nicht anders, als zu ihnen herunterzusehen.

»Verdammt, Frau«, hauchte er.

Sie konnte es nicht verhindern. Sie musste lachen.

»Das war ...« Er hielt inne, bevor er fortfuhr: »Gehst du mit mir aus?«

Bristol war verwirrt. »Bittest du mich um eine Verabredung?«

»Ja, eine Verabredung.«

»Ähm, ja?«

»Ich weiß, dass wir die Dinge etwas verkehrt angehen, weil du bei mir eingezogen bist und das alles, bevor ich dich überhaupt um eine Verabredung gebeten habe, aber ich mag dich, Bristol. So sehr. Ich möchte dich weiter kennenlernen.«

Solche Dinge passierten ihr normalerweise nicht und sie betete, dass sie es nicht irgendwie vermasselte. »Geht mir auch so, Rocky.«

»Also ... wirst du meine feste Freundin sein?«

Sie lachte erneut, nickte aber. »Ja.«

»Und wir treffen uns nicht mit anderen Leuten?«

»Rocky, es ist ja nicht so, dass die Männer mir die Tür einrennen und mit mir ausgehen wollen.«

»Dann sind sie Idioten. Und wir treffen uns *nur* miteinander«, erklärte er fest.

Er hatte sie immer noch nicht abgesetzt und Bristol musste zugeben, dass es ihr wahnsinnig gefiel, von ihm gehalten zu werden. Er hatte immer noch eine seiner großen Hände in ihrem Nacken liegen, während er mit der anderen ihren Oberkörper umschloss und sie sicher an sich drückte.

»Aber noch eine Sache«, sagte er ernst. »Ich verdiene eindeutig nicht so viel wie du. Wird das zum Problem werden?«

Bristol runzelte die Stirn. »Wenn du denkst, dass ich die Art von Frau bin, die sich um so etwas schert, sollten wir vielleicht beenden, was auch immer gerade zwischen uns läuft«, sagte sie etwas schärfer, als sie beabsichtigt hatte.

»Es tut mir leid«, entschuldigte er sich sofort und trug damit wesentlich dazu bei, Bristol zu beruhigen.

»Können wir uns hinsetzen und darüber reden?«, fragte sie.

Er antwortete nicht verbal, sondern ging sofort auf ihr superbequemes Wildledersofa zu. Es war groß genug, um mindestens sechs Personen Platz zu bieten. Sie war schon an vielen Abenden auf den weichen Polstern eingeschlafen. Er ließ sich nieder und setzte sie sanft seitlich auf seinen Schoß, einen starken Arm um ihren Rücken und den anderen auf ihren Oberschenkeln.

Es war etwas ablenkend, ihr so nahe zu sein, aber es war nicht unwillkommen. Trotzdem ... »Ähm, vielleicht sollte ich mich für dieses Gespräch neben dich setzen, statt *auf* dich?«, schlug sie vor.

»Nein. Ich habe dich gern genau da, wo du jetzt bist. Weißt du, wie oft ich im Laufe der letzten zwei Wochen daran gedacht habe, dich so zu halten?«, fragte er.

Bristol blinzelte überrascht. »Wirklich?«

»Ja, wirklich. Also, was wolltest du mir sagen?«

»Das ist keine lange Geschichte«, erwiderte sie achselzuckend. »Ich habe Kunst und Kreativität schon immer geliebt. Ich habe meine Nische mit Glasfenstern gefunden. Eines führte zum anderen, und mein Talent und ein bisschen Glück machten mich in bestimmten Kreisen online sehr beliebt. Leute, die das Beste wollen, wissen, dass sie zu mir kommen können. Ich verkaufe meine Glasmalereien zu Preisen von fünfhundert Dollar für eine winzige, zehn mal fünfzehn Zentimeter große Scheibe bis hin zu sechsstelligen Beträgen und mehr für große Fenster für Kirchen und andere Gebäude.«

Rocky blinzelte überrascht. »Wirklich?«

»Wirklich«, bestätigte sie. »Ich habe fast mein gesamtes Geld investiert. Wenn ich ehrlich bin, könnte ich mich heute zur Ruhe setzen, wenn ich wollte, und müsste keinen Tag mehr in meinem Leben arbeiten. Aber ich mag, was ich tue. Kunst zu schaffen erfüllt ein Bedürfnis in mir. Ich mache Schmuck und

Skulpturen, wenn ich eine Pause von der Glasmalerei brauche.« Sie zuckte mit den Schultern. »Ich habe dir doch gesagt, dass ich gut bin in dem, was ich tue«, sagte sie etwas leiser ... und ein wenig abwehrend.

Zu ihrem Erstaunen lachte Rocky. »Das hast du, Punky.« Dann überraschte er sie, indem er eine ihrer Hände ergriff und jede ihrer Fingerspitzen küsste. »Wenn ich das gewusst hätte, hätte ich ein bisschen mehr darauf geachtet, dass deine Hände in Ordnung sind.«

Bristol wäre vor Rührung fast zerflossen. Sie erzählte den Leuten nicht, wie erfolgreich sie war. Erstens neigten sie dazu zu denken, sie würde angeben, was sie nicht tat. Sie war sachlich, was ihre Fähigkeit anging, schöne Kunst zu schaffen. Und zweitens, wenn die Leute herausfanden, dass sie reich war, behandelten sie sie anders.

»Ändert das etwas?«

Rocky verschränkte seine Finger mit ihren und stützte sie auf ihr Bein. »Was soll etwas ändern?«

»Die Tatsache, dass ich Geld habe.«

Er starrte sie einen Moment lang an, bevor er erwiderte: »Willst du das?«

Bristol runzelte die Stirn. »Nein?« Es klang eher wie eine Frage als wie eine Feststellung, aber sie war sich nicht sicher, was er damit sagen wollte.

»Dann, nein, es ändert sich nichts. Bristol, ich mag dich so, wie du bist. Nicht weil du so viel Geld hast. Ich gebe zu, es schüchtert mich ein wenig ein. Ich kann gut mit Geld umgehen, das musste ich schon beim Militär, obwohl ich schätze, dass mein Bankkonto im Vergleich zu deinem ziemlich erbärmlich aussieht. Aber ich verspreche, dass ich dich, solange wir zusammen sind, so behandeln werde, als wärst du der wichtigste Mensch auf der Welt. Und so etwas kann man mit Geld nicht kaufen.«

Bristol schloss für einen Moment die Augen, fast überwältigt von ihren Gefühlen.

»Bristol?«

Sie machte die Augen wieder auf. Sie wollte sich am liebsten auf ihn setzen und sich an ihn schmiegen, aber das konnte sie mit ihrem Bein noch nicht ganz. »Das ist es, was ich mir immer gewünscht habe. Jemandem wichtig zu sein wegen meiner Persönlichkeit und nicht wegen des Betrags auf meinem Bankkonto.«

»Du bist *mir* wichtig«, entgegnete er, ohne zu zögern, und beugte sich vor.

Diesmal war ihr Kuss sanft. Nicht ganz so leidenschaftlich wie zuvor, aber nicht weniger aufregend.

Bristol legte ihren Kopf unter sein Kinn und an seine Brust und genoss einfach den Moment. Rocky strich mit der Hand über ihr Haar, fast so, als würde er sie streicheln. Sie hätte am liebsten geschnurrt, so gut fühlte es sich an.

Nach einer Weile sagte er ein wenig selbstironisch: »Ich nehme an, deine Arbeitssachen werden nicht in ein paar Kartons passen, wie ich es mir vorgestellt habe, oder?«

Sie lächelte, als sie den Kopf hob. »Meine Werkstatt ist im Keller, und ja, ich kann meine größeren Arbeiten nicht in deiner Wohnung machen. Aber ich habe im Moment keine Aufträge, und ich denke, ich sollte mich für den Augenblick auf Schmuck beschränken. Es ist schon eine Weile her, dass ich Anhänger und Ohrringe gemacht habe, und meine Zeit im Wald hat mich dazu inspiriert, einige Stücke im Einklang mit der Natur herzustellen.«

»Genau. Wir nehmen so viel mit, wie in meinen Geländewagen passt, und wenn ich noch eine weitere Fahrt machen muss, werde ich das tun. Wir können auch sehen, ob wir einen größeren Raum für dich finden.«

Bristol starrte ihn schweigend an.

»Was?«, fragte er, als er ihren fragenden Blick auffing.

»Ich ... du überraschst mich immer wieder, Rocky Watson.«

»Cohen, um ehrlich zu sein.«

»Was?«, fragte Bristol verwirrt.

»Mein Name. Rocky ist ein Spitzname. Mein richtiger Name ist Cohen.«

Sie lächelte und schmiegte sich an ihn. »Das gefällt mir.«

Er zuckte mit den Schultern. »Mir nicht. Du hast ja keine Ahnung, wie sehr die anderen Kinder sich über mich lustig gemacht haben, als ich klein war. Cohen war nicht gerade ein Name, mit dem man sich in die Menge einfügt.«

»Wie bist du zu dem Namen Rocky gekommen?«, fragte sie.

»Ich war in der achten Klasse und hatte gerade den Film gesehen. Ich beschloss, dass ich wie er sein wollte, ein Boxer. Er war knallhart und hat sich von niemandem etwas gefallen lassen. Ich ging in die Schule und erzählte allen, dass das jetzt mein Name sei, und verprügelte im Laufe der nächsten Monate jeden, der es wagte, mich Cohen zu nennen.« Er zuckte mit den Schultern. »Nicht sehr nett von mir, ich weiß ... aber es hat funktioniert. Alle fingen an, mich Rocky zu nennen, und das war's.«

»Mein Vorname ist Bristol«, erklärte sie ihm mit einem albernen Lächeln.

Er erwiderte es. »Alles klar.«

Sie wurde ernst. »Ein Teil von mir fragt sich, was der Haken an dir ist«, erklärte sie ihm ehrlich. »Du bist umwerfend, du rettest verirrte Wanderer, du warst ein SEAL, du hast bei mir im Krankenhaus in Roanoke übernachtet und mich dann bei dir wohnen lassen, ohne dass du dafür eine Gegenleistung verlangst. Jetzt hast du nicht einmal mit der Wimper gezuckt, als du erfahren hast, dass ich reich bin, und du redest sogar davon, noch einmal hierherzukommen, um meine ganzen Sachen zu holen und einen Raum zu finden, an dem ich meine Glasmalerei machen kann. Oh, und du küsst besser als jeder andere, mit dem ich je zusammen war. Ich ... warte nur darauf herauszufinden, was die Kehrseite der Medaille ist. Dass du mir sagst, dass du verheiratet bist, oder dass du mich zur Zweitfrau haben willst, oder dass du der Anführer einer sadistischen

Sekte bist und mich einfach als neuestes Opfer für den Teufel vorgesehen hast oder so.«

Rocky zuckte nicht einmal mit der Wimper. »Das Gleiche könnte ich über dich sagen«, konterte er. »Du bist knallhart, du bist talentiert, du bist umwerfend, du brauchst oder willst mich nicht wegen meines Geldes – und das ist auch gut so, denn ich werde nie reich sein. Du scheinst die kleine Stadt, in der ich lebe, zu lieben, findest überall Freunde und isst meine Gerichte, ohne auch nur das Gesicht zu verziehen. Ich bin gespannt, welche Schwächen du haben könntest. Zum Beispiel, dass du beim Essen schmatzt – was du nicht tust –, oder dass du deine Haare überall im Bad verteilst – was du auch nicht tust –, oder dass du in Wirklichkeit ein Sadist bist und einen neuen Masochisten suchst, dem du wehtun kannst.«

Bristol lachte.

»Ich bin auch nur ein Mann«, erklärte Rocky ihr. »Ich habe meine Fehler, aber Frauen schlecht zu behandeln gehört nicht dazu. Ich kann nicht versprechen, dass ich dich nie verärgern werde, und ich bin mir sicher, dass du mich irgendwann wütend machen wirst, aber ich hoffe, dass wir darüber reden können, was uns stört, und dass wir eine Lösung finden. Es ist offensichtlich, dass du deine Kunst brauchst, und ich wäre dumm, wenn ich nicht alles in meiner Macht Stehende tun würde, um dich glücklich zu machen. Vor allem, weil ich hoffe, dass unsere Beziehung langfristig funktioniert.

Ich bin in vielen Dingen zu Kompromissen bereit, aber ich würde *gern* in Fallport bleiben. Allerdings wäre es für mich kein Grund, die Beziehung nicht einzugehen. Ich könnte nach Kingsport ziehen, da Bauunternehmer überall Arbeit finden. Aber ich liebe meinen Job beim Eagle Point Such- und Bergungsteam, und es wäre schade, wenn ich meine Freunde verlassen müsste. Wenn ich also alles tue, damit du dich in Fallport wohlfühlst und glücklich bist, dann ist das nur ein Teil meiner Hoffnung, dich davon zu überzeugen, dass du dir eines Tages ein Leben mit mir aufbauen könntest.«

»Rocky«, flüsterte sie völlig überwältigt. Er war genauso unverblümt, wie sie es war. Sie würde sich nie fragen müssen, wie er zu einem Thema stand. Aber noch nie hatte sich jemand so sehr um ihre Bedürfnisse bemüht wie er.

»Ich will dich nicht unter Druck setzen«, versicherte er ihr und küsste sie auf die Stirn. »Wer weiß, was die Zukunft bringen wird. Diese intensive Verbindung könnte verpuffen ... aber ich hoffe, was auch immer passiert, wir können immer Freunde sein.«

Bristol nickte. Sie hatte keine Ahnung, ob das möglich sein könnte – dass das Feuer zwischen ihnen erlosch und sie nicht mehr als nur Freunde waren –, aber dass Rocky so verdammt vernünftig war, war eine Erleichterung. Und wahnsinnig attraktiv. »Ich möchte auch etwas für dich tun«, entgegnete sie. »Ich fühle mich nicht wohl dabei, diejenige zu sein, die alles bekommt und nichts gibt.«

Daraufhin brach Rocky in Gelächter aus. Und obwohl es sie ein wenig irritierte, dass er *über* sie zu lachen schien, konnte sie nicht verhindern, dass sie bei diesem Geräusch ein Kribbeln verspürte.

»Ich lache nicht *über* dich«, bemerkte er, als würde er ihre Gedanken lesen. »Sondern darüber, dass du zu denken scheinst, du würdest mir nichts geben.«

»Das tue ich auch nicht. Du hast alles getan! Du hast Lebensmittel gekauft, mich herumgetragen, dafür gesorgt, dass Leute zu mir kommen und mir Gesellschaft leisten, wenn du arbeitest. Du hast meine Mahlzeiten zubereitet, meine Wäsche gewaschen, die Wohnung geputzt. Ich tue nichts anderes, als herumzusitzen.«

»Falsch«, versicherte er ihr und seine Belustigung war verschwunden. »Du hast mir mehr gegeben, als ich jemals erklären könnte. Bevor ich dich kennengelernt habe, war mein Leben langweilig und wahnsinnig einsam. Ich habe viel zu lange gearbeitet, bin nach Hause gekommen, habe gegessen und geschlafen. Und daraus bestand mein Leben. In letzter Zeit gab es ein paar unglückliche Vorfälle mit Lilly und Elsie, aber im Allgemeinen ist mein Leben grau, wenn ich meine Wohnungstür hinter mir zumache. Dann bist du gekommen ... und plötzlich gibt es wieder Farbe in meinem Leben. Ich habe im Laufe der letzten Wochen mehr gelacht als im gesamten letzten Jahr. Ich freue mich darauf, am Abend nach Hause zu kommen, was früher nie der Fall war. Früher habe ich bis in den Abend hinein gearbeitet, weil ich nicht in eine leere Wohnung zurückkehren wollte. Ich weiß, dass meine Kochkünste nicht gerade die eines Gourmetkochs sind, aber es hat Spaß gemacht, verschiedene Mahlzeiten für uns zu kreieren. Du hast mehr *Leben* in mein Leben gebracht als irgendjemand zuvor ... wenn du weißt, was ich meine. Du kannst also aufhören zu denken, dass du nichts zu dieser Beziehung beiträgst.«

Seine Worte gaben ihr ein gutes Gefühl und machten sie gleichzeitig traurig. Sie mochte den Gedanken nicht, dass er ein eintöniges Leben führte.

»Also, wir hatten einen anstrengenden Morgen. Wir haben uns zum ersten Mal geküsst – was mich übrigens umgehauen hat –, wir haben uns darauf geeinigt, dass wir jetzt fest zusammen sind und uns nicht mehr mit anderen Leuten verabreden, ich habe herausgefunden, dass meine Freundin stinkreich ist, und wir haben eine Menge zu packen. Bist du bereit, dich an die Arbeit zu machen, damit wir zurück nach Fallport fahren können, bevor es zu spät wird? Oder willst du die Nacht hier verbringen? Das können wir auch tun. Und da du fünf Schlafzimmer hast, hoffe ich, dass ich mich in einem davon einquartieren kann. Ich weiß, ich sagte, ich würde ein Hotel finden, aber jetzt, da ich dieses Haus gesehen habe, bin ich mir nicht sicher, ob ich dich hier allein lassen kann.«

Bristol verdrehte die Augen. »Ich habe allein gelebt, bevor ich dich kennengelernt habe.«

»Ich weiß. Aber jetzt *hast* du mich kennengelernt, und das lasse ich nicht zu.«

Bristol runzelte die Stirn. »Du glaubst, ich kann nicht auf mich selbst aufpassen?«

»Ich weiß, dass du es kannst«, erwiderte er. »Aber ich kann nur daran denken, wie viele Fenster und Türen es hier gibt. Und wie leicht jemand einbrechen und dir etwas tun könnte. In meiner Wohnung gibt es zumindest wirklich nur einen Weg hinein und hinaus ... es sei denn, jemand ist Spiderman und kann die Wand zum ersten Stock hochklettern. Selbst dann würde ich denjenigen hören, bevor er durch das Fenster kommt.«

Na toll, jetzt würde sie bei jedem Knarren ihres Hauses Einbrecher hören. »Ich werde nicht den ganzen Tag zum Packen brauchen. Wir können aufbrechen, bevor es dunkel wird«, erklärte sie ihm.

»Ich will nicht anmaßend sein«, entgegnete Rocky und strich ihr über das Gesicht. »Ich will dich nur nicht verlieren, jetzt, da ich dich endlich gefunden habe.«

»Du wirst mich nicht verlieren. Aber du darfst nicht vergessen, dass ich schon sehr lange allein lebe. Du musst mir meinen Freiraum lassen, Rocky. Wenn du mich erdrückst, würde ich anfangen, dich zu hassen.«

Er wies ihre Sorge nicht von sich, sondern nickte stattdessen. »Ich werde mein Bestes tun. Du kannst mir ruhig sagen, wenn ich überfürsorglich werde.«

»Das werde ich«, erwiderte sie.

»Gut. Wie wär's, wenn du mir jetzt dieses fantastische Haus zeigst und wir uns an die Arbeit machen?«

Bristol lächelte ihn an, beugte sich vor und küsste ihn kurz auf die Lippen, bevor sie sich zurückzog. Sie sah das Verlangen in seinen Augen aufflackern, aber es gefiel ihr, wie er sich beherrschen konnte. Manche Männer würden, nachdem sie festgestellt hatten, dass sie einander gegenseitig wollten, schnell nach mehr verlangen. Aber nicht Rocky.

Er stand mit ihr in den Armen da, als würde sie nicht mehr

wiegen als ein Kind, und sagte: »Also gut, Bristol, zeig mir dein Zuhause.«

Der Mann im Wagen auf der Straße runzelte die Stirn, während er Bristols Haus anstarrte. Er saß gerade dort, wie er es mehrere Stunden am Tag tat, in der Hoffnung, sie nach Hause kommen zu sehen, als ein Geländewagen in die Einfahrt einfuhr.

Er erkannte den Wagen nicht und bemerkte, dass es ein Nummernschild aus Virginia hatte. Sein Blut kam in Wallung, als er den großen bärtigen Mann sah, der seiner Bristol zur Haustür half. Sie waren sich viel zu nahe. Sie berührten sich viel zu vertraut. Er sah, wie sie ihn anlachte, und ein roter Schleier legte sich über seine Sicht.

Sie gehörte *ihm*.

Sie hätte keinen anderen Mann anlächeln dürfen.

Sie sollte keinen anderen berühren.

Sie hatte einen Gips an ihrem Bein. Der Mann, mit dem sie zusammen war, musste sie auf irgendeine Weise verletzt haben. Das war der einzige Grund, den er sich vorstellen konnte, warum sie seit Wochen nicht mehr da gewesen war. Sie hatte sich mit einem Typen eingelassen – und er hatte sie verletzt.

Seit fast drei Wochen hatte sie nichts mehr in ihren sozialen Medien gepostet. Sie hatte keine neuen Kunstwerke in ihren Onlineshop gestellt und sogar eine Notiz gepostet, auf der stand, dass sie eine Pause einlegen und ihren Laden für eine Weile schließen würde.

Das war inakzeptabel. Die Freude, die er empfand, wenn er etwas in den Händen hielt, das sie mit ihren eigenen Händen gemacht hatte ... etwas, das sie berührt hatte, das sie angehaucht hatte ... war für sein Leben so wichtig wie das Atmen. Sie hatte ihm das verwehrt.

Und sie war mit einem anderen Mann zusammen.

Nein. Das ging einfach *überhaupt* nicht.

Er blieb wütend sitzen, wo er war, und beobachtete den ganzen Nachmittag das Haus.

Als der bärtige Fremde anfing, Kartons aus ihrem Haus zu schleppen und sie in seinen Geländewagen zu laden, wäre er fast ausgerastet. Er wollte am liebsten aus seinem Wagen springen, die Auffahrt hinunterstürmen und ihn zur Rede stellen. War seine Bristol ausgezogen? Zog sie mit einem Mistkerl zusammen, der sie missbrauchte?

Das war *inakzeptabel*!

Sie gehörte *ihm*.

Er kaute an seinen Fingernägeln und beobachtete, wie der Geländewagen immer voller wurde. Als er komplett mit Kartons vollgestopft war, sowohl der Kofferraum als auch die Rücksitze, konnte er seine Bristol endlich wiedersehen – aber bei ihrem Anblick verzog er das Gesicht zu einer Grimasse. Der Mann *trug* sie. Er hielt sie in seinen Armen und brachte sie zur Beifahrerseite des Fahrzeugs. Er setzte sie vorsichtig auf den Sitz, hielt ihr den Sicherheitsgurt hin, beugte sich dann zu ihr hinunter und *küsste* sie.

Küsste sie.

Genau dort, vor den Augen aller, die vielleicht zusahen.

Nein. Nein, nein, nein, nein, nein!

Entschlossenheit wallte in ihm auf. Er hatte zu lange gewartet. Er hätte schon früher zuschlagen sollen. Aber er hatte keinen Zweifel daran, dass Bristol sich in ihn verlieben würde, wenn sie ihn sah. So sehr, wie er sie liebte. Sie würde die Verbindung zwischen ihren Seelen spüren. Das musste sie auch.

Er musste herausfinden, wohin sie fuhr, und Pläne schmieden.

Bristol Wingham gehörte *ihm*. Kein gottverdammter Holzfäller würde sie ihm wegnehmen. Auf gar keinen Fall.

Er merkte sich das Nummernschild des Geländewagens, als

er aus Bristols Einfahrt fuhr, und folgte nach ein paar langen Augenblicken dem Mann, der seine Frau wegbrachte. Sobald er herausgefunden hatte, wo sie sich aufhielt, konnte er seinen nächsten Schritt planen.

Er hatte ihr Haus so weit ausgekundschaftet, dass er wusste, wie er hineinkam, ohne dass die Nachbarn ihn sahen. Teil seines Plans war es immer gewesen, dafür zu sorgen, dass sie sich wohlfühlte, sobald sie zusammen waren. Dass sie viele ihrer eigenen Sachen um sich herum hatte. Er und Bristol waren füreinander bestimmt. Niemand und nichts konnte sie voneinander trennen.

Er achtete darauf, ein paar Fahrzeuge zwischen sich und den anderen Wagen zu bringen, und dachte darüber nach, was er tun musste, wie er Bristol zurückbekommen konnte. Glühende Wut stieg in ihm auf, als der Geländewagen auf die Interstate und in Richtung Norden fuhr. Er hatte nicht erwartet, dass sie sich außerhalb der Stadt aufhielt ... aber das war auch egal. Er hatte sie endlich gefunden. Er hatte nicht die Absicht, sie wieder entkommen zu lassen.

KAPITEL NEUN

Rocky schloss die Tür zu seiner Wohnung auf und hörte als Erstes Gelächter. Als Nächstes fiel ihm auf, dass ein köstlicher Duft aus seiner Küche kam.

Er schloss die Augen, während er den Moment auf sich wirken ließ. Wann war er schon jemals nach einem langen, schweißtreibenden Arbeitstag nach Hause gekommen und hatte das Gefühl, wirklich *zu Hause* zu sein?

Die Antwort darauf war ... noch nie.

Seine Wohnung war immer nur ein Ort gewesen, an dem er schlafen konnte. Selbst als er bei der Navy gewesen war, war es auf den verschiedenen Stützpunkten, auf denen er stationiert gewesen war, genauso gewesen. Aber seit Bristol eingezogen war, freute er sich darauf, am Ende des Tages Feierabend zu machen, und er hatte nicht mehr spät abends gearbeitet, seit er sie nach Hause gebracht hatte. Zwei Dinge, die vor ihr nur selten vorgekommen waren.

»Rocky!«, rief Lilly, als sie ihn in der Tür stehen sah. »Komm und sieh dir an, was Bristol für mich gemacht hat!«

Die andere Frau klang sehr aufgeregt und obwohl Rocky sich nicht unbedingt für Schmuck interessierte, war es ihm *wichtig*, dass seine zukünftige Schwägerin sich in seiner Nähe wohlfühlte und dass Bristol wusste, dass er ihre Arbeit unterstützte.

Als er die Tür schloss, versuchte Rocky noch einmal, die Tatsache zu begreifen, dass Bristol mit ihrer Kunst unglaublich viel Geld verdiente. Er hatte noch nicht gesehen, wie sie eine ihrer Glasmalereien anfertigte, aber nach ihrem Ausflug nach Kingsport hatte er sofort ihren Onlineshop besucht und war verblüfft von dem, was er gesehen hatte.

Sie war ein wahres Wunderwerk. Die Fenster, die sie gemacht hatte, waren so schön, dass es ihm den Atem verschlug. Und Rocky war kein Mann, der sich leicht beeindrucken ließ. Sein bisheriges Lieblingsstück war nicht das größte ihrer Werke, es war etwa zwei Meter hoch und einen Meter breit. Ein Mann in Indiana hatte das Fenster in seinem Haus im ersten Stock eingebaut. Der Sonnenaufgang wurde perfekt eingefangen und war eine wunderschöne Ergänzung zu der Strandszene, die Bristol aus Glas gefertigt hatte. Wenn die Sonne über den Horizont kam, sah es so aus, als würde das Glas zum Leben erwachen. Als Rocky dieses Bild sah, verstand er besser, warum ihre Kunstwerke so teuer waren.

»Hey, Lilly«, begrüßte er sie und machte sich auf den Weg zu Bristol. Es war drei Tage her, seit sie aus Kingsport zurückgekommen waren, und obwohl er nie den Eindruck gehabt hatte, dass sie unglücklich war, war es offensichtlich, wie sehr das Schaffen von Kunst sie beruhigte. Sie schien ... zufriedener zu sein als zuvor.

Er ging zu ihr auf das Sofa hinüber, beugte sich zu ihr und küsste sie. Rocky liebte es, die Freiheit zu haben, sie zu berühren, wenn er den Drang verspürte. Er liebte es, ihr körperlich zeigen zu können, wie glücklich er war, dass sie mit ihm zusammen war. Und die Tatsache, dass sie seine Küsse enthusiastisch erwiderte, erfüllte ihn mit größter Zufriedenheit.

Er hob den Kopf, stand aber nicht ganz auf, sondern stützte sich mit einer Hand auf der Sofalehne ab. »Wie fühlst du dich?«

Sie lächelte zu ihm hoch. »Gut.«

»Hast du heute irgendwelche Schmerzmittel genommen?«

Bristol schüttelte den Kopf und sagte: »Nein. Mir geht es gut.«

Rocky musterte sie und versuchte herauszufinden, ob sie die Wahrheit sagte oder nicht. Seine Bristol hatte eine hohe Schmerztoleranz; er wusste zwar noch nicht alles über sie, aber das wusste er. Die Tatsache, dass sie durch den Wald gekrochen war und sich nach der Operation kein einziges Mal beschwert hatte, bewies es.

»In Ordnung«, bemerkte er nach einem Moment. »Aber spiel nicht die Heldin. Wenn du Schmerzen hast, nimm etwas.«

»Das werde ich«, erwiderte sie, streckte die Hand aus und strich zärtlich mit ihrer Handfläche über seinen Bizeps.

Wenn sie ihn berührte, wollte Rocky sie so sehr, dass es fast wehtat. Aber egal, wie sehr er ihr auch körperlich beweisen wollte, dass er sie mochte und bewunderte, sie war noch nicht wieder ganz gesund. Er wollte ihr auf keinen Fall wehtun, und wenn er sie endlich nackt vor sich hatte, würde er nicht daran denken wollen, sie schonen zu müssen.

Und nicht nur das, er genoss diese langsame Intimität zwischen ihnen. Das Verlangen war immer da, pochte sanft in ihm, aber die Vorfreude darauf, wie und wann sie ihre Beziehung auf die nächste Stufe heben würden, war aufregend. Das gab ihm etwas, auf das er sich freuen konnte. Gott wusste, dass er das brauchte nach dem Leben eines SEALs und den letzten fünf ruhigen – extrem ruhigen – Jahren hier in Fallport.

»In Ordnung, genug Turteleien«, erklärte Lilly lachend. »Sieh dir die Ohrringe an, die Bristol für mich gemacht hat!« Sie hielt ein Paar baumelnde Ohrringe hoch.

Rocky stand auf und nahm den Schmuck gehorsam von Lilly entgegen. Er betrachtete sie viel genauer, als er es getan hätte, wenn sie nicht von der Frau gemacht worden wären, die er immer noch auf seinen Lippen schmecken konnte.

Er hatte keine Ahnung, welche Art von Blume Bristol aus

den Perlen gemacht hatte, die sie aus ihrem Haus mitgebracht hatte, aber sie waren unglaublich detailliert. Sie funkelten sogar in dem schwachen Licht der Wohnung. »Sie sind sehr hübsch«, bemerkte er, als er sie Lilly zurückgab.

Beide Frauen lachten.

»Von einem Mann ist das ein großes Lob«, erklärte Lilly. »Es sind Lilien. Du weißt schon, wie mein Name.«

»Auf die Gefahr hin, wie ein *kompletter* Macho zu klingen ... die einzige Art von Blume, die ich erkennen würde, ist eine Rose. Vielleicht auch eine Pusteblume«, sagte Rocky mit einem leichten Schulterzucken. »Aber die hier sind *wirklich* hübsch. Das Blau darin wird das schöne Blau in deinen Augen hervorheben.«

Lilly starrte ihn einen Moment lang an und sagte dann: »Wow.«

»Nicht wahr?«, pflichtete Bristol ihm bei.

Rocky sah verwirrt zwischen den beiden Frauen hin und her. »Was ist denn?«

Sie lachten wieder, und er war völlig verwirrt.

Bristol hatte offensichtlich Mitleid mit ihm, denn als sie sich wieder unter Kontrolle hatte, erklärte sie: »Ich schätze, nicht viele Männer würden sagen, dass der Schmuck zu den Augen einer Frau passt.«

»Ich liebe Ethan über alles, aber ich weiß genau, dass er so etwas nie sagen würde«, fügte Lilly mit einem breiten Lächeln hinzu.

»Und jetzt werde ich mir eine Bierdose gegen die Stirn schlagen, rülpsen und mich an den Eiern kratzen, um meine Männlichkeit zu betonen«, erwiderte Rocky lachend.

Das brachte die beiden Frauen wieder zum Ausflippen und er sah mit einem breiten Grinsen zu, wie sie hysterisch lachten. Genau *das* war es, was ihm in seinem Leben fehlte. Freude. Lachen.

»Während ihr euch über mich lustig macht, gehe ich duschen«, sagte Rocky zu ihnen.

Zu seiner Überraschung beugte Bristol sich vor und ergriff seine Hand. »Wir haben uns nicht über dich lustig gemacht«, erklärte sie ihm mit ernstem Blick. »Ich bin beeindruckt, dass du es überhaupt bemerkt hast, denn genau das habe ich auch gedacht, als ich mich für die Farben entschieden habe.«

Als er ihr in die Augen sah, hatte er das Gefühl, dass sie die einzigen beiden Menschen auf der Welt waren. Er hatte das Gefühl, dass sie und Lilly ihn wahrscheinlich immer noch auslachten, wenn er duschen ging, aber in diesem Moment, als er wusste, dass er und Bristol auf derselben Seite standen, war ihm das egal.

Er hob seine andere Hand und strich ihr mit dem Fingerrücken über die Wange. »Irgendetwas riecht hier gut.«

Sie lächelte. »Es ist nichts Ausgefallenes. Schweinebraten im Schongarer. Lilly hat geholfen, weil es mir immer noch schwerfällt, lange auf einem Bein zu stehen.«

»Du solltest noch nicht für längere Zeit aufstehen«, schimpfte Rocky.

Bristol verdrehte die Augen. »Mir geht's gut. Ich kenne meine Grenzen. Und wie ich schon sagte, deshalb hat Lilly geholfen. Sie hat die Beinarbeit gemacht. Buchstäblich.«

Rocky nickte Lilly zu. »Danke.«

Sie saß am anderen Ende des Sofas und beobachtete sie genau. »Nichts zu danken.«

»Es ist lange her, dass ich hier reingekommen bin und das Essen auf mich gewartet hat«, erklärte er Bristol.

»Wie lange?«, fragte sie und rümpfte dann die Nase. »Tut mir leid, nein. Vergiss, dass ich gefragt habe.«

Rocky konnte nicht leugnen, dass es ihm gefiel, dass sie ein wenig eifersüchtig klang. Und ihm ging es genauso. Er war extrem neidisch auf die Zeit, die andere mit ihr verbringen konnten, während er arbeitete. Es war zwar nicht rational, aber er spürte es trotzdem. Seltsamerweise fühlte er sich ihr irgendwie näher, wenn er wusste, dass sie einige der gleichen Emotionen durchlebte.

Aber er wollte auch nicht, dass sie glaubte, sie müsse sich in Bezug auf ihre Beziehung Sorgen machen. Also flüsterte er: »So schön wie jetzt war es noch nie.« Dann beugte er sich herunter und küsste sie noch einmal. Ein fester und schneller Kuss, bevor er sich aufrichtete und in den Flur ging.

Er war noch nicht ganz in seinem Zimmer, als er Lilly sagen hörte: »Oh mein Gott. Ihr zwei seid so heiß, dass die Funken sprühen.«

Er hielt inne, um Bristols Antwort zu hören, und lächelte, als sie sagte: »Er ist unglaublich.«

Er lächelte immer noch, als er sich umzog und ins Bad ging. Als er fertig war und ins Wohnzimmer zurückkehrte, war Lilly schon weg.

»Ich wollte sie nicht verjagen«, sagte Rocky zu Bristol.

»Das hast du nicht«, beruhigte sie ihn. »Offenbar nimmt jeder, der hierherkommt, seine Pflicht, auf mich aufzupassen, ernst. Sie lassen mich nicht gern allein, bis du zurückkommst. Als würde ich gleich aufspringen und Breakdance oder so etwas machen, sobald ich allein bin.«

Sie lachte schnaubend, als sie fertig war, sodass Rocky wusste, dass sie nicht verärgert war. Er hatte die Leute tatsächlich gebeten, bei ihr zu bleiben, bis er von der Arbeit zurückkam, einfach weil er Angst hatte, dass Bristol stürzen oder sich irgendwie verletzen könnte und mit Schmerzen auf dem Boden liegen müsste, bis er zurückkam. Es war irrational und rührte daher, dass er wusste, dass sie genau das im Wald getan hatte, bis er sie gefunden hatte, aber da es nicht so aussah, als würde Bristol sich über die Gesellschaft aufregen, machte er sich keine Sorgen.

»Du kommst schon viel besser zurecht«, erklärte er.

»Ja. Abgesehen davon, dass ich mich ein wenig schief fühle und extrem darauf achte, mein Bein nicht zu belasten, fühle ich mich wirklich gut«, stimmte sie zu. »Hast du Hunger? Der Schweinebraten müsste fertig sein.«

»Ich bin am Verhungern«, sagte er und bot ihr seinen Arm

an. Er vermisste es, sie herumzutragen, aber er war froh zu sehen, dass sie jeden Tag mehr Beweglichkeit zurückbekam. Wenn sie allein in der Wohnung waren, benutzte sie ihn als Krücke und nicht die sperrigen Dinger, die Doc Snow ihr gegeben hatte. Sie hatte eine Knielaufhilfe bestellt, ein Gerät auf Rädern mit einem Polster, auf dem sie ihr Knie abstützen konnte, während sie herumging, aber sie war noch nicht eingetroffen.

Er half ihr zu dem kleinen Tisch in der Nähe der Küche und lächelte, als er ihn sah. Die gesamte Oberfläche war mit Plastikbehältern voller Bastelutensilien bedeckt. Perlen, glitzernde Gegenstände, eine Zange und kleine Plastikquadrate mit dem Logo von Bristol, in denen sie Ohrringe und anderen Schmuck zum Verkauf aufbewahrte.

»Mensch, ich bin ein echter Chaot«, bemerkte sie mit einem kleinen Lachen. »Gib mir einen Moment, dann räume ich das auf.«

»Ist schon gut«, sagte Rocky ehrlich zu ihr. Die Zeit in der Navy hatte ihn zu einem Ordnungsfanatiker gemacht, aber ihre Sachen auf seinem Tisch verstreut zu sehen war ein Zeichen dafür, dass sie sich in seiner Wohnung wohlfühlte, und genau so wollte er es haben.

»Rocky, das ist eine Katastrophe. Das tut mir leid. Ich bin es gewohnt, meinen Kram zu Hause in meinem Arbeitszimmer zu lassen. Daran habe ich gar nicht gedacht.«

Er half ihr, sich zu setzen, und hockte sich dann neben den Stuhl. Er legte eine Hand auf ihren Oberschenkel und die andere auf ihren Rücken. »Weißt du, was ich denke, wenn ich das sehe?«, fragte er.

»Dass du es nicht abwarten kannst, bis du deine schöne, saubere Wohnung zurückbekommst?«, schlug sie trocken vor.

»Nein«, erklärte er mit einem Kopfschütteln. »Ich freue mich darüber, dass du hier bist. Gesund und glücklich. Ich liebe es, deinen Enthusiasmus und deine Freude zu sehen, wenn du etwas erschaffen kannst. Dieses Zeug auf meinem

Tisch? Es bedeutet, dass ich meinen Raum und mein Leben mit einer schönen, interessanten und talentierten Frau teilen darf.«

Bristol leckte sich über die Lippen und starrte ihn an. »Ähm ... okay. Wow.«

»Es ist mir egal, ob ich im Laufe der nächsten Jahre in jedem Winkel dieses Hauses Perlen finde. Egal, was morgen, nächste Woche oder in einem Jahr passiert, sie werden mich an dich erinnern, an dein Lächeln und an das Gefühl, nicht so allein zu sein, wenn auch nur für eine kurze Zeit. Also, was willst du zu deiner Mahlzeit trinken?«

Er hatte das Gespräch absichtlich etwas aufgelockert, weil er sich auf gefährliches Terrain begab. Er hatte sie wirklich gern um sich, aber er wollte sie nicht zu etwas drängen, was sie vielleicht nicht wollte. Sie hatte ihr eigenes Leben in Kingsport und Rocky wollte auf keinen Fall, dass sie es aus einer Laune heraus aufgab.

»Tee bitte.«

»Geht klar«, erwiderte Rocky, beugte sich vor und küsste sie auf die Stirn, bevor er aufstand und in die Küche ging.

Bristol beobachtete den Mann, der ihr irgendwie unter die Haut ging, bevor sie überhaupt gemerkt hatte, was los war. Das Leben mit ihm war einfach. Sie hatte noch nie mit einem Mann zusammengewohnt. Sie hatte einige vorgefasste Meinungen darüber, wie es sein könnte, aber Rocky hatte alle ihre Vorurteile zunichtegemacht.

Er war ordentlich, rücksichtsvoll, wusch die Wäsche, putzte, kochte und gab ihr das Gefühl, dass dies wirklich ihr Zuhause war und sie mehr als nur ein vorübergehender Gast. Je mehr Zeit sie mit Rocky und in Fallport verbrachte, desto mehr wollte sie bleiben.

Am kommenden Wochenende war das Pickleport-Festival,

das jedes Jahr in Fallport stattfand, und Bristol war ganz hibbelig vor Aufregung. Sie hatte so viele Schmuckstücke wie möglich hergestellt, um sie zu verkaufen – der Erlös kam der Ausrüstung für das Such- und Bergungsteam zugute. Sie hatte immer noch vor, die Satellitentelefone zu kaufen, die die Jungs brauchten, aber das Geld aus dem Verkauf ihres Schmucks konnte für alles andere verwendet werden, was sie brauchten.

Finley hatte einen Platz an dem Tisch angeboten, den sie für die Parade aufstellte. Sie verkaufte natürlich Backwaren, spezielles Gebäck, das sie normalerweise nicht im Laden anbot. Bristol hatte die andere Frau sofort bewundert, als sie sie kennenlernte. Sie war mittelgroß, vielleicht knapp ein Meter siebzig oder so, und war wunderbar rund. Sie hatte gescherzt, dass es für eine Bäckereibesitzerin fast schon ein Muss sei, übergewichtig zu sein.

Bristol vermutete, dass die Frau keine Ahnung von ihrer eigenen Attraktivität hatte. Trotzdem schien Finley sich in ihrem Körper wohlzufühlen und trug Kleidung, die ihre Figur eher betonte als sie zu verstecken. Bristol hatte sich immer danach gesehnt, die Art von sexy Kurven zu haben, mit denen Finley ausgestattet war.

Und es war ihr nicht entgangen, wie Brock die hübsche Bäckereibesitzerin im Auge behielt, wann immer die beiden im selben Raum waren. Er konnte seine Augen gar nicht von ihr lassen ... und Bristol fragte sich, warum er sie noch nicht um eine Verabredung gebeten oder die Tatsache, dass er sich zu ihr hingezogen fühlte, auf andere Weise deutlich gemacht hatte. Aber sie war neu in Fallport und in der Gruppe; und sie wollte auf keinen Fall ins Fettnäpfchen treten, indem sie das Thema ansprach. Sie hatte keine Ahnung, wie ihre gemeinsame Vergangenheit aussah oder ob sie überhaupt eine hatten. Vielleicht hatten sie sich verabredet und es hatte nicht geklappt. Bis sie mehr über Brock und Finley wusste, würde sie den Mund halten.

So viele Menschen hatten ihr während ihrer Genesungszeit

Gesellschaft geleistet. Sie hatte auch einige der Stammgäste im *Sunny Side Up* kennengelernt, einschließlich derer, die sie begrüßt hatten, als Rocky sie aus dem Krankenhaus nach Hause gebracht hatte. Einmal in der letzten Woche, bevor Rocky zu einem Auftrag aufgebrochen war, hatte sie zugegeben, dass sie sich ein wenig eingeengt fühlte. Da hatte er sie ins Restaurant gebracht, sie an einen Tisch gesetzt und Sandra hatte sie dortbleiben lassen, bis er ein paar Stunden später zurückkam.

Eine Menge Leute waren vorbeigekommen, um sie zu sehen und sich mit ihr zu unterhalten. Als Rocky kam, um sie in seine Wohnung zu bringen, war sie sogar traurig, dass sie gehen musste.

»Das riecht fantastisch«, erklärte Rocky und trug einen Teller mit Braten und Gemüse zu ihr hinüber.

Bristol lachte und protestierte: »Das kann ich nicht alles essen.«

Er zuckte nur mit den Schultern. »Dann iss, was du kannst, und wir packen den Rest für später ein.« Er ging zurück in die Küche, um seinen eigenen Teller und eine Flasche Bier zu holen. Er schob eine Plastikschachtel mit Perlen aus dem Weg und lächelte sie an, als er sich setzte. Dann griff er nach ihrer Hand.

Bristol ergriff automatisch seine und er drückte sanft ihre Finger.

»Ich bin kein sehr religiöser Mensch. Aber ich habe in meinem Leben genügend durchgemacht, um daran zu glauben, dass es da draußen eine Art höhere Macht gibt. Ich habe das Gefühl, dass ich heute Abend eine Art Tischgebet sprechen muss.«

Bristol lächelte ihn an. »Das fände ich schön.«

Rocky atmete tief durch die Nase ein, schloss aber nicht die Augen, sondern fixierte sie mit seinem intensiven Blick, während er sprach. »Danke für diese Mahlzeit und die wunderbare Gesellschaft. Das Lachen und der Duft von Köstlichkeiten in meiner Küche haben dafür gesorgt, dass ich inne-gehalten habe und für alles danken möchte, was ich in meinem Leben habe. Freunde, Familie, ein Dach über dem Kopf, Lebensmittel auf dem Tisch und eine Frau, die mir in der kurzen Zeit, in der sie hier ist, gezeigt hat, wie eine Beziehung sein sollte. Ich verspreche, sie oder alles andere, was ich in meinem Leben habe, nie als selbstverständlich anzusehen.«

Würde dieser Mann jemals aufhören, sie zu überraschen? Sie hoffte es nicht.

»Amen«, sagte sie leise.

»Amen«, wiederholte er. Er hob ihre miteinander verschränkten Hände und küsste ihre Knöchel, bevor er ihre Finger noch einmal sanft drückte und sie losließ.

Das Kribbeln seines Bartes auf ihrer Haut ließ ihr einen wohligen Schauer über den Rücken laufen. Je mehr Zeit sie mit Rocky verbrachte, desto mehr Zeit *wollte* sie mit ihm verbringen. Sie war total in ihn verliebt, und mit jedem Tag wurden ihre Gefühle für ihn stärker.

Während sie aßen, erzählte Rocky von seiner derzeitigen Arbeit. Er baute eine Terrasse aus Verbundwerkstoffen um und ersetzte das alte, abgenutzte Holz. Es war nicht schwer, aber die Sonne und die Hitze machten die Arbeit anstrengender, als sie es normalerweise gewesen wäre.

Sie sprachen über das bevorstehende Fest und Bristol erzählte ihm, wie sehr sie sich darauf freute.

»Ich kann mich nicht erinnern, wann ich das letzte Mal eine Parade gesehen habe. Ich meine, ich sehe mir jedes Jahr die Thanksgiving-Parade in New York an, aber ich schätze, dass diese Parade ganz anders sein wird.«

Rocky lachte. »Ein Unterschied wie Tag und Nacht«, erklärte er. »Es wird keine aufblasbaren Ballons oder Festwagen geben. Die meisten Leute fahren mit ihren Pritschenwagen und ziehen damit kleine Anhänger, die mit Plakatwänden und Luftschlangen geschmückt sind.«

»Das klingt toll«, erklärte Bristol ehrlich. Wie sie die

Einwohner der Stadt kannte, ging sie davon aus, dass sie sich für ihre örtlichen Feierlichkeiten ins Zeug legten.

»Die Versammlung auf dem Stadtplatz danach ist der Wahnsinn«, fuhr Rocky fort. »Fallport liebt seine Feste und Feiern. Es gibt Lebensmittel im Überfluss und alles, was man sich zum Thema Essiggurken vorstellen kann, wird serviert. Gurkeneis, frittierte Gurken, Gurkenpizza und sogar Gurkenpommes. Es gibt traditionelle Wettbewerbe dafür, wer den besten Kuchen und die besten Karamellbonbons macht, und sogar einen Wettbewerb im Wassermelonenkernspucken. Ich habe gehört, dass der alte Grogan – ihm gehört der Gemischtwarenladen am Stadtplatz – einen Wagen mit Bigfoot-Thema hat und die Waren vorstellt, die er für den Zustrom von Bigfoot-Jägern kreiert hat, den wir alle erwarten, sobald diese paranormale Doku darüber ausgestrahlt wird.«

Bristol zuckte zusammen. »Das war auch der Grund, warum ich hier war, erinnerst du dich?«, fragte sie.

Rocky zuckte mit den Schultern. »Du warst eigentlich nicht hier, um Bigfoot zu finden. Du bist gekommen, um etwas Abwechslung zu haben und um Zeit in der Natur mit jemandem zu verbringen, den du für einen Freund gehalten hast. Nicht deine Schuld, dass er ein Idiot war. Wie auch immer, ich war anfangs gegen einen so hohen Bekanntheitsgrad. Ich meine, es ist nicht gerade meine Vorstellung von Spaß, unerfahrene Wanderer zu retten, die auf der Suche nach etwas, das sie nicht finden werden, durch den Wald stapfen. Aber jetzt, da ich darüber nachgedacht habe, könnte die Menge an Geld, die die Bigfoot-Touristen in die Stadt bringen werden, eine große Hilfe sein. Wie du gesehen hast, sind die meisten Geschäfte hier vor Ort keine Franchise-Unternehmen. Und *wenn* wir einen Anstieg der Suchaktionen haben, wird es dem Stadtrat helfen zu sehen, wie wichtig wir für die Gemeinde sind, und hoffentlich wird er in Zukunft nicht so geizig mit dem Budget sein.«

Bristol nickte. »Ich muss zugeben, dass ich mich irgendwie

darauf freue, die T-Shirts und Sachen mit Bigfoot darauf zu sehen. Ich werde mir selbst welche besorgen müssen und meiner Mutter auch. Sie wird begeistert sein.«

Rocky lächelte. Dann sagte er: »Oh, und hast du das von Tony gehört?«

Bristol runzelte besorgt die Stirn. »Was ist mit ihm? Ist er okay?«

»Ihm geht's gut. Ich meinte, dass er bei der Parade einen Preis bekommen wird.«

»Wirklich? Und wofür?«

»Jedes Jahr ernennt Fallport jemanden zum ›Helden des Jahres‹. Nach dem, was mit seinem Vater passiert ist, und wie er es geschafft hat, sich selbst aus der Situation zu befreien, in der er sich befand, indem er ganz allein nach Fallport gefahren ist, um seine Mutter und alle anderen vor dem zu warnen, was sein Vater vorhatte, wurde er für den Preis nominiert. Und er hat gewonnen. Genau wie Zeke, sehr zu seinem Entsetzen.«

»Warum zu seinem Entsetzen?«, wollte Bristol wissen. Sie hatte gehört, was mit Tony passiert war. Wie sein Vater tatsächlich versucht hatte, ihn wegen der Auszahlung einer Lebensversicherung umbringen zu lassen. Als das scheiterte, hatte er Elsie entführt, für die er ebenfalls eine Lebensversicherung abgeschlossen hatte. Sie war in den Wald an der Interstate geflohen und Zeke hatte sie problemlos gefunden. »Ich meine, er ist auf jeden Fall ein Held, wie ihr alle, für das, was ihr tut.«

Rocky zuckte mit den Schultern. »Wir sind nur ein Haufen Jungs, die etwas tun, das sie lieben. Wir nutzen die Fähigkeiten, die wir in unseren früheren Jobs gelernt haben. Wir mögen es nicht, als Helden bezeichnet zu werden.«

»Nun, das ist albern. Ihr *seid* Helden. Und ich bin froh, dass die Stadt das anerkennt.«

»Das bedeutet mir sehr viel«, erwiderte Rocky leise. Sie tauschten einen zärtlichen Blick aus, bevor er fortfuhr: »Wie dem auch sei, jedenfalls darf Tony auf einem Festwagen mitfahren. Na ja, eigentlich ist es kein Festwagen, aber er darf in dem Geländewagen des Bürgermeisters sitzen, durch das Schiebedach schauen und allen zuwinken, wenn er vorbeifährt. Er ist auch ziemlich aufgeregt wegen der Krone, die er bekommen wird.«

Bristol lächelte. »Darauf würde ich wetten.«

»Zeke wird bei ihm sein, aber er freut sich weniger über die Aufmerksamkeit. Und ich habe gehört, dass er sich weigern wird, die Schärpe und die Krone zu tragen, die mit dem Titel einhergehen.« Rocky grinste.

Bristol lachte lauthals darüber. »Ja, ich kann mir nicht vorstellen, dass einer von euch Spaß an dieser Rolle hat. Aber für Tony ist es cool.«

»Ja. Er hat sich tapfer geschlagen. Eine Zeit lang war er ziemlich am Boden zerstört, weil er dachte, es sei *seine* Schuld, dass seine Mutter in Gefahr geraten war. Aber mit der Hilfe von Elsie und Zeke, ganz zu schweigen von allen anderen in der Stadt, denke ich, dass er es ziemlich gut verkraftet hat. Die Sache mit dem Helden des Jahres und der Teilnahme an der Parade wird ihm noch mehr helfen.«

»Oh, das wird es bestimmt.«

»Dass du ihn um ein Autogramm gebeten hast, als du das erste Mal hier warst, war auch ziemlich toll«, sagte er zu ihr.

Bristol lächelte. »Ich wollte die Serviette wirklich behalten. Er wird Großes erreichen, und wenn er berühmt ist, kann ich sagen, dass ich ihn damals gekannt habe.«

»Ich denke, wir sollten *dich* alle um ein Autogramm bitten«, bemerkte er.

Bristol verdrehte die Augen. »So ein Blödsinn.«

»Ich meine es ernst. Ich habe mir einige deiner Glasmalereien angesehen, weißt du. Und ich bin beeindruckt.«

Über dieses Kompliment freute sie sich am meisten. »Danke.«

»Du bist talentiert. Sehr begabt. Wie bist du zur Glasmalerei gekommen?«

»Als ich klein war, war ich bei den Pfadfindern, und ein

örtlicher Künstler kam zu einem unserer Treffen und wir durften alle Miniatur-Glasmalereien anfertigen. Ich war von dem ganzen Prozess fasziniert und habe meine Mutter zu Tode genervt, damit ich noch eine machen durfte. Schließlich fand sie eine Dame aus dem Ort, die sich bereit erklärte, mich zu unterrichten. Ich glaube, alle dachten, ich würde es irgendwann satthaben ... aber dem war nicht so.«

»Und jetzt ist deine Kunst in Gebäuden in den ganzen Vereinigten Staaten und sogar in Übersee zu sehen.«

»So ziemlich«, erklärte Bristol achselzuckend. »Die Sache ist die, dass ich das auch machen würde, wenn ich damit kein Geld verdienen würde. Es hat einfach etwas so Befriedigendes, wenn man kleine einzelne Glasstücke nimmt und sie zu einem größeren Bild zusammensetzt, das sinnvoll ist und an dem sich jeder erfreuen kann. Dass man damit seinen Lebensunterhalt verdienen kann, ist nur das Tüpfelchen auf dem i.«

»Ich stimme zu. Wenn nur das Wandern im Wald so viel einbrächte.« Sie lachten beide, dann nickte er auf ihren Teller. »Das hast du ziemlich gut gemacht.«

Bristol schaute nach unten und war überrascht, wie viel sie von der riesigen Mahlzeit, die er ihr auf dem Teller angehäuft hatte, tatsächlich aufgegessen hatte. »Anscheinend hatte ich mehr Hunger, als ich dachte«, stellte sie fest. »Aber wenn ich fett werde, kannst du mir nicht die Schuld geben.«

Zu ihrer Überraschung beugte Rocky sich vor und sagte in einem ernsten Ton: »Es ist mir völlig egal, *was* du wiegst. Mir gefällt, wer du hier drin bist«, bemerkte er, hob eine Hand und tippte ihr an die Schläfe. »Du bist lustig, aufgeschlossen, talentiert, freundlich, einfühlsam und verdammt stark. Daran wird sich auch nichts ändern, wenn du zwanzig Kilo zunimmst. Ich möchte, dass du gesund bist, damit du noch sehr lange leben kannst, aber das Leben ist zu kurz, um sich über diesen Mist Gedanken zu machen. Sei, wer du bist. Pfeif auf das, was die Gesellschaft den Leuten über die ideale Körpergröße eintrichtert. Du, Bristol, bist verdammt schön. Alles an deinen ein Meter siebenundvierzig.«

Die Emotionen schnürten ihr fast die Kehle zu, als er verstummte. Aber sie presste hervor: »Ein Meter fünfzig. Die zusätzlichen drei Zentimeter sind wichtig.«

Er lachte. »Alles klar. Tut mir leid. Willst du jetzt eine Schüssel Eis zum Nachtisch? Ich habe dein Lieblingseis ... Plätzchenteig mit Brezelstückchen.«

Nach seiner eindringlichen Erklärung, dass es ihm egal war, ob sie zunahm, konnte Bristol auf keinen Fall Nein sagen. Wem wollte sie eigentlich etwas vormachen? Zu ihrem Lieblingseis würde sie sowieso nie Nein sagen. »Ja«, erklärte sie deswegen einfach.

»Großartig. Komm, ich setze dich auf das Sofa und bringe dir eine Schüssel.«

»Ich kann beim Abwaschen helfen«, protestierte sie.

»Nein. Du hast gekocht, ich mache den Abwasch.«

»Den Schongarer zu benutzen ist kein richtiges Kochen«, erklärte sie ironisch.

»Na schön. Dann mache ich den Abwasch, denn du kommst nicht an die Schränke heran, in denen alles aufbewahrt wird, wenn es fertig ist, und du steckst die Schüsseln und Teller in komische Ecken und Ritzen, die du erreichen kannst und wo ich sie später nicht mehr wiederfinde.«

Bristol brach in Gelächter aus. Er hatte nicht unrecht. Als sie das letzte Mal den Geschirrspüler ausgeräumt hatte, hatte sie die Dinge völlig wahllos weggeräumt. »Entweder das oder auf einen Stuhl steigen, was dir mit meinem Bein nicht gefallen würde«, erklärte sie ihm nach einem Moment.

Er erschauderte. Und zwar *wortwörtlich* allein bei der Vorstellung. Seine Sorge um sie war wie eine warme Decke um ihre Schultern, nachdem sie den ganzen Tag in der Kälte gestanden hatte. »Ich werde versuchen, einen Hocker für die Küche zu besorgen. Einen mit einem Griff oder so, damit du nicht auf die Küchentheke oder Stühle steigen musst, um die Schränke zu erreichen.«

»Ist schon gut«, versicherte sie ihm. »Ich bin daran gewöhnt.«

»Es kommt überhaupt nicht infrage«, erklärte er nachdrücklich, während er seinen Stuhl zurückschob. »Brauchst du etwas vom Tisch, um an deinem Schmuck zu arbeiten?«

»Nein, ich denke, das reicht erst einmal.«

Rocky nickte, dann half er ihr vom Stuhl auf und legte seinen Arm um sie. Dank der Krücken, die Doc Snow ihr gegeben hatte, brauchte sie diese Stütze zum Gehen eigentlich nicht mehr, aber sie wollte sich nicht darüber beschweren, dass er sich an ihre Seite schmiegte. Er roch fantastisch nach seiner Dusche und wenn sie den Kopf drehte, strich sein Bart gegen ihre Wange. Aus irgendeinem Grund gefiel ihr das.

Er setzte sie auf das Sofa und ging zurück in die Küche. Sie beobachtete, wie er ihre Teller zur Spüle trug, sie abspülte und in den Geschirrspüler stellte, zwei Schüsseln holte, an die sie niemals hätte herankommen können, riesige Portionen Eis hineinfüllte und mit einem Lächeln auf sie zukam.

»Ich dachte, du hättest noch hundert Ohrring-Sets zu machen«, erklärte er, als er ihr die Schüssel reichte.

»Habe ich auch«, entgegnete sie achselzuckend.

»Warum hast du sie dann nicht gemacht, anstatt *mir* zuzusehen?«, fragte er.

»Weil dein Hintern viel aufregender ist als Perlen«, platzte sie heraus.

Er lachte. »Stimmt. Fürs Protokoll, ich denke dasselbe über deinen.«

Sie grinsten sich gegenseitig an.

»Iss das«, befahl er und nickte auf ihre Schüssel. »Bevor es schmilzt. Willst du dir einen Film ansehen?«

»Willst du irgendwas Bestimmtes schauen?«, konterte sie.

»Es läuft ein Spiel, das ich mir gern ansehen würde. Aber wenn du lieber etwas anderes sehen willst, ist das auch okay.«

»Das Spiel ist in Ordnung. Ich muss mich auf diese Ohrringe konzentrieren. Ich habe heute nicht annähernd so viele gemacht, wie ich sollte, weil ich mich mit Lilly unterhalten habe.«

Der Blick, den Rocky ihr zuwarf, war so voller ... Erwartung und Vorfreude, dass sie sich beherrschen musste, ihre Schüssel mit Eis nicht beiseitezustellen, neben ihn zu rutschen und auf seinen Schoß zu klettern. Aber sie beherrschte sich. Sie genoss es, wie die Dinge zwischen ihnen liefen. Sie spürte keinen Druck, was ihre körperliche Beziehung anging, und je länger sie warteten und je mehr sie sich kennenlernten, desto mehr würde das Feuer zwischen ihnen wachsen.

Wenn sie dann zusammenkamen – und sie war sich ziemlich sicher, dass das eher früher als später passieren würde –, würden sie sich beide verbrennen ... auf die bestmögliche Art. Zumindest hoffte sie das.

»Du machst mich völlig fertig, Punky«, murmelte Rocky, als er den Fernseher einschaltete.

Es überraschte sie nicht, dass er auf der gleichen Wellenlänge lag, wenn es um ihre Anziehungskraft ging. Aber er würde nichts unternehmen, bevor er nicht hundertprozentig sicher war, dass sie bereit dazu war. Das war noch eine Sache, die sie an ihm mochte.

Ihre Lippen zuckten und als sie zu Rocky hinüberschaute, sah sie, dass er ihren Blick erwiderte ... und ebenfalls lächelte.

Sie steckte sich einen großen Löffel Eiscreme in den Mund und überlegte, was sie als Nächstes für das Pickleport-Festival machen wollte.

Mike hatte ihr vielleicht sogar einen großen Gefallen getan, überlegte sie. Sie war nicht glücklich darüber, dass sie verletzt worden war, aber sie konnte nicht leugnen, dass es nicht das Schlimmste war, was ihr je passiert war, dass ihr ureigener Bergmensch sie gefunden hatte.

KAPITEL ZEHN

Bristol konnte nicht aufhören zu lächeln. Sie war schon sehr lange nicht mehr so glücklich gewesen. Sie saß gerade vor dem *Sweet Tooth* und beobachtete die Parade. Rocky hatte recht gehabt, die »Paradewagen« waren nichts weiter als Pritschenwagen, die Tieflader zogen, aber alle waren gut gelaunt und amüsierten sich prächtig.

Sie war noch nicht auf vielen Paraden gewesen, aber die wenigen, an denen sie teilgenommen hatte, waren nicht so … nachbarschaftlich gewesen. Es schien, als wäre die ganze Stadt zu der Parade und dem anschließenden Fest gekommen. Alle Geschäfte auf dem Platz hatten sich bereit erklärt, bis nach den Feierlichkeiten geschlossen zu bleiben, abgesehen von den Verkaufstischen, um den Besitzern und Angestellten die Möglichkeit zu geben, den Tag zu genießen. Nun, alle Geschäfte außer der Billardhalle.

Rocky hatte sich darüber beschwert, dass der Besitzer ein Idiot war, der Fallport hasste. Das ergab für Bristol keinen Sinn. Wenn es ihm hier nicht gefiel, warum in aller Welt hatte er das Geschäft dann überhaupt gekauft?

Aber alle anderen amüsierten sich prächtig. Lilly ging durch die Gegend und schoss eine Million Fotos, und Elsie saß links von Bristol und wartete gespannt darauf, dass Tonys und Zekes »Paradewagen« vorbeifuhr. Rechts von ihr saß Finley, die sich Gedanken darüber machte, ob sie genügend Plätzchen und andere Leckereien für das Fest nach der Parade gebacken hatte. Der Schmuck, den Bristol gebastelt hatte, lag auf dem Tisch hinter ihnen, und sie hoffte, einen guten Betrag für das Eagle Point Such- und Bergungsteam zu verdienen.

Auf der anderen Seite des Weges sah Bristol Silas, Otto und Art an ihrem üblichen Platz vor dem Postamt sitzen. Sie winkten jedem zu und wurden im Allgemeinen wie die Könige von Fallport behandelt, die sie ja irgendwie auch waren.

Überall liefen kleine Kinder herum und die Atmosphäre war entspannt und freundlich.

»Worüber lächelst du?«, fragte Finley.

Bristol drehte sich um und lächelte die andere Frau an. Sie war so einladend gewesen und Bristol hatte aus erster Hand gesehen, wie großzügig Finley war ... sie verteilte zusätzliche Leckereien an die Kunden und machte sogar Sandwiches für Davis Woolford, den einzigen Obdachlosen, der in Fallport lebte.

»Ich liebe das einfach«, erklärte Bristol ihr.

»Ja, ich bin erst das zweite Jahr hier, und nichts und niemand übertrifft Kleinstädte, wenn es um ein Festival geht.«

»Ich wusste gar nicht, dass du schon so lange hier bist«, entgegnete Bristol. »Aus irgendeinem Grund dachte ich, du wärst noch relativ neu in der Gegend.«

Die andere Frau zuckte mit den Schultern. »Ich meine, im Vergleich zu den meisten Leuten *bin* ich neu.«

»Und was hat dich hergeführt? Fallport liegt ja nicht gerade auf einem ausgetretenen Pfad«, stellte Bristol fest.

Finley zuckte mit den Schultern ... und Bristol merkte, dass ihr die Frage unangenehm zu sein schien. »Ich brauchte eine Abwechslung«, erklärte sie einfach.

Bristol wusste, dass es besser war, sie nicht zu drängen, und drückte liebevoll ihren Arm, bevor sie sich wieder in ihren

Stuhl setzte. »Danke, dass ich bei dir bleiben und einen Teil deines Tisches benutzen durfte«, bemerkte sie und versuchte, das Thema zu wechseln.

»Aber natürlich. Ich weiß die Gesellschaft zu schätzen«, entgegnete Finley.

»Amüsiert ihr euch?«, fragte eine tiefe Stimme hinter ihnen.

Bristol zuckte in ihrem Stuhl zusammen und fühlte sich besser, als sowohl Elsie als auch Finley eine ähnliche Reaktion zeigten. Elsie drehte sich um und warf Brock einen finsteren Blick zu, der hinter ihnen aufgetaucht war, ohne dass es einer von ihnen bemerkt hatte. »Herrje, Brock. Du brauchst ein Glöckchen oder so etwas«, erklärte sie ihm.

Er lachte, als Bristol sich umdrehte, um ihn zu begrüßen – und zum ersten Mal fiel ihr auf, dass der Mann extrem muskulös und wohl definiert war. Er trug ein weißes Muskelshirt, das seine Arme und Schultern zur Geltung brachte, und war viel muskulöser als Rocky.

»Tut mir leid«, sagte er zu ihnen. »Habt ihr Durst? Es ist ganz schön heiß draußen. Ich könnte euch eine Limonade oder so holen.«

»Ich brauche nichts«, entgegnete Elsie. »Und ihr?«, fragte er an Bristol und Finley gewandt.

Bristol schüttelte den Kopf. »Ich habe gerade ein Wasser getrunken.« Sie sah zu Finley hinüber ... und bemerkte, dass der Blick ihrer neuen Freundin auf ihre Hände in ihrem Schoß gerichtet war. »Finley?«

»Hm? Oh, ich brauche auch nichts«, sagte sie, dann wandte sie die Aufmerksamkeit wieder ihren unruhigen Fingern zu.

»Tony und Zeke sollten bald vorbeikommen. Ich habe Tony vorhin mit seiner Krone und der Schärpe gesehen, und er ist vor Stolz fast geplatzt«, erzählte Brock Elsie.

»Ich glaube, er hat letzte Nacht überhaupt nicht geschlafen«, erwiderte sie lachend.

Brock unterhielt sich noch ein wenig mit ihr und Elsie.

Finley hörte mucksmäuschenstill zu, beteiligte sich aber nicht an dem Gespräch.

»Wo ist Rocky?«, fragte er irgendwann.

Bristol zeigte auf die andere Seite des Platzes, wo Rocky, Raid und Tal hinter einem Tisch saßen. Sie hatten sich freiwillig gemeldet, um den Wettbewerb im Wassermelonenkernspucken zu bewerten. Der Wettbewerb würde erst nach der Parade beginnen, aber sie waren damit beschäftigt, die Teilnehmer anzumelden und ihnen zu sagen, wann und wo sie an der Reihe sein sollten.

»Stimmt, ich hatte ganz vergessen, dass sie sich dazu haben breitschlagen lassen ... äh, ich meine natürlich *freiwillig* gemeldet haben«, erklärte Brock grinsend. »Wenn ihr irgendetwas braucht, ruft einfach mich oder einen der anderen Jungs an. Viel Spaß.« Er ging weg ... und Bristol sah, wie Finley ihm mit einer Sehnsucht in den Augen nachsah, die sie vollkommen verstehen konnte.

Elsies Handy klingelte und sie warf einen entschuldigenden Blick in Richtung von Bristol und Finley. »Es ist Zeke. Er sagte, er würde anrufen, wenn sie in der Nähe sind, um sicherzugehen, dass ich sie nicht verpasse.«

»Kein Problem. Sag ihm, dass wir es kaum erwarten können, unsere Bewunderung zu zeigen«, stichelte Bristol.

Elsie lachte und stand auf, um den Anruf anzunehmen. Sie machte ein paar Schritte in Richtung des Gebäudes hinter ihr, um etwas Privatsphäre zu haben, während sie mit ihrem Mann sprach.

Da sie wusste, dass sie nicht viel Zeit hatte, bis Elsie zurück war, und Finley nicht in Verlegenheit bringen wollte, sagte sie schnell: »Er ist ziemlich toll.«

»Wer? Zeke? Ja, Elsie ist ein Glückspilz.«

»Nein. Ich meine, ja, er ist auch fantastisch. Aber ich habe von Brock gesprochen.«

Finley sah einen Moment lang überrascht aus, verbarg die Emotion aber schnell wieder. »Du magst ihn?«

Bristol verdrehte die Augen. »Komm schon, lass mich in Ruhe. Ich denke, es ist ziemlich offensichtlich, dass der einzige Typ, den ich mag, der ist, mit dem ich gerade zusammenlebe.«

»Was ist eigentlich mit euch los?«, fragte Finley. »Seid ihr schon zusammen?«

Bristol schüttelte den Kopf. »Nein, ich werde nicht zulassen, dass du das Thema wechselst. Was ist mit dir und Brock?«

Finley seufzte. »Nichts.«

Bristol zog eine Augenbraue hoch, um ihre Skepsis zu zeigen.

»Ernsthaft. Du hast es gesehen. Er weiß nicht einmal, dass ich existiere. Er ist nur vorbeigekommen, weil du und Elsie hier seid.«

»Du hast aber auch nicht mit ihm geredet«, drängte Bristol, aber auf eine sanfte Art.

»Ich weiß nicht, was ich sagen soll«, antwortete Finley mit einem Seufzer. »Er ist ... er hat dieses unglaubliche Leben gelebt und all diese fantastischen Dinge getan. Ich bin einfach nur ich. Außerdem würde er mich nie zweimal anschauen. Ich meine, sieh mich an und dann *ihn*.«

»Mit dir ist alles in Ordnung«, entgegnete Bristol.

Finley lachte verächtlich. »Ja, klar. Ich bin fett«, erklärte sie unverblümt. »Und mir gehört eine Bäckerei. Was für ein Klischee. Versteh mich nicht falsch, ich bin alt genug, um zu wissen, dass ich nie wie die Frauen in den Zeitschriften aussehen werde. Ich mag Süßigkeiten zu sehr, als dass es mich interessiert, was ich wiege. Ich war schon immer dick, es ist, wie es ist. Aber es ist unmöglich, dass er sich jemals für so etwas interessiert. Du hast ihn doch gesehen. Er ist so ... *gut gebaut*. Er könnte buchstäblich jede Frau haben, die er will. Er braucht jemanden, der elegant ist. Exotisch. Nicht jemanden wie mich.«

»Ich glaube, da irrst du dich«, stellte Bristol kopfschüttelnd fest. »Ich kenne ihn zwar nicht so gut, aber soweit ich weiß, ist keiner der Jungs so oberflächlich, dass er seine Anziehungskraft auf eine Frau nur auf das Aussehen bezieht. Außerdem ... kann er dich nicht aus den Augen lassen, wenn du in der Nähe bist.«

»Was? Das ist nicht wahr«, beharrte Finley.

»Doch, ist es«, erklärte Bristol.

»Wie dem auch sei«, seufzte sie. »Ich sage dir, Brock Mabrey wird in mir nie etwas anderes sehen als die altbackene, schüchterne Frau, die nach Zimt riecht und in der Bäckerei arbeitet.«

Bristol runzelte die Stirn. »Das weißt du doch gar nicht.«

Finley warf ihr einen reumütigen Blick zu. »Ich weiß es. Aber ich finde es toll, dass du glaubst, ich hätte auch nur den Hauch einer Chance bei ihm.«

Bristol wollte das Gespräch fortsetzen. Sie wollte Finley versichern, dass sie auf jeden Fall hübsch genug war, um die Blicke der Männer auf sich zu ziehen, und dass sie eine tolle Partnerin abgeben würde, aber dies war weder der richtige Zeitpunkt noch der richtige Ort. Außerdem sehnte sie sich danach, Brock zur Seite zu nehmen, um herauszufinden, was er von Finley hielt ... auf subtile Weise, versteht sich.

»Sie sind fast da!«, erklärte Elsie, als sie zu Bristol und Finley zurückkehrte. Sie setzte sich nicht, sondern trat aufgeregt von einem Fuß auf den anderen, während sie die Main Street hinunterstarrte, wo der Wagen mit ihrem Sohn und ihrem Mann auftauchen würde.

Drei Minuten später waren sie da. Tony winkte wie verrückt allen, die auf dem Bürgersteig standen, während Zeke mit einem halben Lächeln im Gesicht dasaß, eine Hand auf Tonys Rücken, um dafür zu sorgen, dass er nicht vom Dach des Wagens fiel. Von dem Fahrzeug hingen Luftschlangen herab und an der Seite war ein großes Plakat angebracht, auf dem Tony und Zeke als »Helden des Jahres« bezeichnet wurden. Tony trug eine Krone, die ihm bei seinen überschwänglichen Bewegungen immer wieder nach vorn über die Stirn rutschte.

Elsie kreischte ein wenig vor Aufregung und winkte ebenso freudig wie ihr Sohn. Sie warf ihren Männern einen Kuss zu und Bristol musste zugeben, dass ihr Herz ein wenig flatterte, als Zeke ihr kurz zunickte und seine Hand über sein Herz legte, während er sie anschaute.

Sie zogen in Sekundenschnelle an ihnen vorbei, aber es war klar, dass dieser Moment der Familie lange in Erinnerung bleiben würde. Da der Umzugswagen der Helden einer der letzten der Parade war, begannen die Menschen um sie herum, die Bürgersteige zu verlassen und die Straße zu überqueren, um sich auf die Rasenfläche des Platzes zu begeben, wo sie es sich für den Rest der Feierlichkeiten des Nachmittags gemütlich machen konnten.

»Geh schon«, drängte Bristol Elsie. »Ich bin sicher, Tony wird dir alles erzählen wollen, was er erlebt hat. Und Lilly wird Fotos von euch allen zusammen machen wollen.«

»Kommst du zurecht?«, fragte Elsie.

»Aber natürlich. Mein Bein ist gebrochen, nicht mein Kopf«, erwiderte sie lachend.

»Lass deinen Stuhl stehen. Ich stelle ihn hinter den Tisch und du kannst ihn dir nehmen, wenn du fertig bist«, warf Finley ein.

»Danke. Ihr seid die Besten!«, rief Elsie aus. Sie beugte sich hinunter, umarmte Bristol kurz und winkte Finley zu, bevor sie über die Straße eilte, um ihre Familie zu finden.

»Bitte sagt mir, dass ihr geöffnet habt«, bat eine besorgt aussehende junge Mutter, als sie sich Finley näherte und auf den Tisch mit den vielen Plätzchen und anderen Leckereien hinter ihnen deutete. »Der hier«, sagte sie und deutete auf das Kleinkind an ihrer Seite, »ist quengelig und will unbedingt ein Plätzchen mit Streuseln.«

Finley lächelte sie an. »Aber natürlich. Ich habe genau das Richtige. Bristol? Geht es dir gut?«

Sie nickte Finley zu. »Ja, alles in Ordnung. Mach du nur weiter. Ich werde eine kurze Runde mit meinem Knieroller über den Platz drehen, bevor ich mich für den Rest des Tages wieder hinsetze, wenn das okay ist.«

»Natürlich. Geh«, erwiderte Finley. »Aber übertreibe es nicht.« Sie half Bristol auf die Beine und vergewisserte sich, dass sie sicher stand, bevor sie zum Tisch ging und die Stühle, auf denen sie gesessen hatten, mitnahm.

Bristol wölbte den Rücken und streckte sich. Im Laufe der letzten Wochen hatte sie viel gesessen und gelegen, und sie konnte es kaum erwarten, sich wieder zu bewegen. Die Herstellung ihrer Glasmalerei war kein Hobby, das man im Sitzen machen konnte, und sie hatte noch einen langen Weg vor sich, bevor sie wieder damit anfangen konnte.

Sie machte sich auf den Weg und nickte den Leuten zu, die sie kannte, während sie ging. Das Café *Grinders* befand sich direkt neben der Bäckerei, und daneben gab es einen Laden für gebrauchte Bücher, in den Bristol noch nicht hineingeschaut hatte. Sie überquerte vorsichtig die Main Street und ging an *Grogan's General Store* vorbei auf ein paar Damen zu, die vor dem Friseursalon saßen.

Rocky hatte sie schon einmal mit ihnen bekannt gemacht. Er hatte erwähnt, dass sie gern tratschten, aber nicht annähernd so gut informiert waren wie ihre Erzfeinde Otto, Silas und Art.

»Hi«, begrüßte sie sie schüchtern, als sie mit ihrem Gehwägelchen an ihnen vorbeifuhr.

»Bristol, richtig?«, fragte eine der Frauen.

Sie blieb stehen, denn es wäre unhöflich, es nicht zu tun. »Das bin ich«, entgegnete sie lächelnd.

»Du wohnst mit Rocky zusammen«, bemerkte eine andere Frau.

Bristol war sich nicht sicher, wer wer war. Sie kannte nur die Namen. Dorothea, Cora, Ruth und Clara. Alle vier schienen in den Sechzigern oder Siebzigern zu sein, und sie nahm keinen Anstoß an der Frage, die nicht als Frage formuliert war. Sie begann zu verstehen, dass die Bewohner von Fallport eben so waren.

»Ja, er war so freundlich, mir eine Bleibe anzubieten, während ich meinen Beinbruch auskuriere«, erwiderte sie.

»Achte gar nicht auf Dorothea«, erklärte die jüngste der Frauen – soweit Bristol das beurteilen konnte. »Ich bin Ruth. Das sind Clara und Cora. Wir sind froh, dass Rocky dich gefunden hat und dass es dir gut geht.«

»Danke«, sagte Bristol. »Ich auch.«

»Und du bist Künstlerin?«, wollte Clara wissen.

Bristol nickte. »Ja.«

»Ich muss mir ein paar deiner Sachen ansehen«, erklärte Clara mit einem Lächeln. »Ich sehe, du verkaufst Schmuck, um Geld für unser Such- und Bergungsteam zu sammeln.«

»Das tue ich. Ich bin sehr dankbar, dass Fallport ein solches Team hat. Sonst wäre mein Schicksal vielleicht ganz anders verlaufen. Und ich bin sicher, dass es Dinge gibt, die sie brauchen könnten, für die sie aber kein Budget haben. Das ist meine Art, Danke zu sagen.«

Sie merkte, dass ihre Worte eine Wirkung auf die Frauen hatten. Alle vier schienen sich ein wenig zu entspannen, besonders Dorothea. »Sehr großzügig von dir«, bemerkte sie.

»Wenn ihr mich entschuldigen würdet, ich werde noch ein Stück weitergehen«, sagte Bristol so höflich, wie sie konnte.

»Natürlich«, erwiderte Ruth. »Ich nehme an, du willst deinem jungen Mann Hallo sagen.«

Bristol lächelte nur und ging weiter.

Natürlich war Silas, Otto und Art ihr kurzes Gespräch mit den vier Damen nicht entgangen, und als sie sich näherte, konnten sie sie nicht vorbeigehen lassen, ohne ebenfalls mit ihr zu sprechen.

»Schön, dich auf den Beinen zu sehen«, erklärte Otto.

»Du siehst so aus, wie wir uns *fühlen*, wenn du mit diesem kaputten Bein herumhumpelst«, bemerkte Art.

Bristol lachte laut auf. Er hatte nicht ganz unrecht. »Im Laufe der letzten Wochen gab es ein paar Tage, an denen ich mich gefühlt habe, als wäre ich doppelt so alt, wie ich es wirklich bin.«

»Aber das wäre immer noch nicht so alt wie ich«, stellte Art fest.

»Wie alt bist du?« Bristol konnte sich die Frage nicht verkneifen.

»Einundneunzig«, sagte der ältere Mann stolz.

»Wow. Was ist das Geheimnis, ewig zu leben?«

»Hartnäckigkeit«, antwortete Silas für Art.

»Wenn das tatsächlich der Fall ist, solltest *du* hundertfünfzig Jahre alt werden«, gab Art zurück.

Bristol liebte es, ihre Scherze zu hören. Es war offensichtlich, dass die Männer füreinander da waren, auch wenn sie sich oft stritten.

»Du erinnerst mich ein bisschen an meine Enkelin«, bemerkte Art nach einem Moment.

»Tatsächlich?«, fragte Bristol. Das musste sie hören.

»Hm-hm. Obwohl du im Vergleich zu ihr ein winziges Ding bist. Sie ist groß, über ein Meter achtzig. Und stark. Du siehst aus, als würde dich ein kräftiger Windstoß umwehen. Sie ist Feuerwehrfrau in New York City. Erst neulich musste sie vierunddreißig Stockwerke hochlaufen, um zu einem Feuer in einem der Hochhäuser zu gelangen. Dabei trug sie knapp zwanzig Kilo Ausrüstung.«

Bristol konnte es nicht lassen. Sie brach wieder in Gelächter aus. »Sie klingt *überhaupt* nicht wie ich«, erklärte sie, als sie wieder sprechen konnte.

Art lächelte und zuckte mit den Achseln. »Sie ist zäh. Wie du.«

Bristol konnte nicht leugnen, dass sich das gut anfühlte. Obwohl sie sich nicht sicher war, ob sie einer Feuerwehrfrau in einer Großstadt das Wasser reichen konnte.

»Sie ist ein gutes Mädchen«, fuhr Art fort. »Ihre Mutter, meine Tochter, hat sie nicht gut behandelt, und die besten Zeiten in unserem Leben waren die, in denen sie die Sommer mit mir verbracht hat. Aber sie hat sich durch nichts unterkriegen lassen. Sobald sie die Highschool abgeschlossen hatte, ist sie in die Stadt geflüchtet und hat allen Männern gezeigt, was sie draufhat.«

»Ist sie verheiratet?«, fragte Bristol neugierig.

»Das war sie. Aber es hat nicht geklappt, und sie sind getrennte Wege gegangen.«

Sie nickte, irgendwie ratlos, was sie als Nächstes sagen sollte.

»Wie auch immer, vielleicht könnt ihr euch ja mal treffen. Sie kommt mich manchmal besuchen.«

»Es ist schon eine Weile her«, bemerkte Silas.

»Ich weiß«, entgegnete Art traurig. »Aber sie ist sehr beschäftigt.«

»Für die Familie sollte man nicht zu beschäftigt sein«, bemerkte Otto leise.

Es war offensichtlich, dass alle drei Männer ihre Lieben vermissten. Bristol war froh, dass sie einander hatten, um sich abzulenken.

Das Gespräch drehte sich um das Wetter. Dann um Tony und seine Auszeichnung und darum, dass er sie verdient hatte, weil er den Mercedes seines Vaters den ganzen Weg über die I-480 zurück nach Fallport gefahren war, ohne einen Unfall zu bauen.

Als es ihr gelang, sich aus dem Gespräch zu befreien, war Bristol schon erschöpft, und sie hatte noch nicht einmal die Hälfte des Platzes hinter sich gebracht. Sie überquerte die Cedar Street und rollte so schnell sie konnte an *The Cellar*, der örtlichen Billardhalle, vorbei, aus deren Inneren laute Musik drang.

Khloe saß allein vor der Bibliothek. Bristol ärgerte sich, dass sie bereits eine Pause brauchte, und hielt an, um mit ihr zu sprechen.

»Stört diese Musik nicht die Besucher der Bibliothek?«, platzte sie heraus. Dann schüttelte sie sofort den Kopf. »Tut mir leid, antworte nicht darauf. Hi, Khloe. Schöner Tag, hm? Wie geht es dir?«

Khloe lachte und stand auf. »Setz dich«, befahl sie und deutete auf den Stuhl, den sie gerade frei gemacht hatte.

»Was?«, fragte Bristol.

»Setz dich. Dein Bein tut weh, das sehe ich. Mach mal eine Pause.«

»Aber was ist mit dir?«, fragte Bristol.

Die andere Frau hielt einen Schlüssel hoch. »Wo der herkommt, gibt es noch viele Stühle. Hier, ich helfe dir, dann hole ich schnell einen neuen.«

Dankbar, auch wenn sie sich darüber ärgerte, dass sie nicht einmal in der Lage war, die halbe Innenstadt zu Fuß zu umrunden, ohne eine Pause zu brauchen, tat Bristol, was Khloe befahl. Dankbar setzte sie sich auf den Stuhl und stützte ihr Bein auf der Knielaufhilfe ab.

Khloe war nur ein oder zwei Minuten weg, bevor sie zurückkam und einen weiteren Stuhl neben Bristol platzierte, auf den sie sich sinken ließ.

»Ich habe gehört, der Bruch war gar nicht so schlimm«, sagte Khloe nach einer Minute und deutete mit dem Kopf auf Bristols Bein.

»Das war er nicht«, stimmte sie zu. »Es wurde nur eine Schraube verwendet, und der Arzt sagte, dass es wahrscheinlich nicht einmal das gebraucht hätte, aber weil so viel Zeit zwischen dem Bruch und meiner Ankunft im Krankenhaus vergangen war, wollte er lieber auf Nummer sicher gehen.« Sie hielt inne und fragte dann: »Darf ich fragen, was mit *deinem* Bein passiert ist?«

Khloe zuckte mit den Schultern, drehte sich aber nicht um, um Bristol anzuschauen. »An vier Stellen gebrochen, darunter eine komplizierte Fraktur. Ich hatte eine Zeit lang einen Streckverband und verbrachte einige Zeit in einem Pflegeheim, bis ich wieder laufen konnte.«

»Es tut mir so leid«, erklärte Bristol. »Ich kann mir nicht

mal ansatzweise vorstellen, wie schrecklich das gewesen sein muss.«

»Es war kein Spaß«, pflichtete Khloe ihr bei.

Bristol fand, dass das die Untertreibung des Jahres war. Sie wollte fragen, ob jemand für sie da gewesen war, während sie sich auskurierte, aber sie kannte die Frau wirklich nicht gut genug.

»Du solltest es eine Weile ruhig angehen lassen. Ich bin mir sicher, dass du darauf brennst, wieder ganz normal zu leben, aber selbst ein kleiner Bruch wie der, den du hattest, kann dich ganz schön mitnehmen. Wahrscheinlich wirst du in Zukunft merken, wenn ein Gewitter im Anmarsch ist.«

Bristol lächelte daraufhin. »Vielleicht. Dann weißt du wahrscheinlich auch, wann es vier Bezirke weiter regnen soll, was?«

Khloe drehte sich zu Bristol um und ihr breites Grinsen veränderte ihren Gesichtsausdruck völlig. »Ziemlich genau«, stimmte sie zu.

Ein lauter Pfiff ertönte über die Menge hinweg und Khloe sah sofort auf. Bristol sah Raidens Bluthund, der sich einen Weg durch die Leute bahnte und auf sie zulief. Raid nickte ihr zu und Khloe winkte mit einer Hand.

»Wow«, sagte Bristol.

»Was?«, fragte Khloe, als Duke direkt auf sie zulief und seine sabbernde Schnauze auf ihren Schoß legte.

»Ihr habt gerade ein ganzes Gespräch mit einem kurzen Nicken und einem Handzeichen geführt.«

Khloe grinste. »Er ist genervt, weil Duke *mich* fast so sehr mag wie sein Herrchen.« Sie beugte sich vor, kraulte den Kopf des großen Hundes und seine Ohren.

»Nach dem zu urteilen, was Rocky gesagt hat, bindet sich Duke an niemanden ... außer an Raid.«

»Tiere mögen mich«, erwiderte sie achselzuckend.

Bristol schwor, dass sie einen Hauch von Wehmut in ihrem Tonfall hörte, aber als sie wieder sprach, dachte sie, dass sie sich geirrt hatte.

»Jedenfalls hat er mich gefragt, ob ich auf Duke aufpassen könne, während er drüben sein Ding mit dem Wettbewerb macht. Ich habe ihm gesagt, dass das in Ordnung sei und dass ich das natürlich mache.« Der Bluthund stieß einen Seufzer aus und ließ sich zu Khloes Füßen nieder. »Raid mag mich nicht besonders, aber wenn es ihm in den Kram passt, zögert er nicht, auf mich zurückzugreifen.«

Bristol runzelte verwundert die Stirn. »Ich bin sicher, das stimmt nicht. Ihr arbeitet doch zusammen.«

»Nun, er *tut* zumindest so, als würde er mich nicht mögen. Aber egal. Er hat einen süßen Hund, also lasse ich ihn gewähren.«

Bristol konnte sich ein Lachen nicht verkneifen. »Raiden ist auch irgendwie süß«, sagte sie. »Allerdings zu groß für mich.«

Khloe lachte. »Für dich ist *jeder* groß.«

»Allerdings«, stimmte Bristol zu und freute sich, dass die andere Frau jetzt ein wenig entspannter zu sein schien. »Was ist mit den Typen aus dem Rettungsteam und ihren Bärten los?«, fragte sie. »Außer Brock haben sie alle einen.«

»Keine Ahnung«, entgegnete Khloe achselzuckend. »Aber du musst zugeben, dass ihnen allen der Bart steht.«

»Auch wieder wahr«, stimmte Bristol zu.

»Rocky starrt hierher«, bemerkte Khloe und nickte in Richtung des Platzes.

Als Bristol zum Anmeldetisch für den Wettbewerb hinüberschaute, sah sie, dass er tatsächlich in ihre Richtung starrte. Als sie seinen Blick auffing, lächelte er, hob eine Hand und bedeutete ihr mit einer Handbewegung, zu ihm zu kommen.

»Er will wohl, dass ich da rübergehe«, erklärte Bristol entschuldigend. »Hey, ich weiß, ich wohne nicht hier, aber wäre es möglich, dass ich mir mal ein paar Bücher ausleihe?«

»Noch«, sagte Khloe mit einem kleinen Lächeln.

»Was?«

»Du wohnst *noch* nicht hier«, wiederholte sie.

»Oh, aber ... ich ... ich bin nicht ...« Bristol war verwirrt und wusste nicht, was sie sagen sollte. Sie hatte mit niemandem darüber gesprochen, ob sie hierbleiben wollte.

»Tut mir leid. Das war unhöflich von mir. Man braucht eine Adresse in der Nähe, um einen Bibliotheksausweis zu bekommen, aber ich bin sicher, dass Rocky nichts dagegen hätte, ein Konto zu eröffnen und es dich benutzen zu lassen. Und nur so nebenbei ... du und Rocky, ihr passt zusammen. Ich bin sicher, er kann dir helfen, eine Wohnung zu finden, die groß genug für ein Atelier ist, damit du deine Glasmalerei machen kannst, wenn du hierherziehen willst. Wenn du eine eigene Wohnung hättest, könntest du dir auch einen eigenen Bibliotheksausweis besorgen«, stichelte Khloe.

»Ja.«

»Rocky sieht besorgt aus, du solltest lieber rübergehen, sonst kommt er her und macht sich Sorgen.« Khloe begegnete ihrem Blick. »Und lass es mit deinem Bein langsam angehen«, warnte sie. »Du kannst es dir im Moment ziemlich leicht wieder verletzen.«

»Ich werde vorsichtig sein«, sagte Bristol. Es fühlte sich gut an, dass die andere Frau so besorgt war. Sie begann zu glauben, dass hinter Khloe viel mehr steckte, als sie der Welt zeigte. Bis heute hatte sie den Eindruck gewonnen, dass Khloe schüchtern war und nicht viel sagte. Ihr einziger Besuch in der Wohnung war freundlich, aber kurz gewesen. Heute jedoch hatte sie viel zu sagen, und es war alles verdammt hilfreich.

»Danke für den Stuhl«, bedankte Bristol sich bei ihr, als sie aufstand, das Kniewägelchen herüberzog und sich aufrichtete.

»Gern geschehen. Sei vorsichtig«, sagte sie, als Bristol begann wegzurollen.

Als sie zurückblickte, sah sie, dass Khloe abwesend mit einem ihrer Füße Dukes Seite streichelte, und ihr Gesichtsausdruck war wieder distanziert. Sie konnte ein wenig einschüchternd sein, aber jetzt, da Bristol hinter ihre Fassade gesehen hatte, wollte sie sie besser kennenlernen.

Sie wollte nicht bei Rot über die Straße gehen, also ging sie bis zum Ende der Geschäftszeile, vorbei an Doc Snows Klinik, und überquerte erneut die Cedar Street. Sie wollte gerade die Zehnte Straße überqueren, als ihr ein etwa fünf- oder sechsjähriges Kind in den Weg lief.

Bristol riss den Lenker ihres Kniewagens zur Seite, um nicht mit ihm zusammenzustoßen, und stieß einen kleinen Schrei aus, als sie spürte, wie sie aus dem Gleichgewicht geriet. Aber sie landete nicht in einem unwürdigen Haufen mitten auf der Straße, weil jemand sie am Ellbogen festhielt und es ihr ermöglichte, das Gleichgewicht wiederzufinden.

Als sie aufblickte, sah Bristol einen älteren Mann, vielleicht Ende vierzig oder Anfang fünfzig, der ihren Arm festhielt. Er war leger gekleidet, trug eine Jeans und ein Polohemd. Er hatte graues Haar an den Schläfen und ein Grübchen auf der Wange. Er war auch groß, etwa so groß wie Rocky, aber nicht annähernd so muskulös. »Immer mit der Ruhe«, erklärte er und brachte sie zur anderen Straßenseite.

»Ich danke dir so sehr. Für einen Moment dachte ich, ich wäre erledigt.«

Er lachte. »Ich bin froh, dass ich helfen konnte.«

»Ich auch.«

»Ich bin Lance. Lance Zaun.«

»Bristol Wingham«, erklärte sie und reichte ihm die Hand.

Sie schüttelten sich die Hände und als er sie wieder losließ, war Rocky schon an ihrer Seite.

»Geht es dir gut? Ich habe gesehen, wie du fast hingefallen wärst, und mir blieb das Herz stehen. Ich war zu weit weg, um noch rechtzeitig zu dir zu kommen.«

»Mir geht es gut. Lance hat mich aufgefangen, bevor ich mich blamiert habe. Ich muss mich erst noch an diese Knieläufer-Sache gewöhnen.«

»Danke, Mann«, erklärte Rocky und nickte Lance zu. »Ich habe dich hier noch nie gesehen.«

»Ich bin gerade erst hergezogen. Ich habe die Schilder über

die Parade gesehen und dachte, ich schaue mir das mal an. Es hat Spaß gemacht. Die Leute hier sind sehr freundlich.«

»Das sind sie«, stimmte Rocky zu, während er seinen Arm um Bristols Taille legte.

»Du wolltest, dass ich zu dir komme?«, fragte sie und sah zu ihm auf.

»Ich wollte nur wissen, wie es dir geht. Wollte nach dir sehen.«

Bristol lächelte. »Wie lange ist es her, dass du das letzte Mal mit mir gesprochen hast?«, fragte sie.

Rocky zuckte mit den Schultern. »Ich habe dich vermisst«, entgegnete er, ohne dass es ihm peinlich war.

Lance räusperte sich. »Nun, es war schön, euch beide kennenzulernen. Seid vorsichtig, ich bin vielleicht nicht immer da, um euch aufzufangen«, erklärte er lachend.

»Genau«, erwiderte Bristol und lachte mit ihm. »Ich schätze, wir sehen uns wieder.«

»Ja. Bis später.« Dann drehte er sich um und ging auf den Platz, wobei er von Tisch zu Tisch wanderte.

»Bist du sicher, dass es dir gut geht?«, fragte Rocky.

»Ich bin sicher. Obwohl ich denke, dass es wahrscheinlich nicht klug wäre, auf dem Rasen herumzulaufen.«

»Stimmt. Wie wär's, wenn ich dich zurück zu deinem Tisch bringe. Hast du Hunger? Sandra hat ein paar Lunchpakete gemacht, die sicher schnell ausverkauft sein werden.«

»Das klingt gut.«

»In Ordnung. Ich sorge dafür, dass du zurück zu Finley kommst, und bringe dir eine. Verstehst du dich gut mit Khloe?«, fragte er.

»Na klar. Warum auch nicht?«

»Raiden sagt, sie sei abweisend.«

»Ist sie nicht«, erklärte Bristol und verteidigte ihre neue Freundin. »Ich weiß nicht, was zwischen den beiden ist, aber sie ist wirklich nett. Sie scheint auch irgendwie traurig zu sein.«

»Warum?«

»Ich weiß es nicht. Es ist nur so ein Gefühl, das ich habe.«

»Hmm.«

»Ja. Wie auch immer, ich denke, ich sollte zurückgehen und mich wieder hinsetzen.«

»Soll ich Doc Snow holen?«

»Nein. Ich bin nur müde. Ich bin es nicht gewohnt, so viel zu laufen und aufrecht zu stehen. Offensichtlich muss ich mich mehr bewegen, als ich es bisher getan habe.«

»Überstürze bloß nichts«, gab Rocky zu bedenken, während er sie auf den schmalen Bürgersteig neben der Straße und dem grasbewachsenen Platz führte.

»Das hat Khloe mir auch gesagt.«

»Sie hat recht.«

Mit Blick auf die Schlange, die sich am Tisch vom *Sunny Side Up* bildete, sagte Bristol: »Vielleicht solltest du dich zum Mittagessen anstellen. Ich will nicht verpassen, was Sandra serviert. Wir treffen uns vor der Bäckerei.«

»Du wirst nichts verpassen«, erklärte Rocky selbstbewusst.

»Das weißt du doch gar nicht«, sagte Bristol.

»Punky, ich weiß es. Ich muss nicht einmal in der Schlange warten. Ich brauche Sandra nur zu sagen, dass du Hunger hast, und sie sorgt dafür, dass du versorgt bist.«

Bristols Lippen zuckten. Rocky hatte wahrscheinlich nicht unrecht. Sandra hatte ihr Bestes getan, um sie zu bemuttern, seit sie gefunden worden war. Und Bristol hatte kein Problem damit. »Richtig«, sagte sie nach einem Moment.

»Es hat Vorteile, dich als meine Freundin zu haben«, bemerkte Rocky, wobei es offensichtlich war, dass er scherzte.

»Ernsthaft?«, fragte sie mit einem leichten Kopfschütteln.

Er hielt sie an der Hauptstraße an und lächelte sie an. »Jawohl.«

»Du bist nur mit mir zusammen wegen meiner Kochkünste. Nett«, sagte sie in einem vorgetäuschten irritierten Ton.

Er lachte und legte seine Hände auf ihr Gesicht, wobei er es anhob. »Ganz zu schweigen davon, dass du gut aussiehst. Und du bringst mich zum Lachen. Und du hast meine Wohnung zu einem Zuhause gemacht.«

»Besser«, bemerkte sie, griff nach seinen Handgelenken und tat ihr Bestes, um das Lächeln zu unterdrücken, das sich auf ihren Lippen bilden wollte.

»Und die Küsse sind verdammt gut.«

»Das ist ein Wort«, sagte sie und stellte sich auf ihre Zehenspitzen.

Er senkte den Kopf, kam ihr auf halbem Weg entgegen und küsste sie genau dort, vor der ganzen Stadt Fallport, wie es schien. Wenn noch niemand wusste, dass sie offiziell zusammen waren, dann wusste es jetzt jeder.

Als er seinen Mund von ihrem löste, waren sie beide außer Atem. »Verdammt, Mädchen«, beschwerte er sich.

»Was hast du an dir, das all diese Gefühle in mir weckt?«

»Als ob du mich schon dein ganzes Leben lang kennst?«

»Ja, genau«, flüsterte sie.

»Ich weiß nicht, aber ich fühle dasselbe. Komm, wir bringen dich zurück, damit ich dir etwas zu essen besorgen kann.«

Bristol genoss das Gefühl seiner Hand auf ihrem Rücken, als sie zu dem Tisch vor der Bäckerei gingen. Fünf Leute warteten in der Schlange und noch mehr blieben stehen, um den Leuten über die Schulter zu schauen, um zu sehen, was so interessant war.

»Hast du Hunger, Finley?«, fragte Rocky die andere Frau. »Ich werde Bristol eine Lunchbox aus dem *Sunny Side Up* holen. Willst du auch eine?«

»Es macht dir nichts aus?«, fragte sie.

»Ganz und gar nicht.«

»Wenn es nicht zu viel Mühe macht, dann ja bitte.«

»Natürlich.« Rocky beugte sich vor, küsste Bristol auf den Kopf und sagte: »Ich bin gleich wieder da.«

Er ging weg und Finley fächelte sich mit der Hand das Gesicht. »Dieser Kuss ... puh!«

Bristol konnte nur zurücklächeln.

»Ich habe schon drei Paar Ohrringe für dich verkauft! Ich habe das Gefühl, dass wir beide eher früher als später ausverkauft sein werden«, erklärte Finley ihr.

»Gut. Dann können wir uns entspannen und den Rest des Nachmittags genießen.«

»Ha, schön wär's. Ich muss noch mehr Plätzchen und andere Sachen backen, wenn wir später, wenn die Läden wieder öffnen, etwas zum Verkaufen haben wollen.«

»Du arbeitest zu viel«, stellte Bristol fest.

»Ich glaube, da schimpft ein Esel den anderen Langohr. Wenn du nicht verletzt bist, arbeitest du sicher auch lange.«

»Kann schon sein«, gab Bristol zu.

»Die sind wunderschön!«, rief eine Frau aus, als sie ein Set aus Ohrringen und Armbändern in die Hand nahm. »Wie viel kostet das?«

Bristol drehte sich zu der Frau um und war unglaublich zufrieden. Fallport war ihr genauso ans Herz gewachsen wie Rocky und seine Freunde. Der Gedanke, nach Kingsport zurückzukehren, in ihr einsames Leben, gefiel ihr nicht im Geringsten. Würde Rocky immer noch damit einverstanden sein, dass sie hierher umzog, wenn sie es endlich zur Sprache brachte? Oder würde er denken, dass sie es zu eilig hatte?

Bristol schob ihre Gedanken beiseite und sagte sich, dass sie noch viel Zeit hatte, um Entscheidungen über ihre Zukunft zu treffen ... später. Der heutige Tag war dazu da, sich zu vergnügen, etwas Geld für einen guten Zweck zu verdienen und mit neuen Freunden zu lachen.

Lance Zaun beobachtete Bristol von der anderen Seite des Platzes aus. Er hatte sich ein Würstchen gekauft und aß es abwesend, ohne das verdammte Ding wirklich zu schmecken.

Er hatte sie berührt. Er hatte ihre weiche Haut an seiner

eigenen gespürt. Jetzt konnte er nur noch daran denken, diese Erfahrung zu wiederholen.

Sie fühlte sich so gut neben ihm an. Sie passten perfekt zusammen. Nicht nur das, sie brauchte ihn auch. Wo war dieser Idiot, als sie fast mit dem Gesicht auf der Straße gelandet wäre? Nicht bei Bristol.

Wenn sie ihm gehörte, würde er nicht zulassen, dass sie verletzt wurde. Er würde sie beschützen, sie versorgen, darauf achten, dass all ihre persönlichen Bedürfnisse erfüllt wurden. Sie würde völlig von ihm abhängig sein. So sollte es auch sein. Er war der Mann; es war seine Pflicht, für seine Frau zu sorgen und auf sie aufzupassen.

Aber nicht hier.

Diese Stadt war Mist.

Er hasste alles daran.

Er war in einer Stadt aufgewachsen, die genau wie Fallport war. Eine Stadt, in der die Einheimischen dachten, sie wüssten alles über jeden. Wo jede Kleinigkeit, die er tat, seinen Eltern erzählt wurde, die ihn oft grundlos schlugen. Nur weil ein paar neugierige Biedermänner ihn etwas tun sahen, was ihnen nicht gefiel.

Er würde vorsichtig sein müssen. Musste dafür sorgen, dass die Gerüchteküche nicht seinetwegen zu brodeln begann. Aber das war kein Problem. Genau das hatte er vor Jahren gelernt. Er fiel in keiner Weise auf und achtete darauf, nicht aufzufallen. Er verschmolz mit dem Hintergrund.

Niemand würde ihn von seiner Bristol abhalten. Als er sah, wie dankbar sie ihn ansah, als er sie vor dem Sturz bewahrt hatte, hätte er sie am liebsten auf der Stelle gepackt und mitgenommen. Er hätte sie mit nach Hause genommen und so geliebt, wie sie geliebt werden sollte.

Was diesen Trottel anging ... er hatte sie nicht verdient. Er hatte sie zurückgelassen, um hinter ihrem Tisch zu schuften, während er sich mit seinen Freunden amüsierte. Und die Leute hier verdienten ihren Schmuck nicht. Er war viel zu fein für

Leute wie sie. Sie sollte ihn besser ausschließlich über ihre Webseite verkaufen, wie sie es früher getan hatte. Es war schon zu lange her, dass sie etwas Neues eingestellt hatte. Und jetzt wusste er auch warum. Weil sie sich ablenken ließ.

Die Welt brauchte ihre Schönheit in Form ihrer Glasmalerei und ihres Schmucks. Sobald er sie zu Hause hatte, in *seinem* Haus, würde er das ändern. Vielleicht sogar schon früher.

Lance starrte den Mann an, der offensichtlich glaubte, seine Frau gewonnen zu haben, und grinste ihn an. Nach einer Weile würde sich der Kerl nicht einmal mehr an sie erinnern. Dieser Typ Mann tat das nie. Er würde denken, sie sei abgehauen und in ihr altes Leben zurückgekehrt. Und der Kerl würde sich die nächste Frau suchen.

Darauf hatte Lance gewettet. Er hatte einen Plan, und jetzt, da er hier in Fallport war, jetzt, da er Bristol wiedergefunden hatte, wollte er ihn in die Tat umsetzen. Er war bereits in ihr Haus in Kingsport eingebrochen und hatte einige der Dinge geholt, von denen er wusste, dass sie sie haben wollte, wenn er seinen Zug machte. Bettwäsche, Seife, Shampoo, Höschen ...

Allein der Gedanke an ihre Unterwäsche und die Dinge, die er damit angestellt hatte, brachte ihn zum Lächeln.

»Bald, Süße«, murmelte er.

»Entschuldigung, wie bitte?«, sagte ein Mann vom anderen Ende der Bank. »Haben Sie etwas gesagt?«

Der Mann war offensichtlich obdachlos und roch abstoßend. Auch sein Haar war verfilzt und war offensichtlich schon lange nicht mehr gewaschen oder gebürstet worden.

»Mit Ihnen habe ich nicht geredet«, entgegnete Lance verächtlich.

»Wie auch immer«, grummelte der Mann, stand auf und ging davon.

Noch einmal blickte Lance über den Platz zu seiner Geliebten. Er ärgerte sich über die wenigen Sekunden, in denen seine Aufmerksamkeit von ihr abgelenkt war. Sich jetzt in Geduld zu üben war das Schwerste, was er je in seinem Leben getan hatte. Aber er würde es tun. Wenn es bedeutete, Bristol für sich zu haben ... würde er alles tun, was nötig war.

Egal, wer dabei verletzt wurde.

Bristol Wingham gehörte ihm. Punkt.

KAPITEL ELF

Mit jedem Tag, der verging, verliebte sich Rocky mehr und mehr in Bristol. Es war nicht so sehr das, was sie tat, sondern vielmehr das, wie er sich bei ihr fühlte. Glücklich. Zufrieden. Umsorgt. Und körperlich hatte er noch nie jemanden so begehrt, wie er sie begehrte.

Obwohl er kein großes Bedürfnis verspürte, sie in sein Bett zu drängen. Vielleicht lag es daran, dass sie bereits jede Nacht unter seinem Dach schlief. Vielleicht lag es an der Gewissheit, die er in ihren Augen sah, dass sie ihn genauso sehr wollte. Das »Warum« war nicht wirklich wichtig. Er genoss einfach die Vorfreude.

In der Vergangenheit hatte er Verabredungen nicht wirklich gemocht. Er mochte es nicht, um eine gewisse Anziehungskraft herumzutanzen. Aber bei Bristol genoss er es. Die Tatsache, dass sie erschauderte, wenn er seinen Arm um sie legte, um ihr beim Gehen zu helfen. Dass sich eine Gänsehaut auf ihren Armen bildete, wenn er sie trug. Dass sein Badezimmer nach ihrem Zitronenkörperwasser roch. All das.

Heute war sie mit ihm zu einem Haus gefahren, in dem er wieder mal eine Veranda installieren musste. Er war fast fertig, und als er sie gefragt hatte, ob sie mit ihm gehen wollte, hatte sie nicht gezögert und zugestimmt. Sie hatte sich in den Schatten gesetzt und mit ihm geredet, während er arbeitete. Über ihre Mutter, die zurzeit in Kalifornien lebte. Offenbar zog die Frau alle paar Jahre um, weil sie sich langweilte. Sie war ein bekennender Hippie und es war ihr egal, was andere von ihr hielten. Nach dem Tod ihres Mannes hatte sie nie wieder geheiratet und war zufrieden damit, sich ohne Bedingungen und Erwartungen zu verabreden.

Rocky erzählte ihr von seiner eigenen Mutter, die offenbar das Gegenteil von Bristols war. Sie war nach dem Tod seines Vaters kein einziges Mal ausgegangen und würde das Haus, in dem sie aufgewachsen waren, wahrscheinlich nie verkaufen. Das Haus, das sie mit ihrem Mann geteilt hatte.

Sie unterhielten sich ein wenig über seine Zeit bei den SEALs und er hatte ihr von einigen seiner Einsätze erzählt, ohne jedoch Einzelheiten zu nennen. Er hatte sich sogar dabei ertappt, dass er sich öffnete und über die Mission sprach, die für seinen Bruder so schiefgelaufen war, was der Auslöser für Ethans Wunsch war, aus dem Militär auszusteigen.

Dann waren die Gespräche zu leichteren Themen übergegangen. Gerichte, die sie liebten. Wie sie als Jugendliche war. Tony. Art und seine Kumpane. Alles in allem war es ein toller Tag gewesen. Sie saßen jetzt beide auf seinem Sofa. Bristol hatte ihnen ein köstliches Abendessen zubereitet, nachdem sie wieder in der Wohnung angekommen waren. Er hatte das Geschirr weggeräumt und sie sahen sich eine Kochsendung im Fernsehen an.

Aber er hatte das Gefühl, dass keiner von ihnen wirklich aufpasste. Zumindest wusste Rocky, dass *er* es nicht tat. Er konzentrierte sich darauf, wie gut es sich anfühlte, dass Bristol sich an ihn schmiegte. Er war sich jeder ihrer Atemzüge überdeutlich bewusst. Er hatte ihr den Arm um die Schultern gelegt und streichelte mit den Fingern leicht über die nackte Haut ihres Oberarms. Sie hatte den Kopf in der Lücke zwischen seiner Schulter und seinem Nacken und einen Arm auf seinen Bauch gelegt.

Rocky konnte sich nicht zurückhalten, drehte den Kopf und küsste sie sanft auf die Stirn.

Sie blickte zu ihm auf, und dem Ausdruck in ihren Augen konnte er nicht widerstehen. Ohne nachzudenken, senkte er den Kopf. Sie hatten sich schon oft geküsst ... aber irgendwie schien dieses Mal anders zu sein.

Sie strich mit der Hand über seinen Bart, dann begann sie, ihn zu streicheln. Er konnte sich das Lachen nicht verkneifen, das ihm entwich, während er sie küsste.

»Was?«, fragte sie und lächelte selbst ein wenig.

»Du streichelst mich«, erklärte er.

»Ich kann nicht anders. Dein Bart ist wirklich sehr weich. Und ich mag es, wie er sich an meinem Gesicht anfühlt, wenn du mich küsst«, erwiderte sie.

»Tatsächlich?«, fragte er, insgeheim erfreut.

»Ja.«

»Ich würde ihn abrasieren, wenn du mich darum bittest«, gab er zu.

Sie machte vor Entsetzen große Augen. »Was? Nein! Ich meine, erstens ist es dein Gesicht, ich habe kein Recht, dich um so etwas zu bitten. Aber zweitens bin ich mir nicht sicher, ob ich dich ohne Bart erkennen würde.«

»Ich war mal mit einer Frau zusammen, die ihn gehasst hat. Sie sagte, ich sähe damit *dumm* aus. Dass die Leute mich ernster nehmen würden, wenn ich mich herausputzen würde.«

»Die kann dich mal!«, sagte Bristol in einem bösartigen Ton.

Rocky blinzelte überrascht. Er hatte sie noch nie so fluchen hören. Aber die Tatsache, dass sie es getan hatte, um *ihn* zu verteidigen, gab Rocky ein gutes Gefühl.

»Ich meine, ernsthaft, wie dumm ist sie eigentlich? Wie dem auch sei, ich finde, dass du unglaublich gut aussiehst, genau so wie du bist. Und wenn du dir den Bart bis zu den Knien wachsen lassen willst, solltest du das tun.«

Rocky lachte. »Das werde ich nicht, Punky.«

Sie lächelte zu ihm hoch. »Okay. Wie auch immer, sei einfach, wie du bist, Rocky. Ich mag deinen Bart. Er passt zu dir.«

Als Antwort nuschelte er an der empfindlichen Stelle in der Nähe ihres Ohrs. Bristol neigte den Kopf, um ihm mehr Raum zu geben, und stieß ein bezauberndes und verdammt sexy Stöhnen aus. Die Hand, mit der sie seinen Bart gestreichelt hatte, verkrampfte sich und hielt sich an ihm fest, als sei er das Einzige, was sie davor bewahrte dahinzuschmelzen. Der leichte Schmerz, als sie an seinem Bart zog, verwandelte sich in ein so intensives Verlangen, dass er sich beherrschen musste, sie nicht auf das Sofa zu werfen, sie völlig nackt auszuziehen und sich an ihr zu vergehen.

Sein Schwanz wurde dicker und er schloss seine Lippen um ihr Ohrläppchen und saugte daran. Fest.

»Rocky!«, rief sie aus.

Er knabberte an ihrem Ohrläppchen und genoss es, wie sie sich an ihm wand. Er hob den Kopf und fragte: »Ja?«

Sie starrte ihn einen Moment lang an und sagte dann unverblümt: »Ich will dich.«

Es war fast beängstigend, wie schnell er auf diese drei kleinen Worte reagierte. Am liebsten hätte er sie über die Schulter geworfen und in sein Zimmer geschleppt, um ihr zu zeigen, wie sehr sie ihm unter die Haut gegangen war, aber er zwang sich, ruhig zu bleiben. »Ich will dich auch, Bristol.«

Sie lächelte schüchtern und Rocky war erleichtert, dass er nichts Unüberlegtes getan hatte. Sie war zwar mutig genug, um zuzugeben, dass sie ihn wollte, aber sie wirkte immer noch ein wenig schüchtern. Er berührte ihren Nacken. Sein Daumen ruhte in der Vertiefung ihres Halses und er fuhr mit den Fingern in ihr Haar, während er sich noch einmal herunterbeugte.

Mit dem nächsten Kuss ließ er sich Zeit. Er ließ seine Lippen gegen ihre eigenen streichen. Er liebkoste sie, bis sie sich gegen ihn wölbte und wieder einmal an seinem Bart zog, um ihn dazu zu bringen, sie so leidenschaftlicher zu küssen.

Als er ihrem Verlangen nachgab, weil er so ziemlich die Grenzen seiner eigenen Selbstbeherrschung erreicht hatte, legte Rocky seinen Mund auf ihren und zeigte ihr mit seinen Lippen und seiner Zunge, wie sehr er sie begehrte.

Er hatte keine Ahnung, wie lange sie sich geküsst hatten, aber als er schließlich den Kuss unterbrach, um eine Pause einzulegen, lag Bristol flach auf dem Rücken auf dem Sofa und er war an ihre Seite gepresst, mit dem Rücken zu den Kissen. Er war froh, dass er sie in seinem Lustrausch nicht erdrückt hatte. Sie hatte eine ihrer Hände unter sein T-Shirt geschoben und streichelte seinen nackten Oberkörper, während sie ihre andere Hand unter den Bund seiner Jeans gesteckt hatte und mit den Fingern seinen Hintern streichelte.

Er umklammerte im Gegenzug mit der Hand ihren Nacken und drückte sie fest an sich. Mit der anderen Hand hielt er eine ihrer perfekten Brüste und drückte und streichelte über sein Baumwoll-T-Shirt, das sie bisher jede Nacht getragen hatte.

Das Gefühl von ihr unter ihm, an ihm, war pures Glück. Sie war winzig, aber sie hatte so viel sexuelle Anziehungskraft in ihrem kleinen Körper, dass klar war, dass es zwischen ihnen hoch hergehen würde.

»Hör nicht auf«, bat sie ihn mit einer weichen, tiefen Stimme, die er kaum erkannte.

Lächelnd senkte er den Kopf, um dort weiterzumachen, wo sie aufgehört hatten ... bis ihm klar wurde, was ihn überhaupt zum Innehalten gebracht hatte. Das Klingeln seines Handys.

»Verdammt«, murmelte er.

Bristol sah hinreißend verwirrt aus. »Was?«

»Mein Handy. Ich muss es holen.«

Es dauerte einen Moment, aber sie nickte. Als sie ihre

Hände unter seiner Kleidung hervorzog, stöhnte er auf. »Wir machen gleich weiter, Punky.«

Sie schenkte ihm ein träges Lächeln und nickte. Rocky stand auf und seufzte, weil er von ihrem warmen Körper ablassen musste.

Er ging zu dem Tisch hinüber, auf dem er vorhin sein Handy liegen gelassen hatte, und nahm es. »Ich hoffe, es ist wichtig«, knurrte er, nachdem er den Anruf angenommen hatte.

»Das ist es«, sagte Ethan. »Simon hat angerufen. Wir werden für eine Suchaktion gebraucht.«

Es dauerte einen Moment, bis sein Gehirn vom Lust- auf den Arbeitsmodus umschaltete. Rocky nahm einen tiefen Atemzug. »Alles klar. Um was geht es?«

»Einer der Polizisten hat einen Wagen angehalten, weil er zu schnell gefahren ist, und der Typ ist in den Wald geflüchtet. Sie waren in der Nähe des Rock Creek Trail, aber dieser Typ wird auf keinem Wanderweg bleiben, wenn er der ist, für den sie ihn halten.«

»Verdammt. Und um wen handelt es sich?«

»Theodore Lorenzo Allen.«

»Sollte mir dieser Name etwas sagen? Außer der Tatsache, dass du seinen zweiten Vornamen benutzt hast, ist er wahrscheinlich extrem schrecklich, denn niemand benutzt einen zweiten Vornamen, es sei denn, er ist ein Serienmörder oder so«, bemerkte Rocky. Ihm war klar, dass das nicht viel Sinn ergab, aber das Adrenalin und die Leidenschaft, die durch seine Adern flossen, machten ihn immer noch ganz verrückt.

Ethan schnaubte. »Er ist einer von den bösen Jungs. Wenn er das Fahrzeug gefahren hat, und das ist sehr wahrscheinlich, dann hat er einen Haftbefehl aus Norfolk wegen sexueller Nötigung seiner achtjährigen Stieftochter. Simon glaubt, dass er aufgrund der Menge an Camping- und Überlebensausrüstung in seinem Wagen in die Berge fahren wollte, um von der Bildfläche zu verschwinden.«

»Er kennt sich also in den Wäldern aus«, bemerkte Rocky und fuhr sich mit der Hand durch die Haare. Je mehr er hörte, desto schneller verflog die Freude, die er eben noch empfunden hatte.

»Ja.«

»Wie lautet der Plan?«

»Wir treffen uns dort, wo der Mann angehalten wurde. Raiden wird mit Duke die Führung übernehmen. Der Beamte hat ihn nicht sehr weit in den Wald verfolgt. Da er nicht wusste, warum der Mann weglief und ob er bewaffnet war oder nicht – was sehr wahrscheinlich ist –, wollte er kein Risiko eingehen. Soll ich dich abholen?«

»Klingt gut.«

»Ich bin in fünf Minuten da«, teilte Ethan ihm mit.

»Ich werde bereit sein«, versicherte Rocky ihm.

Sie legten auf, ohne noch etwas zu sagen. Rocky wusste, dass er sich beeilen musste. Seine Such- und Bergungsausrüstung befand sich im Schrank neben der Eingangstür; er hielt sie immer griffbereit, wenn er einen Moment Zeit hatte. Er musste sich nur schnell umziehen.

Aber zuerst ... Rocky drehte sich um und sah, wie Bristol sich aufsetzte und ihn über die Sofalehne hinweg ansah. Ihr normalerweise glattes Haar war durcheinander auf ihrem Kopf, ihre Lippen waren leicht geschwollen von seinen Küssen, und er konnte ein wenig Bartbrand an ihrem Hals sehen. Sie war so verdammt hübsch – und es tat ihm fast körperlich weh, sie jetzt zu verlassen.

»Du musst jemanden suchen«, stellte sie fest.

Rocky nickte und ging auf sie zu. Er setzte sich neben sie auf das Kissen und streichelte ihre Wange. »Ich würde bleiben, wenn ich könnte«, sagte er sanft.

Zu seiner Überraschung runzelte sie die Stirn und schüttelte den Kopf. »Ich weiß, aber das hier ist wichtiger. Geh, Rocky. Zieh dein Ding durch. Ich werde hier auf dich warten.«

»Ich weiß nicht, wann ich wieder zurück bin«, warnte er.

»Das ist mir klar.«

»Ruf Lilly an. Oder Elsie. Oder eine von dem halben Dutzend Frauen, mit denen du dich während der letzten Wochen angefreundet hast. Finley, Khloe, Sandra ... sogar Whitney.«

»Warum?«, fragte sie.

»Damit sie vorbeikommen können.«

»Rocky, ich brauche keinen Babysitter. Ich komme jetzt ganz gut allein zurecht. Ich werde schon klarkommen.«

»Bist du sicher?«, fragte er.

»Hundertprozentig.«

»Ich verlasse dich nur ungern.«

»Wenn du das sagst, weil du meine Gesellschaft genießt und mich vermissen wirst, großartig. Aber wenn du das sagst, weil du nicht glaubst, dass ich allein zurechtkomme, dann solltest du dich damit abfinden. Ja, ich brauchte deine Hilfe, als ich hier ankam, aber selbst Doc Snow sagt, dass ich mich sehr gut erhole. Mir geht es gut, Rocky. Geh.«

Sie hatte recht. Es ging ihr erstaunlich gut. Bald würde sie nicht einmal mehr die Gehhilfe brauchen. Sie würde ihr Bein belasten können und nur noch den Gips haben. Trotzdem ...

»Seit deiner Verletzung haben wir uns nicht länger als ein paar Stunden am Stück nicht gesehen.«

»Dem ist tatsächlich so, oder?«, sagte sie mit einem kleinen Lächeln. »Ich verspreche, dass ich hier sein werde, wenn du zurückkommst. Geh und mach dein Ding. Aber sei vorsichtig. Ich kenne die Details nicht, aber ich habe das Gefühl, dass du nach jemandem suchst, der nicht gefunden werden will.«

»Wäre nicht das erste Mal«, erklärte er ihr.

»Das ist mir klar. Aber das heißt nicht, dass ich mir nicht trotzdem Sorgen um dich machen werde«, erwiderte sie.

Sie überraschte ihn immer wieder. Auf eine gute Art. »Ich war mal mit einer Frau zusammen, die hasste, was ich tat. Sie mochte es nicht, dass ich jeden Moment weggerufen werden konnte.«

»War das dieselbe Frau, die deinen Bart nicht mochte? Denn wir haben ja schon festgestellt, dass sie dumm war.«

Rocky lachte. »Stimmt.« Dann nahm er sie in den Arm und drückte sie an seine Brust.

Sie schlang die Arme um ihn und umarmte ihn im Gegenzug ganz fest.

»Ich muss mich fertig machen«, murmelte er in ihr Haar. Er verplemperte Zeit. Ethan würde jeden Moment hier sein. Aber er konnte sich nicht überwinden, sie loszulassen.

Es war Bristol, die den ersten Schritt machte. Sie zog sich zurück und stieß leicht gegen seine Brust. »Geh«, befahl sie.

»Wir werden zu Ende bringen, was wir hier angefangen haben«, versprach Rocky ihr.

»Das will ich doch schwer hoffen«, entgegnete sie mit einem schüchternen Lächeln.

»Verdammt, ich habe dich nicht verdient«, bemerkte Rocky.

»Doch, das hast du. Wir haben uns gegenseitig verdient.«

Er prägte sich ihr Gesicht einen Moment lang ein und stand dann auf. Er ging geradewegs in sein Schlafzimmer und zog sich seine Cargohose, Wanderschuhe und ein langärmeliges, feuchtigkeitsregulierendes Hemd an. Er steckte das Armee-Messer ein, das er als SEAL bekommen hatte und bei jedem Einsatz und jetzt auch bei jeder Suche dabeihatte, und ging zurück ins Wohnzimmer.

Bristol hatte das Sofa nicht verlassen, saß jetzt aber mit den Füßen auf dem Boden da. Er wusste, wenn er zu ihr ging, würde es ihm noch schwerer fallen, sie zu verlassen, also zwang Rocky sich, zum Schrank im Flur zu gehen. Er schnappte sich seinen Rucksack mit der Ausrüstung und atmete tief durch, bevor er sich wieder der Frau zuwandte, die ihm so unglaublich schnell so unheimlich wichtig geworden war.

»Tust du mir einen Gefallen?«, fragte er.

»Alles, was du willst«, entgegnete sie, ohne zu zögern.

Verdammt, sie war wirklich umwerfend. »Schlaf bitte heute Nacht in meinem Bett.«

Sie runzelte verwirrt die Stirn.

»Ich werde wahrscheinlich nicht zurückkommen. Nicht, wenn es schon so spät ist und dieser Typ nicht gefunden werden will. Wenn ich heute Abend heiß, müde und frustriert bin, werde ich mich besser fühlen, wenn ich weiß, dass du hier bist, sicher und gesund, und in meinem Bett schläfst.«

»Okay«, erklärte sie mit einem leichten Nicken.

»Danke.« Er wollte noch so viel mehr sagen, aber er wusste, dass ihm die Zeit davonlief, und so warf Rocky ihr noch einen letzten langen Blick zu, dann wandte er sich ab. Er ging, wobei er darauf achtete, sowohl den Türknauf als auch den Riegel abzuschließen, nachdem er die Tür hinter sich zugemacht hatte.

Sein Bruder wartete unten auf dem Parkplatz und war wahrscheinlich verdammt ungeduldig, denn es war schon mehr als fünf Minuten her, dass sie telefoniert hatten.

Mit jedem Schritt, den Rocky sich von seiner Wohnung entfernte, wuchs seine Entschlossenheit, diesen Theodore zu finden. Vor einem Moment war es ihm noch schwergefallen zu gehen, aber jetzt war er stolz darauf, dass er gerufen worden war. Der Mann, den sie jagten, war kein guter Kerl. Er wollte ihn von der Straße holen, aus seinem Wald, und ihn einsperren, damit er niemandem mehr etwas antun konnte. Was wäre, wenn Bristol oder Lilly oder Elsie oder sonst jemand, den er kannte, einem Mann wie ihm begegnete?

Mit einem Energieschub joggte Rocky an den drei Wohnungen hinter seiner eigenen vorbei und wandte sich dem Treppenhaus zu. Er nahm zwei Stufen auf einmal und warf seinen Rucksack auf den Rücksitz von Ethans Wagen, bevor er auf der Beifahrerseite in den Wagen stieg.

»Was wissen wir sonst noch?«, fragte er, als sein Bruder sofort den Parkplatz verließ und zum Treffpunkt fuhr.

Bristol lag in Rockys Bett, aber sie schlief nicht. Sie konnte nicht einschlafen. Sie war zu besorgt um ihn und den Rest seines Such- und Bergungsteams. Sie war stolz auf die Männer, die nicht einmal gezögert hatten, der Polizei bei der Suche nach demjenigen zu helfen, der in den Wald geflohen war, aber sie hatte auch große Angst vor dem, was passieren könnte. Der Flüchtige hatte vielleicht eine Waffe und könnte auf die Jungs schießen, wenn sie ihm zu nahe kamen.

Der Gedanke, Rocky zu verlieren, wo es sich doch so anfühlte, als würden sie endlich von einer Mitbewohnersituation zu etwas mehr übergehen, war beängstigend. Die Erinnerung daran, wie sie sich gefühlt hatte, als Rocky sie mit Leichtigkeit hochgehoben und sanft auf den Rücken auf das Sofa gelegt hatte, ließ sie vor Lust erbeben. Sie hatte keine Ahnung, ob er sich überhaupt bewusst war, dass er sie bewegt hatte; sie hatten nicht einmal aufgehört, sich zu küssen, während sie die Position gewechselt hatten. Trotzdem hatte er sehr darauf geachtet, ihrem Bein nicht wehzutun.

Die Fürsorge, die er ihr entgegenbrachte, die Art und Weise, wie er sie umschloss, wenn sie in seinen Armen lag, war etwas, wovon sie ihr ganzes Leben lang geträumt hatte. Trotz des Todes ihres Vaters und der Tatsache, dass ihre Mutter keine weitere langfristige Beziehung wollte, konnte sich Bristol nicht an eine Zeit erinnern, in der sie sich nicht gewünscht hatte, einen Mann zu finden, den sie lieben und mit dem sie sich niederlassen konnte.

Das Problem in der Vergangenheit war, dass sie nie wusste, wo sie Männer kennenlernen sollte. Sie blieb die meiste Zeit in ihrem Haus, um Kunst zu schaffen, und Männer über eine Dating-App zu finden, kam für sie nicht infrage. Sie hatte Mike ausgerechnet im Supermarkt kennengelernt. Es war zwar ein wenig klischeehaft, aber sie hatte seine Gesellschaft genossen. Sie merkte schnell, dass sie sich sexuell nicht zu ihm hingezogen fühlte, und seine häufigen Forderungen nach mehr hatten ihre Freundschaft fast beendet. Als er sie zum Wandern eingeladen hatte, hätte sie es besser wissen müssen. Und wie zum Beweis, dass sie recht hatte, war dieser Ausflug natürlich gründlich in die Hose gegangen.

Aber sie konnte es trotzdem nicht bereuen. Denn dabei hatte sie Rocky kennengelernt und Fallport gefunden. Ein Ort, an dem sie sich mehr zu Hause fühlte als irgendwo anders, wo sie je gelebt hatte.

Außerdem hatte sie zum ersten Mal erfahren, wie sich wahre Leidenschaft anfühlte. Sie dachte, sie wüsste alles, was es über Sex, Lust und Verlangen zu wissen gab. Sie hatte sich so geirrt.

Die Gefühle, die heute Abend mit Rocky auf seinem Sofa durch ihre Adern geströmt waren, waren überwältigend gewesen. Fast beängstigend. Aber auch *richtig*. Sie konnte immer noch seine glatte Haut an ihren Fingern spüren. Nach dem zu urteilen, was sie gefühlt hatte, hatte seine Brust die perfekte Menge an Haaren. Nicht zu haarig, nicht zu glatt. Es war ihr vielleicht peinlich, wie sie ihre Hand hinten in seine Hose gesteckt hatte, aber die Erektion, die sie an ihrem Bein gespürt hatte, hatte sie darin bestärkt, dass sie durchaus richtig gehandelt hatte.

Bristol war in Anbetracht ihrer Körpergröße nie übermäßig von ihrem eigenen Körper beeindruckt gewesen. Das Gefühl von Rockys Hand auf ihrer Brust, die Art, wie er seine Finger besitzergreifend um sie gelegt hatte, hatte dazu beigetragen, dass sie sich verdammt sexy fühlte.

Und sein Bart? Großer Gott. Sie hatte keine Ahnung gehabt, wie sehr er sie anmachte. Als sie ihn an ihrem Hals und ihrem Gesicht spürte, fragte sie sich, wie er sich wohl an der Innenseite ihrer Oberschenkel anfühlen würde, wenn er sie leckte. Es war ein sexy Gedanke, der umso aufregender war, als es so aussah, als würden sie genau darauf zusteuern.

Dann hatte sein Telefon geklingelt und er hatte gehen

müssen. Bristol war stolz auf ihn, aber es war trotzdem schade, dass er gerade dann gehen musste, als es so gut lief.

Sie hatte nicht wirklich darüber nachgedacht, dass er nach Leuten suchen musste, die *nicht* gefunden werden wollten. Wenn sie an ein Such- und Bergungsteam dachte, kam ihr ihre eigene Situation als Erstes in den Sinn. Menschen zu finden, die sich verlaufen hatten.

Plötzlich war sie mehr als nur ein wenig erschrocken, als ihre Gedanken zu der potenziellen Gefahr der Suche zurückkehrten, und Bristol drehte sich um und nahm ihr Handy von dem kleinen Tisch neben Rockys Bett. Es war kurz vor Mitternacht, aber sie überlegte nicht einmal, bevor sie auf Lillys Namen klickte.

Das Telefon klingelte zweimal, bevor sie abnahm.

»Hallo?«

»Hi. Ich bin's, Bristol. Habe ich dich geweckt?« Das war eine dumme Frage. Es war mitten in der Nacht. Natürlich hatte sie die andere Frau geweckt.

Aber Lilly beruhigte sie sofort und sagte: »Nein. Ich bin im Bett, aber ich kann nicht schlafen.«

»Ich auch nicht. Ich habe Angst um sie.«

Sie brauchte nicht zu erklären, wer »sie« waren. Lilly wusste es. »Ich auch.«

»Ich habe nicht viel darüber gehört, nach wem sie suchen, aber Rocky sagte etwas von einem Serienmörder«, bemerkte Bristol besorgt.

»Das weiß ich nicht, aber der Typ hat seine achtjährige Stieftochter belästigt und es liegt ein Haftbefehl gegen ihn vor«, entgegnete Lilly. »Ich schätze, er hat ein gewisses Überlebenstraining, wenn das Zeug, das Simon in seinem Wagen gefunden hat, etwas zu bedeuten hat. Aber Duke und Raiden werden sich dort mit ihnen treffen. Duke wird seine Fährte aufnehmen und sie hoffentlich direkt zu dem Kerl führen. Und er hat nichts von seinen Sachen dabei, was ihn in den Wäldern einschränken wird.«

Bristol wollte das immer noch nicht hören. »Verdammt«, bemerkte sie. »Kann Duke ihn wirklich aufspüren?«

»Hoffentlich«, entgegnete Lilly.

»Wird es mit der Zeit leichter?«, fragte sie leise.

»Dass man sich weniger Sorgen macht?« Sie seufzte. »Nein.«

Bristol seufzte ebenfalls. Sie hatte schon geahnt, dass Lilly genau das sagen würde, aber sie musste trotzdem fragen.

»Aber die Jungs sind gut in dem, was sie tun. Aufgrund ihrer militärischen Erfahrung haben sie einen Vorteil gegenüber anderen Such- und Bergungsteams. Dieser Kerl wird sie auf keinen Fall überraschen oder überrumpeln können.«

Da fühlte Bristol sich gleich viel besser. »Rocky hat mir von einigen Missionen erzählt, die er als SEAL mitgemacht hat.«

»Hat er das?«

»Ja. Ist das schlimm?«

»Nein, ganz und gar nicht. Ich bin nur überrascht. Ich bin jetzt schon eine Weile mit Ethan zusammen und er redet nicht allzu viel über seine Zeit als SEAL. Ich weiß von dem Einsatz, der ihn dazu gebracht hat auszusteigen, aber er redet nicht gern über seine Erfahrungen beim Militär.«

Wärme breitete sich in Bristol aus bei dem Gedanken, dass Rocky ihr gegenüber so viel Vertrauen zeigte, wie er es getan hatte.

»Du bist gut für ihn«, fuhr Lilly fort. »Mir ist aufgefallen, dass Rocky viel geselliger ist, seit du bei ihm eingezogen bist. Ich meine, das ist nicht wirklich das Wort, nach dem ich suche, aber es ist irgendwie so was in der Art. Er hängt nicht mehr so viel mit jedem rum wie die anderen Jungs. Ich glaube nicht, dass es daran liegt, dass er keine Menschenmengen mag, es ist eher so, dass er Menschen im Allgemeinen nicht ausstehen kann. Das hat sich geändert, seit er dich kennengelernt hat.«

Bristol konnte sich ein kleines Lachen nicht verkneifen. »Ich bin mir nicht sicher, ob ich etwas damit zu tun habe. Ich bin nicht gerade ein sehr extrovertierter Mensch. Du weißt schon, verrückte Einzelgänger-Künstlerin und so weiter.«

Lilly stieß ein amüsiertes Lachen aus. »So sehe ich dich überhaupt nicht. Du ziehst die Leute mit Leichtigkeit in deinen Bann, Bristol. Das meine ich ernst. Sieh dir Sandra an. Sie war so besorgt um dich, nachdem sie dich erst eine Woche kannte, dass sie Rocky ansprach und ihn bat, nach dir zu suchen. Und dann sind da noch Khloe und Finley.«

»Was ist mit ihnen?«, fragte Bristol.

»Sie fanden *dich* auf Anhieb sympathisch, mehr als mich. Ich habe Khloe letzten Samstag auf dem Festival sogar mit dir lachen sehen.«

»Ist das ungewöhnlich?«

»Ähm, *ja*. Sie bleibt normalerweise für sich. Sie redet nicht mit vielen Leuten und macht sich auch nicht die Mühe, Kontakte zu knüpfen. Und Finley ist so schüchtern, dass sie normalerweise in der Küche der Bäckerei bleibt und sich nicht unter die Leute mischen will. Es war toll, euch auf dem Festival zu sehen, wie ihr zusammen abhängt. Du denkst vielleicht, dass du introvertiert bist, aber das bist du nicht.«

Bristol dachte einen Moment darüber nach, was Lilly gesagt hatte, und gab dann zu: »Ich glaube, es liegt an Fallport. Diese Stadt hat etwas an sich, das mich so entspannt macht. In Kingsport kenne ich nicht einmal meine Nachbarn.«

»Oder vielleicht liegt es daran, dass ein völlig Fremder – ein gut aussehender und guter Mann – dich eingeladen hat, dich in seinem Haus zu erholen«, bemerkte Lilly und lachte.

»Okay, wahrscheinlich«, stimmte Bristol zu. Bei dem Gedanken an Rocky biss sie sich auf die Lippe und machte sich wieder Sorgen. »Meinst du, sie kommen heute Abend zurück?«

»Ich weiß es nicht. Manchmal sind sie nur ein paar Stunden weg, und manchmal suchen sie tagelang.«

Bristol atmete scharf ein. Tagelang? Aus irgendeinem Grund war es ihr nicht in den Sinn gekommen, dass sie länger als über Nacht weg sein könnten.

»Sie bleiben so lange weg, wie es nötig ist. Wenn sich die Suche zu lange hinzieht, wechseln sie sich ab, um zu schlafen und eine Pause zu machen. Als sie nach meinem vermissten Kollegen suchten – du weißt schon, aus der Fernsehserie –, waren sie wochenlang unterwegs. Nicht alle auf einmal, aber sie wollten nicht aufhören, bis sie ihn gefunden hatten.«

»Das mit deinem Freund tut mir leid«, erklärte Bristol. Sie hatte von dem vermissten Fernsehstar gehört und davon, wie einer ihrer Kollegen ihn getötet und seine Leiche im Wald entsorgt hatte, um dann zu versuchen, Lilly den Mord anzuhängen und es so aussehen zu lassen, als hätte sie Selbstmord begangen.

»Danke. Wie auch immer, wir wissen nicht, wie diese Suche ausgehen wird. Ich war allerdings noch nicht mit Ethan zusammen, als sie eine Suche wie diese durchführten. Jemanden zu suchen, der alles tut, um *nicht* gefunden zu werden.«

Bristol zitterte.

»Aber ich bin sicher, dass ihnen nichts passieren wird«, fügte Lilly in festem Tonfall hinzu.

»Ja.«

»Was hast du morgen vor?«

Bristol hatte keine Ahnung. Sie hatte sich irgendwie von Rockys Zeitplan leiten lassen. »Ich bin mir nicht sicher.«

»Sollen wir uns zum Frühstück treffen? Ich kann dich abholen.«

»Das wäre toll.«

»Gehen wir ins *Sunny Side Up*?«

»Gibt es noch ein anderes Restaurant zum Frühstücken in Fallport?«, fragte Bristol.

Lilly lachte. »Na ja, schon, aber kein so gutes. Wir können danach im *Sweet Tooth* anhalten und Finley besuchen, wenn du willst.«

»Hört sich gut an.«

»Und, Bristol?«

»Ja?«

»Ich bin froh, dass du angerufen hast. Ich habe hier gelegen und mir Sorgen gemacht, aber das Gespräch mit dir hat mir gezeigt, dass ich *wirklich* davon überzeugt bin, dass ihnen nichts passiert. Simon wird sie nicht in Gefahr bringen, und sie wissen definitiv, was sie tun. Sie waren beim Militär die Besten der Besten auf ihrem Gebiet. Also wird ihnen kein feiger Kinderschänder etwas anhaben können.«

Durch ihre Zusicherung fühlte Bristol sich gleich viel besser. »Du hast recht.«

»Ich weiß.«

Beide Frauen lachten.

»Wir sehen uns dann morgen. Ist neun Uhr zu früh?«

»Nein, das ist perfekt.«

»Gut, dann bis morgen.«

»Tschüss.«

»Bis dann.«

Bristol legte auf und legte das Telefon dann neben sich auf den Tisch zurück. Sie legte sich wieder hin, drehte sich auf die Seite und vergrub ihre Nase in dem Kissen unter ihr. Rockys Duft erfüllte ihre Sinne. Sie liebte es, in seinem riesigen Bett zu liegen. Sie fühlte sich wie ein Zwerg, als sie sich in der Mitte des großen Doppelbettes zusammenrollte, aber sie wusste, dass Rocky so groß war, dass er den Platz brauchte.

Sie stellte sich vor, wie er sich hinter sie schob, seinen schweren Arm um ihre Taille legte und sie an sich zog. Er würde sie wie immer völlig umschließen, und allein dieser Gedanke brachte sie zum Seufzen. Sie hatte sich immer ein wenig über ihre kleine Statur geärgert, aber die Vorstellung, in Rockys Armen zu liegen, sorgte dafür, dass sie sich so gefiel, wie sie war. Sie passte perfekt zu ihm.

Sie atmete noch einmal ein und schloss die Augen. Selbst wenn er nicht hier war, fühlte sie sich immer noch von ihm umgeben. Das war tröstlich. Das Verlangen brannte immer noch in ihren Adern, aber es war jetzt gedämpft, bereit, von seinen Händen und Lippen zum Leben erweckt zu werden, wenn sie wieder bei ihm war.

Das Leben hatte seine Wendungen, das war sicher. Die Tiefs waren ätzend. Wenn sie an die Zeit zurückdachte, als sie allein in den Wäldern gewesen war und Todesangst gehabt hatte, dass sie dort draußen sterben würde, ohne dass jemand ihre Leiche finden würde, monate- oder sogar jahrelang, dann fröstelte Bristol. Aber irgendwie hatte sich einer der tiefsten Abgründe in ihrem Leben auf einen Schlag gewendet, und jetzt war sie hier. Glücklich und aufgeregt in Bezug auf das, was die Zukunft bringen könnte.

Je länger sie in Fallport war, desto mehr *wollte* sie bleiben. Es hatte siebenunddreißig Jahre gedauert, bis sie die Kleinstadt und Rocky gefunden hatte, aber jetzt, da sie sie gefunden hatte, wollte sie nie wieder weg.

Ihre Erfahrung hatte sie gelehrt, dass man besonders dann nicht aufgeben durfte, wenn das Leben am beschissensten war. Die Zeit arbeitet zum Vorteil und irgendwann würde sich das Schlechte wieder zum Guten wenden. Sie war der lebende Beweis dafür.

Sie schlief mit einem Lächeln im Gesicht ein, Rockys Duft in der Nase und auf der Haut, und sie war so zufrieden wie schon lange nicht mehr. Selbst wenn sie sich in ihrer Kunst verlor, war sie noch nie so erfüllt gewesen.

KAPITEL ZWÖLF

Am nächsten Morgen wachte Bristol enttäuscht auf, weil Rocky nicht zurückgekommen war, obwohl sie das nach ihrem Gespräch mit Lilly eigentlich nicht erwartet hatte. Aber sie freute sich auf das Frühstück mit ihrer neuen Freundin.

Es war seltsam, ohne ihn in der Wohnung zu sein. Sie brauchte ihn nicht mehr, um sich fortzubewegen, aber sie vermisste die Tatsache, dass er immer zu ihr kam, nachdem sie geduscht hatte und in den Wohnbereich gegangen war. Er legte seine Hand auf ihren Arm oder um ihre Taille und sorgte dafür, dass sie einen sicheren Stand hatte, während er sie zum Tisch oder zum Sofa führte und ihr einen Kaffee reichte, um den Tag zu beginnen.

Jetzt war es zu still. Zu leer in der Wohnung ohne ihn. Es war verrückt, wie schnell sie sich daran gewöhnt hatte, mit jemandem zusammen zu sein, bis zu dem Punkt, dass sie sich jetzt nach ihm sehnte. Vor allem, wo sie doch in ihrem Haus in Kingsport so glücklich allein gewesen war.

Sie hatte gerade ihre zweite Tasse Kaffee ausgetrunken, als ihr Handy mit einer SMS vibrierte. Bristol schaute nach unten und sah, dass es Lilly war, die ihr mitteilte, dass sie unten war. Sie fragte, ob sie Hilfe brauche, um die Treppe hinunterzukommen, und Bristol versicherte ihr, dass sie keine Hilfe benötigte. Sie würde heute ihre Krücken statt der Gehhilfe benutzen, und auch wenn es länger dauern würde, die Treppe hinunterzugehen, und die Krücken irgendwie unangenehm waren, war sie entschlossen, so schnell wie möglich wieder auf beide Beine zu kommen.

Sie machte sich auf den Weg aus der Wohnung, ihre Handtasche um den Oberkörper geschlungen, die bei jedem Schritt gegen sie prallte. Sie hatte fast die Treppe erreicht, als sich die Wohnungstür links vom Treppenhaus öffnete. Es war dieselbe Wohnung, in der Ethan gelebt hatte und in der er Elsie und ihren Sohn nach seinem Umzug großzügigerweise hatte wohnen lassen. Natürlich waren sie dort nicht lange geblieben, denn sie hatte Zeke geheiratet und war zu ihm gezogen.

Offensichtlich war die Wohnung wieder vermietet worden und so lernte Bristol zum ersten Mal den Mieter kennen. Zu ihrer Überraschung war es Lance. Der nette Mann, der sie in der Woche zuvor auf dem Fest davor bewahrt hatte, mitten auf der Straße zu stürzen.

»Guten Morgen«, sagte er in einem freundlichen Ton.

»Morgen«, grüßte sie, während sie versuchte, sich gleichzeitig am Geländer und an ihren Krücken festzuhalten.

»Komm, ich helfe dir«, sagte er schnell und kam an ihre Seite.

Er blieb einen Moment lang neben ihr stehen, als wäre er sich nicht sicher, wie genau er helfen konnte, und wollte sie nicht ohne Erlaubnis berühren. Etwas, das Bristol zu schätzen wusste. »Wenn du diese Krücke halten würdest, kann ich mich mit der anderen am Geländer abstützen, während ich hinuntergehe.«

»Natürlich«, erklärte Lance.

Bristol übergab ihm dankbar eine der Krücken und fand es viel einfacher, als sie erwartet hätte, die Treppe hinunterzuhüpfen.

»Es ist schön, ein bekanntes Gesicht zu sehen«, bemerkte

Lance und machte Small Talk, während sie langsam vorankamen.

»Ich wusste nicht, dass du neben uns eingezogen bist«, stellte Bristol fest. »Mein Freund und ich hätten sonst irgendwie mit den Umzugskartons und so geholfen, wenn wir das gewusst hätten.«

Lance zuckte mit den Schultern. »Das macht nichts. Die Wohnung war teilweise möbliert, sodass ich nicht viel zu schleppen hatte.«

Bristol nickte und nahm an, dass der Verwalter des Wohnhauses die Möbel und Sachen, die die Stadt Elsie bei ihrem Einzug gespendet hatte, in der Wohnung gelassen haben musste. »Was machst du in Fallport?«, fragte sie.

»Ich werde nicht allzu lange hierbleiben und deshalb war ich auch dankbar für die möblierte Wohnung. Ich bin Schriftsteller und habe einen Abgabetermin. Ich hätte auch in ein Hotel oder so gehen können, aber das hat mich nicht gereizt. Ich hatte in einer Zeitschrift über Fallport gelesen, in einem Artikel über die besten Kleinstädte Amerikas, und da es nicht allzu weit weg war, dachte ich mir, dass ich es mal mit einem anderen Ort versuchen sollte, um meine Muse zu beflügeln.«

»Woher kommst du?«, fragte sie, als sie die letzte Stufe zum Parkplatz nahm.

»Ich weiß nicht, ob du schon davon gehört hast, aber eine kleine Stadt in Tennessee, gleich hinter der Grenze, namens Bluff City.«

»Ich weiß genau, wo das ist«, entgegnete Bristol und lächelte breit. »Ich komme aus Kingsport. Gibt es in der Nähe von Bluff City nicht einen Dinosaurierpark?«

Lance strahlte. »Ja. Er heißt *Backyard Terrors and Dinosaur Park*. Es ist ein bisschen kitschig, aber lustig.«

»Cool. Nun, danke für die Hilfe. Meine Mitfahrgelegenheit ist da. Viel Glück mit dem Schreiben.«

»Danke. Man sieht sich.«

»Ich freue mich schon darauf.«

Bristol schob die Krücken unter sich und machte sich auf den Weg zu Lillys Wagen. Ihre Freundin war bereits ausgestiegen und hielt ihr die Beifahrertür auf.

»Hast du einen neuen Freund gefunden?«, wollte sie wissen, während sie Bristols Krücken auf den Rücksitz legte.

Bristol zuckte mit den Schultern. »Sein Name ist Lance. Anscheinend ist er Autor und mietet Ethans alte Wohnung, während er sein Buch fertigstellt.«

Lilly runzelte die Stirn.

»Was?«, fragte Bristol, nachdem Lilly um den Wagen gegangen war und sich hinters Steuer gesetzt hatte.

»Ich hatte nur gehofft, dass sie vielleicht frei bleibt und du dort einziehen kannst. Es ist so etwas wie ein Glücksbringer für die Damen des Eagle Point Such- und Bergungsteams.«

Bristol lachte.

»Ich meine es ernst«, erwiderte Lilly mit Nachdruck. »Ich meine, ich habe nicht dort gelebt, aber Ethan schon. Und natürlich ist Elsie eingezogen, und dann, *bumm*, wurde es ihr mit Zeke mehr als ernst. Ich dachte nur, wenn du deine Krücken nicht mehr brauchst, könntest du dort einziehen und … du weißt schon … da du nur drei Türen von Rocky entfernt wohnst, könntet ihr eure Beziehung vorantreiben.«

»Ich bin davon überzeugt, dass ich dafür nicht ausziehen muss«, entgegnete Bristol etwas verlegen.

Lilly wandte sich sofort zu ihr um. »Was? Oh, bitte, bitte, bitte sag mir, dass du und Rocky miteinander schlaft!«

Bristol lachte laut auf. »Nein … aber wir hätten es getan, wenn Ethan nicht angerufen und uns unterbrochen hätte.«

Lilly stöhnte auf. »Verdammt noch mal!«

Bristol gefiel das. Sie hatte nie wirklich enge Freundinnen gehabt, mit denen sie reden konnte. »Und …«, erklärte sie vielsagend, »ich bin mir sowieso nicht sicher, ob eine Wohnung für mich infrage käme. Ich denke, ein Haus mit einer kleinen Scheune oder einem Nebengebäude, das ich zu einer Werkstatt umbauen kann, wäre besser geeignet.«

Lilly fielen fast die Augen aus dem Kopf. »Ernsthaft?«, fragte sie.

Bristol nickte. »Ja. Mir gefällt es hier wirklich gut. Aber ich will Rocky auf keinen Fall verärgern, indem ich ihm sage, dass ich vielleicht schon herziehen will. Ich meine, die Dinge sind so neu bei uns, dass ich weder ihn noch mich unter Druck setzen möchte.«

»Du weißt, dass Ethan und Rocky Zwillinge sind, oder?«, fragte Lilly, während sie in eine Parklücke hinter den Gebäuden am Stadtplatz einparkte.

»Ja. Zweieiig, nicht eineiig.«

»Ja. Aber sie sind sich viel ähnlicher, als man vielleicht denkt. Und da ich gesehen habe, wie schnell sich die Dinge zwischen Ethan und mir entwickelt haben, schätze ich, dass Rocky kein Problem damit haben wird, wenn du ihm sagst, dass du in die Stadt ziehen willst. Er wird begeistert sein. Und erleichtert.«

»Meinst du, es ist merkwürdig, wenn ich *ihn* bitte, bei *mir* einzuziehen?«, fragte Bristol.

Lilly bewegte sich in ihrem Sitz, nachdem sie den Motor abgestellt hatte, und schüttelte den Kopf. »Nein.«

»Du klingst so sicher«, stellte Bristol fest und zog leicht die Nase kraus.

»Pass auf, die Watson-Brüder wissen, was sie wollen, und sie sind nicht zimperlich, wenn es darum geht, es zu bekommen. Rocky hasst diese Wohnung, aber sie ist praktisch. Er wird die Gelegenheit nutzen, um auszuziehen. Nicht um jemanden auszunutzen, sondern er wird eher erleichtert sein, dass du nicht mehr in seiner heruntergekommenen Bruchbude wohnst.«

»Seine Wohnung ist keine Bruchbude«, erklärte Bristol und verteidigte Rockys Zuhause.

Lilly zog nur eine Augenbraue hoch.

»Okay, es ist nicht das Taj Mahal, aber es ist auch nicht furchtbar. Der Warmwasserbereiter ist klasse.«

Lilly lachte.

»Ich will nur nicht damit prahlen, dass ich viel Geld habe. Ich will nicht, dass er sich deswegen schlecht fühlt.«

»Dann such dir ein Haus, an dem etwas gemacht werden muss«, meinte Lilly achselzuckend. »Etwas, das er renovieren und in Ordnung bringen kann. Er wird das Gefühl haben, einen Beitrag zu leisten, den andere Männer nicht leisten können, und er ist wirklich ausgezeichnet in dem, was er tut. Aber es gibt auch mehr im Leben als Geld.«

Das war eigentlich eine sehr gute Idee. Bristol fand sowieso immer, dass ältere Häuser mehr Charme hatten als die neueren Fertighäuser. Sie lächelte ihre Freundin breit an.

»Genau. Also, nach dem Frühstück und dem Besuch bei Finley ... möchtest du herumfahren und sehen, was Fallport an Häusern und zukünftigen Original-Glasmalereiwerkstätten von Bristol Wingham zu bieten hat?«, fragte Lilly.

Bristol konnte sich ein Lächeln nicht verkneifen. »Ja!«

»Cool.«

Das war tatsächlich cool.

Später an diesem Abend hatte Bristols gute Laune vom Morgen sich verflüchtigt. Sie war begeistert von der Idee, nach Fallport zu ziehen, und freute sich über Lillys Unterstützung. Lilly hatte sogar darauf bestanden, Elsie anzurufen und ihr zu erzählen, dass Bristol darüber nachdachte, dauerhaft in ihre Stadt zu ziehen. Sie hatte Elsies aufgeregtes Kreischen durch das Telefon gehört.

Sie und Lilly hatten viel Spaß dabei, durch die Gegend zu fahren, sich Häuser anzusehen und sich Notizen darüber zu machen, was ihr bei einem Haus, das sie eventuell kaufen wollte, am wichtigsten war. Sie hatten im *On the Rocks* für ein spätes Mittagessen angehalten, und Elsie hatte sich zu ihnen gesetzt und ihnen ihre eigene Anregung für Bristols möglichen Umzug gegeben.

Aber jetzt war sie wieder in Rockys Wohnung und er war immer noch nicht zu Hause. Und sie hatte auch nichts von ihm gehört. Die Sorge, die sie die meiste Zeit des Tages hatte verdrängen können, war mit voller Wucht zurückgekehrt. Er war nun schon fast vierundzwanzig Stunden weg, und sie machte sich Gedanken, ob er es geschafft hatte, eine vernünftige Mahlzeit zu bekommen. Ob er überhaupt geschlafen hatte. Und natürlich, ob es ihm und seinem Team gelungen war, den Verbrecher aufzuspüren.

Sie wäre gern auf und ab gegangen, aber das war mit den Krücken nicht möglich. Und da das nicht infrage kam, wollte sie sich in der Glasmalerei verlieren. Aber auch das konnte sie nicht. Der Versuch, mit kleinen Perlen zu arbeiten, hatte ihre Unruhe nicht verringert. Also blieb ihr nichts anderes übrig, als auf dem Sofa zu sitzen und sich Sorgen zu machen.

Gerade als sie den Verstand zu verlieren drohte, vibrierte ihr Telefon. Bristol nahm es in die Hand und ihr stockte der Atem, als sie eine SMS von Rocky auf dem Display sah.

Rocky: *Der Handyempfang ist mies, ich hoffe, du bekommst diese Nachricht. Wir sind gerade dabei, alles zu Ende zu führen. Ich sollte in einer Stunde oder so zu Hause sein. Ist alles in Ordnung?*

Das Lächeln auf ihrem Gesicht war wahrscheinlich extrem albern und schwachsinnig, aber das war Bristol egal. Sie war so erleichtert, von Rocky zu hören, dass ihre Hände zitterten. Sie holte tief Luft, um sich zu beruhigen, bevor sie zurückschrieb.

· · ·

Bristol: *Jetzt, da ich weiß, dass es dir gut geht, ist alles perfekt. Dir geht es doch gut, oder? Hast du Hunger? Ich könnte etwas zum Abendessen kochen.*

Rocky: *Es geht mir gut. Ich würde gern was essen. Aber mach dir keine Umstände. Im Moment hört sich alles gut an.*

Seine Nachricht machte sie nur noch entschlossener, etwas Nahrhaftes und Gesundes zu kochen.

Bristol: *Ich kann es nicht erwarten, dich wiederzusehen. Fahr vorsichtig. Wir sehen uns, wenn du nach Hause kommst.*

Rocky: *Nach Hause. Komisch, ich habe die Wohnung nie als Zuhause betrachtet, bis du eingezogen bist. Bis bald.*

Sie starrte einen Moment lang auf seine Worte und Freude machte sich in ihr breit. Dann zwang sie sich aufzustehen. Wenn sie ihn zum Abendessen empfangen wollte, musste sie ihren Hintern in Bewegung setzen.

Rocky stellte seinen Wagen auf dem Parkplatz seines Wohnhauses ab und fuhr sich mit der Hand über das Gesicht. Er war erschöpft. Mehr als sonst nach einer Suchaktion. Er und sein Team waren die ganze Zeit über in Alarmbereitschaft gewesen. Sie hatten keine Ahnung, wo ihre Zielperson sein könnte oder was die Person vorhatte, um einer Festnahme zu entgehen. Die Anspannung war groß gewesen, da sie ständig auf der Hut sein mussten, während sie durch das dichte Unterholz des Waldes wanderten.

Es war immer noch Sommer. Der Tag war heiß und schwül. Das Laub war zu dieser Jahreszeit dicht und es war fast unmöglich, mehr als ein paar Meter vor sich zu sehen. Der Mann, den sie jagten, konnte sich im Unterholz oder sogar hoch oben in den Bäumen versteckt haben. Dass niemand wusste, ob er bewaffnet war oder nicht, trug nicht gerade zu ihrer Beruhigung bei.

Es waren also vierundzwanzig lange Stunden gewesen.

Am Ende hatten sie Glück gehabt. Ihre Zielperson war in Panik geraten, als sie ihr zu nahe gekommen waren, und hatte versucht zu fliehen. Was in den Wäldern nicht wirklich möglich war. Wäre der Kerl regungslos geblieben, hätten sie ihn vielleicht übersehen – obwohl das natürlich auch unwahrscheinlich war, da sie Duke dabeihatten.

Als sie den Flüchtigen überwältigt hatten, drehte der Typ völlig durch. Er schrie Obszönitäten und Drohungen. Er hatte behauptet, er hätte ein paar sehr furchterregende Freunde und er würde sie alle »in dieses Kaff schicken, um jeden Einzelnen von euch und jeden, den ihr liebt, auszuschalten«.

Rocky war nicht allzu besorgt über diese Drohung. Von Terroristen, die er festgenommen hatte, hatte er schon Schlimmeres gehört. Die Drohungen eines Kinderschänders waren damit nicht zu vergleichen.

Er war zu beschäftigt, um viel über Bristol nachzudenken oder mehr als die Proteinriegel zu essen, die er auf dem Weg runtergewürgt hatte. Aber sobald das Team zum Ausgangspunkt zurückgekehrt war, hatten er, Ethan und Zeke alle ihre Handys herausgeholt, um ihren Frauen zu schreiben.

Rocky fragte sich, wie es Bristol ohne ihn ergangen war. Ob ihr Bein wehtat. Was sie getan hatte, um sich die Zeit zu vertreiben. Ob sie ihn vermisst hatte.

Bei dem letzten Gedanken musste er ein wenig verlegen über sich selbst lachen. Die Wahrheit war, dass er es jetzt, da er einen Moment Zeit hatte, über etwas anderes nachzudenken, als im Wald überfallen zu werden, kaum erwarten konnte, sie wiederzusehen. Um zu hören, was sie während der letzten Tage alles gemacht hatte.

Er hatte *sie* definitiv vermisst. Und das war der Beweis, dass sie sich extrem von allen anderen Frauen unterschied, mit denen er bisher zusammen gewesen war.

Rocky atmete tief durch und stieg aus seinem Wagen aus. Er schnappte sich seinen Rucksack vom Rücksitz und schlug die Tür zu, dann nahm er die Treppe in den ersten Stock, immer zwei Stufen auf einmal. Gerade war er noch erschöpft gewesen, aber jetzt erfüllte ihn der Gedanke, Bristol zu sehen, mit Aufregung.

Sobald er die Tür öffnete, empfing ihn der Duft von Knoblauch, und sein Magen knurrte sofort ungeduldig. Lächelnd schloss er die Tür hinter sich, ließ seinen Rucksack fallen – und machte eine mentale Notiz, ihn am Morgen wieder vorzubereiten – und ging in Richtung Wohnbereich und kleine Küche.

Bristol hatte ihn nicht hereinkommen hören, was ein wenig beunruhigend war in Anbetracht der Tatsache, dass die Wohnung nicht besonders groß war. Aber er konnte sich nicht darüber aufregen. Nicht, als er sie in der Küche tanzen sah. Sie ließ Musik von ihrem Handy aus laufen. Nicht zu laut, aber doch so laut, dass sie sein Eintreten überhört hatte.

Sie stand an der Theke und schnippelte Gemüse, wahrscheinlich für den großen Salat in einer Schüssel neben sich. Sie tanzte, ohne ihre Füße zu bewegen, wippte mit dem Kopf, schwang ihre wunderbaren Hüften und war offensichtlich in der Musik versunken.

Um sie nicht zu erschrecken und zu verhindern, sich einen Finger abzuschneiden anstatt die Paprika, die sie gerade schnitt, räusperte Rocky sich.

Sofort blickte sie auf. In dem Moment, in dem sie ihn sah, breitete sich ein Lächeln auf ihrem Gesicht aus und sie legte das Messer weg. »Rocky! Du bist wieder da!«

»Ich bin wieder da«, wiederholte er und erwiderte ihr Grinsen, da er gar nicht anders konnte. Er ging auf sie zu, während sie den Tresen benutzte, um sich abzustützen und zu ihm zu hüpfen. Er machte sich eine mentale Notiz, sie zu Doc Snow zu bringen – denn es schien, dass es ihr schon so gut ging, dass sie zur nächsten Phase ihrer Genesung übergehen konnten –, und zog sie in seine Arme, sobald er in ihrer Nähe war.

Sie beschwerte sich nicht darüber, dass er schmutzig war und stank. Sie klammerte sich an ihn, als wäre er wochenlang weg gewesen und nicht nur einen Tag.

Sie standen einige Augenblicke lang so da, sagten kein Wort und genossen einfach nur die Freude, wieder zusammen zu sein. Schließlich löste Rocky sich von ihr und ließ den Blick von ihrem Kopf zu ihren Zehen wandern. Er wollte sichergehen, dass es ihr wirklich gut ging.

Sie tat das Gleiche und strich mit ihren Händen über seinen Bizeps, während sie ihn ebenso genau musterte. Schließlich begegnete sie seinem Blick und ihr breites Lächeln geriet ein wenig ins Stocken. »Du siehst erschöpft aus«, platzte sie heraus.

Rocky konnte sich ein Lachen nicht verkneifen. »Das liegt daran, dass ich erschöpft bin.«

»Hast du überhaupt geschlafen?«, fragte sie.

Sein Lächeln wurde nicht schwächer. »Man kann nicht gerade eine Auszeit für ein Nickerchen einlegen, Punky«, entgegnete er trocken.

Sie zog die Nase kraus. »Stimmt. Nun gut. Geh duschen. Wenn du rauskommst, ist das Abendessen schon fertig. Du kannst essen und dann ins Bett gehen.«

Rocky war noch nie ein Mann gewesen, der verhätschelt werden musste. Als SEAL war er auf Missionen gewesen, die um ein Vielfaches schlimmer waren als diese Suche. Aber er konnte nicht leugnen, dass es sich verdammt gut anfühlte, wenn Bristol sich Sorgen um ihn machte.

»Wie war dein Tag?«, fragte er.

»Nein«, entgegnete sie streng und schüttelte den Kopf.

»Nein?«, fragte er verwirrt.

»Wir reden erst über mich, wenn du geduscht und etwas im Bauch hast.«

Rocky lachte leise. »Ich wusste nicht, dass du so dominant bist.«

»Das bin ich normalerweise nicht. Aber ich habe mir Sorgen um dich gemacht. Das tue ich eigentlich immer noch. Und dass du duschst, isst und schläfst, ist wichtiger als alles andere, was hier vor sich geht.«

Rocky brauchte einen Moment, um zu antworten, denn seine Kehle war plötzlich vor Rührung wie zugeschnürt.

Als merkte er, dass er sich quälte, senkte Bristol den Kopf und legte ihre Wange noch einmal an seine Brust, um ihm einen Moment der Ruhe zu geben, damit er sich wieder unter Kontrolle hatte.

»Danke, mein Schatz. Für deine Fürsorge.«

Sie hob den Kopf und nickte. »Ich sorge mich um dich«, erklärte sie ernst. »Sehr sogar. Und jetzt ... küss mich, und dann geh dich waschen, damit du mich *richtig* küssen kannst. Und dann essen. Und dann schlafen.«

Er grinste daraufhin, und sie strich mit der Hand über seinen Bart. »Ich stinke *wirklich* ein bisschen.«

Sie lächelte. »Ja. Aber immerhin hast du einen guten Grund. Habt ihr ihn erwischt?«

»Ja, das haben wir«, bestätigte Rocky.

»Gut.«

Er beschloss, dass er sich lange genug beherrscht hatte, sie zu küssen, als hinge sein Leben davon ab, und erinnerte sich an ihren Befehl von vorhin, als er den Kopf geneigt hatte. Bevor er die Augen zugemacht hatte, hatte er noch die Zufriedenheit und Erleichterung in Bristols Blick bemerkt.

Er küsste sie sanft und wollte den Kuss mehr vertiefen, als er es je in seinem Leben gewollt hatte. Aber sie hatte recht, er war ein Desaster. Und er konnte sich riechen. Und er wollte die Frau in seinen Armen auf keinen Fall anwidern, obwohl sie sich an ihn schmiegte, sodass es anscheinend keine Rolle spielen würde, *wie* er aussah oder roch, wenn er von einer

Suchaktion nach Hause kam. Bristol würde ihn immer mit offenen Armen empfangen.

Ein leiser Laut des Protests entrang sich ihrer Kehle, als er sich zurückzog, und Rocky grinste. »Du hast mich zum Duschen geschickt«, erinnerte er sie.

»Ich weiß«, entgegnete sie mit einem kleinen Schmollmund. »Aber ich habe dich vermisst.«

»Ich habe dich auch vermisst«, erklärte Rocky ernst. »Mehr als du ahnst.«

Sie starrten sich einen Moment lang an, ihre gegenseitige Zuneigung knisterte, bevor sie ihm einen kleinen Schubs gab. »Geh«, befahl sie.

Rocky nickte und trat, nachdem er sich vergewissert hatte, dass sie sicher stand und eine Hand auf dem Tresen hatte, von ihr weg.

»Das Knoblauch-Basilikum-Hühnchen mit Spargel und Linguine ist fertig, wenn du so weit bist«, versicherte sie ihm.

Rocky konnte nur den Kopf schütteln. »Ernsthaft?«

»Ja. Es sei denn, du duschst und ziehst dich in drei Minuten an. Dann dauert es wahrscheinlich ein bisschen länger, bis ich alles fertig habe.«

Da er sie nicht korrigieren und ihr erklären wollte, dass sein Kommentar eher dem absolut köstlichen Gericht, das sie zubereitet hatte, gegolten hatte, nickte Rocky und ging rückwärts in Richtung Flur. Er ließ sie nicht aus den Augen, bis er ihn erreicht hatte. Dann drehte er sich um und ging in Richtung seines Schlafzimmers, um sich umzuziehen.

Fünfzehn Minuten später – er hatte sich extra viel Zeit unter der Dusche gelassen, weil er sich besonders schmutzig fühlte, und er wollte Bristol Zeit geben, das Abendessen fertig zu machen – betrat er wieder das Wohnzimmer. Wenn überhaupt, roch es jetzt noch besser als vorhin, als er hereingekommen war. Er war sich nicht sicher, wie sie es gemacht hatte, aber auf dem Tisch standen zwei dampfende Teller mit Essen, eine Flasche Bier stand auf seinem Platz und sie wartete geduldig darauf, dass er sich zu ihr setzte.

Bevor er zu seinem Stuhl ging, beugte Rocky sich vor und küsste sie noch einmal. Diesmal kostete er sie tief, wollte ihre Essenz durch seine Lippen und seine Haut in sich aufnehmen.

Ihr Gesicht war gerötet, als er sich schließlich zwang, sich von ihr zu lösen.

»Warum hast du das getan?«, fragte sie atemlos, als er sich setzte.

»Weil du unglaublich bist. Und umwerfend. Und du riechst gut. Und ich bin so hungrig, dass ich buchstäblich meine eigene Hand essen könnte, und du hast dieses köstliche Abendessen für mich gemacht. Und weil es mich so glücklich macht, dich hierzuhaben.«

»Oh«, machte sie und errötete bezaubernd.

Rocky lächelte und nahm seine Gabel in die Hand. »Darf ich fragen, wie dein Tag gelaufen ist?«, sagte er, während er einige Nudeln auf seine Gabel drehte.

Bristol nickte. »Solange du isst, während ich rede«, entgegnete sie mit Nachdruck.

Gehorsam steckte Rocky sich einen großen Bissen in den Mund und stöhnte, als die Gewürze und der Geschmack auf seiner Zunge explodierten. Er kaute, schluckte und sagte dann: »Verdammt noch mal, Frau. Bist du heimlich auch noch eine Sterneköchin oder was?«

Bristol verdrehte die Augen, während sie selbst einen kleineren Bissen nahm. »Nicht mal annähernd. Aber ich habe mir gedacht, dass du etwas Leckeres und Nahrhaftes willst, und eine cremige Soße ist immer genau das Richtige. Ich finde auch, dass mit Knoblauch alles besser schmeckt. Freut mich, dass du mir da nicht widersprichst.«

»Überhaupt nicht«, entgegnete Rocky und schnitt eifrig ein Stück zartes Hühnchen auf. »Eiweißriegel können deiner Kochkunst nicht das Wasser reichen. Und jetzt ... erzähl mir von deinem Tag«, bat er sie.

Es gefiel ihm, wie normal es sich anfühlte, Bristol zuzuhören, wie sie davon erzählte, dass sie Zeit mit Lilly verbracht hatte und was sie während seiner Abwesenheit alles gemacht hatte. Er war froh, dass sie es geschafft hatte rauszukommen, und er machte sich eine mentale Notiz, um Lilly dafür zu danken, dass ihr bewusst gewesen war, dass sie nervös sein könnte, da dies die erste Suchaktion war, zu der er gerufen wurde, seit sie hier war.

»Und ... ich sollte es dir wohl sagen, denn ich schätze, in Fallport bleibt nichts lange geheim. Ich habe Lilly gebeten, mich heute herumzufahren, damit ich ein besseres Gefühl dafür bekomme, wo die Dinge liegen ... und um zu sehen, welche Häuser zum Verkauf stehen.«

Rocky erstarrte mit der Gabel auf halbem Weg zum Mund und starrte Bristol an. »Was? Warum?«

Bristol zuckte mit den Schultern und errötete. »Ich mag Fallport. Und zwar sehr. Alle waren so nett und aufgeschlossen. Ich weiß, dass es nicht immer so ist und dass manche Leute irgendwann ihr wahres Gesicht zeigen werden. Aber die Zeit auf dem Festival, mit Lilly und Elsie abzuhängen, Finley, Khloe, Sandra ... und alle anderen kennenzulernen ... ich mag es hier. Ich bin noch nicht so lange hier, aber Fallport fühlt sich schon mehr wie ein Zuhause an, als es Kingsport je getan hat.«

Rockys Herz pochte heftig in seiner Brust. »Du willst hierherziehen?«, fragte er, um sich davon zu überzeugen, dass er sie richtig verstanden hatte.

»Nun ... ja. Wenn es dir nichts ausmacht?«, fragte sie ein wenig unsicher.

Es war gut, dass er mit dem Essen fast fertig war, bevor sie ihn mit diesem Leckerbissen an Informationen bombardiert hatte. Rocky schob seinen Stuhl zurück und machte einen einzigen Schritt, um zu ihr zu gelangen.

»Rocky?«, fragte sie – bevor er sich vorbeugte und sie hochhob.

Sie stieß einen kleinen Schrei aus, legte aber einen Arm um

seine Schulter und protestierte nicht, als er sie zum Sofa trug. Er setzte sich und hielt sie auf seinem Schoß, während er seine Nase in den Raum zwischen ihrem Hals und ihrer Schulter vergrub.

Es dauerte einen Moment, bis er sich wieder gefangen hatte. Er atmete ihren Duft ein, wollte sie in seine Psyche einprägen, dann hob er den Kopf und sah ihr in die Augen.

»Wenn es mir nichts ausmacht?«, fragte er. »Bristol, *nichts* wünsche ich mir mehr, als dich hier in Fallport zu haben. Ich wollte es noch nicht erwähnen, weil ich dich nicht unter Druck setzen wollte. Ich wollte dir noch etwas Zeit geben, und wenn du schließlich davon sprichst, nach Kingsport zurückzukehren, wollte ich dir sagen, dass du deine Kunst hier genauso gut machen kannst wie in Tennessee. Wenn das nicht klappen sollte, wollte ich Lilly und die anderen dazu bringen, mir zu helfen, dich zu überzeugen.«

Sie lächelte schüchtern. »Ich habe dich nicht verschreckt?«, fragte sie.

»Kein bisschen, Punky«, erklärte er entschlossen. »Das zwischen uns ist etwas Besonderes. Ich verstehe vielleicht nicht ganz, wie es so schnell gehen konnte, aber ich bin nicht beunruhigt, dass es so ist.«

»Ich auch nicht«, entgegnete sie.

»Hast du etwas gefunden?«, fragte Rocky.

»Noch nicht. Aber ich vermute, wenn ich mit einem Makler spreche, kennt er vielleicht mehr Immobilien, als wir durch Herumfahren finden können.«

»Stimmt. Und du wirst ein großes Atelier brauchen. Also eine Scheune oder so etwas. Zu viel Land wäre nicht gut, denn dann hättest du den Unterhalt, aber ein paar Hektar wären nicht schlecht. Und du brauchst eine angebaute Garage. Die sind sicherer, vor allem, wenn man auf einem großen Grundstück wohnt«, bemerkte Rocky, während ihm immer neue Dinge einfielen.

Bristol legte eine Hand auf seine, die auf ihrem Oberschenkel ruhte. »Atme, Rocky. Ich muss ja nicht sofort etwas kaufen ... es sei denn, du willst mich unbedingt loswerden.«

»Nein!«, platzte er heraus. »Ganz und gar nicht.«

»Ich meine, ich würde es verstehen. Ich weiß, dass ich schon länger hier bin, als du wahrscheinlich erwartet hast, als du mich freiwillig hast bleiben lassen.«

»Ich finde es wahnsinnig schön, dich hierzuhaben. Es ist wunderbar, zu dir nach Hause zu kommen und nicht in eine leere Wohnung.«

Sie lächelten sich einen Moment lang an.

»Du willst wirklich nach Fallport ziehen?«, fragte er leise.

Bristol nickte. »Ich weiß nicht wann, denn ich will nichts überstürzen, und ich will die perfekte Bleibe finden. Aber ja ... ich glaube, ich will hierherziehen.«

»Die beste Heimkehr aller Zeiten«, seufzte Rocky. »Ich will nichts schönreden. Die letzte Nacht und der heutige Tag waren *schlimm*. Es ist schon eine Weile her, dass wir auf einer Verfolgungsjagd wie dieser waren. Der Typ, hinter dem wir her waren, war ein Dreckskerl, aber er wusste, wie man im Wald überlebt.«

»Aber ihr habt ihn erwischt.«

»Das haben wir. Er war auch nicht gerade glücklich darüber«, gab Rocky zu. »Er hat sogar versucht, uns Angst einzujagen, indem er mit allen möglichen Drohungen um sich geworfen hat.«

Bristol runzelte die Stirn. »Drohungen?«

Er nickte. »Aber es war offensichtlich, dass er nur dahergeplappert hat. Er ist auf dem Weg nach Roanoke, in das dortige Gefängnis, das sicherer ist als das örtliche. Er wird einen Haufen Anklagen bekommen nach dem, was er seiner Stieftochter angetan hat, und weil er vor der Polizei geflohen ist.«

»Gut.«

»Ja.« Rocky musste gähnen, bevor er es unterdrücken konnte.

Bristol legte ihm eine Hand auf die Wange. »Du solltest etwas schlafen«, bemerkte sie.

»Hast du letzte Nacht in meinem Bett geschlafen?«, konnte er nicht umhin, sie zu fragen.

Sie errötete erneut. »Ja.«

»Ich kann es kaum erwarten, deinen Zitrusduft an meiner Bettwäsche zu riechen«, erklärte er ihr.

Sie lächelte und leckte sich über die Lippen. »Ich muss zugeben, dass ich gestern Abend von *deinem* Duft umgeben war, das war entspannend *und* aufregend zugleich.«

Er lachte leise. »Ja. Heute Abend ist vielleicht nicht dieser Abend ... aber ich möchte beenden, was wir gestern Abend angefangen haben, bevor wir unterbrochen wurden.«

»Ich auch«, stimmte sie, ohne zu zögern, zu.

Rocky wollte unbedingt mit Bristol schlafen, begnügte sich aber damit zu warten. »Ich bin wahrscheinlich anmaßend, aber ... gibt es eine Chance, dass ich dich überreden kann, heute Nacht bei mir zu schlafen? Nur schlafen«, fügte er schnell hinzu.

Bristol starrte ihn einen langen, herzzerreißenden Moment an, bevor sie nickte.

»Ich werde schlafen gehen, aber es ist wahrscheinlich zu früh für dich. Komm zu mir, wenn du müde bist«, erklärte er ihr.

»Okay.«

»Ich bin im Moment überglücklich, Punky. Wir haben den Bösewicht geschnappt, ich bin nach Hause gekommen und habe köstlich gegessen. Ich habe erfahren, dass du hierherziehen willst, und ich werde dich die ganze Nacht im Arm halten können. Der Tag hat viel besser geendet, als er angefangen hat, das steht fest.«

Sie lächelte ihn an.

Rocky neigte den Kopf und küsste sie heftig. Eigentlich sollte es nur ein kurzer, herzlicher Ausdruck seiner Gefühle sein, aber es wurde viel mehr daraus. Sie ließ ihre Hand unter sein Hemd gleiten und er konnte nicht anders, als eine ihrer Brüste zu umschließen und dann ihren Hintern zu streicheln, während sie auf seinem Schoß saß. Sein Schwanz war steif und er hoffte, dass sie das nicht störte. Und so, wie sie sich an ihm rieb, schien das nicht der Fall zu sein.

So sehr ihm auch gefiel, was sie taten, er spürte, wie er müde wurde. Nicht einmal sein Verlangen nach Bristol konnte ihn noch lange wach halten. Die Adrenalinausschüttung, die heiße Dusche, das leckere Gericht in seinem Bauch, die Zufriedenheit in seiner Seele ... das alles war ein Rezept für ihn, um seiner Müdigkeit nachzugeben, und die war heftig.

Es war Bristol, die sich zuerst von ihm trennte. »Du musst schlafen.«

Er nickte zustimmend. Er ließ von ihr ab und sie tat dasselbe. Er küsste sie sanft auf die Stirn.

»Ich kümmere mich um den Abwasch, bevor ich ins Bett gehe«, versicherte er ihr.

Bristol schüttelte den Kopf. »Nein, das wirst du nicht. Ich mache das schon.«

»Aber dein Bein ...«, begann er und sie unterbrach ihn.

»Meinem Bein geht es gut. Es fühlt sich sogar ziemlich gut an. Ich habe es ein klein wenig belastet – nicht viel, also keine Sorge, und es tut nicht weh. Es ist ein tolles Gefühl, wieder auf den Beinen zu sein und hier mithelfen zu können.«

»In Ordnung, aber übertreibe es nicht.«

»Das werde ich nicht. Rocky?«

»Ja?«

»Bist du sicher, dass es dir nichts ausmacht, dass ich hierherziehe? Ich meine, es könnte sein, dass es mit uns nicht klappt, und ich möchte nicht, dass es für einen von uns beiden unangenehm wird, wenn das der Fall sein sollte.«

»Ich wünschte, ich könnte mit Sicherheit sagen, dass jede Art von Beziehung zwischen uns absolut Bestand haben wird. Dass wir auch dann noch zusammen sein werden, wenn wir in den Achtzigern sind und die Plätze von Silas, Otto und Art vor dem Postamt eingenommen haben. Doch das kann ich nicht. Aber ich *kann* dir versprechen, dass ich es dir nicht übel nehmen werde, wenn du dich hier niederlässt, egal was zwischen uns passiert. Ich kann mir nicht vorstellen, dass du dich in eine wütende Furie verwandelst und ich es bereuen würde, dass du hier bist. Genauso wenig wie ich mich plötzlich in einen gemeinen Mistkerl verwandle, sodass du bereuen musst, dass du dein ganzes Leben nach Fallport verfrachtet hast.

Im Moment könnte ich mir nicht vorstellen, dass du jemals *nicht* in meinem Leben sein wirst, aber wir werden einen Tag nach dem anderen angehen. Und ich schwöre, dein Recht zu respektieren, dass du hier dein Zuhause aufbaust, egal was die Zukunft bringt.«

Bristol seufzte und nickte. »Danke. Und ich werde mich nicht in eine wütende Furie verwandeln, versprochen.«

Rocky konnte der Versuchung nicht widerstehen, sie noch einmal zu küssen, aber er achtete darauf, diesen Kuss leicht und locker zu halten. Dann stand er mit Bristol in seinen Armen auf, ignorierte ihre Proteste, dass sie allein gehen konnte, und trug sie zurück in die Küche. Es fiel ihm schwerer, als er gedacht hatte, sie neben der Küchentheke abzusetzen, mit ihren Krücken in der Nähe. Aber der Gedanke, dass sie bald neben ihm schlafen würde, beruhigte ihn.

Vier Stunden später hörte Rocky, wie Bristol ins Schlafzimmer kam. Es spielte keine Rolle, wie leise sie war, durch seine SEAL-Ausbildung schlief er nie so tief, dass er nicht hörte, wenn jemand in der Nähe war.

Sie hob vorsichtig die Decke an und schlüpfte darunter. Rocky zog sie sofort in seine Arme. Sie seufzte und kuschelte sich enger an ihn. Er hatte sein T-Shirt und Boxershorts an, und sie trug das T-Shirt, das er ihr geschenkt hatte und das sie so sehr liebte.

Ihre Hand landete auf seiner Brust und ihr Kopf auf seiner

Schulter. Wieder einmal staunte Rocky darüber, wie gut sie zueinanderpassten.

»Alles in Ordnung?«, fragte er leise.

»Perfekt«, flüsterte sie zurück. »Ich wollte dich nicht wecken.«

Rocky antwortete nicht mit Worten, sondern küsste sie einfach auf den Kopf.

Sie seufzte noch einmal und er konnte ihren warmen Atem sogar durch sein T-Shirt hindurch spüren. Er wünschte sich, sie wären nackt, damit er ihre Haut spüren konnte, aber diese Zeit würde noch kommen. Jetzt wollte er erst einmal das Gefühl genießen, dass sie in seinen Armen lag.

Er machte die Augen zu und driftete erneut in den Schlaf ab.

KAPITEL DREIZEHN

Eine Woche später musste Bristol darüber lachen, dass jeder einzelne Mensch, den sie bei ihren Streifzügen durch Fallport traf, ihr Ratschläge für den Kauf eines Hauses gab. Die Nachricht, dass sie bleiben wollte, hatte sich schnell herumgesprochen, und nun schien jeder ein Experte für den Wohnungsmarkt zu sein.

Es war schwer, sich über die Leute zu ärgern, wenn sie so verdammt glücklich war. Sie und Rocky hatten noch nicht miteinander geschlafen, aber sie hatten jede Nacht in den Armen des anderen verbracht, seit er von seiner letzten Suchaktion zurückgekehrt war. Sie waren auch jede Nacht ein bisschen weiter gegangen und hatten gegenseitig ihre Körper erkundet.

In der Nacht zuvor hatte sie nur in ihrer Unterwäsche geschlafen, nachdem Rocky ihr das Hemd ausgezogen und sie mit seinen Fingern und seinem Mund zum Orgasmus gebracht hatte. Sex hatte sich noch nie so gut angefühlt, und Bristol war mehr als bereit, mit ihm zu schlafen.

Heute Nacht würde ihre Nacht werden, egal wie sehr Rocky versuchte, sich zu bremsen. Sie wusste, dass er das tat, weil er wollte, dass sie sich ihrer Beziehung und seiner sicher war.

Und das war sie. Verdammt, sie würde nach Fallport ziehen, so sicher war sie sich.

Es war an der Zeit. *Überfällig*. Und Bristol konnte nicht mehr warten.

Heute arbeitete Rocky zusammen mit seinem Bruder an einem Haus, das einen Wasserschaden hatte und in dem der schwarze Schimmel eine ganze Wand befallen hatte. Er musste die Wand bis auf die Grundmauern abtragen, um den Schimmel vollständig zu entfernen, und jetzt baute er sie wieder auf. Als er die Wand herausgenommen hatte, musste er feststellen, dass derjenige, der das Haus vor Jahren gebaut hatte, bei der elektrischen Verkabelung so viele Kompromisse gemacht hatte, dass es ein Wunder war, dass es die Inspektion überhaupt bestanden hatte. Ethan war also für diesen Teil der Renovierung zuständig, während Rocky sich um die Trocken-bauarbeiten und die anderen Umbauarbeiten kümmerte.

Bristol war vor ein paar Tagen bei Doc Snow gewesen und das Röntgenbild ihres Beins hatte gezeigt, dass der Bruch noch nicht ganz verheilt war und sie noch ein paar Wochen einen Gipsverband tragen musste, aber er hatte freundlicherweise den alten abgeschnitten und ihr einen nagelneuen, leuchtend rosa Gipsverband für die restliche Zeit verpasst. Außerdem war er der Meinung, dass sie nicht mehr ständig eine Gehhilfe oder Krücken brauchte und ihren Fuß belasten konnte, solange sie es nicht übertrieb.

Bristol war zwar nicht begeistert, dass sie immer noch den Gips tragen musste – es machte die Dinge im Bett mit Rocky etwas umständlicher –, aber sie war froh über die Fortschritte, die sie machte, und darüber, dass sie ohne Krücken herum-humpeln konnte.

Heute musste sie einige Besorgungen machen, unter anderem ein Paket bei der Post abholen, das weitere Materia-lien für ihren Schmuck enthielt, sowie farbiges Glas, das sie online gesehen hatte und dem sie nicht widerstehen konnte. Der Drang, eine Glasmalerei anzufertigen, ließ sie nicht mehr los, und Bristol freute sich auf die Zeit, in der sie wieder in einem Atelier arbeiten konnte.

Rocky hatte Drew gebeten, sie abzuholen und sie überall hinzufahren, wo sie hinmusste. Sie war froh über die Mitfahrgelegenheit, aber bald würde es an der Zeit sein, ihr eigenes Fahrzeug nach Fallport zu bringen. Es stand in ihrer Garage in Kingsport, und jetzt, da sie laufen konnte, wollte sie niemandem mehr zumuten, sie überall hinfahren zu müssen.

Ein Klopfen an der Tür machte sie auf Drews Ankunft aufmerksam. Sie humpelte zur Tür und öffnete sie. »Hey! Ich bin gleich fertig«, sagte sie zu Rockys Freund. Sie hatte noch nicht viel mit dem ehemaligen Polizisten zu tun gehabt und freute sich darauf, ihn besser kennenzulernen.

Sie drehte sich um, um ihre Handtasche zu holen und sich zu vergewissern, dass das Licht in der Wohnung ausgeschaltet war, und als sie sich wieder auf den Weg zur Tür machte, bemerkte sie, dass Drew immer noch draußen im Korridor stand.

»Warum bist du nicht reingekommen?«, fragte sie, als er zurücktrat, um ihr Platz zu machen, damit sie die Wohnungstür schließen und abschließen konnte.

»Du hast mich nicht hereingebeten«, erklärte er schlicht.

Bristol sah ihn stirnrunzelnd an. »Doch, das habe ich«, erklärte sie verwirrt.

»Nur die Tür zu öffnen und Hallo zu sagen ist keine Einladung«, bemerkte er ruhig, ohne eine Spur von Verärgerung in seinem Ton.

»Nun, ich habe es angedeutet«, beharrte sie.

Drew zuckte mit den Schultern. »Andeutungen reichen mir nicht.«

Daraufhin hatte Bristol gefühlt eine Million Fragen. Sie wusste seinen Respekt durchaus zu schätzen, fragte sich aber, was ihn so ... vorsichtig gemacht hatte.

Er öffnete die Beifahrertür seines schwarzen Jeep Wrangler

und half ihr beim Einsteigen, dann ging er zurück an seine Seite.

Nachdem er sich gesetzt hatte, blickte er zu ihr hinüber und seine Lippen zuckten. »Wirst du platzen, wenn du mir nicht die Fragen stellst, die dir im Kopf herumschwirren?«, fragte er.

»Vielleicht«, gab Bristol grinsend zu. »Aber ich möchte, dass du mich magst und mich nicht für eine neugierige Einmischerin hältst.«

Drew lachte. »Ich glaube, Art und seine Freunde haben hier den Markt für so etwas fest im Griff. Und wenn nicht, dann sind Dorothea und ihre Freundinnen ganz dicht dran. Frag mich ruhig.«

»Du bist anders als deine Freunde.«

Er legte den Kopf schief. »Inwiefern?«

Bristol überlegte einen Moment lang, was sie sagen wollte, bevor sie sprach. »Du bist aufmerksamer. Du bist vorsichtiger mit dem, was du zu anderen sagst. Du bist urteilsfähiger – und das meine ich nicht auf eine schlechte Art.«

»Ich weiß, was du meinst, und du hast recht. Mein Job als Polizist hat mich gelehrt, dass die Leute alles, was man sagt, falsch verstehen können und *werden*. Sie werden jede Gelegenheit nutzen, um dir einen Strick daraus zu drehen, wenn es ihnen in den Kram passt.«

»Das muss anstrengend sein«, erwiderte Bristol.

»Ist es auch.«

»Also was mich angeht, möchte ich sagen ... danke für die wichtige Arbeit, die du leistest.«

Drew nickte.

»Außerdem kannst du gern jederzeit in die Wohnung kommen, wenn du mich abholst. Ich weiß, dass sie mir nicht gehört, aber ich lade dich trotzdem ein. Und wenn ich ein Haus finde, das mir gefällt, bist du auch dort willkommen. Ich fühle mich bei dir sicher und ich würde gern denken, dass du jetzt mein Freund bist, fast so sehr, wie du der von Rocky bist.«

»Danke«, erklärte Drew leise. »Die Sache ist die, dass es da draußen einige schreckliche Polizisten gibt. Sie sind bigott, abgestumpft und machthungrig. Sie machen es den guten doppelt so schwer, die Arbeit effektiv zu erledigen.«

»Bist du deshalb ausgestiegen?« Bristol brachte den Mut auf, ihn das zu fragen.

»Zum Teil. Aber ich habe auch eine Menge Schuldgefühle deswegen. Die Polizei braucht alle guten Beamten, die sie bekommen kann. Aber wir werden von den Dreckskerlen verdrängt, von der Verachtung, die uns die Bürger entgegenbringen, und von der intensiven Kontrolle. Und obwohl ich denke, dass diese Kontrolle gut ist, ist sie trotzdem manchmal etwas zu viel.«

Bristol streckte die Hand aus, berührte Drews Arm und drückte ihn, bevor sie ihn losließ.

»Und du hattest recht damit, dass ich wachsam bin. Rocky und die anderen sind es auch, aber auf eine andere Art und Weise. Ich halte nicht nach Bomben am Straßenrand Ausschau oder nach Leuten, die mit einem Maschinengewehr aus einem Haus kommen.«

Als er nicht weitersprach, konnte Bristol nicht anders, als zu fragen: »Wonach hältst du dann Ausschau?«

»Ich weiß es nicht.«

Bristol runzelte verwirrt die Stirn.

»Ich beobachte einfach nur. Ein Fahrzeug, das ich heute sehe, könnte der entscheidende Hinweis sein, den Simon bei einem Raubüberfall braucht, von dem er morgen erfährt. Was jemand sagt, macht an einem Tag vielleicht keinen Sinn, aber an einem anderen passt es vielleicht.«

»Das klingt ebenfalls anstrengend«, platzte Bristol heraus.

Drew grinste. »So bin ich nun mal.«

»Wenn ich das mal so sagen darf ... Rocky und die anderen können sich wirklich glücklich schätzen, dich als Freund zu haben«, sagte Bristol zu ihm.

Er zog eine Augenbraue hoch.

»Du siehst die Welt mit anderen Augen, und das ist auch gut so. Du denkst darüber nach, was die Leute *meinen*, wenn sie sprechen, anstatt nur zu hören, was sie sagen. Du gibst deinen Freunden Rückendeckung, wie es die meisten Menschen nicht tun. Ich finde das großartig.«

Drew schwieg einen Moment, und als er schließlich wieder sprach, sagte er nur: »Danke.«

Bristol merkte, dass ihm das Gespräch etwas unangenehm war, also wechselte sie das Thema. »Also ... du bist Steuerberater.«

Seine Lippen zuckten amüsiert. »Ja. Langweilig, nicht wahr?«

»Nicht, wenn man Zahlen mag, wie es bei dir ja anscheinend der Fall ist, da du ja die Steuern der Leute machst und so.«

»Stimmt.«

»Nimmst du neue Mandanten an?«

Er warf einen Blick in ihre Richtung und sie fuhr schnell fort: »Wenn ich hierherziehe, brauche ich jemanden, der sich mit den Steuergesetzen von Virginia auskennt. In Tennessee gibt es keine staatlichen Steuern und ich will auf keinen Fall etwas vermasseln und das Finanzamt auf den Plan rufen.«

»Du weißt doch überhaupt nicht, ob ich etwas tauge«, gab er zu bedenken.

Bristol lachte. Und zwar laut. Als sie sich schließlich wieder unter Kontrolle hatte, sagte sie einfach: »Du bist gut.«

Drew schüttelte verärgert den Kopf.

»Drew, du machst die Steuern von *allen*. Sandra, Whitney, Elsie – und ich weiß, dass du Elsie die Hälfte von dem berechnest, was du allen anderen berechnest, was übrigens supernett ist. Und für Rocky und alle anderen in deinem Team machst du die Steuern umsonst.«

»Du hast dich nach mir erkundigt«, stellte er fest.

Bristol hörte keine Verärgerung in seinem Tonfall, aber es wäre ihr auch egal, wenn es so wäre. »Natürlich habe ich das.

Also, ich verdiene mit meiner Kunst eine Menge Geld. *Eine Menge*«, betonte sie. »Ich wäre dumm, wenn ich bei der Suche nach einem neuen Steuerberater keine Referenzen einholen würde. Wenn Rocky dir vertraut, und ich weiß, dass er das tut, und ich vertraue dir Rockys *Leben* an, warum sollte ich dir dann nicht auch mein Geld anvertrauen?«

Drew sagte nichts, bis er auf einen Parkplatz hinter dem großen Stadtplatz fuhr, damit sie ihr Paket bei der Post abholen konnte. Er drehte sich zu ihr um, als er den Motor abgestellt hatte. »Du wirst in Fallport bleiben?«, fragte er.

»Das ist der Plan.«

»Liebst du Rocky?«

Bristol war sich nicht sicher, ob sie mit ihm *darüber* sprechen wollte, und sie hatte das Gefühl, dass Drew die Antwort auf diese Frage bereits kannte, aber sie begegnete seinem Blick und antwortete trotzdem. »Ich bin nicht bereit, dir von meinen Gefühlen für Rocky zu erzählen, bevor ich es *ihm* gesagt habe, aber um deine Frage anders zu beantworten ... glaubst du wirklich, ich würde mein Leben umkrempeln, ein Haus kaufen und nach Fallport ziehen, wenn ich nicht denken würde, dass dies der Ort ist, an dem ich mein Leben verbringen möchte? Wo ich meine Kinder aufwachsen lassen möchte? Würde ich dich bitten, dich in meine finanzielle Situation einzuarbeiten, wenn ich nicht sehr tiefe Gefühle für Rocky hätte?«

»War nur eine Frage«, erwiderte Drew mit einem kleinen Lächeln.

Bristol verdrehte die Augen und wartete.

»Was?«, fragte er.

»Du hast meine Frage nicht beantwortet.«

»Dass ich dein Steuerberater werde?«, fragte er.

Sie nickte.

»Wie viel hast du letztes Jahr verdient?«

»Eins Komma zwei Millionen«, erklärte Bristol, ohne mit der Wimper zu zucken.

Er pfiff. »Wie viel hast du an Steuern gezahlt?«

Sie sagte es ihm – und er runzelte die Stirn. »Das ist viel zu viel. Hast du einen festgelegten Leistungsplan?«

»Einen was?«, fragte sie.

Er seufzte. »Verdammt. Ja, ich werde dein Steuerberater. Ich möchte deine Steuererklärungen der letzten drei Jahre sehen und alle Unterlagen, die du für Investmentkonten hast.«

Bristol strahlte. »Okay.«

Drews Lippen zuckten erneut amüsiert. »Warum fühle ich mich wie eine Fliege, die direkt in das Netz der Spinne spaziert ist?«, fragte er.

Bristol lachte. »Ich habe keine Ahnung. Ich bin doch völlig harmlos.«

»Das behaupten alle Frauen. Bleib sitzen. Ich komme rum.«

»Ich kann schon alleine aussteigen«, protestierte Bristol.

»Wenn du dir das Bein verletzt, wenn du mit mir zusammen bist, wird Rocky mich in den Boden stampfen, Freund oder nicht. Und ich habe anscheinend gerade einen großen Auftrag an Land gezogen … ich wäre dumm, die Hand zu verletzen, die mich füttern wird.« Er zwinkerte ihr zu und drehte sich dann um, um aus dem Jeep zu steigen.

Bristol konnte sich ein Schnauben nicht verkneifen. Sie hatte das Gefühl, dass es in diesem Mann verborgene Tiefen gab, die er der Welt nicht zeigte. Eine Frau musste sich schon anstrengen, um unter seinen Schutzschild zu gelangen. Aber wenn sie es schaffte … würde sie einen wahren Ritter fürs Leben haben.

Drew öffnete ihre Tür und nahm ihren Ellbogen, um ihr beim Aussteigen zu helfen. Er half ihr auch weiterhin, während sie um das Gebäude herum zur Eingangstür des Postamtes humpelte.

Wie üblich saßen Art, Otto und Silas dort und spielten Schach.

Otto zog eine Augenbraue hoch, als er sie näher kommen sah. »Weiß Rocky, dass du ihn betrügst?«

Bristol schüttelte verärgert den Kopf über den älteren

Mann. »Wissen Silas und Art, dass du sonntagmorgens nach der Kirche in die Einrichtung für betreutes Wohnen gehst, um mit einigen der Bewohner Schach zu spielen?«, schoss sie zurück.

Auf seinen Wangen bildete sich eine dumpfe Röte, als sowohl Art als auch Silas sich zu ihm umwandten.

»Was?«

»Ist das wahr?«

»Nur weil Drew mir heute hilft, heißt das nicht, dass ich Rocky betrüge«, entgegnete Bristol. Sie war nicht besorgt, dass sie Ottos Gefühle verletzen könnte. Er war ein zäher alter Kauz, und vielleicht würde es ihm guttun, wenn er einen Dämpfer bekäme.

»Der Punkt geht an dich«, erklärte Otto nach einem Moment.

»Wie kommt es, dass du uns nie erzählt hast, dass du dorthin gehst?«, fragte Silas.

»Vielleicht will er ein paar Tricks lernen, um uns zu schlagen«, mutmaßte Art.

»Kommt überhaupt nicht in die Tüte«, erklärte Silas streng.

»Ich denke, wir sollten diesen Sonntag mit ihm hingehen, um herauszufinden, was es damit auf sich hat«, warf Art ein.

»Nicht dass ich jemals dort leben würde. Ich werde in meinem eigenen Haus sterben und nicht an einem Ort wie diesem verkümmern.«

»Beeindruckend«, bemerkte Drew, als er sie in das Postamt brachte. »Das hast du gut gemacht.«

»Wenn ich nicht zurückgeschossen hätte, hätten sie noch wer weiß wie lange über dich und mich getratscht. Und man kann nie wissen, wer das mitbekommen und Vermutungen angestellt hätte.«

»Du hast also Rocky *und* mich beschützt«, sagte Drew.

»Genau«, gab Bristol zurück.

Vor ihnen standen zwei Leute in der Schlange und keiner von ihnen sagte etwas, während sie warteten, bis sie an der

Reihe waren. Es dauerte nicht lange, bis Guy, der Postbeamte, ihr Paket fand. Drew nahm den großen, schweren Karton und trug ihn, als wäre er mit Federn statt mit schweren Glasscherben gefüllt. Beide nickten den drei Männern zu, die sich immer noch darüber stritten, ob Otto irgendwie schummelte, indem er mit den Bewohnern des Altenheims Schach spielte.

Drew lachte, als sie außer Hörweite waren. »Erinnere mich daran, dich nie zu verärgern«, bat er sie. »Sie werden noch wochenlang darüber reden.«

»Ich bin doch ein Engel«, beharrte Bristol.

»Hm-hm. Sicher bist du das.«

Sie grinste zu ihm hoch.

»Winzig, aber verdammt stark«, murmelte Drew, als er ihr die Beifahrertür seines Jeeps öffnete, als sie ankamen. Nachdem er ihr das Paket in den Kofferraum gepackt hatte, stieg er auf der Fahrerseite ein. »Wohin jetzt?«, fragte er.

»Bist du sicher, dass es dir nichts ausmacht, mich herumzufahren?«, fragte Bristol.

»Ja, ich bin mir sicher. Schließlich bist du ... eine neue reiche Mandantin. Warum sollte es mich stören?«

Sie nahm es ihm nicht übel, sondern lachte nur. »Ich will zum Supermarkt und ein paar Sachen einkaufen, aber zuerst gibt es da ein Haus, das gerade auf den Markt gekommen ist. Ich habe es gestern Abend im Internet gesehen, ich wollte vorbeifahren und es mir ansehen.«

»Du willst wirklich hierherziehen, nicht wahr?«, fragte Drew.

»Ja.«

Er musterte sie einen Moment lang, dann nickte er. »Gut. Lass uns das Haus besichtigen.«

***

Als Rocky am späten Nachmittag die Tür zu seiner Wohnung öffnete, wurden seine Sinne wieder einmal von köstlichen

Gerüchen überflutet. Er hatte im Laufe des Tages immer wieder von Bristol gehört, was sie gemacht hatte. Sie hatte ihm gesagt, dass sie Drew wirklich mochte, und ihm dafür gedankt, dass er seinen Freund gebeten hatte, ihr heute zu helfen.

Sie wusste allerdings nicht, dass Drew neulich eine Bemerkung gemacht hatte, in der er sich fragte, ob Rocky nicht zu schnell vorging und sich zu sehr auf Bristol einließ, ohne sie wirklich zu kennen. Da er völlig darauf vertraute, dass Bristol ihn für sich gewinnen würde, hatte er Drew absichtlich gebeten, sie herumzufahren.

Und offenbar hatte sein Plan funktioniert. Nicht nur, dass Bristol sich mit seinem Freund gut zu verstehen schien, Drew schickte ihm auch eine Nachricht, in der einfach stand: *Sie ist perfekt für dich.*

Das Einzige, was Rocky störte, war das nagende Gefühl, dass die Dinge ... *zu gut* liefen. Das mag den meisten Leuten albern vorkommen, aber er hatte die Erfahrung gemacht, dass, wenn die Dinge zu gut schienen, um wahr zu sein, sie es normalerweise auch waren.

Natürlich hatte er dieses Phänomen noch nie in einer Beziehung gehabt, aber während seiner Zeit als SEAL hatte er es immer wieder erlebt. Die Dinge schienen ruhig zu sein, was einen Terroristen oder ein bestimmtes Land betraf ... und dann *bumm*! Eine Explosion brachte die Dinge durcheinander. Eine Mission lief reibungslos ab? *Bumm!* Ihr Hubschrauberpilot verflog sich und konnte sie nicht mehr rechtzeitig abholen.

Er hatte mehr als genügend Beispiele dafür, dass so etwas geschehen konnte, und er wollte auf keinen Fall, dass so was ihm und Bristol passierte.

Rocky versuchte, die paranoiden Gedanken zu verdrängen, und atmete tief ein. In der Wohnung roch es nach etwas Würzigem. Er konnte es kaum erwarten zu sehen, was Bristol heute Abend für sie gekocht hatte.

Er betrat die Küche und konnte sich ein Lächeln nicht verkneifen, als er sie sah. Das Verlangen überkam ihn so sehr, dass er sich wahnsinnig beherrschen musste, um nicht direkt auf sie zuzugehen und sie ins Bett zu schleppen.

»Hi!«, begrüßte sie ihn, als sie ihn dort stehen sah. »Wie war die Arbeit? Bist du den Schimmel losgeworden? Oh! Du solltest duschen gehen, nur für den Fall, dass noch etwas von dem ekligen Zeug an dir klebt.«

»Glaubst du, ich würde dir das Zeug hierher zurückbringen?«, fragte Rocky.

Sie blinzelte. »Nein, aber du kannst ja nicht mit dem Finger auf die Schimmelsporen zeigen und ihnen sagen, sie sollen sich an jemand anderem vergreifen.«

Rocky brach in Gelächter aus. Als er wieder sprechen konnte, sagte er: »Du hast recht. Aber ich kann einen Schutzanzug tragen, ihn ausziehen und ihn entsorgen, wenn ich fertig bin.«

»Stimmt. Aber ich bin sicher, dass eine Dusche trotzdem guttun würde. Und einige dieser Sporen sind hinterhältige kleine Biester und könnten unter deinen Schutzanzug gelangt sein.«

Sie hatte nicht ganz unrecht. Um ihm etwas Zeit zu verschaffen und um sein Verlangen, sie auf der Stelle mitten in seiner Küche nackt auszuziehen, unter Kontrolle zu bringen, nickte er. »Gut. Ich werde duschen gehen.«

»Bekomme ich noch keinen Kuss?«, schmollte sie.

»Hinterhältige kleine Sporen, schon vergessen?«, entgegnete er grinsend. »Du willst doch nicht, dass sie sich an dir festsetzen, Punky.«

»Na gut.«

»Klingt, als hättest du einen schönen Tag gehabt«, bemerkte er und konnte sich nur schwer von ihr trennen, obwohl er eigentlich duschen wollte, bevor er den Raum verpestete.

»Hatte ich«, stimmte sie zu. »Ich mag Drew.«

»Gut.«

»Er hat zugestimmt, mein Steuerberater zu werden«, erklärte sie ihm.

Die Worte schlugen wie eine Bombe in sein Inneres ein.

»Verdammt«, fluchte Rocky leicht. Es kostete ihn jedes Quäntchen Selbstbeherrschung, dort zu bleiben, wo er war. Um nicht zu Bristol zu marschieren und zu beweisen, wie sehr ihm die Idee gefiel, dass sie nach Fallport zog.

Sie lächelte, als wüsste sie genau, was ihre Worte angerichtet hatten.

Froh darüber, dass sie sich durch sein Fluchen nicht beleidigt fühlte, dass sie irgendwie wusste, was er dachte, drehte Rocky sich um und ging ohne ein weiteres Wort in Richtung Badezimmer. Er musste sich waschen, damit er ihr zeigen konnte, wie glücklich er über ihre Entscheidung, zu bleiben, war.

KAPITEL VIERZEHN

Sechseinhalb Minuten, nachdem er geduscht und sich angezogen hatte, ging Rocky in den Wohnbereich. Sein Haar war noch nass und er hatte sich kaum die Zeit genommen, seinen Bart zu trocknen. Er trug eine bequeme graue Jogginghose und ein T-Shirt. Bristol stand mit dem Rücken zu ihm immer noch am Herd und rührte etwas in einem großen Topf.

Ohne zu zögern, legte er beide Arme um sie. Er zog ihr den Löffel aus der Hand, schaltete den Herd aus, hob sie hoch und setzte sie auf eine freie Fläche auf der Arbeitsplatte. Sie waren auf Augenhöhe, als er seine Hände sanft an ihren Hals legte. Seine Daumen ruhten an ihrer Kehle und er senkte den Kopf, ohne ein Wort zu sagen.

Sie kam ihm begierig entgegen und griff mit beiden Händen nach seinem Hemd.

Ihre Zungen lieferten sich ein Duell und ihre Köpfe neigten sich instinktiv, als sie sich gegenseitig leidenschaftlich küssten. Als er es nicht mehr aushalten konnte, ließ Rocky ihren Kopf los und schlang seine Arme um sie. Ohne seine Lippen von ihren zu nehmen, hob er sie hoch. Mit den Schenkeln klammerte sie sich an ihn, als er aus der Küche in Richtung Schlafzimmer ging.

Er konnte nicht aufhören. Er war süchtig nach ihrem Duft. Ihrem Geschmack. Und er wollte alles von ihr. Brauchte sie. Jetzt sofort.

Er stützte sich mit einem Knie auf sein Bett und legte sie auf seine Bettdecke, ohne seine Lippen von ihren zu nehmen. Er spürte, wie sie mit den Händen an seinem Hemd zerrte. Er hob den Kopf lange genug, um den Stoff hochzuziehen und auszuziehen, bevor er wieder auf sie sank. Glücklicherweise hatte sie die Gelegenheit ergriffen, ihr eigenes Oberteil auszuziehen, als er für diese drei Sekunden beschäftigt gewesen war, sodass sie, als sie wieder zusammenkamen, Haut an Haut lagen.

Bei dem Gefühl ihrer harten Brustwarzen an seiner Brust erschauderte Rocky. Das ging alles zu schnell, aber er konnte nicht aufhören. Es war, als würden sie auf einen Frontalzusammenstoß zusteuern, aber keiner von beiden konnte bremsen. Keiner von beiden wollte es.

Er rollte sich zur Seite, um sie nicht zu erdrücken, und führte eine Hand zu ihrer Brust. Er kniff leicht in ihre Brustwarze, während er an ihrer Unterlippe saugte.

Bristol keuchte, wölbte den Rücken und schmiegte sich noch fester in seine Hand.

»Das gefällt dir.« Es war keine Frage.

Aber sie antwortete trotzdem. »Jaaaaaa. Mehr, Rocky. Ich brauche mehr.«

»Ich werde dir alles geben, was du willst und brauchst, Punky.«

Rocky küsste sie erneut. Heftig. Sie erwiderte seinen Kuss mit der gleichen Intensität. Sie wand sich unter ihm und erkundete mit den Händen jeden Zentimeter seines nackten Oberkörpers. Sie streichelte sogar seinen Bart, während er sie küsste. Als sie ihre Hände in den Bund seiner Hose wandern ließ, hob er den Kopf. Er musste einlenken, aber er war sich nicht sicher, ob er das konnte. Er wollte sie glücklich machen, und bei der Geschwindigkeit, mit der sie vorangingen, war er sich nicht sicher, ob ihm das gelingen würde.

»So sehr ich dich in dieser Hose auch liebe ... sie muss weg«, murmelte sie.

Rocky grinste. »Also stimmt das Gerücht, dass Frauen auf Männer in Jogginghosen stehen?«

»Keine Ahnung. Ich weiß nur, dass ich *dich* gern darin sehe.«

»Warum?«

Sie blinzelte überrascht zu ihm auf. »Warum?«, wiederholte sie.

»Ja. Ich versteh's nicht. Das ist doch nur eine Jogginghose.«

»Weil sie die Größe deines Schwanzes hervorhebt. Sie bedeckt dich, aber gleichzeitig macht sie mich verrückt. Ich würde sie am liebsten ausziehen und sehen, ob das, was darunter steckt, den Erwartungen gerecht wird.«

Rocky verschluckte sich fast vor Lachen über ihre Worte. »Ernsthaft?«

»Ja.«

»Ich werde die nie wieder außerhalb des Hauses tragen«, schwor er sich.

»Wahrscheinlich eine kluge Entscheidung. Denn ich würde jede Frau umbringen, die dich damit sieht«, erklärte sie und klang dabei völlig ernst.

Rocky grinste. »Ich schätze, ich weiß, was ich anziehen muss, wenn ich dich anmachen will.«

»Ja. Weniger Worte, mehr Taten«, beschwerte sie sich.

»Fürs Protokoll ... es ist egal, was du anhast ... ich bin immer erregt, wenn ich dich ansehe«, erklärte er ihr.

Er sah, wie das Kompliment ankam, als sie glücklich zu lächeln begann.

»Wie wär's damit ... du ziehst deine Jogginghose aus und ich ziehe gleichzeitig meine Leggings aus?«

»Abgemacht«, entgegnete Rocky. Er drehte sich auf die Hüfte und zog an dem Gummiband um seine Taille. Als er sich wieder umdrehte, war Bristol genauso nackt wie er selbst.

Er atmete scharf ein und hielt inne, um den Blick über jeden Zentimeter ihres Körpers gleiten zu lassen. Sie war zierlich, das hatte er gewusst, aber sie nackt zu sehen war ... wunderbar. Sie hatte kleine Brüste mit großen Brustwarzen, die geradezu darum bettelten, liebkost zu werden. Er konnte ihre Hüftknochen sehen, aber sie hatte trotzdem ein kleines Bäuchlein. Ihre Schenkel waren straff und die Haare zwischen ihren Beinen gestutzt.

Plötzlich war er sich nicht mehr sicher, was er tun sollte. Wo er anfangen sollte.

Aber Bristol zögerte nicht, sie griff nach einer seiner Hände und führte sie wieder zu ihrer Brust hinauf. Ohne nachzudenken, zwickte er mit den Fingern in ihre Brustwarze.

Sie seufzte, dann griff sie nach ihm. Ihre Finger schlossen sich um seinen Bart und sie zerrte daran. Fest.

Rocky konnte sich ein Lächeln nicht verkneifen. Gott, er liebte es, wenn sie so burschikos wurde. Wenn möglich, machte es ihn sogar noch mehr an.

Gehorsam beugte er sich zu ihr, aber anstatt sie wieder auf die Lippen zu küssen, zielte er auf ihre Brustwarze. Sie ließ seinen Bart los, grub ihre Fingernägel in die Haut seiner Schulter und stöhnte.

Rocky liebkoste einen Moment lang ihre Brustwarzen und genoss es, wie empfindlich sie zu sein schien. Aber er war zu erregt, um noch lange weiterzumachen. Er ließ seine linke Hand über ihren Bauch wandern und genoss es, wie sie sich gegen ihn wand, da seine Gesichtsbehaarung sie offensichtlich kitzelte. Seine Hand war groß genug, um ihre Muschi vollständig zu bedecken ... und für einen kurzen Moment wurde seine Erregung gedämpft. Sie war so klein, und er war es nicht. Er hatte keine Ahnung, ob er sie ohne Schmerzen nehmen konnte. Aber er würde ihr auf keinen Fall auch nur eine Sekunde Unbehagen bereiten.

Als könnte sie seine Gedanken lesen, sagte sie: »Wir werden schon zusammenpassen.«

Er hätte am liebsten laut gelacht. Normalerweise war er derjenige, der das den Frauen sagte. Aber er überließ es seiner Bristol, ihn zu beruhigen.

»Verdammt richtig, das werden wir«, stöhnte er. »Ich werde dich so sehr ausfüllen.«

»Oh mein Gott, ja ... bitte, Rocky. Tu es.«

»Du bist noch nicht so weit«, erklärte er ihr, obwohl er mit den Fingern spürte, wie feucht sie schon war.

Sie stöhnte und öffnete die Beine, um ihm mehr Platz zu geben. Rocky wollte sie noch weiter auseinanderdrücken. Sich zwischen ihre Schenkel schieben und sie zu einem Monsterorgasmus lecken. Aber er war kurz davor zu explodieren. Sein Schwanz war so hart, dass er wusste, wenn er sich auch nur am Bett rieb, würde er zum Orgasmus kommen.

Also musste er sie mit seiner Hand bereit machen. Später würde er sie lecken und ihr noch einmal zeigen, wie toll sich sein Bart zwischen ihren Beinen anfühlte, aber jetzt ...

Er bog seinen Mittelfinger nach unten und drang langsam in ihren Körper ein. Sie war feucht, aber sie würde noch feuchter sein müssen, um ihn in sich aufzunehmen.

Bristol stöhnte und stemmte ihre Hüften in die Höhe. Mit einer schnellen Bewegung griff Rocky nach einem seiner Kissen und schob es unter ihren Hintern.

»Mehr, Rocky. Bitte«, flehte sie, während sie sein Handgelenk festhielt. Sie versuchte nicht, ihn wegzuziehen. Sie hielt sich nur fest.

Rocky besorgte es ihr langsam mit seinem Mittelfinger und war erstaunt darüber, wie eng und klein sie war. Er biss die Zähne zusammen und zwang sich, es langsam anzugehen.

Mit dem Handballen stieß er gegen ihre Lustknospe, während er es ihr mit dem Finger besorgte. Es fiel ihm schwer, den Blick von ihrer Muschi abzuwenden, aber als er zu ihrem

Gesicht aufblickte, war er wie gebannt. Anstatt ihre Augen geschlossen zu halten, starrte sie ihn an.

Sie leckte sich über die Lippen und lächelte, als er ihren Blick erwiderte. Sie stemmte ihre Hüften gegen seine Finger, und es war der lustvollste Moment, den Rocky je erlebt hatte. Diese Frau fühlte sich offensichtlich wohl in ihrer Sexualität, und das törnte ihn gewaltig an. Sie hatte keine Angst, ihm zu zeigen, dass sie genoss, was er tat.

Ihre Brustwarzen waren hart und aufgerichtet und sie atmete schwer.

»Du musst für mich erst mal zum Orgasmus kommen, bevor wir weitermachen«, erklärte er.

Bristol nickte. »Okay.«

»Verdammt, darüber haben wir noch gar nicht gesprochen.« Er hielt mit seiner Bewegung inne und sein Finger steckte tief in ihr. »Ich bin gesund. Ich wurde getestet, als ich aus der Navy kam. Seitdem war ich nur mit zwei Frauen zusammen, und beide Male habe ich ein Kondom benutzt.«

Bristol errötete, wich aber dem Gespräch nicht aus. »Ich habe seit viereinhalb Jahren mit niemandem mehr geschlafen.«

»Verdammt. Wirklich?«

Sie zuckte mit den Schultern. »Ja. Ich brauche keinen Mann, um zum Orgasmus zu kommen. Ich habe einen Vibrator.«

Der Gedanke daran, dass sie es sich selbst mit einem Spielzeug besorgte, ließ einen kleinen Schwall von Vorsekret aus Rockys Schwanz austreten. »Verflucht, Frau.«

Sie lächelte, und das war verdammt sexy. »Ich nehme auch die Antibabypille. In meinen Zwanzigern hatte ich eine Eierstockzyste und mein Arzt hat mir die Pille verschrieben, damit sie sich nicht neu bildet.«

Sagte sie, was er dachte, dass sie sagte?

»Ich vertraue dir, Rocky. Ich weiß, manche würden sagen,

ich sei dumm, aber du wirst mir nicht wehtun. Ich bin geschützt, und wir sind beide gesund.«

Er atmete tief ein, was seiner Libido nicht gerade zuträglich war, denn er konnte ihre Erregung riechen. Er musste sich wahnsinnig beherrschen, um in diesem Moment nicht in sie einzudringen und es ihr wie wild zu besorgen.

»Mach Liebe mit mir, Rocky. Ich brauche dich.«

Liebe machen.

Sie hatte recht. Das war es, was sie da taten. Es war nicht nur Sex. Auf keinen Fall würde er jemals in Erwägung ziehen, eine Frau ohne Kondom zu nehmen, wenn das der Fall wäre. Und er vertraute ihr so sehr, wie sie ihm offenbar vertraute. Er hatte SEALs gekannt, die von Frauen verarscht worden waren. Die Frauen hatten versichert, die Pille zu nehmen, und urplötzlich waren die Frauen schwanger und die Männer mussten für die nächsten achtzehn Jahre Unterhalt zahlen. Er hatte nicht viel Mitleid mit ihnen, wirklich nicht. Sie trugen genauso viel Schuld wie die Frauen, denn niemand zwang sie, *kein* Kondom zu benutzen.

Trotzdem war er immer vorsichtig gewesen. Aber bei Bristol gab es ein gewisses Maß an Vertrauen, das er bis in seine Seele spürte. Wenn sie sagte, dass sie verhütete, glaubte er ihr.

Er bewegte seine Hand, wobei er mit dem Daumen ihre Klitoris berührte, während er mit dem kleinen Finger und dem Ringfinger ebenfalls in sie eindrang.

»Rocky!«, rief sie aus.

»Du wirst zum Orgasmus kommen, und dann werde ich mit dir schlafen. Ich werde dich mit meinem Sperma füllen, Punky. Das habe ich noch nie gemacht. Noch nie. Und ich kann es kaum erwarten, das zum ersten Mal mit dir zu teilen.«

Seine Worte bedeuteten ihr etwas, das konnte er sehen.

»Ich habe noch nie einen Mann in mir kommen lassen«, gab sie zu.

Das war's. Rocky konnte sich nicht länger beherrschen. Er brauchte diese Frau mehr als die Luft zum Atmen.

Er drückte fester auf ihre Klitoris, während er mit seinen Fingern ihre Muschi bearbeitete.

Es dauerte einen Moment, aber schon bald drängte sie sich gegen ihn, ihre Hüften bewegten sich unwillkürlich, während sie versuchte, den Höhepunkt zu erreichen. Rocky beugte sich herunter und nahm eine ihrer Brustwarzen in den Mund. Er saugte an ihr, heftig. Heftiger, als er es normalerweise tat, wenn er das erste Mal mit einer Frau zusammen war. Aber seine Bristol konnte es aushalten. Sie brauchte es.

Sie hatte eine Hand an seinen Hinterkopf gelegt und ihre Finger in seinem Haar vergraben, als sie zu keuchen begann. Seine Finger zwischen ihren Beinen waren klatschnass und er konnte es kaum erwarten, ihre Säfte zu schmecken und sie in seinen Bart zu bekommen, damit er sie die ganze Nacht riechen konnte.

Manche Leute würden das eklig finden. Vor Bristol hatte er zu diesen Leuten gehört. Aber der Gedanke, ihren zitronig-moschusartigen Duft an sich zu haben, der ihn markierte, war fast ein Urbedürfnis.

Gerade als er glaubte, keinen Augenblick länger durchhalten zu können, begannen Bristols Schenkel zu zittern und ihr Bauch spannte sich an. Sie stieß den süßesten kleinen Schrei aus, als sie zum Orgasmus kam.

Noch bevor sie fertig war, bewegte sich Rocky. Er legte sich zwischen ihre Beine, griff seinen Schwanz und richtete ihn auf ihre Muschi aus.

Er drang langsam und entschlossen in sie ein. Sie war so eng, dass er nicht sicher war, ob er ganz hineinpassen würde. Als sein Schamhaar sich mit dem ihren vermischte, holte Rocky tief Luft. Er war zwei Sekunden davon entfernt zu kommen. Das war ein Gefühl, wie er es noch nie erlebt hatte. Nicht einmal bei seinem ersten Mal. Er konnte spüren, wie Bristols innere Muskeln an seinem nackten Schwanz vibrierten, als versuchten sie, sein Sperma aus seinen Eiern zu melken.

Er atmete noch einmal tief ein und sah die Frau unter sich an. Ihre Wangen waren gerötet, ebenso wie ihr Dekolleté. Sie starrte auf die Stelle, an der sie miteinander verbunden waren, den Mund zu einem kleinen »O« geöffnet, während sie stöhnte.

Bristol konnte nicht atmen.

Sie konnte nicht denken.

Sie konnte einfach nur fühlen.

Sie hatte gerade einen extrem intensiven Orgasmus erlebt und nun wurde sie von Rockys Schwanz ausgefüllt und gedehnt. Es tat nicht weh ... nicht im eigentlichen Sinne des Wortes. Aber es war schon eine ganze Weile her, dass sie einen Mann in sich aufgenommen hatte, und Rocky war extrem gut bestückt.

Sie starrte an ihrem Körper hinunter auf die Stelle, an der er in ihr vergraben war, und versuchte, Luft zu bekommen.

»Bristol?«, fragte er leise. »Alles in Ordnung?«

Sie nickte sofort. »Ja, ich ... das war nur sehr intensiv.«

»Brauchst du einen Moment?«

Brauchte sie das? Bristol glaubte es nicht. Die wenigen Sekunden, in denen sie sich unterhalten hatten, hatten ausgereicht, um ihr Verlangen wieder ansteigen zu lassen. Sie hatte gerade einen Orgasmus gehabt, aber sie fühlte sich, als stünde sie kurz vor einem weiteren. »Nein«, erklärte sie und sah ihm in die Augen.

»Gott sei Dank, verdammt«, erklärte er und begann, sich zu bewegen.

Bristol hatte sich noch nie so gefühlt. Normalerweise mochte sie es nicht, unter einem Mann zu sein, wenn sie Sex hatten. Da sie so klein war, fühlte sie sich überwältigt, und das nicht auf eine gute Art. Aber mit Rocky über ihr fühlte sie sich nicht einmal ein bisschen unwohl. Er würde ihr nicht wehtun, das wusste sie bis in ihr tiefstes Inneres.

Sie hob ihre Beine an und versuchte, sie um ihn zu schlingen, stieß aber einen leisen Laut des Ärgers aus, als ihr Gips sie daran hinderte.

Rocky passte sich sofort an, legte seine Arme unter ihre Knie und stützte seine Hände auf ihre Hüften, während er es ihr weiter besorgte. Sein Tempo war nicht langsam, aber er hämmerte auch nicht in sie hinein. Er hatte sich vollkommen unter Kontrolle, und das Gleiten seines Schwanzes gegen Nervenenden, die schon viel zu lange nicht mehr stimuliert worden waren, fühlte sich wunderbar an.

»Gefällt dir das?«, wollte er wissen.

Es hätte sie irritieren können, dass er immer wieder fragte, ob es ihr gut ging, aber sie war praktisch in der Mitte *abgeknickt*, ihre Beine in der Beuge seiner Ellbogen.

»Ja«, hauchte sie. Sie starrte zu ihm auf, während er mit ihr Liebe machte. Er runzelte konzentriert die Stirn und sein Bart wippte bei jedem Stoß. Alles unter ihrer Taille kribbelte und Bristol spürte, dass sie wieder einmal kurz vor dem Höhepunkt stand.

»Besorg es dir selbst«, befahl Rocky. »Ich kann das nicht übernehmen, solange ich mich aufrecht halte.«

Bristol zögerte nicht einmal. Nichts schien ihr bei Rocky unangenehm oder seltsam zu sein. Ihre rechte Hand glitt zwischen sie und als sie mit den Fingern ihre Lustknospe berührte, zuckte sie zusammen. Sie war immer noch empfindlich von vorhin.

»Verdammt, das habe ich gespürt«, stöhnte Rocky. »Du hast gerade meinen Schwanz so heftig zusammengequetscht.«

»So?«, fragte Bristol und spannte ihre inneren Muskeln noch einmal an.

Ihr Mann grunzte und sein nächster Stoß war noch ein kleines bisschen härter. Es gefiel ihr zu wissen, dass sie ihn auf diese Weise beeinflussen konnte.

»Ich werde nicht lange durchhalten, Punky. Ich will spüren, wie du kommst, während ich in dir bin. Du wirst meinen Schwanz so fest umklammern, dass ich mich nicht mehr zurückhalten kann. Du weißt, dass du meinen Samen willst. Besorg es dir, bis du kommst, Bristol. Jetzt.«

Seine Worte waren grob, aber er hatte nicht unrecht. Sie *wollte* seinen Samen. Sie wollte alles von diesem Mann. Anstatt sie zu erschrecken, ermutigte sie diese Tatsache. Während sie ihre Klitoris schneller bearbeitete, blickte Bristol Rocky dabei die ganze Zeit über ins Gesicht. Das war neu für sie, aber sie spürte, dass es auch für ihn neu war. Und sie wollte ihn sehen, sich an ihn erinnern, wenn sie kam.

Es dauerte nicht lange. Das Gefühl, dass er sie so vollständig ausfüllte, war unglaublich sexy. Und es war so anders, voll zu sein, wenn sie kurz davor war zu kommen. Ihr Dildo hatte sich noch nie so angefühlt. Noch nie.

»Das war unglaublich. Gott, du bist so verdammt schön. Du bist wie für mich gemacht. Wir passen perfekt zusammen.«

Seine Worte setzten sich in ihrer Psyche fest und gaben Bristol das Gefühl, wunderschön zu sein. Und er hatte nicht unrecht. Sie passten wirklich perfekt zusammen. Wenn man sie ansah, würde man das nicht denken, aber ihn in sich zu spüren war so richtig wie nichts anderes, was sie je zuvor empfunden hatte.

»Bitte, Bristol. Ich kann es nicht mehr lange hinauszögern. Du bist so feucht. Und eng. Ich kann deine Säfte an meinen Eiern spüren ... *verdammt*.«

Das war's. Bristol liebkoste ihre Lustknospe fester und versuchte, ihre Hüften zu neigen, aber Rocky hielt sie fest. Sie kam zum Orgasmus und es fühlte sich so gut an, ihn in sich zu haben, während sie heftig ihren Höhepunkt auskostete.

Ihm ging es offensichtlich genauso, denn aus seinem Mund und seiner Kehle kam ein Geräusch, das Bristol noch nie zuvor von jemandem gehört hatte. Es war teils ein Grunzen, teils ein Stöhnen und teils ein Schimpfwort.

Er schob seinen Schwanz bis zum Anschlag in sie hinein und verblieb dort, als er zum Orgasmus kam.

Sie atmeten beide extrem schwer, als sie von ihren Höhepunkten herunterkamen. Aber Rocky verlor nie aus den Augen, wo er war. Er ließ sich nicht auf sie fallen. Stattdessen ließ er sanft ihre Beine los und rollte sich auf den Rücken, wobei er sie mitnahm und ihren Hintern so nahe wie möglich an sich drückte, damit er nicht aus ihrem Körper rutschte.

Instinktiv setzte Bristol sich auf, als er auf dem Rücken lag.

Er stöhnte bei dieser Bewegung auf.

»Tut mir leid«, entschuldigte sie sich.

»Nein, es muss dir nicht leidtun«, entgegnete er. »Es fühlt sich einfach so verdammt gut an, in dir zu sein, ich kann es gar nicht erklären.«

Bristol wälzte sich ein wenig in eine bequemere Position und konnte nicht anders, als ihn anzulächeln.

»Das gefällt mir«, murmelte er.

»Was?«

»Dass ich nicht sofort meinen Schwanz aus die rausziehen muss, um das Kondom zu entsorgen. Ich kann genau da bleiben, wo ich bin. Wo mein Schwanz sein will. Warm und sicher in dir.«

Bristol verdrehte die Augen. »Das ist seltsam.«

»Das ist mir egal.«

Sie konnte in seinen Augen sehen, dass das der Wahrheit entsprach.

Mit den Händen fuhr er langsam ihre Oberschenkel hinauf. »Tut das deinem Bein weh?«, fragte er.

»Welches Bein?«, antwortete sie.

Rocky grinste. »Das war ...« Er hielt inne, und Bristol hielt den Atem an und wartete auf das, was er sagen wollte.

»Einfach richtig«, erklärte er schließlich nach einem Moment.

Das war es. Das war es wirklich.

Mit einer vorsichtigen Bewegung, um seinen mittlerweile

weichen Schwanz weiter in sich zu behalten, senkte Bristol sich ab, bis sie auf Rockys Brust lag. Sie kraulte die Haut an seinem Hals und streichelte seinen Bart. Sie hörte ihn lachen, aber das war ihr egal. Sie liebte das hier. Sie liebte *ihn*.

Der Gedanke brachte sie nicht einmal aus der Fassung. Nicht im Geringsten. Sie wusste, zumindest unterbewusst, dass sie diesen Mann liebte, bevor sie mit ihm ins Bett gegangen war. Sonst hätte sie sich nie von ihm nackt ausziehen lassen. Und sie hätte auch nicht vorgehabt, nach Fallport zu ziehen, wenn sie es nicht getan hätte. Es mochte zu früh sein, die Worte auszusprechen, aber sie dachte sie verdammt noch mal.

»Irgendetwas hat lecker gerochen, als ich nach Hause gekommen bin«, bemerkte Rocky und fuhr mit seinen Fingern träge ihren Rücken auf und ab.

Sie lächelte ihn an. »Gebackene Kartoffeln, obwohl die Soße, die ich machen wollte, wahrscheinlich ruiniert ist. Wenigstens hast du die Flamme ausgemacht, bevor du dich auf mich gestürzt hast.«

Er lachte. »Hey, wir wollen doch nicht das Wohnhaus abfackeln. Was noch?«

»Garnelen und Würstchen mit Paprika und Brokkoli.«

Sein Magen knurrte und Bristol lachte. Durch die Bewegung glitt sein Schwanz zwischen ihren Beinen hervor. Sie stöhnten beide über den Verlust.

Rocky rollte sich sofort noch einmal so, dass Bristol unter ihm lag. Er nahm ihr Gesicht in seine Hände, wie er es getan hatte, als er nach Hause gekommen war. Es war verdammt heiß und ließ sie erschauern, wenn er sie so hielt und ihr tief in die Augen sah.

»Das war der beste Sex, den ich je hatte«, erklärte er feierlich. »Und wenn ich das Mittagessen nicht ausgelassen hätte, wäre ich bereit für die zweite Runde.«

Einen Moment lang ärgerte Bristol sich über die Tatsache, dass er sich nicht die Zeit genommen hatte, etwas zu essen. Aber wenn er das getan hätte, wäre er wahrscheinlich noch nicht einmal zu Hause. Ihr Mann arbeitete gern, bis er einen guten Zeitpunkt erreicht hatte, um Schluss zu machen, selbst wenn das bedeutete, dass er erst nach sieben oder acht Uhr abends nach Hause kam. Zugegebenermaßen etwas, das er in letzter Zeit selten tat.

»Also, wir werden Folgendes tun. Aufstehen, uns frisch machen, essen, dann bringe ich dich hierher zurück und lecke dich. Ich ärgere mich, dass ich das nicht gleich beim ersten Mal gemacht habe, aber im Ernst, ich konnte es kaum erwarten, in dich hineinzukommen. Dann darfst du oben sein und mich nehmen, denn dich auf mir rittlings zu sehen? Das ist verdammt heiß, Punky. Wir werden zusammen einschlafen und dann Morgensex haben, bevor ich mich auf den Weg mache, um das Projekt abzuschließen, das ich heute angefangen habe.«

»Du hast das alles schon geplant, was?«, fragte Bristol, aber sie hatte nichts gegen das, was er gesagt hatte. Ganz und gar nicht.

»Ich habe gar nichts geplant«, gab er zu. »Aber jetzt, da ich in dir drin war, kann ich nur daran denken, wieder in dich reinzukommen. Ich werde versuchen, dich nicht zu überfordern, und wenn ich es doch tue, sag mir einfach, ich soll mich zurückhalten. Dich zu halten wird genauso befriedigend sein, wie in dir zu sein.«

Das war auf seine eigene Art süß. »Ich habe das Gefühl, dass es uns eine Weile lang schwerfallen wird, die Finger voneinander zu lassen«, erklärte sie ihm ganz ehrlich.

»Stimmt. Aber ich bin nicht gerade klein, und ich will dir auf keinen Fall wehtun. Also Planänderung ... du kannst ein heißes Bad nehmen, nachdem wir gegessen haben, dann werde ich dich vernaschen und du kannst auf mir reiten.«

Bristol lachte. »Abgemacht.«

Rocky starrte sie einen langen Moment an.

»Was?«, fragte sie, als sie seinen intensiven Blick keine Sekunde länger ertragen konnte.

»Ich frage mich nur, wie zum Teufel ich hierhergekommen bin. Wie du mit mir hier bist.«

»Ich schätze, ich habe einfach Glück.«

»Falsch, ich bin der Glückspilz.« Er beugte sich zu ihr hinunter, küsste sie lange, intensiv und leidenschaftlich und rollte sich dann vom Bett. Er ging zum Schrank hinüber, ohne auch nur einen Hauch von Befangenheit zu zeigen. Und warum sollte er auch? Er war gut gebaut.

Entschlossen, das gleiche Selbstbewusstsein an den Tag zu legen, rutschte Bristol an den Rand der Matratze und stellte sich hin. Und sofort begann sein Sperma, an ihrem Innenschenkel herunterzulaufen.

Überrascht – denn sie hatte vorhin nicht gelogen, es war das erste Mal, dass sie jemanden in sich hatte zum Orgasmus kommen lassen – konnte sie nur dastehen und auf ihre Beine starren.

»Entschuldige, aber das ist verdammt sexy«, bemerkte Rocky. Er ging vor ihr auf die Knie und sah zu, wie sein Sperma weiter aus ihr herauslief.

»Das ist eklig, Rocky. Hol mir was, um es abzuwischen.«

»Das wird wohl noch eine Weile so bleiben, was?«, fragte er, anstatt zu tun, was sie verlangte.

»Keinen Schimmer. Wahrscheinlich.«

Er lächelte breiter. »Verdammt, ich bin ein Höhlenmensch. Zu wissen, dass ich der Erste bin, der das sieht, und dass es das erste Mal für dich ist, macht mich so an.«

»Das sehe ich«, erwiderte Bristol und betrachtete seinen härter werdenden Schwanz zwischen seinen Beinen.

Er streckte die Hand aus, fuhr mit dem Daumen zwischen ihre Schamlippen und seufzte zufrieden, als er durch ihre eigenen Säfte und sein Sperma mühelos durch ihre Schamlippen glitt. Dann beugte er sich vor und griff nach dem T-Shirt, das er zuvor auf den Boden geworfen hatte. Damit wischte er sanft über ihre Schenkel und zwischen ihre Beine.

Er richtete sich auf seinen Knien auf und küsste sie noch einmal leidenschaftlich.

»Ich kann nicht lügen. Wenn ich daran denke, während wir zu Abend essen, wird es mir schwerfallen, dich nicht gleich wieder in dieses Bett zu zerren.«

»Versuch es doch«, erklärte sie trocken. »Ich bin hungrig, und ich weiß, du bist es auch.«

Er lächelte, dann wurde er nüchtern. »Ich werde alles in meiner Macht Stehende tun, um das zwischen uns nicht zu versauen.«

»Ich auch«, versicherte Bristol ihm.

»Ich meine es ernst. Du bist buchstäblich das Beste, was mir je passiert ist, und das werde ich mit meinem Leben beschützen.«

»Ich will nicht, dass du das tust«, erklärte sie ihm.

»Schade für dich.« Dann stand er auf, warf das schmutzige T-Shirt in den Wäschekorb und ging zu seiner Kommode hinüber. Er schnappte sich Boxershorts und zwei T-Shirts. Er griff nach der Jogginghose auf der Bettkante, wo er sie vorhin ausgezogen hatte, und nahm ihre Hand. Er schleppte sie ins Bad, wo er einen Waschlappen nahm, ihn mit warmem Wasser befeuchtete und ihn ihr reichte.

Das sollte komisch sein, aber irgendwie war es das bei Rocky nicht. Bristol wusch sich und zog das T-Shirt an, das Rocky ihr gegeben hatte. Nachdem er sich gewaschen und angezogen hatte, wollte sie zurück ins Zimmer gehen, um eine Unterhose zu suchen, aber Rocky griff erneut nach ihrer Hand.

»Hey! Ich muss mir eine Unterhose anziehen.«

»Nein. Du bist perfekt, so wie du bist.«

»Rocky, im Ernst.«

»Ich *meine* es ernst. Du brauchst sie nicht. Ich würde sie ohnehin einfach später wieder ausziehen.«

»Aber du hast doch Boxershorts angezogen – und diese sexy Jogginghose, möchte ich hinzufügen. Und *ich* werde sie *dir* später ausziehen.«

Er zog sie zu sich und beugte sich hinunter, um ihr ins Ohr zu flüstern: »Aber ich möchte, dass du auf meinem Schoß sitzt, während wir essen, damit ich fühlen kann, ob noch mehr von mir aus dir herauskommt.«

Bristol verdrehte die Augen. »Ein bisschen merkwürdig bist du ja schon.«

»Ich weiß. Es tut mir leid. Aber du wirst es trotzdem tun, oder?«

»Dieses eine Mal. Ja. Weil es das erste Mal ist.«

»Okay.«

Das Abendessen wartete auf sie im Ofen, den sie eingeschaltet hatte, bevor er nach Hause gekommen war. Die Soße war ein hoffnungsloser Fall, aber der Rest der Mahlzeit war köstlich. Bristol saß auf Rockys Schoß, wie er es verlangt hatte, und sie fühlte sich dabei nicht einmal besonders unwohl. Das T-Shirt, das sie trug, war groß genug und reichte ihr bis über den Po, sodass sie sich nicht nackt fühlte.

»Tut mir leid, dass ich das Mittagessen ausgelassen habe«, erklärte er, während er aß. »Ich hatte einfach zu viel zu tun und wollte die Trockenbauwand fertigstellen, damit sie Zeit zum Trocknen hat, bevor ich morgen wieder anfange.«

»Ist schon okay. Du hast mich noch nicht gesehen, wenn ich völlig in meine Glasmalerei vertieft bin. Ich vergesse dauernd zu essen.«

»Wir sind uns sehr ähnlich«, bemerkte Rocky.

Bristol nickte. »Ja.«

»Ich kann es kaum erwarten, dich kreativ zu sehen«, erklärte er und machte eine Pause vom Essen, um ihre Schläfe zu küssen. »Ich wette, es ist sexy.«

Bristol verdrehte die Augen. »Ist es nicht. Ich bin verschwitzt und schmutzig und rieche wahrscheinlich ein bisschen komisch.«

»Wie ich schon sagte – heiß.«

Bristol lachte. Sie beendeten die Mahlzeit, und als er ihr beim Aufstehen half, konnte sie nicht umhin, den kleinen nassen Fleck auf seiner Jogginghose zu bemerken. Er sah es auch und grinste sie an, sagte aber nichts. »Lass das Geschirr stehen, ich werde dir ein Bad einlassen«, sagte er zu ihr.

Bristol wartete im Wohnzimmer und fühlte sich ein wenig aus dem Konzept gebracht. Sie fand es toll, dass ihre Beziehung sich verändert hatte, aber sie machte sich auch Sorgen, ob es weiterhin so gut zwischen ihnen bleiben würde.

Dann war Rocky da, nahm ihre Hand und führte sie zurück ins Bad. Er küsste sie auf die Stirn und sagte mit fester Stimme: »Das mit uns wird funktionieren.«

Bristol schob ihre Bedenken beiseite. »Ja. Das wird es.«

»Entspann dich, lass dir Zeit, Punky. Ich werde in unserem Bett liegen und darauf warten, dich zum Nachtisch zu vernaschen, wenn du fertig bist.«

»Herrje, Rocky. Wenn du wolltest, dass ich mir Zeit lasse, dann war das nicht der richtige Weg«, beschwerte sie sich.

Er grinste, offensichtlich ohne Reue. »Ich kann es kaum erwarten, dich zu kosten, Süße. Mach den Gips nicht nass.« Dann küsste er sie noch einmal auf die Lippen und verließ das Bad, wobei er die Tür hinter sich zumachte.

Bristol seufzte und schüttelte den Kopf, dann betrachtete sie ihr Spiegelbild. Sie hatte ein breites Lächeln auf dem Gesicht und ihre Wangen waren gerötet. Sie sah glücklich aus.

Rocky war gut für sie, und sie hoffte, dass er dasselbe für sie empfand.

Zum ersten Mal seit Langem freute sie sich auf ihre Zukunft. Es war nicht so, dass sie unglücklich gewesen wäre, bevor sie nach Fallport kam, und ihre Kunst war erfüllend. Aber ohne jemanden, der ihr Leben mit ihr teilte, vegetierte sie nur vor sich hin ...

Das hatte sich definitiv geändert. Sie fühlte sich, als würde sie ein ganz neues Leben erleben.

Schnell zog sie ihr Oberteil aus und setzte sich auf den Rand der Wanne. Sie ließ sich ins Wasser gleiten und stützte ihr Bein auf dem Rand ab. Sie seufzte. Das Wasser fühlte sich himmlisch an und Rocky hatte sogar etwas Blumiges ins Wasser getan, sodass es herrlich duftete.

Ja, sie hatte einen guten Mann. Und Bristol war fest entschlossen, ihn genauso wunderbar zu behandeln, wie er sie behandelte.

KAPITEL FÜNFZEHN

Bristol konnte nicht aufhören zu lächeln. Als sie noch in Kingsport lebte, gab es Tage, an denen sie morgens im Bett lag und sich fragte, wohin ihr Leben führen würde. Ihre Routine war tagein, tagaus dieselbe gewesen. An den meisten Tagen sprach sie mit niemandem, stand einfach auf, frühstückte und machte sich sofort an die Arbeit. Sie liebte ihre Kunst und ihr Zuhause, war finanziell abgesichert ... aber ihr Leben war ziemlich einsam.

Jetzt waren ihre Tage gefüllt mit Nachrichten, Anrufen und Besuchen bei Freunden. Sie war mehrmals bei Ethan und Lilly zu Hause gewesen, hatte Zeke und Elsie besucht, war zu einem Fußballspiel von Tony gegangen und hatte sogar Rocky bei mehreren seiner Aufträge begleitet.

Sie fertigte immer noch ab und zu Schmuck an, aber ehrlich gesagt fand sie, dass sie lieber mit anderen Menschen zusammen war, als allein drinnen zu sein und ihre Kunst zu machen. Der Drang, etwas zu schaffen, würde nie verschwinden, aber sie hatte sich ein ausreichendes Polster aufgebaut, sodass sie sich nicht mehr so sehr anstrengen musste wie in der Vergangenheit. Dank Rocky und ihrer neuen Freunde wollte Bristol das Leben genießen und nicht an eine Webseite oder einen Arbeitstisch gebunden sein.

Trotzdem freute sie sich darauf, wieder ihre Glasmalerei zu machen. Seit sie in Fallport war, hatte sie viele Ideen für neue Projekte, die sie machen wollte, und sie konnte es kaum erwarten, einen Ort zu finden, an dem sie etwas kaufen konnte, um loszulegen.

Sie lächelte, als ihr die Idee für ein riesiges Glasgemälde mit einem Wald in den Sinn kam – mit Bigfoot, der seinen Kopf hinter einem Baum hervorstreckte –, und zuckte überrascht zusammen, als Rocky ihre Hand berührte.

»Entschuldige bitte, was?«, fragte sie.

»Ich habe nur gefragt, worüber du nachdenkst«, bemerkte er leise. Sie saßen an seinem Tisch und beendeten das Frühstück. Ausnahmsweise hatte Bristol nicht den ganzen Tag verplant. Sie hatte sich mit einer Immobilienmaklerin in Verbindung gesetzt und wollte sich heute mit ihr treffen, um ihre Wünsche und Vorstellungen zu besprechen, damit die Frau sich auf die Suche nach einem Grundstück und einem Haus machen konnte. Danach wollte sie zurück in die Wohnung kommen und sich entspannen. Außerdem wollte sie einen Kuchen für Rocky backen. Aus keinem bestimmten Grund, sondern einfach, weil sie ihn verwöhnen wollte.

Er begann heute mit der Arbeit an einem neuen Projekt. Irgendetwas mit dem Fundament eines Hauses. Bristol kannte die Einzelheiten nicht, aber da Rocky sich über den Auftrag und das Geld, das er einbringen würde, freute, tat sie es auch.

»Ich habe gerade darüber nachgedacht, wieder mit meiner Glasmalerei anzufangen«, erklärte Bristol Rocky.

»Vermisst du es?«, fragte er und runzelte die Stirn. »Ich bin sicher, wir können uns etwas einfallen lassen, damit du wieder damit anfangen kannst, bevor du dir ein eigenes Haus kaufst.«

»Ist schon in Ordnung«, versicherte sie ihm. »Ich meine, ja, ich vermisse die Glasmalerei, aber ich werde nicht sterben, wenn ich nicht sofort etwas machen kann.«

»Bist du sicher?«

»Ich bin sicher. Außerdem gibt mir diese Pause die Möglichkeit zu planen, was ich machen will.«

»Tatsächlich?«, fragte Rocky mit einer hochgezogenen Augenbraue.

»Hm-hm. Was glaubst du, was Sandra davon halten würde, eines der vorderen Fenster des *Sunny Side Up* durch einen Wald aus Buntglas zu ersetzen ... mit Bigfoot natürlich?«

Rocky brach in Gelächter aus. Als er sich wieder unter Kontrolle hatte, sagte er: »Sie würde sich die Chance nicht entgehen lassen, eines deiner Designs in ihrem Restaurant zu haben. Aber ernsthaft? Bigfoot?«

»Entweder das oder ein heißer, bärtiger Such- und Bergungskerl zwischen den Bäumen«, erklärte sie grinsend.

»Bigfoot ist besser«, entgegnete Rocky nachdrücklich.

Bristol wusste, dass er das sagen würde. Rocky – und eigentlich auch der Rest des Teams – mochte keine Aufmerksamkeit. Alle genossen ihre Arbeit, aber sie taten es nicht, um Anerkennung oder Schulterklopfen zu bekommen.

»Hast du noch etwas anderes für den Tag geplant, während ich unter der Dusche war?«, fragte Rocky.

Bristol runzelte die Stirn. »Was zum Beispiel?«

»Ich weiß es nicht. Bungee-Jumping mit Finley, alle Bücher im Antiquariat in der Innenstadt neu sortieren oder dich mit Sandra treffen, um ein neues Menü zu testen?«

Bristol lachte. »Nein. Ich treffe mich mit der Immobilienmaklerin und komme dann hierher zurück, um zu entspannen.«

Rocky lächelte sie liebevoll an. »Ich frage ja nur. Fürs Protokoll? Ich finde es bewundernswert, wie jeder, mit dem du in Kontakt kommst, dein bester Freund sein will.«

»Das ist nicht wahr«, protestierte Bristol.

»Doch, ist es. Du hast dich hier nahtlos eingefügt. Es hat ein Jahr gedauert, bis sich die Leute überhaupt an meinen Namen erinnern konnten.«

»So ein Blödsinn«, entgegnete Bristol und verdrehte die Augen. Aber insgeheim freute sie sich doch.

Sie beendeten ihr Frühstück, und dann war es Zeit für Rocky zu gehen. In der Nähe der Eingangstür nahm er sie in die Arme und küsste sie innig. Sie atmeten beide schwer, als er sich von ihr löste. »Wann denkst du, bist du heute mit der Maklerin fertig?«

»Ich weiß es nicht genau«, erklärte sie ihm. »Aber vor dem Mittagessen. Sie holt mich gegen neun Uhr ab, und ich kann mir nicht vorstellen, dass wir länger als zwei Stunden oder so reden werden.«

Er lachte leise. »Darauf würde ich nicht wetten. Ich schätze, dass du am Ende deines Treffens eine weitere beste Freundin hast.«

Bristol schüttelte nur den Kopf über ihn.

»So sehr ich mich auch freue, dass du dich hier in Fallport niederlassen willst, muss ich doch zugeben, dass ich dich vermissen werde«, bemerkte Rocky leise.

»Mich vermissen?«, fragte Bristol verwirrt.

»Ja. Ich habe dich gern in meiner Wohnung. Auch wenn du nicht wegen einer guten Sache hier gelandet bist, hast du meinen Raum mit all deiner guten Energie erfüllt.«

»Oh, ähm ...« Bristol war sich nicht sicher, was sie antworten sollte.

»Was? Was habe ich denn gesagt?«, fragte Rocky.

»Nichts. Ich meine ... ja, ich war auch gern hier.«

Er schlang eine Hand um ihren Nacken. »Sieh mich an, Punky.« Als sie das tat, fragte er: »Was ist los?«

Bristol holte tief Luft und sagte: »Ich dachte nur ... wenn ich ein Haus gefunden habe, das mir gefällt ... dass du vielleicht bei mir einziehen willst.«

Rocky starrte sie so lange an, dass Bristol das Bedürfnis verspürte, einen Rückzieher zu machen. Entweder das oder sie musste sich übergeben.

»Aber ich weiß, dass das dumm ist. Ich meine, wir sind

zusammen. Ich war nur hier, bis es mir besser ging, und mein Bein ist fast so gut wie neu. Natürlich willst du deine Wohnung nicht aufgeben.«

Mit dem Daumen strich er über ihre Lippen und gebot so ihren nervösen Worten Einhalt.

»Du willst, dass ich bei dir einziehe?«, fragte er leise und ignorierte ihr Geplapper.

Bristol zuckte verunsichert mit den Schultern. Dann nickte sie. »Also, um ehrlich zu sein ... ja. Zumindest hatte ich das gehofft. Aber wenn du nicht willst, ist das auch in Ordnung.«

»Ich will«, erklärte er nachdrücklich. »Ich habe mich vor dem Tag gefürchtet, an dem du wieder auf den Beinen bist ... und ich weiß, das ist so typisch Mann. Ich habe nicht gelogen, Bristol. Es hat mir wahnsinnig gefallen, dich hierzuhaben. Und jetzt, da du jede Nacht in meinem Bett schläfst, erscheint mir der Gedanke, dass du ausziehst, sogar noch schrecklicher.«

»Mir geht es genauso«, erwiderte sie leise.

»Verdammt ... ich hasse es, dass ich jetzt gehen muss«, bemerkte Rocky.

Bristol konnte das Verlangen in seinem Blick sehen. »Je eher du gehst, desto eher kannst du zurückkommen«, entgegnete sie frech.

Er grinste. »Stimmt.« Dann hob er ihren Kopf an und senkte den seinen. Er küsste sie noch einmal, ein sanftes, intimes Ineinandergreifen der Lippen, bevor er sich aufrichtete. »Ich freue mich darauf zu hören, was die Maklerin sagt.«

»Ich auch.«

»Verdammt, du machst mich so glücklich«, bemerkte Rocky und ließ seinen Blick über ihr Gesicht wandern.

»Geht mir genauso«, erwiderte Bristol.

Er holte tief Luft und ließ seine Hand sinken. »Gut. Wenn ich gehen will, dann muss ich jetzt gehen. Ich wünsche dir einen schönen Tag.«

»Den werde ich haben. Ich schreibe dir eine Nachricht,

nachdem ich mich mit der Maklerin getroffen habe, und lasse dich wissen, was sie gesagt hat.«

»Und wenn sie dir interessante Immobilien schickt, schick mir die Links per E-Mail ... das heißt, wenn du meine Meinung dazu hören willst.«

»Natürlich will ich das!«, rief Bristol aus. »Und das mache ich.«

Rocky nickte und wandte sich zur Tür. Er lächelte ihr noch einmal zu, dann war er verschwunden. Bristol stand in der Tür und sah ihm nach, wie er den Korridor außerhalb des Wohnhauses in Richtung der Treppe hinunterging. Er steuerte seinen Wagen an und winkte ihr zu, als er sich hinter das Lenkrad setzte, bevor er rückwärts aus der Parklücke fuhr und auf die Ausfahrt zusteuerte.

Bristol schloss die Tür und lehnte sich dagegen, nachdem sie sie hinter sich geschlossen hatte. Sie lächelte eine ganze Minute lang ins Leere, bevor sie sich zwang, mit ihrem Tag weiterzumachen.

Wie sich herausstellte, kehrte Bristol erst am frühen Nachmittag in Rockys Wohnung zurück. Sie hatte sich sofort mit der Maklerin angefreundet, die ihr schließlich zwei Objekte zeigte, die sie für geeignet hielt, obwohl das am Morgen noch nicht auf dem Plan gestanden hatte.

Bristol war sich bei beiden nicht so sicher, aber ihr Enthusiasmus war ungebrochen. Sie hatte keinen Zweifel daran, dass sie das perfekte Grundstück und Haus finden würde.

Sie schrieb Rocky eine Nachricht, um zu erfahren, wie sein Tag gelaufen war.

Bristol: *Hi! Ich bin wieder da. Die Sache mit der Maklerin lief super! Wir haben uns zwei Häuser angesehen, aber keines davon war genau das, wonach ich gesucht habe. Aber ich denke, sie hat jetzt einen besseren Überblick, und ich bin sicher, dass ich bald etwas finden werde. Wie läuft es bei dir?*

Rocky antwortete, indem er ihr ein Bild von einem großen Loch im Boden schickte, das mit braunem, schlammigem Wasser gefüllt war. Sie hatte keine Ahnung, was das Problem war, aber es war offensichtlich, dass er es an seinem ersten Tag im neuen Job nicht gerade leicht hatte.

Bristol: *Oje. Das sieht gar nicht gut aus.*

Rocky: *Ist es auch nicht. Ich komme heute Abend vielleicht etwas später nach Hause, als ich dachte.*

Bristol: *Das ist schon in Ordnung. So habe ich Zeit, deine Überraschung fertigzustellen.*

Rocky: *Überraschung?*

Bristol: *Eine süße Überraschung.*

Rocky: *Du wartest auf mich nackt auf unserem Bett, wenn ich nach Hause komme?*

Bristol: *Lol. Nein, aber das lässt sich auch einrichten.*

Rocky: *Nur damit das klar ist, du musst mir keine Überraschungen bereiten. Ich brauche nur dich.*

Bristol schloss für einen Moment die Augen und genoss die Tatsache, dass er ihr immer ein so gutes Gefühl gab.

Bristol: *Allein dafür muss ich vielleicht die neue Unterwäsche herausholen, die ich für einen besonderen Anlass gekauft habe.*

Rocky: *Es ist unmöglich, mit einem Ständer zu arbeiten, Punky.*

Bristol: *Tut mir leid. Nein. Sei heute vorsichtig. Sagst du mir Bescheid, wenn du auf dem Heimweg bist?*

Rocky: *Mach ich. Ich freue mich, dass das Treffen gut gelaufen ist.*

Bristol: *Ich mich auch.*

Rocky: *Obwohl ich keinen Zweifel daran hatte, dass es so sein würde. Du passt hierher, Bristol. Wir sehen uns in ein paar Stunden.*

Bristol: *Bis dann.*

Es war so schwer, nicht »Ich liebe dich« zu tippen. Die Worte lagen ihr auf der Zunge und sie war sich nicht sicher, warum sie sich zurückhielt. Verdammt, sie hatten vor, offiziell zusammenzuziehen. Ihm zu sagen, dass sie ihn liebte, schien im Vergleich dazu nicht so schnell zu gehen. Aber da er es noch nicht gesagt hatte, wollte sie es auch nicht tun. Noch mal: dumm. Sie war erwachsen.

Angewidert von sich selbst schüttelte Bristol den Kopf, warf ihr Handy auf den Tresen und öffnete den Schrank. Sie hatte genügend Zeit, um den Kuchen zu backen, aber sie wollte sichergehen, dass er vollständig abkühlte, bevor sie die Glasur auftrug, sonst würde die Glasur schmelzen und komisch aussehen. Sie war zwar keine so gute Bäckerin wie Finley, aber sie war fest entschlossen, etwas Erstaunliches für Rocky zu backen, wenn er von einem offensichtlich harten Arbeitstag nach Hause kam.

Anderthalb Stunden später, sie hatte den Kuchen gerade aus dem Ofen genommen, klopfte es an ihrer Tür. Die Wohnung roch wunderbar; es gab nichts Besseres als den Duft eines frisch gebackenen Kuchens ... außer vielleicht frisch gebackenes Brot.

Bristol wischte sich die Hände an einem Geschirrtuch ab und ging zur Tür. Sie hatte keine Ahnung, wer es sein könnte, aber es würde sie nicht wundern, wenn sie Lilly oder vielleicht sogar Sandra sehen würde. Die Besitzerin des Restaurants war schon ein paarmal mit neuen Gerichten vorbeigekommen, die sie für das Restaurant ausprobieren wollte. Es war zwar eine etwas faule Ausrede, aber Bristol machte das nichts aus. Wenn Sandra sie sehen wollte, freute sie sich immer über einen Besuch.

Sie öffnete die Tür und runzelte kurz die Stirn. Luke ... nein, Lance. Das war sein Name.

»Hi! Entschuldige, dass ich dich störe«, begrüßte er sie fröhlich. »Und ich weiß, das klingt total kitschig und abgedroschen, aber ich habe gerade einen Braten für mein Abendessen zubereitet und festgestellt, dass ich keine Karotten für den Eintopf habe. Ich könnte in den Laden gehen, aber ich dachte, ich schaue mal, ob du welche hast, die ich dazugeben kann. Ich war so in meinen Roman vertieft, dass ich ganz vergessen habe, einkaufen zu gehen. Ich kann dir ein paar Dollar geben, wenn du mir aushelfen kannst.«

»Oh, das ist nicht nötig, ich bin sicher, ich kann ein paar entbehren. Wir waren erst gestern im Laden.« Bristol lächelte ihren Nachbarn an. Sie hatte schon seit ein paar Wochen nicht mehr mit ihm gesprochen, aber sie hatte ihn immer wieder gesehen. Er wohnte schließlich nur drei Türen weiter, und da Fallport nicht gerade eine riesige Stadt war, sah sie ihn auch oft unterwegs.

»Vielen Dank«, entgegnete er mit einem breiten Lächeln. »Hier, ich gebe dir etwas Geld für deine Mühe.«

»Nein, wirklich, ist schon okay«, sagte Bristol, während er in seine Gesäßtasche griff.

Aber er holte nicht seine Brieftasche heraus, sondern hatte ein Stück Stoff in der Hand.

Bevor sie überhaupt begreifen konnte, was er vorhatte, trat Lance vor und packte sie um die Taille. Er bedeckte ihre Nase und ihren Mund mit dem Stoff und drückte sie fest an sich.

Bristol begann sofort, sich zu wehren, aber es war sinnlos. Lance war zu groß. Sie versuchte, ihn mit ihrem eingegipsten Bein zu treten, aber er stellte sich einfach ein wenig breitbeiniger hin. Er drückte sie gegen die Wand im Inneren der Wohnung und lächelte auf sie herab.

Es war ein unheimliches, heiteres Grinsen. Er wirkte in keiner Weise gestresst oder ängstlich.

»Lass es einfach geschehen«, sagte er in leisem Ton. »Einatmen, Püppchen. So ist es gut. Ich halte dich fest.«

Zu spät erkannte Bristol, was geschah. Das Tuch an ihrem Gesicht war nass. Es war so ein Klischee, dass man durch Chloroform oder ein anderes Betäubungsmittel, das ihr Nachbar in den Stoff geträufelt hatte, betäubt wurde. Aber es geschah in diesem Moment. Sie fühlte sich lethargisch und ihre Glieder wurden plötzlich unheimlich schwer. Als sie blinzelte, brauchte sie all ihre Kraft, um ihre Augen wieder zu öffnen.

»Du solltest Fremden wirklich nicht die Tür öffnen, Püppchen. Es ist einfach viel zu gefährlich.«

Sie wollte am liebsten höhnisch lachen. Den Mann anschreien und ihn fragen, was zum Teufel er da tat, aber mit seiner Hand über ihrem Mund konnte sie nicht sprechen, und sie verlor das Bewusstsein.

Lance hob sie hoch, entfernte aber nicht das Tuch über ihrer Nase und ihrem Mund. Er verließ ihre Wohnung rückwärts und ging den Gang hinunter.

Als sie seine Wohnung erreichten, öffnete er die Tür und trug sie hinein. Bristol hörte nur noch, wie Lance ihr etwas zuflüsterte, als er ein Zimmer betrat, das dunkel wie die Nacht war. Er legte sie auf das Bett und beugte sich hinunter, um sie auf die Stirn zu küssen.

»Schlaf, Püppchen. Ich bin ja da. Dein neues Leben hat begonnen.«

Rocky war aufgewühlt, müde und gereizt. Das Fundament, an dem er arbeitete, war viel beschädigter, als er gedacht hatte. Es würde eine Menge Arbeit erfordern, das zu reparieren, was Zeit und Natur dem alten Haus angetan hatten. Aber er war auch stolz auf das, was er bis jetzt erreicht hatte. Er würde Ethan in nächster Zeit um Hilfe bitten müssen, denn es gab einige Dinge, die er nicht allein bewältigen konnte, aber er wusste, dass sein Bruder kein Problem damit hätte, ihm zur Hand zu gehen.

Nachdem er seinen Wagen gestartet und die Klimaanlage aufgedreht hatte, griff Rocky nach seinem Handy. Er schickte Bristol eine Nachricht, in der er sich erkundigte, wie der Rest ihres Tages verlaufen war, und ihr mitteilte, dass er sich auf den Weg zurück in die Wohnung machen würde.

Zu seiner Überraschung antwortete sie nicht. Nicht nur das, er sah auch keine Lesebestätigung unter seiner Nachricht auftauchen.

Er wartete eine ganze Minute und schickte dann eine weitere Nachricht.

Rocky: *Hey, Punky, bist du da?*

Eine weitere Minute verging, ohne dass er eine Antwort erhielt und ohne dass sie seine Nachricht gesehen hatte.

Rocky stellten sich die Nackenhaare auf und er legte den Gang ein. Es war töricht zu denken, dass etwas nicht stimmte. Bristol war in der Wohnung, genau dort, wo sie vorhin gewesen war. Das letzte Mal hatte er von ihr gehört, als sie von ihrem Treffen mit der Immobilienmaklerin nach Hause gekommen war. Sie hatte für den Rest des Tages keine Pläne mehr, und wenn sie es sich anders überlegt hätte und ausgegangen wäre, hätte sie es ihm gesagt.

Rocky war normalerweise kein Mann, der voreilige Schlüsse zog ... egal, worum es ging. Aber er konnte sich des wachsenden Unwohlseins und der bösen Vorahnung nicht erwehren, die sich in seiner Magengrube ausbreiteten. Wahrscheinlich würde er nach Hause kommen und Bristol wäre in den kreativen Prozess vertieft. Oder sie hörte so laut Musik, dass sie seine Nachrichten nicht mitbekommen hatte.

Tief in seinem Inneren glaubte Rocky nicht an diese beiden Möglichkeiten. Sie hatte es bisher kein einziges Mal versäumt, auf eine Nachricht zu reagieren. Er erwartete zwar nicht, dass sie alles stehen und liegen ließ, um ihm Aufmerksamkeit zu schenken, wenn er anrief oder ihr eine Nachricht schickte, aber sein Gefühl sagte ihm, dass etwas nicht stimmte.

Er betete, dass er sich irrte. Dass er zurück in die Wohnung käme und Bristol ihm sagen würde, dass er überfürsorglich und lächerlich war. Vielleicht würden sie sich sogar zum ersten Mal streiten und sie würde ihm sagen, dass er sich beruhigen sollte oder so. Eigentlich *wollte* er, dass das passierte.

Denn die Alternativen, die ihm durch den Kopf gingen, waren inakzeptabel.

Es kam ihm so vor, als würde die Fahrt durch Fallport bis zu seiner Wohnung viel länger dauern als sonst. Er ließ den Blick über das Gebäude schweifen und nichts schien ungewöhnlich zu sein. Es standen keine fremden Fahrzeuge auf dem Parkplatz und es war niemand unterwegs. Er parkte, sprang aus dem Wagen und eilte zum Treppenhaus. Er nahm immer zwei Stufen auf einmal und lief den Gehweg hinunter zu seiner Tür. Er drehte den Knauf, aber sie war verschlossen.

Er redete sich ein, dass das ein gutes Zeichen sei, und brauchte wertvolle Sekunden, um den richtigen Schlüssel zu finden und ins Schloss zu stecken. Rocky stieß die Tür auf und der Duft von frisch gebackenem Kuchen schlug ihm entgegen.

Eine süße Überraschung, hatte Bristol gesagt. Erleichterung schwappte durch seine Adern, als Rocky die Tür hinter sich schloss. »Bristol?«, rief er.

Er erhielt keine Antwort.

Er ging in die Wohnung und schaute in Richtung Küche, wo er sie manchmal fand, wenn er von der Arbeit nach Hause kam. Sie war nicht da. Er sah den Kuchen, den sie gebacken hatte, auf der Herdplatte auf einem Abkühlgestell stehen. Er war nicht glasiert, was ihn stutzig machte.

»Bristol?«, fragte er erneut. Aber wie zuvor – keine Antwort.

Rocky drehte sich um und erstarrte, als er Bristols Handy auf dem Tresen liegen sah.

Er hob es auf und drückte die Home-Taste. Auf dem Bildschirm erschien sofort eine Vorschau der SMS, die er an sie geschickt hatte. Zusammen mit Nachrichten von Lilly, Elsie, Sandra und sogar Khloe.

Er legte das Telefon zurück auf den Tresen und ging in den Flur. Die Badezimmertür stand offen, aber Bristol war nicht drinnen. Seine Hand zitterte, als er die Tür zum großen Schlafzimmer öffnete. Es war ein seltsames Gefühl, einerseits zu *fürchten*, sie dort zu finden, irgendwie verletzt und unfähig, sich zu bewegen, und andererseits zu *hoffen*, dass er sie so fand. Wenn sie verletzt war, konnte er ihr Hilfe holen. Aber wenn sie nicht da war ...

Seine schlimmsten Befürchtungen wurden wahr, als das Zimmer genau so aussah, wie sie es am Morgen verlassen hatten. Er hatte seine Hände nicht von ihr lassen können, hatte sie über die Matratze gebeugt und sie von hinten genommen. In ihrem Überschwang war das Laken von der Matratze gerissen worden und Bristol hatte sich über das Bettenmachen beschwert. Rocky hatte sie geküsst und versprochen, es zu tun, wenn er nach Hause kam.

Aber als er auf das ungemachte Bett starrte, wusste er es. Auch ohne in dem Zimmer nachzusehen, in dem sie bei ihrer Ankunft geschlafen hatte, wusste er, dass Bristol nicht da war. Sie hätte die Bettwäsche selbst gewechselt. Sie hätte nicht darauf gewartet, dass er es tat.

Rocky drehte sich auf dem Absatz um, ging zurück in den Wohnbereich und öffnete die Tür zu seiner Wohnung. Er lief nach draußen und lehnte sich über das Geländer. Er hatte keine Ahnung, wonach er suchte.

Nein, das stimmte nicht. Er suchte nach irgendeinem

Hinweis darauf, wo Bristol sein könnte. Er suchte irgendeinen Anhaltspunkt. Aber er sah nur, was er jedes Mal sah, wenn er seine Wohnung verließ. Rocky drehte sich um und ließ den Blick über seine Tür schweifen. Sie war verschlossen gewesen, als er nach Hause gekommen war, aber ihr Telefon, ihr Schlüssel und ihre Handtasche waren noch im Haus.

Verdammt. Rocky war verdammt gut in den Wäldern. Im Verfolgen von Spuren. Er konnte eine Bombe am Straßenrand aus hundert Metern Entfernung erkennen. Er konnte Scharfschützen in Gebäuden in einer feindlichen Stadt ausmachen. Aber er war kein Kriminaltechniker. Er wusste nicht, wonach er in seinem Apartment suchen sollte, um die Frau zu finden, die er liebte.

Er biss die Zähne zusammen, als er sein Handy noch einmal herauszog. Er *liebte* Bristol … und hatte es ihr nicht gesagt. Wenn ihr etwas zustieß und er nie die Gelegenheit hatte, ihr zu sagen, wie sehr er sie liebte, würde er sich das nie verzeihen.

Vielleicht überreagierte er, aber sein Gefühl sagte ihm etwas anderes.

Er klickte auf einen Kontakt und wartete ungeduldig darauf, dass sein Freund den Hörer abnahm.

»Hey, Rocky, was gibt's?«, antwortete Drew, als er abnahm.

»Ich brauche dich.«

»Warum? Was ist los?«

»Bristol ist weg und ich brauche deine Hilfe. Ich brauche die Hilfe von euch allen.«

»Ich bin auf dem Weg«, entgegnete Drew.

Rocky konnte hören, wie sein Freund sich im Hintergrund bewegte. Er schloss die Augen und versuchte, nicht in Panik zu geraten. Er war erleichtert, dass Drew nicht gefragt hatte, ob er sich sicher war. Rocky wusste, dass Bristol in Schwierigkeiten steckte, so sicher wie er seinen Namen kannte. Es war ein tiefes Gefühl. Es war dasselbe Gefühl, das er gehabt hatte, als er sieben Jahre alt war und Ethan mit dem Fahrrad gestürzt war.

Er war nicht dabei gewesen, aber er wusste, dass sein Zwillingsbruder verletzt war. Dasselbe Gefühl, das er gehabt hatte, als Ethan fast von einer Bombe in die Luft gesprengt worden war, als sie noch SEALs waren.

»Wo bist du? In deiner Wohnung?«, fragte Drew.

»Ja.« Das Wort kam mehr als Flüstern heraus.

»Fass nichts an, verstehst du? Es könnte DNA und andere Beweise geben.«

»Ich stehe draußen«, erklärte Rocky.

»Gut. Ich werde in ein paar Minuten da sein. Ich lege jetzt auf und rufe die anderen an. Kommst du zurecht, bis wir da sind?«

Würde er zurechtkommen? Nein. Zu wissen, dass Bristol irgendwo da draußen war, wahrscheinlich verängstigt, vielleicht verletzt, raubte ihm fast den Verstand. Er kannte die Statistiken, die besagten, dass die ersten Stunden, nachdem jemand entführt worden war, am wichtigsten waren. Wenn jemand in diesen ersten zwei kritischen Tagen nicht gefunden wurde, war es wahrscheinlich, dass er nie gefunden würde.

Er konnte sich nicht vorstellen, dass es Bristol nicht mehr gab. Sie war sein strahlendes Licht. Sie brachte ihn dazu, ein besserer Mensch sein zu wollen.

Rocky legte eine Hand auf sein Herz und atmete tief ein. Sie war noch nicht tot. Er *wusste* es. Er spürte es tief in seinem Inneren. Er hatte noch eine Chance, sie zu finden. Um sie nach Hause zu bringen. Und wer immer es gewagt hatte, Hand an sie zu legen, würde es bereuen.

»Rocky? Du musst dich konzentrieren. Dreh jetzt nicht durch!«, fuhr Drew ihn an.

»Ich bin hier«, erklärte er seinem Freund.

»Gut. Ich lege jetzt auf und rufe alle anderen an. Bleib dran.«

Rocky nickte und hörte, wie die Leitung unterbrochen wurde. Er drehte sich um und starrte in seine Wohnung. Es bestand die Möglichkeit, dass sie einfach ihr Telefon, ihre

Handtasche und ihren Schlüssel vergessen hatte und mit einer ihrer neuen Freundinnen abhängen wollte, aber Rocky verwarf diesen Gedanken sofort. Sie würde nie ohne ihr Telefon gehen. Nach ihrer Erfahrung verstand sie besser als die meisten anderen, wie wichtig es war, mit anderen zu kommunizieren.

Nein, das war schlecht.

Mehr als schlecht. Und Rocky konnte nur dastehen und beten, dass Bristol stark genug war, um das zu überstehen, was das Leben ihr jetzt in den Weg stellte.

KAPITEL SECHZEHN

Als Bristol aufwachte, war sie sehr verwirrt. In dem Zimmer, in dem sie sich befand, war es schummrig. Das einzige Licht kam von einer Glühbirne mit sehr geringer Leistung in der Lampe neben dem Bett, auf dem sie lag. Ein Bett, das sich weder vertraut anfühlte noch roch.

Als sie wieder zu sich kam, merkte sie, dass sie rasende Kopfschmerzen hatte ... und dass ihr Bein so sehr schmerzte, dass ihr sofort die Tränen in die Augen stiegen. Das ergab keinen Sinn. Ihr Bein war größtenteils geheilt. Doc Snow hatte das erst neulich gesagt.

»Hallo, Bristol«, sagte eine tiefe Stimme von rechts neben ihr.

Als sie den Kopf drehte, blinzelte sie durch die Tränen hindurch und erkannte ihren Nachbarn ... Lance.

Und plötzlich kam ihr alles wieder in den Sinn. Instinktiv versuchte sie, sich von ihm loszureißen, aber der Schmerz in ihrem Bein kam um das Zehnfache zurück. Sie schrie vor Schmerz auf.

»Ganz ruhig«, erklärte Lance und hielt sie am Arm fest. »Du musst stillhalten, sonst tust du dir noch mehr weh.«

Als Bristol an sich herunterschaute, sah sie, dass ihr rechter

Knöchel mit einer Kette umwickelt war, die am Ende des Bettes verschwand. Aber nicht nur das – ihr rosa Gips war verschwunden. Ihr Bein war strahlend weiß, die Haut schälte sich und musste dringend gereinigt werden. Aber das war nicht das, was sie ungläubig anstarrte.

Sie blutete stark, und nach den Schmerzen zu urteilen, die sie verspürte, war ihr Bein erneut gebrochen.

»Das tut mir leid«, sagte Lance und klang dabei überhaupt nicht reumütig. »Ich musste den Gips abnehmen, um dich richtig festbinden zu können, damit du mich nicht verlassen kannst. Und dabei hast du dich wieder verletzt.«

Visionen des Films *Misery* blitzten in Bristols Kopf auf. Hatte Lance ihr absichtlich das Bein gebrochen, damit sie nicht mehr laufen konnte?

»Aber du wirst heilen. Dafür werde ich sorgen. Ich bringe dir alles, was du brauchst ... Lebensmittel, Wasser und die Sachen, die du brauchst, um deinen Schmuck herzustellen. Ich war in deinem Haus, weißt du.« Seine Stimme war ruhig und sanft, als würde er über das Wetter sprechen und nicht darüber, sie anzuketten und gefangen zu halten.

»In meinem Haus?«, fragte Bristol und versuchte, nicht auszuflippen. Sie musste ruhig bleiben. Sie musste herausfinden, was zum Teufel los war und wie sie abhauen konnte.

»Ja. Als du so lange weg warst, habe ich mir Sorgen gemacht. Du warst nicht online, du hast keine Bestellungen über deine Webseite angenommen. Ich wusste, dass etwas Schlimmes passiert sein musste. Und ich hatte recht. Als du endlich nach Hause kamst, war ich so erleichtert ... aber du warst mit *ihm* zusammen. Er ist nicht gut für dich, Bristol. Du hast weder auf die Nachrichten deiner Anhänger und Kunden reagiert, noch deine Webseite gepflegt. Du hast keine neue Ware eingestellt. Das ist nicht gut.

Als du wieder weggefahren bist, bin ich dir hierher gefolgt. In diese furchtbare Scheißstadt. Wo sich jeder in die Angelegenheiten des anderen einmischt. Es ist grauenhaft«, bemerkte er und klang zum ersten Mal wütend, bevor er sich wieder beruhigte. »Als ich nach Hause kam, hatte ich einen Plan. Ich bin zu deinem Haus zurückgekehrt und habe ein paar deiner Sachen geholt. Sachen, die du brauchen wirst, bis ich dich endlich zu *mir* nach Hause bringen kann, wo wir so glücklich zusammen sein werden. Ich habe deine Seife, deine Bücher ... und sieh mal, sogar ein Bild von deiner Mutter.«

Lance gestikulierte in den Raum, und Bristol sah sich gehorsam und entsetzt um. Er hatte recht. Sie sah ein Kissen, das sie zuletzt auf ihrem Sofa in Kingsport gesehen hatte. Ein Bild von ihrer Mutter und ihr von Weihnachten vor ein paar Jahren. Eine Tasse aus ihrem Küchenschrank mit dem Bild einer Wildblume.

In der Ecke des Zimmers stand ein kleiner Tisch mit Plastikbehältern, die mit Perlen und anderen Materialien gefüllt waren, die sie zur Schmuckherstellung verwendete. Die hatte sie zuletzt auch in ihrem Haus gesehen, als sie mit Rocky dort gewesen war. Sie hatte beschlossen, sie nicht mit nach Fallport zu nehmen, weil sie bereits genügend Material für die nächste Zeit eingepackt hatte.

Aus Bristols Augen liefen unaufhörlich Tränen. Es war schon schlimm genug, dass sie von jemandem, den sie irgendwie kannte, aus Rockys Wohnung entführt worden war und dass ihr Bein so zertrümmert war, dass sie nicht laufen konnte. Zu wissen, dass Lance ihre Privatsphäre in Kingsport verletzt hatte, war fast schon zu viel.

»Nicht weinen«, sagte Lance und klang aufgeregt.

Bristol drehte sich um und sah ihn an. Sein Gesicht war rot und er musterte sie stirnrunzelnd.

»Nicht weinen!«, wiederholte er, diesmal mit mehr Nachdruck. »Du solltest *glücklich* sein. Du liebst mich! Wir sind dazu bestimmt, zusammen zu sein. Ich habe so viele Dinge, die du gemacht hast, in meinem Haus. Du hast sie für *mich* gemacht!«

Bristol hielt den Atem an. Sie hatte Angst – so verdammt viel Angst. Lance war völlig unzurechnungsfähig. Wenn er

Dinge in ihrem Laden bestellt hatte, konnte sie sich bestimmt nicht daran erinnern.

Sie atmete viel zu schnell, aber wenn sie das hier überleben wollte, musste sie Lance glauben machen, sie sei froh, hier zu sein. Sie konnte nicht gegen ihn kämpfen. Er war größer und stärker, und mit ihrem schmerzenden Bein konnte sie hier nicht einfach weglaufen.

Bristol erinnerte sich an eine Krimiserie, die sie einmal gesehen hatte. Es ging um fünf oder sechs junge Frauen, die entführt und für lange Zeit festgehalten worden waren. Einige von ihnen waren jahrelang gefangen gehalten worden. Der Gedanke daran, einen Tag lang mit diesem Mann zusammen zu sein, geschweige denn für immer, brachte Bristol einmal mehr zum Weinen, aber sie tat, was sie konnte, sodass er ihre Gedanken nicht an ihrem Gesicht ablesen konnte.

In der Sendung sprachen die Frauen darüber, wie sie sich mit ihren Entführern angefreundet hatten. Wie sie gefügig blieben und alles taten, was von ihnen verlangt wurde. Der Interviewer hatte sie gefragt, ob sie jemals kämpfen wollten. Die Antwort jeder einzelnen Frau war, dass sie natürlich kämpfen wollten, aber sie wussten instinktiv, dass er sie getötet hätte, wenn sie es versucht hätten.

Bristol hatte das damals nicht wirklich verstanden. Sie hatte sich gedacht, wenn ihr jemand so etwas antun würde, würde sie kämpfen wie verrückt. Sie würde *niemals* aufgeben. Niemals würde sie einen Entführer auch nur eine Sekunde in dem Glauben lassen, dass sie mit dem, was er getan hatte, einverstanden war.

Aber als sie da lag, verletzlich, ans Bett gekettet, mit pochendem Bein und pochendem Kopf von dem, was auch immer er benutzt hatte, um sie bewusstlos zu machen, verstand Bristol.

Ihr einziges Ziel war es, zu überleben. Und wenn das bedeutete, fügsam zu sein und diesen Mann nicht wissen zu lassen, wie sehr sie ihn hasste und wie sehr sie von ihm wegwollte, dann sollte es so sein.

Rocky würde sie finden. Er musste es. Sie musste nur klug sein und bis dahin am Leben bleiben. So wie sie es damals im Wald getan hatte. Sie hatte getan, was nötig war, um zu überleben, bis er sie holte. Sie hatte natürlich nicht gewusst, dass er sie suchte, aber jetzt wusste sie ohne den geringsten Zweifel, dass Rocky und seine Freunde – ja, die ganze Stadt Fallport – jeden Stein umdrehen und unter jedem Busch suchen würden, um sie zu finden.

Eine kleine Stimme in ihrem Hinterkopf warnte sie, dass es nicht ausreichen würde, unter Steinen und Büschen zu suchen, aber sie schob diesen Gedanken beiseite. Sie musste positiv bleiben.

»Es freut mich, dass dir die Sachen, die ich für dich gemacht habe, gefallen haben«, sagte Bristol zaghaft.

Es war das Richtige. Lance strahlte. »Ich liebe diese Sachen. Ich weiß es schon, seitdem ich das erste Mal einen deiner Entwürfe gesehen habe. Du gehörst mir. Ich bin nach Kingsport gezogen, um in deiner Nähe zu sein, und ich wusste, dass es nur eine Frage der Zeit war, bis du unsere Verbindung genauso spüren würdest wie ich. Wir sind füreinander bestimmt. Ich liebe dich, Püppchen.«

Bristol lächelte. Es war ein verkrampftes Lächeln, aber sie gab sich Mühe, während sie sich die Tränen von den Wangen wischte. Er war nach Kingsport gezogen, weil sie dort war? Wie lange hatte er sie schon beobachtet? Daran wollte sie nicht einmal denken. Sie holte tief Luft. »Wo sind wir?«

»In meiner Wohnung.«

Sie blinzelte überrascht. »Ach ja?«

»Ja. Aber mach dir keine Sorgen, sie werden dich nicht finden. Niemals. Ich habe den Raum schalldicht gemacht. Die Wände hier sind viel zu dünn. Sonst würden sie dich ganz sicher hören.«

Als Bristol sich umsah, wurde ihr klar, warum es so dunkel

war. Er hatte Decken an die Wände und über das Fenster geheftet. Sie war sich nicht sicher, wie viele es waren, aber es sah so aus, als wären es genügend, um zumindest alle Geräusche zu dämpfen, die aus dem Raum kommen könnten.

Es kostete sie Überwindung, Lance anzulächeln. »Klug«, sagte sie leise.

»Ich weiß. Wir sind direkt vor seiner Nase und er wird es nie merken«, prahlte Lance. »Wir werden eine Weile hierbleiben, bis sie aufhören, nach dir zu suchen. Dann nehme ich dich mit nach Hause, in mein Haus, wo du hingehörst, und wir leben glücklich bis an unser Lebensende. Du wirst deine Fenster für mich machen und ich werde dich lieben, und wir werden niemanden mehr brauchen außer uns selbst.«

Bristol gefror das Blut in den Adern. Wenn Lance sie von Fallport wegbrachte, waren die Chancen, dass jemand sie jemals finden würde, gering bis nicht vorhanden.

»Das mit deinem Bein tut mir leid«, erklärte Lance wieder und runzelte die Stirn. »Ich wollte dir nicht wehtun, aber als ich den Gips abgenommen habe, kam mir der Gedanke, dass du versuchen könntest, mich zu verlassen. Das konnte ich nicht zulassen. Bevor ich wusste, was ich tat, schlug ich mit einem Hammer auf dich ein. Ich dachte, es wäre besser, wenn ich es mache, während du schläfst, damit du es nicht spürst.«

Bristol wollte sich am liebsten übergeben. Kein Wunder, dass ihr Bein so wehtat. Er hatte sie mit einem *Hammer* geschlagen? Sie warf ihm einen, wie sie hoffte, mitleiderregenden Blick zu. »Es tut wirklich weh.«

Doch anstatt sich Sorgen zu machen oder etwas zu tun, um die Blutung zu stoppen, zuckte Lance nur mit den Schultern. »Ich weiß, aber jetzt kannst du mich nicht mehr verlassen«, sagte er so beiläufig, als würde er darüber reden, was es zum Abendessen gab.

Als sie den Mann neben sich anstarrte, wurde Bristol klar, dass er nicht nur Wahnvorstellungen hatte. Irgendetwas anderes stimmte nicht mit ihm ... und sie würde vorsichtig sein müssen.

Er würde nicht jede Minute eines jeden Tages bei ihr bleiben können. Sie würde einen Weg finden, aus diesem Zimmer zu verschwinden. Wenn sie zur Tür käme und nach draußen gehen könnte, wäre sie frei.

Zu wissen, dass sie Rocky so nahe und gleichzeitig so fern war, war beruhigend und deprimierend zugleich.

Lance beugte sich vor und legte lässig seine Hand auf die offene Wunde an ihrem Schienbein – und drückte zu. Bristol konnte den Schmerzensschrei nicht unterdrücken.

»Denk nicht einmal daran, mich zu verlassen, Bristol«, erklärte er, als könnte er ihre Gedanken lesen. »Ich habe zu hart gearbeitet, um dich zu bekommen. Ich werde dich nicht aufgeben. Bevor das passiert, bringe ich uns beide um. Er kriegt dich nicht. Du gehörst mir. Verstehst du?«

Bristol nickte verzweifelt.

Lance lehnte sich mit einem breiten Lächeln auf dem Gesicht zurück, als hätte er ihr nicht gerade eben noch wehgetan. Er stützte sich mit einem Ellbogen auf das Bett und legte sein Kinn auf seine Hand. Auf seine blutige Hand. Die, mit der er gerade die Wunde an ihrem Bein zusammengedrückt hatte. »Gut. Und, hast du Hunger? Vielleicht möchtest du an einem Schmuckstück arbeiten? Ich weiß, dass dich das entspannt. Du kannst mir etwas herstellen, und dann arbeiten wir daran, den Bestand deines Ladens aufzufüllen. Deine Fans haben dich vermisst, und es wird Zeit, dass du dein Geschäft wieder aufnimmst.«

Bristol schluckte die Galle hinunter, die ihr in der Kehle aufgestiegen war. Sie wollte am liebsten schreien. Wollte gegen das, was mit ihr geschah, aufbegehren. Aber stattdessen nickte sie einfach heftig.

Rocky versuchte, ruhig zu bleiben, während Raiden und Duke arbeiteten. Er stand auf dem Parkplatz und beobachtete, wie der Bluthund auf dem Gehweg vor den Wohnungen im ersten Stock hin und her lief. Es war offensichtlich, dass der Hund Bristols Witterung aufgenommen hatte, aber er schien auch verwirrt zu sein, woher sie kam. Er ging von Rockys Wohnung den Gang hinunter bis zur Treppe. Er ging die Treppe hinunter und dann wieder hinauf. Er schnüffelte an jeder Wohnungstür im ersten Stock, ging dann wieder hinunter und schnüffelte auf dem Parkplatz herum.

Schließlich näherte Raiden sich Rocky und dem Rest des Teams. Simon und zwei seiner Beamten waren ebenfalls anwesend. »Es tut mir leid, aber da sie so oft die Treppe rauf und runter und in und aus eurer Wohnung gegangen ist, kann Duke den letzten Geruch nicht einordnen. Das wahrscheinlichste Szenario ist, dass sie hier runtergekommen und in ein Fahrzeug gestiegen ist.«

»Verdammter Mist«, murmelte Rocky.

»Ich habe meine beiden anderen Beamten beauftragt, einen Kontrollpunkt auf der I-480 einzurichten«, erklärte Simon. »Sie werden jedes Fahrzeug, das Fallport verlässt, anhalten und nach Bristol durchsuchen.«

Rocky wusste die Bemühungen des Polizeichefs zu schätzen, aber wenn jemand Bristol entführt hatte und aus der Stadt geflohen war, war er wahrscheinlich schon lange weg. Es waren fünf Stunden vergangen, seit er das letzte Mal von ihr gehört hatte. Fünf Stunden, in denen absolut alles hätte passieren können.

Ihm war schlecht.

»Ich habe Sandra angerufen und sie gebeten, die Nachricht zu verbreiten, dass Bristol vermisst wird«, sagte Ethan. »Jeder in Fallport wird nach ihr Ausschau halten.«

Rocky wusste das zu schätzen, aber es verhinderte nicht, dass er am ganzen Körper von einer schrecklichen Angst überfallen wurde.

»Wir verteilen uns hier und durchkämmen die Gegend um das Wohnhaus«, bot Talon an.

Rocky nickte.

»Wir werden sie finden«, versicherte Brock ihm.

»Wir werden nicht aufgeben, bis sie wieder zu Hause ist«, fügte Zeke hinzu.

»Geht schon mal vor und fangt an. Ich bin gleich bei euch«, sagte Ethan zum Rest des Eagle Point Such- und Bergungsteams.

Die beiden Beamten gingen die Treppe zu Rockys Wohnung hinauf, um dort nach Hinweisen zu suchen, die sie bei ihrer ersten Durchsuchung übersehen haben könnten.

»Rede mit mir«, befahl Ethan seinem Bruder.

Rocky hob den Blick und begegnete dem seines Zwillingsbruders. »Worüber?«, fragte er niedergeschlagen. »Sie ist weg.«

»Habt ihr euch gestritten?«, fragte Simon.

Rocky knurrte den anderen Mann praktisch an. »Nein«, sagte er mit einem energischen Kopfschütteln. »Es gab keinen Streit. Wir waren glücklich. Es war alles in Ordnung. Ich habe das nicht getan, Simon. Du kennst mich verdammt gut. Du weißt, dass ich das nicht tun würde.«

»Ich musste fragen«, erwiderte Simon achselzuckend, die Hände beschwichtigend erhoben.

Rocky wusste das, aber es gefiel ihm nicht. »Sie will hier ein Haus kaufen. Sie hat sich erst heute Morgen mit einer Immobilienmaklerin getroffen. Sie hat mich gebeten, bei ihr *einzuziehen*. Ich würde ihr kein Haar krümmen, Simon. Ich schwöre es. Ich habe ihr beim Mittagessen eine Nachricht geschickt und sie sagte, sie hätte eine Überraschung für mich. Das war das letzte Mal, dass wir miteinander kommuniziert haben. Sie klang nicht seltsam. Es ist nichts passiert. Ich kam nach Hause und sie war einfach ... verschwunden.«

Der Ausdruck des Mitgefühls auf Simons Gesicht war fast unerträglich.

Rocky war an der Stelle, an der Simon jetzt war, schon zu

oft gewesen, um sie noch zählen zu können. Er sprach mit einem geliebten Menschen über ein vermisstes Familienmitglied. Er wollte wissen, wann derjenige das letzte Mal gesehen wurde, welche letzten Worte er gesagt hatte ... und versuchte, einen Hinweis darauf zu bekommen, wo er mit der Suche beginnen sollte. Und jetzt war er hier, auf der anderen Seite. Das war beschissener, als er es sich je hätte vorstellen können.

»Könnte jemand in der Stadt von ihrer finanziellen Situation erfahren haben und das Geld vielleicht für sich selbst haben wollen?«, fragte Simon.

Rocky seufzte frustriert. »Ich weiß es nicht. Aber verdammt, Simon, du kennst Bristol. Alle lieben sie. Und sie würde niemals raushängen lassen, dass sie reich ist. *Du* wusstest es nicht einmal, bis ich es vorhin erwähnt habe.«

Simon zuckte mit den Schultern. »Ich weiß. Ich versuche nur, ein Motiv zu finden.«

»Was ist mit Theodore Lorenzo Allen?«, fragte Rocky. »Könnte er das getan haben? Hat er einen der Leute, die er angeblich kennt, beauftragt, sie zu entführen?«

Simon presste entschlossen die Lippen zusammen. »Ich werde einige Nachforschungen anstellen.«

»Oder vielleicht dieser Mike. Du weißt schon, dieser Mistkerl, der sie damals im Wald zurückgelassen hat. Vielleicht akzeptiert er immer noch kein Nein als Antwort, wenn es darum geht, mit ihr zusammen zu sein.« Rocky wusste, dass er sich an einen Strohhalm klammerte, aber es fiel ihm schwer zu glauben, dass dies wirklich geschah.

»Er steht auf meiner Liste der Leute, die ich überprüfen werde«, versicherte Simon ihm.

Rocky musste sich zwingen nachzudenken. »Ihre ganzen Sachen sind noch in der Wohnung. Ihr Telefon, ihre Handtasche ... die Schuhe sind noch an der Tür. Ich denke, sie muss die Tür geöffnet haben. Vielleicht wusste sie, wer es war.«

»Ich weiß es nicht«, bemerkte Ethan. »Das ist Fallport.

Selbst wenn sie die Person nicht kannte, könnte sie die Tür geöffnet haben.«

Rocky wusste, dass sein Bruder recht hatte.

»Wenn meine Beamten mit der Durchsuchung deiner Wohnung fertig sind, werden wir die Nachbarschaft absuchen. Mal sehen, ob jemand in dem Haus etwas gesehen oder gehört hat. Dann werden wir uns auf die Geschäfte und Häuser in der Nähe verteilen«, sagte Simon.

Rocky nickte, aber in seinem Inneren begann eine tiefe, intensive Wut, durch den Schock und die Angst zu brennen. Jemand hatte seine Frau entführt. Er hatte keinen Zweifel daran, dass sie nicht freiwillig gegangen war. Sie würde niemals einfach gehen, ohne ein Wort zu sagen.

Er und Bristol standen an der Schwelle zu einem wunderbaren gemeinsamen Leben. Ein Leben, von dem er nie gedacht hätte, dass er es haben könnte. Und er würde nicht aufhören, nach ihr zu suchen, niemals.

»Wenn ich die Polizei von Kingsport anrufe, um mich nach diesem Mike zu erkundigen, werde ich fragen, ob die Beamten ihr Haus durchsuchen können. Für den unwahrscheinlichen Fall, dass sie Heimweh hatte und dorthin zurückgekehrt ist«, erklärte Simon.

Rocky glaubte das nicht einen Moment lang. Bristol betrachtete Fallport bereits als ihr Zuhause. Sie würde nicht nach Kingsport zurückkehren, ohne es ihm zu sagen. Und schon gar nicht ohne ihr Telefon, ihre Handtasche und ihre verdammten Schuhe.

Nein, jemand hat sie entführt. Da war Rocky sich sicher.

Er wollte nicht daran denken, was dieser Jemand ihr in diesem Moment antat. Das war etwas, womit er sich im Moment nicht beschäftigen konnte. Wenn er sie erst einmal gefunden hatte, würden sie das, was sie durchgemacht hatte, gemeinsam durchstehen. Er würde für sie da sein, egal was passierte.

Aber jetzt musste er erst einmal etwas *tun*, irgendetwas.

Rocky wandte sich an Ethan. »Ich will, dass du die Suche nach ihr koordinierst.«

Sein Bruder nickte. »Das habe ich schon geplant.«

»Und ich muss dabei sein. Ich kann nicht zu Hause sitzen und warten.«

»Kann ich dir nicht verdenken.«

»Ich bin mir nicht sicher, ob das eine gute Idee ist, begann Simon, doch Rocky drehte sich zu ihm um.

»Ich tue es«, presste er zwischen zusammengebissenen Zähnen hervor. »Du wirst mich nicht aufhalten.«

»Das ist nicht klug. Die Tatsache, dass du dabei bist, könnte einem späteren Strafverfahren schaden.«

»Jemand wird die ganze Zeit bei ihm sein«, versicherte Ethan ihm. »Wenn wir etwas finden, wird Rocky es nicht anfassen.«

Simon seufzte. Also gut. Die Sache mit dem Strafverfahren ... das ist meistens nur ein Vorwand. Ich versuche, dich zu beschützen, Rocky. Wenn sie gefunden wird ... nicht lebendig ... dann will ich nicht, dass du sie so siehst.«

Die Worte des Polizeichefs sorgten dafür, dass Rocky das Blut in den Adern gefror, aber er zeigte nicht, was er fühlte. »Ich bin kein Anfänger«, erklärte er ihm. »Ich weiß, dass die Möglichkeit besteht, dass wir nach ihrer Leiche suchen. Aber ich muss mit dabei sein.«

Er sagte Simon nicht, dass er überzeugt war, dass Bristol nicht tot war. Dass er es irgendwie tief in seinem Inneren spüren würde, wenn sie es wäre. Der Mann würde ihm nicht glauben, aber das war Rocky egal. Er glaubte genügend für sich und Bristol.

»Gut. Aber du darfst keine Beweise anfassen, die du möglicherweise findest. Ich meine es ernst«, warnte Simon.

»Das ist nicht unsere erste Suchaktion«, erklärte Ethan, wobei die Irritation laut und deutlich in seinem Tonfall zu hören war. »Wir wissen, wie DNA funktioniert.«

»Also gut. Bleibt in Kontakt. Wenn ihr etwas findet, sagt mir

Bescheid.«

»Das machen wir«, versicherte Ethan ihm und ergriff Rockys Arm. »Danke.« Er ging ein paar Schritte nach rechts, weg von Simon. Dann legte Ethan seinen Arm um Rockys Hals und zog ihn zu sich heran. Rocky lehnte seine Stirn an die seines Bruders. Einen Moment lang standen sie so da. Rocky saugte die Liebe und Unterstützung seines Zwillingsbruders in sich auf und brauchte sie zum ersten Mal seit langer Zeit mehr denn je.

»Wir werden sie finden, Bruderherz«, versicherte Ethan ihm leise, nachdem eine Minute vergangen war.

»Ich habe Angst«, flüsterte Rocky.

»Ich auch.«

»Jemand hat sie entführt. Sie ist nicht weggelaufen«, bemerkte Rocky.

»Du hast recht. Wir werden nicht aufgeben, bis wir sie wiederhaben.«

Rocky schloss die Augen. Sein Herz pochte und so viel Adrenalin floss durch seine Adern, dass er zitterte. »Ich liebe sie«, gab er zum ersten Mal laut zu.

»Du erzählst mir nichts, was ich nicht schon weiß«, erwiderte Ethan. »Sie liebt dich auch. Egal, wo sie ist oder was passiert, sie hält durch ... für dich. Sie ist ein zähes Mädchen. Sie mag zwar winzig sein, aber sie hat mehr Entschlossenheit in ihrem kleinen Finger als Menschen, die doppelt so groß sind wie sie, in ihrem ganzen Körper.«

Rocky nickte und holte tief Luft, als er sich aufrichtete. Ethan legte seine Hände auf die Schultern seines Bruders und sie sahen einander lange an. Sein Bruder hatte recht. Bristol war zäh. Und nicht nur das, sie war auch klug. Er hatte keine Ahnung, was passiert war, aber er wusste, dass sie nicht aufgeben würde. Niemals.

»Bist du bereit für die Suche?«, fragte Ethan.

Er war mehr als bereit. »Ja.«

»Komm schon. Suchen wir deine Frau«, erklärte Ethan.

KAPITEL SIEBZEHN

Bristol hatte keine Ahnung, wie viel Zeit seit ihrer Entführung vergangen war. Da das Zimmer die ganze Zeit über dunkel gehalten wurde, konnte sie nicht sagen, wann es Tag und wann es Nacht war. Sie hatte das Gefühl, dass sie in den ersten Tagen viel schlief, um ihrer Situation mental zu entkommen und die Schmerzen in ihrem Bein zu lindern.

Wenn sie auf die Toilette musste, brachte Lance ihr einen Eimer und stellte ihn neben das Bett. Es war demütigend und ekelhaft, aber sie hatte buchstäblich keine andere Wahl, als ihn zu benutzen. Entweder das oder sie musste ihr Bett und sich selbst beschmutzen. Lance musste ihr aus dem Bett helfen, da sie ihr Bein nicht ohne Schmerzen bewegen konnte. Bristol war überrascht gewesen, als er sie das erste Mal allein gelassen hatte, um ihr Geschäft zu verrichten, aber er kam immer sofort zurück, wenn sie fertig war, und nahm den Eimer weg. Wahrscheinlich beobachtete er sie, was sie noch mehr anwiderte.

Er brachte ihr regelmäßig Lebensmittel und Getränke. Das Essen war nicht besonders gut, aber Bristol aß es trotzdem. Sie musste ihre Energie aufrechterhalten, und das konnte sie nur durch Essen erreichen.

Lance war besessen von ihrem Schmuck und ihrer Kunst.

Er beklagte sich darüber, dass sie ihre Glasmalerei nicht im Bett machen konnte, aber er versprach ihr, dass sie wieder damit anfangen könnte, sobald sie zu ihm nach Hause kämen.

Hier wegzugehen war buchstäblich Bristols schlimmster Albtraum. Sie wollte auf keinen Fall nach Tennessee zurückkehren.

Anscheinend hatte sich die ganze Stadt Fallport zusammengetan, um sie zu suchen. Es brach ihr das Herz und frustrierte sie jedes Mal, wenn Lance sie über den Stand der Suche informierte. Es gab Vermisstenplakate und organisierte Suchaktionen in jedem Winkel der Stadt und des umliegenden Waldes.

Es gab ihr ein gutes Gefühl, dass sich alle so sehr sorgten, aber es machte sie auch sehr traurig. Sie war *hier*. Genau hier! Drei Türen entfernt von dem Ort, an dem sie entführt worden war. Doch während die Suche weiterging, war das ihr einziger Funke Hoffnung.

Lance empfand das natürlich nicht so. Er war entrüstet über die Sorge um sie. Er schimpfte darüber, dass sie neu hier war und dass sich niemand so sehr um sie kümmern sollte wie die Einwohner hier. Sie gehörte *ihm* – niemand sonst hatte das Recht, sie so zu lieben wie er.

Seine Laune schwankte ständig zwischen Verliebtheit ihr gegenüber und beängstigender Wut über die Situation, in die *sie* ihn angeblich gebracht hatte.

Trotz seiner Wut über die Suchaktion wusste Bristol, dass er immer noch stolz darauf war, dass er sie vor aller Augen versteckt hatte. Er hatte ihr mehrmals erzählt, wie die Polizei am Abend ihrer Entführung an seine Tür geklopft und ihn zu allem befragt hatte, was er vielleicht gesehen oder gehört hatte. Er prahlte damit, dass er die Wohnungstür weit offen gelassen hatte und dass die Beamten keine Ahnung hatten, dass die Frau, die sie suchten, buchstäblich in einem Zimmer keine zwei Meter entfernt war.

Er sagte ihr immer wieder, dass sie *ihm* gehöre und dass niemand sie ihm wegnehmen würde. Niemals.

Es wurde immer schwieriger, positiv zu bleiben. Sein Spiel mitzuspielen. Jeden Tag musste Bristol sich zwingen zu lächeln, anstatt ihn anzuschreien. Vermeiden, ihm zu sagen, wie sadistisch und schrecklich er war und dass sie ihn *nie und nimmer* lieben würde.

Wenn sie ihm sagte, was sie wirklich fühlte, würde er ihr wehtun. Vielleicht würde er sie sogar umbringen. Sie konnte ihr Bein immer noch nicht so recht bewegen. Sie hatte keine Ahnung, ob sich die Schraube, die der Chirurg vor ein paar Wochen eingesetzt hatte, gelöst hatte oder nicht. Sie wusste nur, dass sie auch ohne die Kette am Knöchel nicht aus der Wohnung gehen konnte.

Aber das hieß nicht, dass sie nicht kriechen konnte. Sie hatte es im Wald getan, und sie würde es auch jetzt wieder tun. Mit Freuden.

Das Schlimmste an ihrer Gefangenschaft war nicht die Peinlichkeit, sich in einem Eimer erleichtern zu müssen, oder so zu tun, als würde sie Lance' Gesellschaft genießen. Es war, wenn er ging. Egal wie sehr sie bettelte und versprach, still zu sein, er traute ihr nicht. Er fesselte ihre Hände an die Kette, die an ihrem Bein befestigt war, schnallte ihr einen Ballknebel um den Kopf und sagte ihr, sie solle brav sein.

Mit dem Ball im Mund war es schwer zu atmen, und während jeder Sekunde, in der er weg war, hatte Bristol das Gefühl, dass sie an ihrer eigenen Spucke ersticken würde. Die Spucke lief ihr am Kinn herunter, weil sie nicht gut schlucken konnte, und so sehr sie sich auch anstrengte, sie konnte die Schnalle an ihrem Hinterkopf nicht erreichen, weil ihre Hände an die Kette gefesselt waren. Ganz zu schweigen davon, dass ihr Bein bei zu viel Bewegung höllisch wehtat.

Einmal kam Lance nach längerer Abwesenheit zurück und erzählte ihr mit offensichtlicher Freude, wie er sich einer der Suchaktionen nach ihr angeschlossen hatte. Wie er innerlich die ganze Zeit über die nutzlosen Bemühungen aller gelacht hatte.

Ihr Entführer war böse, und die kleinen Anwandlungen von Mitleid, die sie für diesen offensichtlich einsamen und kranken Mann empfunden hatte, waren schon lange verschwunden.

Ihre Tage waren endlos und langweilig, denn das Einzige, was Lance ihr erlaubte, war, Ohrringe, Armbänder und Halsketten herzustellen. Er erlaubte ihr nicht, fernzusehen, Bücher zu lesen oder etwas anderes zu tun, als zu schlafen, zu essen und Schmuck zu fertigen. Einmal hatte er einen Laptop mitgebracht und Bristol wurde ganz aufgeregt, weil sie dachte, sie könnte Rocky oder jemand anderem eine Nachricht schicken, aber er hatte diese Hoffnung schnell zunichtegemacht, indem er sie nicht in die Nähe der Tastatur ließ.

Er wollte das Passwort für ihre Webseite. Er wollte, dass sie ihm beibrachte, wie man Bilder hochlädt und die Beschreibungen ihrer Waren aktualisiert. Als sie versuchte, ihn abzuwimmeln, indem sie sagte, sie sei sich nicht sicher, ob sie sich an ihr Passwort erinnere, nahm er den Hammer vom Tisch auf der anderen Seite des Zimmers und schlug ihn auf die Matratze – direkt neben ihr Bein.

Sie hatte ihm sofort die Informationen gegeben, die er haben wollte.

Jetzt stellte sie jeden Tag Schmuck her. Lance stellte jedes Angebot auf ihrer Webseite ein. Und sie musste sich anhören, wie toll ihr gemeinsames Leben sein würde und wie sehr sie das Zimmer lieben würde, das er für sie in Kingsport eingerichtet hatte.

Als eines der neuen Stücke zum ersten Mal verkauft wurde, war Lance ganz aus dem Häuschen. Er erzählte mindestens eine Stunde lang, wie glücklich ihre Kundin sein würde, und ging dann detailliert auf jede einzelne Sache ein, die er bei ihr gekauft hatte. Bristol hatte sich an keinen der Artikel erinnern können ... und sie hatte den Einkäufen auch *keine* »Liebesbriefe« beigelegt, wie Lance behauptete.

Zu wissen, dass er sie so lange beobachtet und vergöttert hatte, machte Bristol krank. Hätte sie doch nur mehr auf ihre Kunden geachtet – und auf deren Adressen. Aber das hatte sie nicht. Es waren einfach zu viele. Sie packte die Dinge einfach ein und schickte sie ohne weiteres Nachdenken weg.

Als die langen Stunden unzähliger Tage vergingen, machten sich Depression und Verzweiflung breit. Sie konnte nicht wissen, wie viel Zeit vergangen war, aber mit jedem Tag wurde wahrscheinlich weniger nach ihr gesucht. Irgendwann würden die Leute annehmen, dass sie tot war, und die Suche einstellen. Die Vermisstenanzeigen würden abgehängt werden und jeder würde zu seinem normalen Leben zurückkehren.

Der Gedanke, dass Rocky dasselbe tun würde, ließ die sorgfältig errichtete mentale Mauer, die sie für ihre eigene Vernunft errichtet hatte, bröckeln. Sie liebte ihn so sehr, und der Gedanke, dass er leiden und sich fragen würde, was mit ihr geschehen war, zerriss sie fast.

Aber es war der Gedanke, dass er schließlich weiterziehen würde, der die Macht hatte, sie zu brechen.

Sie wollte am liebsten schreien: »Ich bin hier! Ich bin hier!«, immer und immer wieder, bis jemand sie hörte. Sicherlich waren die Decken an der Wand nicht *so* gut, um den Raum schalldicht zu machen. Aber das war ja auch der Grund, warum Lance sie immer knebelte, bevor er die Wohnung verließ. Sie konnte versuchen zu schreien, wenn er da war, aber der Hammer auf dem Tisch auf der anderen Seite des Zimmers ließ sie immer zweimal überlegen.

Bristol atmete tief durch und zwang sich, ihre Gedanken zu verdrängen. Sie musste durchhalten. Nur noch ein bisschen länger. Lance würde es früher oder später vermasseln. Er musste es tun. Er war so gestört, dass es schon nicht mehr lustig war. Jemand würde es merken und Fragen stellen. Er verbrachte die meiste Zeit mit ihr in der Wohnung, aber er musste auch mal raus, um Lebensmittel zu kaufen. Um den Schmuck zu verschicken, den sie verkaufte.

Die Leute in Fallport waren neugierig. Sie würden herausfinden, dass sich ein Wolf im Schafspelz unter ihnen befand. Sie rechnete fest damit.

Zwei Wochen. Rocky konnte nicht glauben, dass es schon so lange her war.

Er aß nicht. Er schlief nicht. Er konnte kaum etwas anderes tun, als an Bristol zu denken.

Ging es ihr gut?

Hatte sie Schmerzen?

Dachte sie, er hätte aufgehört zu suchen?

Denn das würde er nicht. Nicht einmal, wenn es Jahre dauern würde, er würde sie finden.

Sie war am Leben. Er wusste es.

Er sah die mitleidigen Blicke, die ihm die Leute zuwarfen. Er wusste genau, dass viele aufgegeben hatten. Dass sie dachten, Bristol sei tot und irgendwo im Wald verscharrt. Aber so wie er immer wusste, wenn sein Bruder verletzt war, wusste er auch, dass Bristol noch am Leben war.

Doch mit jedem Tag, der verging, *spürte* er, wie ihre Entschlossenheit ins Wanken geriet. Der Funke, der immer hell zwischen ihnen geflackert hatte, wurde schwächer. Sein Zeitfenster, um sie zu finden, wurde immer kleiner, und das wusste er.

Er übersah etwas. Aber Rocky wusste nicht was.

Da half es auch nicht, dass weniger als eine Woche nach ihrem Verschwinden ein großer Karton in die Wohnung geliefert wurde. Sieben brandneue Satellitentelefone der Spitzenklasse. Bristol hatte sie offensichtlich bestellt, wahrscheinlich, um ihn zu überraschen. Sie wäre so begeistert gewesen. So sehr er sich auch über das Geschenk freute, das Öffnen des

Kartons machte ihn so verdammt traurig, dass es ihn fast umbrachte.

Der Gedanke an sie war bittersüß und frustrierend. Es gab keine Hinweise darauf, wo sie sein könnte oder wer sie entführt haben könnte. Mike, der Idiot, der Bristol zu einer Orgie im Wald überreden wollte, hatte ein wasserdichtes Alibi. Der Kinderschänder, den sie mit in den Knast gebracht hatten, war ebenfalls aus dem Schneider. Er hatte gelacht, als er verhört wurde, nachdem er gehört hatte, dass Bristol vermisst wurde, aber es gab absolut keine Beweise dafür, dass er mit jemandem gesprochen hatte, um eine Entführung zu organisieren.

Rocky und sein Team hatten jeden Zentimeter der Umgebung des Wohnhauses abgesucht, aber ohne Erfolg. Die Stadtbewohner waren abwechselnd auf den Wegen um Fallport herum gewandert und hatten nichts Ungewöhnliches gesehen oder gehört. Jeden Tag versammelten sich die Leute auf dem Stadtplatz, um ihre Aufträge für die nächste Suche zu erhalten.

Ethan hatte pausenlos gearbeitet, um die Suche nach Bristol zu organisieren und zu koordinieren. Rocky konnte ihm seine unermüdliche Unterstützung niemals vergelten, aber die Wahrheit war … er wusste, dass sie die Frau, die er liebte, nicht mitten im Wald finden würden. Er hatte sie vielleicht einmal auf diese Weise gefunden, aber tief in seinem Inneren wusste er, dass jemand sie versteckte. Die Frage war nur – wo? Hier in Fallport? In einer Hütte in den Wäldern? War sie aus der Stadt oder aus dem Land gebracht worden? Es war unmöglich, das zu wissen.

Es war an der Zeit, die Dinge zu ändern. Es ging nicht mehr um eine physische Suche. Er wusste es in seinem Herzen. Es war jetzt eine Suche nach Informationen. Irgendjemand wusste *etwas*. Hatte etwas gesehen oder gehört.

Rocky konnte sich nicht dazu durchringen, in seinem Bett zu schlafen, nicht ohne Bristol, die es mit ihm teilte, also verbrachte er die Nächte auf seinem Sofa. Er schlief in kurzen Schüben. Bei jedem kleinen Geräusch schreckte er auf, weil er dachte, Bristol käme nach Hause. Aber er wurde jedes Mal enttäuscht.

Er sah furchtbar aus, aber das war ihm auch egal. Er hatte sein Haar und seinen Bart seit Tagen nicht mehr gebürstet. Konnte sich nicht erinnern, wann er das letzte Mal etwas gegessen oder sich umgezogen hatte. Wie konnte er sich über so einen Mist Gedanken machen, wenn seine Frau vielleicht verhungerte? Oder dieselben Kleider trug, in denen sie entführt worden war? Oder nicht baden durfte?

Als der Zeitpunkt näher rückte, an dem Ethan sich mit den Leuten auf dem Stadtplatz treffen sollte, verließ Rocky seine Wohnung, um dem Treffen beizuwohnen. Er wollte den Stadtbewohnern etwas sagen. Er wollte, dass sie auf einer anderen Ebene als bisher aufmerksam wurden.

Er war schon halb die Treppe hinunter und auf dem Weg zu seinem Wagen, als sich hinter ihm eine der Wohnungstüren öffnete.

Als Rocky aufblickte, sah er, dass Lance seine Tür schloss.

»Morgen«, begrüßte Lance ihn, als er zur Treppe ging. »Hattest du Glück bei der Suche nach deiner Freundin?«

»Noch nicht«, erklärte Rocky, als sie beide den Parkplatz erreichten.

»Das tut mir leid. Das muss wehtun.«

Wehtun war gar kein Ausdruck. »Ja«, bestätigte er geistesabwesend.

»Nun, ich hoffe, du findest sie. Ich bin auf dem Weg zum Supermarkt und zur Post.« Er deutete auf ein Paket unter seinem Arm und schenkte Rocky ein kleines Lächeln.

»Danke. Einen schönen Tag noch«, erwiderte er, ohne nachzudenken. Er konnte sich nicht erinnern, wann er das letzte Mal so banale Besorgungen wie Lebensmitteleinkäufe getätigt hatte. Der Kuchen, den Bristol an dem Tag, an dem sie verschwunden war, für ihn gebacken hatte, hatte eine Woche lang auf seiner Theke gestanden, bevor Ethan ihn eingepackt und weggebracht hatte. Sein Bruder wusste, ohne zu fragen, dass Rocky ihn nicht wegwerfen konnte. Er war sich sicher, dass Ethan ihn weggeworfen hatte, sobald er nach Hause gekommen war, aber so etwas Herzloses würde er nie vor seinem Zwilling tun.

Rocky erinnerte sich nicht einmal an die Fahrt zum Stadtplatz. Er wusste, dass das extrem gefährlich war, aber in letzter Zeit konnte er nicht einmal mehr die Energie aufbringen, sich um seine eigene Sicherheit zu kümmern.

Mehrere Dutzend Menschen tummelten sich um den Ring, den Pavillon in der Mitte des Platzes. Es ermutigte ihn, dass so viele immer noch versuchten, seine Bristol zu finden.

Er ging auf Ethan zu, der im Ring stand, und die Menge um sie herum wurde still. Rocky erschien nicht immer zu den Treffen, wenn Ethan Suchaktionen organisierte, aber wenn er es tat, waren die Leute verständnisvoll und positiv eingestellt, was er zu schätzen wusste.

Er wandte sich sofort an die Menge. »Danke, dass ihr heute wieder gekommen seid. Ich weiß, dass Bristol so glücklich und überrascht wäre über all die Unterstützung, die ihr entgegengebracht wird. Aber ... die Sache ist die ... ich denke, wir müssen unsere Einstellung zur Suche ändern«, sagte er zu den Anwesenden.

Rocky spürte, wie sein Bruder ihn ansah, aber er behielt seine Augen auf den Freiwilligen. »Wenn sie im Wald oder irgendwo in der Stadt verletzt worden wäre, hätten wir sie schon längst gefunden. Ich glaube, dass wir der Tatsache ins Auge sehen müssen, dass jemand sie versteckt hält. Ich denke, wir sollten anfangen, über Dinge zu sprechen, die wir nicht bei der Suche, sondern einfach unterwegs gesehen haben. Ich war noch nie ein Fan von Klatsch und Tratsch ... aber das ist es, was wir im Moment brauchen. Was habt ihr gesehen oder gehört, das euch ungewöhnlich vorkommt? Hat sich einer eurer Nachbarn seltsam verhalten? Verstohlen? Hat jemand plötzlich und unangekündigt die Stadt verlassen? Hat jemand in letzter Zeit eine Menge Reinigungsmittel gekauft?

Wer auch immer Bristol entführt hat, kann sie nicht für immer verstecken. Und bevor jemand durchdreht: Ich will nicht, dass ihr eure Nachbarn und Freunde verdächtigt. Ich möchte nur, dass ihr eure Denkweise ändert ... dass ihr nicht mehr hinter jeder Ecke nach Bristol sucht, sondern alle Informationen, die ihr über etwas, das ihr gesehen oder gehört habt, auseinandernehmt und diese Teile zusammensetzt.

Ich vermisse sie. So sehr. Sie braucht uns. Sie ist darauf angewiesen, dass wir uns zusammentun und miteinander *reden*. Sie ist irgendwo da draußen. Wartet darauf, gefunden zu werden. Bitte ... denkt über alles Ungewöhnliche nach, das ihr gesehen habt, und ruft die Polizei. Selbst wenn es nur eine Kleinigkeit ist, könnte es der Hinweis sein, den wir brauchen, um Bristol zu finden. Ich danke euch.«

Rocky ließ den Blick über die Menge schweifen. Er sah Silas, Otto und Art. Sie hatten ihren Platz vor dem Postamt verlassen, um sich an der Suche zu beteiligen oder zumindest zu hören, was Ethan jeden Morgen zu sagen hatte. Sandra war auch da. Ebenso wie die meisten Besitzer der Geschäfte am Stadtplatz. Sogar Whip, der Besitzer der Billardhalle, stand etwas abseits von den anderen, und er war ein starrköpfiger Mistkerl. Aber Rocky wollte niemanden abweisen, der daran interessiert war, bei der Suche nach Bristol zu helfen.

Davis war da und sah wie immer ungepflegt aus, ebenso wie die Kellnerinnen vom *On the Rocks*. Die Kneipe seines Freundes öffnete erst in ein paar Stunden, und sie waren in ihrer Freizeit hier und wollten helfen. Nissi O'Neill, die Anwältin der Stadt, Finley, Khloe ... sogar Edna Brown, die Frau, der das Motel gehörte, in dem Elsie und Tony so lange gewohnt hatten. Es waren Lehrer aus Tonys Schule da, und sogar Leute, die Rocky nicht kannte.

Fallport war eine Gemeinschaft, und wenn einem von ihnen etwas zustieß, nahm jeder es persönlich.

Ethan beendete das Treffen mit der Ankündigung, dass es heute keine offizielle Suche geben würde, und forderte stattdessen alle auf, das zu tun, was sein Bruder vorgeschlagen hatte – miteinander zu reden. Sie sollten über die Dinge nachdenken, die sie in letzter Zeit gesehen und gehört hatten, und wenn ihnen etwas verdächtig vorkam, sollten sie Simon auf dem Polizeirevier anrufen.

Als alle gegangen waren und nur noch Rocky und Ethan in dem Ring standen, wandte Rocky sich an seinen Bruder. »Ihre Zeit läuft aus«, erklärte er leise.

»Wir geben nicht auf«, erwiderte Ethan mit Nachdruck.

»Ich weiß, aber ... es sind schon zwei Wochen vergangen.«

»Du weißt so gut wie ich, dass unsere Suche manchmal noch länger dauert«, entgegnete Ethan.

»Ja, aber in fast hundert Prozent der Fälle, die so lange dauern, finden wir eine Leiche und keinen lebenden Menschen«, erklärte Rocky und sprach zum ersten Mal seine schlimmsten Befürchtungen aus. Er hatte nicht glauben wollen, dass seine Bristol tot war, er hatte nicht das *Gefühl*, dass sie tot war, aber er musste das naheliegendste Szenario in Betracht ziehen.

»Nein«, erklärte Ethan und baute sich vor seinem Bruder auf. »Sie ist *nicht* tot. Du würdest es wissen.«

»Würde ich das?«, fragte Rocky.

»Ja! Du weißt das genauso gut wie ich.«

Rocky schloss die Augen und sagte in einem leisen, gequälten Ton: »Ich verdiene meinen Lebensunterhalt damit, Menschen zu finden. Was nützen mir meine Fähigkeiten, wenn ich nicht den einen Menschen finden kann, der mir auf der Welt am meisten bedeutet?«

»Fürs Protokoll, ich denke, du bist auf dem richtigen Weg mit dem, was du heute gesagt hast. Wir haben uns zu sehr auf eine physische Suche konzentriert. Das ist nicht wie bei den Vermissten, die wir in den Wäldern aufspüren. Sie ist nicht aus freien Stücken aus deiner Wohnung verschwunden. Die Bürger zu bitten, zu tratschen, ist genau das, was wir im Moment brauchen.«

»Simon wird alles andere als glücklich sein«, erwiderte Rocky und öffnete die Augen.

»Na und«, erwiderte Ethan achselzuckend. »Er wird damit klarkommen. Ich habe ein gutes Gefühl bei dieser Sache. Das, was Kleinstädte am besten können, besonders *Fallport*, ist, Klatsch und Tratsch zu verbreiten. Irgendjemand hat etwas gesehen. Ich weiß es. Halte durch, Bruder. Nur noch ein bisschen länger.«

»Das musst du Bristol sagen, nicht mir«, erwiderte Rocky.

Ethan klopfte ihm auf die Schulter. Sie standen einen Moment lang so da und genossen die Liebe und Unterstützung, die sie füreinander empfanden, bevor Rocky sagte: »Ich habe einen Termin mit der Maklerin, bei der Bristol war, bevor sie verschwunden ist.«

»Wirklich?«, fragte Ethan erstaunt.

»Ja. Sie hat mich angerufen ... und gesagt, sie hätte die perfekte Immobilie für Bristol gefunden.«

»Ähm, das klingt ein bisschen kaltherzig«, entgegnete Ethan mit einem Stirnrunzeln.

Rocky schüttelte den Kopf. »Eigentlich sehe ich das ganz und gar nicht so. Sie hat sich entschuldigt und mir erzählt, wie sehr sie sich Sorgen gemacht hat. Ich habe sie auch schon bei ein paar Suchaktionen gesehen. Sie sagte mir, als sie das Grundstück sah, wusste sie sofort, dass es Bristol gefallen würde, auch wenn sie sie erst seit kurzer Zeit kannte. Ich war nicht daran interessiert, das Haus zu sehen, vor allem, weil ich mir zu große Sorgen mache. Aber auch, weil ich glaube, dass es sehr renovierungsbedürftig ist. Sie sagte mir, wenn wir Bristol finden, würde dieses Haus ihr vielleicht etwas geben, auf das sie sich konzentrieren kann. Etwas, das ihr hilft, das, was ihr passiert ist, hinter sich zu lassen.«

»Das hat sie gesagt?«, fragte Ethan. »Ganz ehrlich? Das ist ziemlich gemein.«

Rocky schüttelte den Kopf. »Ja, ich war anfangs auch nicht gerade begeistert ... aber dann habe ich eine Weile darüber nachgedacht. Sie hat irgendwie recht. Also habe ich gesagt, ich treffe mich mit ihr und sehe mir das Grundstück an.«

»Soll ich dich begleiten?«, fragte Ethan.

Rocky schüttelte den Kopf. »Nein. Aber danke.«

»Du musst mehr essen«, bemerkte Ethan nach einem Moment. »Du achtest nicht genug auf dich. Bristol wäre sauer auf dich, und wahrscheinlich auch auf *mich*, weil ich nicht dafür sorge, dass du isst ... und schläfst.«

Rockys Lippen zuckten. Sein Bruder hatte recht. Aber bei dem Gedanken ans Essen wurde ihm übel. »Ich werde etwas essen, bevor ich mich mit der Maklerin treffe.«

»Natürlich«, entgegnete Ethan, der offensichtlich wusste, dass er log. »Rufst du mich später wegen der Immobilie an?«

»Mach ich. Wirst du Simon vorwarnen, was auf ihn zukommt?«

Ethan seufzte. »Ja. Ich fahre jetzt dorthin.«

»Danke. Grüß Lilly von mir.«

»Mach ich.«

Die beiden Männer umarmten sich und schämten sich nicht im Geringsten für die Zurschaustellung ihrer Zuneigung. Ethan klopfte Rocky auf den Rücken, bevor er sich umdrehte und in Richtung Polizeistation ging.

Rocky hatte einen Moment lang ein schlechtes Gewissen, weil er wusste, dass sein Bruder – ja, ihr ganzes Team – während der letzten zwei Wochen jede freie Minute damit verbracht hatte, Bristol zu suchen.

Raid war jeden Tag mit Duke unterwegs gewesen, in der Hoffnung, Bristols Fährte aufzunehmen, aber ohne Erfolg. Zeke hatte die Leitung des *On the Rocks* seinen Barkeepern und Elsie überlassen, die alle Überstunden machten, um ihn zu vertreten. Drew, Brock und Talon taten alles, was in ihrer Macht stand, um mit ihren Fähigkeiten jedes noch so kleine Zeichen von Bristols Verbleib zu finden.

Ihr Verschwinden hatte sie alle noch näher zusammengebracht, aber es war bittersüß ... denn sie war immer noch verschwunden.

Rocky konnte hören, wie sich die Leute unterhielten, während sie die Bürgersteige rund um den Platz entlanggingen, er sah Fahrzeuge, die langsam fuhren, er roch das Brot, das im *Sweet Tooth* gebacken wurde ... alle gingen ihrem Leben wie gewohnt nach. Während sein Leben völlig zum Stillstand gekommen war.

Seufzend und betend, dass heute der Tag sein würde, an dem sie irgendeinen Hinweis auf Bristols Verbleib bekämen, ging Rocky über die Wiese zu seinem Wagen. Er hatte gemischte Gefühle, als er das Grundstück und das Haus sah, von dem die Maklerin glaubte, dass es Bristol gefallen würde, aber er wollte auf keinen Fall in eine leere Wohnung zurückkehren.

Simon fuhr sich frustriert mit der Hand durch die Haare. Es war nicht so, dass er nicht einverstanden war mit dem, was Rocky den Stadtbewohnern erzählt hatte, die heute Morgen gekommen waren, um bei der Suche zu helfen, aber es machte sein Leben auf jeden Fall sehr viel arbeitsreicher. Das Telefon hatte den ganzen Morgen geklingelt und die Leute erzählten ihm all die seltsamen Dinge, die sie bei ihren Freunden, Nachbarn und sogar bei Fremden im Supermarkt vermuteten. Er war verpflichtet, sie alle zu überprüfen. Im Moment war er allein auf dem Revier, denn alle vier Beamten waren mit der Verfolgung einiger der eingegangenen Hinweise beschäftigt.

Er hatte endlich einen Augenblick gefunden, um sich hinzusetzen und sein Mittagessen zu essen – obwohl es schon zwei Uhr nachmittags war –, als die Glocke über der Eingangstür des Reviers läutete.

Seufzend legte Simon das Sandwich weg, bevor er überhaupt einen Bissen genommen hatte. Da es sich um eine kleine

Abteilung handelte, hatten sie niemanden fest eingestellt, der die Rezeption übernahm und die Leute begrüßte, die hereinkamen. Also ging er zum vorderen Teil des Büros, wo er Davis Woolford warten sah.

»Davis. Schön, dich zu sehen. Ist alles in Ordnung?«, fragte Simon.

Davis war nervös, als fühlte er sich in dem Gebäude nicht wohl. »Uns wurde gesagt, dass wir zu dir kommen sollen, wenn uns etwas auffällt«, erklärte Davis.

»Das stimmt. Hast du Hunger? Ich habe mich gerade hingesetzt, um zu Mittag zu essen.«

Davis schüttelte den Kopf. »Sandra hat mir gerade etwas gegeben.«

Simon nickte. Er war nicht überrascht. Die Geschäftsinhaber von Fallport taten ihr Bestes, um sich um den Mann zu kümmern. »Würdest du dich dann bitte zu mir setzen, während ich esse? Ich bin am Verhungern.«

Davis nickte und Simon hielt ihm die Tür zu dem hinteren Teil des Reviers auf. Der Gestank des Mannes drang ihm in die Nase und er bereute es sofort, dass er ihn gebeten hatte, sich zum Essen zu ihm zu setzen. Im Geiste zuckte er mit den Schultern und gab sich Mühe, um durch den Mund und nicht durch die Nase zu atmen, und führte sie in den kleinen Konferenzraum, wo sein Sandwich wartete.

Davis saß auf der Kante eines Stuhls gegenüber von Simon und schaute überall hin, nur nicht direkt zu ihm.

»Warum erzählst du mir nicht, was du mir sagen wolltest?«, drängte Simon sanft.

Der Obdachlose nickte, aber es dauerte eine Minute, bis er zu sprechen begann.

Bevor er auch nur zwei Sätze gesagt hatte, hatte Simon sein Mittagessen vergessen.

»Du weißt doch, dass ich gern in Müllcontainern nach Sachen suche. Nun, ich war in Rockys Wohnhaus und durchsuchte den Müll im hinteren Bereich, als ein Mann um die

Ecke kam und mich anschrie. Er erschreckte mich, und ich wich sofort zurück. Er sagte mir, ich sei unbefugt hier und hätte kein Recht, dort zu sein. Alle kennen mich, sie wissen, was ich tue ... ich suche nach Dingen, die ich verkaufen und benutzen kann. Ich meine es nicht böse. Jedenfalls wurde sein Gesicht ganz rot und er war richtig sauer. Er griff in den Müllcontainer und holte eine Tüte mit Müll heraus. Er schrie mich noch mal an und nahm dann den Müllsack mit in seine Wohnung.«

»Wer war es?«

»Ich weiß nicht, wie er heißt. Aber er ist neu in der Stadt. Er hat sich auf dem Festival mir gegenüber gemein benommen. Ich habe ihn noch nicht oft gesehen.«

»Und er hat seinen Müll mit in seine Wohnung genommen?«

»Hm-hm. Ich konnte keinen Blick hineinwerfen, bevor er ihn mitgenommen hat. Aber Rocky hat gesagt, wir sollen es dir erzählen, wenn wir etwas Ungewöhnliches bemerken, und ich dachte, das gilt vielleicht.«

»Das tut es definitiv. Wann war das?«

»Vor ein paar Tagen. Zu dem Zeitpunkt habe ich mir nicht viel dabei gedacht, außer dass der Typ ein Idiot ist, aber jetzt, nach dem, was Rocky gesagt hat, mache ich mir Gedanken darüber. Vor allem, weil er im selben Wohnhaus wohnt wie Rocky und seine Frau.

Ich klatsche nicht gern. Es liegt einfach nicht in meiner Natur. Ich weiß, dass die Leute über mich reden, und das ist in Ordnung, es kümmert mich nicht besonders. Aber ich mag es nicht, über andere zu reden. Ich sehe viel von dem, was hier vor sich geht, und habe bisher immer den Mund gehalten. Aber Bristol ist nett. Sie hat mich immer angelächelt und mir in die Augen gesehen. Die meisten Leute tun das nicht. Sie denken, wenn sie mich nicht sehen, bin ich nicht da und sie müssen sich keine Sorgen um mich machen. Aber sie hat mich gesehen. Wenn ich helfen kann, will ich es tun.«

»Ich weiß es zu schätzen, dass du gekommen bist, Davis. Und egal, wie sehr du denkst, dass die Leute dich nicht sehen, du irrst dich. Sie tun es, und sie machen sich Sorgen. Wenn du versuchen möchtest, von der Straße wegzukommen, gibt es viele Leute, die dir helfen wollen.«

Davis nickte. »Sind wir hier fertig?«

»Wir sind fertig«, bestätigte Simon. »Ich bringe dich raus.«

Die beiden Männer gingen zurück zum Eingang des Reviers und Simon schüttelte Davis die Hand. »Danke, dass du gekommen bist, um mir das zu sagen.«

»Ich hoffe, sie wird bald gefunden.«

»Ich auch«, stimmte Simon zu.

Er wartete nicht ab, bis Davis wegging. Er ging sofort in sein Büro, um etwas nachzuprüfen, sein Mittagessen hatte er vergessen.

***

Rocky saß in seinem Wagen auf dem Parkplatz seines Wohnhauses und starrte ins Leere. Er wollte nicht nach oben in seine leere Wohnung gehen, aber er wusste nicht, wohin er sonst gehen sollte. Er hatte sich mit der Maklerin getroffen und sie hatte ihn zu der Immobilie gefahren, die ihrer Meinung nach perfekt für Bristol wäre.

Sie hatte sich nicht geirrt.

Rocky wusste instinktiv, dass Bristol das Haus und das Grundstück lieben würde. Ihm war sofort klar, warum nicht viel Interesse an dem Haus bestand; es musste auf jeden Fall renoviert werden. Aber die Bausubstanz war gut und der Charme des vor hundert Jahren erbauten Hauses war unbestreitbar. Auf dem Grundstück befand sich eine große rote Scheune, die er leicht in ein Atelier für Bristol umbauen konnte. Die frei stehende Garage musste abgerissen und neu gebaut werden, aber das wäre kein Problem. Er wollte sowieso eine angebaute Garage für sie haben. Das war sicherer.

Er konnte sich vorstellen, wie er und Bristol auf der umlaufenden Veranda saßen und sich nach der Arbeit über ihren Tag unterhielten. Er dachte bereits darüber nach, welche Wände im Inneren eingerissen werden könnten, um das Haus zu öffnen, und die Küche war groß, besonders für das Baujahr des Hauses. Er würde alle neuen Edelstahlgeräte besorgen und die Schränke könnten sie gemeinsam renovieren. Es gab genügend Schlafzimmer und der Wald, der den Garten hinter dem Haus umgab, wäre ein wunderbarer Spielplatz für die Kinder.

Alles in allem war das Grundstück nahezu perfekt.

Wenn nur Bristol hier wäre, um es zu sehen.

Das Klingeln seines Telefons erschreckte Rocky zu Tode und er zuckte überrascht zusammen, bevor er danach griff. Er betete, dass es einer seiner Teamkameraden war, der ihm mitteilte, dass sie Bristol gefunden hatten, oder Simon, der ihm mitteilte, dass er eine Spur hatte, aber Rocky war enttäuscht, als er Finleys Namen auf dem Display sah.

Sie und Bristol waren sich in der kurzen Zeit, in der sie sich kannten, sehr nahegekommen, und er mochte die schüchterne Bäckereibesitzerin aufrichtig. Aber er war sich nicht sicher, ob er in der richtigen Stimmung war, um zu reden. Um noch einmal zu hören, wie leid es jemandem tat.

Schließlich drückte Rocky auf den grünen Knopf, um den Anruf entgegenzunehmen. Alles wäre besser, als die Treppe zu seiner Wohnung hinaufzugehen.

»Hallo?«

»Hi. Hier ist Finley Norris. Spreche ich mit Rocky?«

»Am Apparat«, bestätigte er.

»Gut. Ich habe gehört, was du heute Morgen gesagt hast, und ich denke, es war wirklich klug.«

»Danke«, erklärte Rocky abwesend und fragte sich, ob sie nur angerufen hatte, um ihm ein Kompliment zu machen.

»Ich habe über Bristol nachgedacht und mir Sorgen um sie gemacht. Nach dem morgendlichen Ansturm hatte ich keine Lust zu backen und habe am Computer herumgespielt, um die

Zeit totzuschlagen, weißt du? Dabei musste ich an das Pickle-port-Festival denken und daran, wie toll der Schmuck war, den Bristol gemacht hatte. Ich hatte mich geärgert, dass ich nichts gekauft hatte, bevor sie ausverkauft war. Also ging ich auf ihre Webseite und dachte, ich könnte vielleicht etwas kaufen, um ...« Sie hielt abrupt inne. Dann seufzte sie leise und fügte hinzu: »Na ja ... um sie nicht zu vergessen. Zum Beispiel ein Armband, das mich jedes Mal an sie erinnern würde, wenn ich es sehe.«

Rocky schloss die Augen. Ihm gefiel nicht, worauf das hinauslaufen würde, ganz und gar nicht. Wenn sie vorschlug, eine Art Gedenkarmband zu machen, das die Leute tragen konnten, würde er vielleicht ausflippen.

»Ich war schon einmal auf ihrer Webseite, einfach aus Neugier. Aber dieses Mal war ich überrascht ... denn seit ich das letzte Mal nachgeschaut habe, sind eine Menge neuer Sachen aufgelistet.«

Rocky setzte sich sofort aufrechter hin. »*Was?*«

»Ja. Es gibt einen Haufen neuer Ohrringe, Armbänder und Halsketten. Ich habe unten auf der Seite nachgesehen, und da stand, dass sie *heute Morgen* zuletzt aktualisiert wurde. Was ich seltsam fand. Ich meine ... stimmt doch? Ist es nicht merkwürdig?«

Er konnte nicht sprechen, weil das Adrenalin plötzlich durch seine Adern schoss.

Finley redete weiter. »Warum sollte es neue Sachen auf ihrer Webseite geben, wenn sie seit zwei Wochen verschwunden ist? Und ich bin mir fast sicher, dass sie nichts Neues eingestellt hat, seit sie hier ist. Sie sagte mir, sie genieße ihre Auszeit. Das brachte mich zum Nachdenken und ich besuchte die Seite mit den Bewertungen auf ihrer Webseite.

Rocky ... in der letzten *Woche* wurden drei Bewertungen abgegeben. Die Kunden schwärmten davon, wie schön der Schmuck sei – ich meine, natürlich sind ihre Sachen schön –, aber sie sagten auch, sie seien begeistert, dass sie wieder neue

Sachen einstellt. Eine der Damen, die gepostet hat, sagte, dass sie ihre Ohrringe gestern bekommen hat und dass sie nicht glücklicher sein könnte, ein Originaldesign von Bristol Wingham in ihrer Sammlung zu haben.«

»Verdammt noch mal«, flüsterte Rocky, während er vor Energie fast platzte.

Er wusste es! Bristol war am Leben!

Ja, es bestand die Möglichkeit, dass jemand anderes auf ihrer Webseite gepostet und damit Geld gemacht hatte ... aber er wusste bis ins Mark, dass es Bristol war. *Niemand* konnte solchen Schmuck herstellen wie sie.

Sie war da draußen und er würde sie finden, und wenn es das Letzte war, was er tat.

»Vielen Dank, dass du angerufen hast, Finley«, sagte Rocky schließlich und seine Stimme war voller Emotionen.

»Aber natürlich. Ich fand es nur so seltsam. Und ich habe jeden Abend gebetet, dass sie gefunden wird.«

»Kann Simon zu dir kommen und mit dir reden, wenn er das möchte?«, fragte Rocky.

»Aber sicher. Ich werde alles in meiner Macht Stehende tun, um zu helfen. Er kann sich aber auch selbst ein Bild von der Webseite machen, wie ich es getan habe.«

»Richtig, natürlich. Das hast du gut gemacht, Finley. Ich danke dir. Ich bleibe in Kontakt.« Er legte auf, ohne ihre Antwort abzuwarten. Es war unhöflich, aber Rocky war zu aufgeregt, um sich im Moment Gedanken darüber zu machen. Dies war der erste handfeste Hinweis darauf, dass Bristol noch am Leben war. Sie war irgendwo da draußen und bastelte Schmuck.

Für einen kurzen Moment kam ihm der Gedanke, dass sie vielleicht *doch* aus freien Stücken gegangen war. Vielleicht hatte sie genug von Fallport, von ihm, und hatte irgendwo ein neues Leben begonnen.

Rocky verwarf den Gedanken sofort wieder. Nein, das würde Bristol nicht tun. Sie würde nicht spurlos verschwinden, nicht ohne jemandem zu sagen, wohin sie gegangen war. Sie würde ganz sicher nicht ohne eine einzige ihrer Habseligkeiten gehen, einschließlich ihres Handys und ihrer Handtasche.

Sie war nicht in Kingsport. Die Polizei dort hatte gesagt, dass niemand in ihrem Haus gewesen sei, und es wurde sogar überwacht. Während der letzten zwei Wochen war niemand gekommen oder gegangen.

Er wusste nicht, wo sie war ... aber aus irgendeinem verrückten Grund zwang jemand sie, Schmuck herzustellen und ihn dann online zu verkaufen.

Und wenn derjenige ihn verkaufte, musste er ihn auch verschicken.

Mit diesem Gedanken drehte Rocky den Schlüssel im Zündschloss und fuhr rückwärts aus der Parklücke. Er musste zum Postamt gehen und fragen, ob Guy oder der Postmeister helfen konnten.

Sie kamen der Suche nach ihr immer näher. Rocky spürte es in seinen Knochen. Das war es. Der Durchbruch, den sie brauchten.

»Halte durch, Punky«, sagte er laut, als er etwas zu schnell vom Platz fuhr. »Nur noch ein bisschen länger.«

KAPITEL ACHTZEHN

Rocky hatte nicht bemerkt, wie spät es war, als Finley anrief, und als er beim Postamt ankam, war es bereits geschlossen. Er wollte eigentlich auf keinen Fall nach Hause zurückkehren, aber er hatte keine andere Wahl. Am Morgen auf die Öffnung des Postamts zu warten war äußerst frustrierend. Es gab keine Garantie, dass derjenige, der Bristol entführt hatte, Pakete von *diesem* Postamt aus verschickt hatte, aber aus irgendeinem Grund hatte Rocky das Gefühl, dass er auf der richtigen Spur war.

Nach einer weiteren schlaflosen Nacht rief Rocky Simon an und fragte ihn, ob er sich mit ihm auf dem Postamt treffen würde, sobald dieses öffnete. Er sagte nicht warum, da er nichts tun wollte, was diese Spur gefährden könnte. Er wollte auch nicht, dass Simon versuchte, ihm das Gespräch mit den Postangestellten auszureden, dass er nur verzweifelt nach irgendeinem Hinweis suchte oder dass er ihm sagte, er solle die Ermittlungen der Polizei überlassen.

Rocky hielt direkt vor dem Postamt an der Zwölften Straße an. Erst als er aus seinem Wagen ausstieg und zum Eingang ging, bemerkte er, dass nur Silas und Otto an ihren üblichen Plätzen um den runden Tisch saßen, an dem sie immer saßen.

»Wo ist Art?«, fragte er, als er sich näherte.

Silas runzelte die Stirn. »Wir wissen es nicht. Normalerweise ist er um diese Uhrzeit schon hier.«

Verdammt. Fallport konnte nicht noch eine vermisste Person gebrauchen.

»Was macht Simon hier?«, fragte Otto.

Rocky drehte sich um und sah den Polizeichef über den Platz auf sie zugehen. »Ich habe ihn gebeten, sich hier mit mir zu treffen. Finley hat mich gestern mit einem Hinweis angerufen, und wir gehen ihm nach.« Rocky schüttelte Simon die Hand, als dieser auf sie zukam.

»Wo ist Art?«, fragte Simon.

»Das habe ich auch gefragt«, erklärte Rocky ihm.

»Er ist noch nicht aufgetaucht«, sagte Otto.

»Das ist seltsam. Vielleicht sehe ich mal nach ihm, wenn wir hier fertig sind«, sagte Simon und wandte sich dann an Rocky. »Warum wolltest du dich heute Morgen hier treffen?«, fragte er.

Rocky erzählte dem Polizeichef und den beiden anderen Männern schnell, was Finley herausgefunden hatte. Verdammt, er hätte wahrscheinlich daran denken sollen, gestern Abend zu Silas und Otto zu gehen; sie hätten vielleicht denjenigen gesehen, der die Pakete zum Verschicken gebracht hatte, da sie buchstäblich den ganzen Tag hier waren, und zwar jeden Tag ... wenn sie tatsächlich von Fallport aus verschickt worden waren.

Er wandte sich an die beiden älteren Männer. »Habt ihr jemanden gesehen, der häufig mit kleinen Paketen hereinkam? Ich nehme an, dass es kleine Pakete waren, da es sich bei den Artikeln, die die Leute online bewertet haben, um Schmuck handelte.«

Silas wurde bleich – und er tauschte einen langen Blick mit Otto.

»Was? Was ist denn los?«, fragte Rocky.

»Vielleicht nichts. Aber gestern saßen wir hier und haben

uns um unsere eigenen Angelegenheiten gekümmert, wie immer ...«

Rocky widerstand dem Drang zu schnauben. Diese Männer kümmerten sich nie um ihre eigenen Angelegenheiten. Niemals.

»... und Art sagte plötzlich, er müsse etwas erledigen.«

»Was musste er denn erledigen?«, fragte Simon.

»Ich weiß es nicht. Er wollte es nicht sagen. Er bekam nur einen entschlossenen Gesichtsausdruck, stand auf und ging. Es war seltsam. Sehr seltsam«, erklärte Silas.

»Was ist passiert, kurz bevor er gegangen ist?«, fragte Simon.

»Ich bin mir nicht sicher. Ich meine, es war ein ganz normaler Tag. Ich habe ihn im Schach besiegt und wir haben eine Pause gemacht. Ein paar Leute kamen vorbei, wir haben ein bisschen geplaudert, dann ist er einfach aufgestanden und hat beschlossen zu gehen.«

»Wer ist alles vorbeigekommen?«, fragte Simon in einem rauen Ton. Dann holte er tief Luft. »Tut mir leid. Aber es ist wichtig.«

»Nun ... der Bürgermeister war einer«, erklärte Silas.

»Aufgeblasener Heini«, murmelte Otto.

»Der Rektor der Highschool. Dann Hank Blackburn. Grogan kam, um ein paar Pakete für seinen Laden abzuholen, er sagte, es seien die Muster von einigen der Bigfoot-Sachen, die er bestellt hatte, und er sei zu ungeduldig, um auf die Lieferung zu warten. Wer noch ... Agatha, Clara, Thomas. Und Lance irgendwas oder so ... du weißt schon, der Typ, der ein bisschen aussieht wie dieser berühmte Schauspieler ... du weißt schon, wen ich meine, Otto, oder?«

»Der Typ aus *Jurassic Park*? Chris irgendwas?«

»Ja! Das ist er«, erklärte Silas mit einem Lächeln.

Rocky war fassungslos. Diese Typen waren besser als jedes Überwachungssystem, das stand fest. Sie mochten zwar alt sein, aber das bedeutete nicht, dass ihr Verstand nicht so scharf war wie eh und je.

Simon nickte. »Und all die Männer, die du gesehen hast ... was haben die hier gemacht?«

»Das, was alle tun. Sachen verschicken«, erwiderte Silas.

»Hast du gesehen, wie groß eines der Pakete war, die die Leute vorbeigebracht haben? Oder gesehen, an wen sie adressiert waren?«

»Tut mir leid, das habe ich nicht. Du, Otto?«

Der andere Mann schüttelte den Kopf. »Nein, aber ich glaube, dass Art zumindest ein paar der Pakete gesehen haben könnte. Er hat etwas zu jemandem gesagt, aber Silas und ich haben uns über den Zug gestritten, den er gerade im Spiel gemacht hatte, und wir haben es verpasst.«

»Aber wenn ich es mir recht überlege, ist Art nicht allzu lange danach gegangen«, bemerkte Silas.

»Komm schon«, sagte Simon abrupt zu Rocky.

»Aber wir müssen mit Guy oder dem Postmeister sprechen.«

»Nein, müssen wir nicht. Das kannst du mir glauben«, erwiderte Simon.

Ohne ein weiteres Wort des Protests nickte Rocky.

»Bleibt hier«, befahl Simon Silas und Otto. »Bewegt euch nicht von der Stelle. Habt ihr mich verstanden?«

Beide Männer schauten verwirrt, nickten aber.

»Wir werden nach Art sehen. Ich bin sicher, es geht ihm gut ... wahrscheinlich hat er nur verschlafen«, erklärte Simon.

Die Haare auf Rockys Armen stellten sich auf. Der Polizeichef wusste etwas. Er war sich noch nicht sicher, was los war, aber wenn er es für wichtiger hielt, mit Art zu reden, als den Postmeister zu fragen, dann würden sie genau das tun.

»Du fährst«, sagte Simon zu Rocky, als sie zu seinem Wagen gingen.

Rocky lief um sein Fahrzeug herum und stieg ein. »Willst du mir sagen, was hier los ist?«, fragte er.

»Nein. Du musst ruhig bleiben und darfst nicht ausrasten.«

Und einfach so hatte Rocky das Gefühl, dass Simon wusste, wer Bristol entführt hatte. »Wer ist es?«, stieß er hervor.

»Ich bin mir noch nicht ganz sicher.«

»Blödsinn. Du weißt es schon. Ich kann nicht glauben, dass du es mir verdammt noch mal nicht gesagt hast.«

»Das liegt daran, dass ich es *nicht* wusste. Aber nachdem ich mit Art gesprochen habe, werde ich es wohl sicher wissen. Meine Leute sind heute Morgen sehr beschäftigt. Bo bekam einen Anruf wegen eines eingeschlagenen Autofensters letzte Nacht, Robert geht einigen Hinweisen nach, die die Leute gemeldet haben, Chad ist mit seiner Familie beim Camping und Miguel hat gerade Feierabend. Ich werde Bo, Robert und Miguel anrufen, aber ich weiß nicht, wie lange es dauern wird, bis sie hier sind. Ich brauche etwas Verstärkung. Ich weiß, alles in dir besteht darauf, dass du Bristol finden musst, und das werden wir auch tun, sobald wir mehr Informationen haben, aber in der Zwischenzeit musst du mir Rückendeckung geben. Schaffst du das?«

Rocky warf dem Polizeichef einen Blick zu, als sie zu Arts Haus fuhren. Es war ein kleines Haus mit drei Zimmern, nicht weit vom Marktplatz entfernt. Rocky war sich jetzt sicherer denn je, dass Simon wusste, wer Bristol entführt hatte, aber er war nicht die Art von Mann, die jemanden ungeschützt lassen würde. »Ja«, erklärte er einfach.

»Ich danke dir. Ich schwöre auf meine Polizeimarke, dass ich dir alles sagen werde, was ich weiß, sobald wir mit Art gesprochen haben.«

Rocky nickte. »Habe ich Zeit, Drew oder einen der anderen Jungs anzurufen?«, fragte er.

»Nachdem wir mit Art gesprochen haben«, entgegnete Simon wieder. »Wenn er mir sagt, was ich *denke*, brauchen wir jeden Einzelnen von euch. Eure ganze militärische Erfahrung wird uns zugutekommen.«

Rocky wurde flau im Magen, als er nur zwei Minuten später

vor Arts Haus hielt. Nichts schien fehl am Platz zu sein. Die Tür war geschlossen und kein Licht war an. Es sah genauso aus wie immer.

Simon und Rocky gingen den Bürgersteig hinauf zur Haustür. Simon klopfte an. Als er keine Antwort erhielt, klopfte er noch einmal, und zwar fester.

Als immer noch kein Geräusch aus dem Haus kam, zog Simon seine Waffe aus dem Halfter an seiner Seite. »Bleib hinter mir«, befahl er.

Dann trat er zurück, hob sein Bein und trat gegen die Tür.

Rocky konnte nicht anders, als beeindruckt zu sein. Simon war Mitte fünfzig und um die Mitte herum etwas weich, aber hinter diesem Tritt steckte genügend Kraft, um die Tür mit einem Schlag aufzubrechen. Die Tatsache, dass Simon sich nicht die Mühe gemacht hatte, um das Haus herumzugehen und nach einem anderen Eingang zu suchen, sagte Rocky, dass die Bedenken des Polizeichefs, warum Art heute Morgen nicht aufgetaucht war, ernst zu nehmen waren.

Die beiden Männer gingen ins Haus, Simons Pistole im Anschlag, Rocky in seinem Rücken. Er fühlte sich nackt ohne Waffe, aber er hatte keine Zeit gehabt, zurück in seine Wohnung zu gehen. Sie durchquerten den Wohnbereich und eine kleine Küchenzeile. Sie gingen einen Flur entlang in Richtung der beiden Schlafzimmer – und ein vertrauter Geruch stieg Rocky in die Nase.

Er würde diesen kupferfarbenen Geruch nie vergessen. Er hatte sich nach so vielen Einsätzen in sein Gedächtnis eingebrannt.

Blut.

»Art?«, rief Simon. »Ich bin's, Simon. Geht es dir gut?«

Es kam keine Antwort.

Simon deutete auf seine Augen, dann auf den Raum vor ihm, und Rocky nickte. Sie schlichen weiter und Simon stieß langsam die Schlafzimmertür auf.

Der Anblick, der sich ihnen bot, ließ zu viele schlechte Erinnerungen in Rockys Gehirn aufblitzen.

Eine Blutspur zog sich von der Tür bis zu der Stelle, an der Art jetzt regungslos in der Mitte des Schlafzimmers lag. Rocky nahm an, dass er versucht hatte, zu einem Telefon zu kriechen, das er auf dem Tisch neben dem Bett sehen konnte. Er hatte es nicht geschafft.

»Verdammt«, fluchte Simon. »Bleib bei ihm, während ich das andere Schlafzimmer überprüfe.«

Rocky nickte und ging neben dem alten Mann auf die Knie. Er rollte Art sanft auf den Rücken – und war verdammt schockiert, als der alte Mann die Augen aufriss und einen Arm hochwarf, um sein Gesicht zu schützen.

»Ruhig, Art! Ich bin's. Rocky Watson. Es ist alles in Ordnung.«

Arts Mund öffnete und schloss sich, als versuchte er zu sprechen.

»Pssst, nicht sprechen. Spar dir deine Kräfte«, befahl Rocky ihm. Er hob das Hemd des Mannes an und sah, woher das Blut kam. Es war eine große Stichwunde in der rechten oberen Brust. Er legte sofort seine Hände über das Loch, obwohl die Blutung größtenteils gestoppt hatte, sodass es offensichtlich war, dass er schon vor einiger Zeit verletzt worden war.

Wut drohte Rocky zu übermannen. Wer zum Teufel ersticht einen einundneunzigjährigen Mann? Und warum? Das ergab keinen Sinn. Art konnte zwar störrisch sein, aber er war völlig harmlos.

Simon kam zurück ins Zimmer und Rocky hörte, wie er mit jemandem am Telefon sprach. Wahrscheinlich verständigte er den Notarzt. Dann kniete er sich neben Rocky hin. »Wie sieht er aus?«

Rocky schüttelte den Kopf. »Nicht gut. Ich habe nur eine Einstichwunde gefunden, aber es könnten mehr sein. Ich bin schockiert, dass er noch bei Bewusstsein ist.«

Es war offensichtlich, dass Simon nicht bemerkt hatte, dass

Art wach war. Er wandte den Blick dem älteren Mann zu und beugte sich dicht vor. »Wer war es, Art?«

Art tat wieder das, was er zuvor getan hatte. Er öffnete und schloss mehrmals den Mund.

»Du wusstest es, nicht wahr?«, fragte Simon. »Du wusstest, wer es ist, und hast ihn zur Rede gestellt, anstatt zu mir zu kommen oder zu Rocky oder ... zu einem von Rockys Freunden.«

Art schüttelte den Kopf. »Ich habe ... das Paket gesehen. Bristols Namen. Kam nach Hause, um anzurufen ... ist mir gefolgt.«

»Verdammt«, fluchte Simon. »Er hat dich angegriffen, um dich zum Schweigen zu bringen. Ich schätze, er dachte, er hätte sich abgesichert, aber er hat sich geirrt. Er wusste nicht, wie stark du bist. Ich glaube, ich weiß, wer es ist, Art. Aber du musst es mir sagen, damit ich einen hinreichenden Grund habe, den Mistkerl festzunehmen«, sagte Simon entschlossen.

Rocky hielt den Atem an. Er wollte denjenigen, der Art das angetan hatte – und der wahrscheinlich auch Bristol entführt hatte –, auf jeden Fall erwischen. Es war ihm verdammt egal, ob er dabei die Vorschriften einhielt.

Arts Lippen bewegten sich und das Geräusch, das herauskam, war kaum ein Flüstern. Im Hintergrund konnte Rocky Sirenen hören und wusste, dass das kleine Haus gleich von Menschen überrannt werden würde. Er beugte sich hinunter, um sicherzugehen, dass er den Namen hörte, den Art ihnen zu sagen versuchte.

»Lance.«

Verdammter Mistkerl.

Rocky wollte aufstehen. Er musste gehen. Um die Bestie zu jagen, die das getan hatte.

Aber Simon packte ihn am Arm mit einem Griff, der überraschend stark war. »Lass deine verdammten Hände, wo sie sind«, blaffte er ihn an. »Wenn du loslässt, könnte er sterben.«

Rocky war sich da nicht sicher. Arts Wunde blutete nicht

mehr wirklich stark. Aber er atmete trotzdem tief durch die Nase ein. Alles in ihm schrie danach, Lance Zaun zu suchen. Um ihn zu einem blutigen Brei zu schlagen. Um ihn zu zwingen, zu gestehen, wo Bristol war. Aber wenn er ihn jetzt zu Gesicht bekam, würde er ihn umbringen. Und wenn er im Knast war, konnte er Bristol nicht helfen.

»Ich werde ihn kriegen«, sagte Rocky zu Art, dessen Blick jetzt auf ihn gerichtet war. »Er wird dafür bezahlen, dass er dir das angetan hat ... und für das, was er mit Bristol gemacht hat.«

»Pakete«, keuchte Art erneut.

Rocky nickte. »Finley hat mich gestern Abend angerufen und mir gesagt, dass sie neue Bewertungen auf Bristols Webseite gesehen hat. Ich war heute Morgen bei der Post, um das zu überprüfen. Sieht so aus, als wärst du uns allen bei dieser Spur zuvorgekommen. Ich bin nicht überrascht. Du und deine Kumpane scheinen immer alles zu wissen, was in dieser Stadt vor sich geht.«

Art schloss die Augen.

»Du wirst *nicht* sterben«, versicherte Rocky ihm grimmig, ohne zu wissen, ob seine Worte wahr waren oder nicht. »Du bist zu zäh, um dich von einem Dreckskerl wie Lance Zaun ausschalten zu lassen. Außerdem hat Otto mir gerade erzählt, wie weit er bei euren Schachspielsiegen voraus ist.«

Damit öffnete Art wieder die Augen und sagte: »Lüge ...«

»Ich werde deine Enkelin anrufen. Gibt es noch jemanden, den ich benachrichtigen soll?«, fragte Simon, als sie hörten, wie Leute das Haus betraten.

Art schüttelte leicht den Kopf und schloss erneut die Augen.

Rocky war noch nie so froh gewesen, jemanden zu sehen wie die beiden Sanitäter, die in diesem Moment in den Raum platzten. Er hörte mit halbem Ohr zu, als Simon ihnen erzählte, was er wusste. Dann trat Rocky zurück und ließ die Profis ihre Arbeit tun. Er hörte, wie einer nach einem Hubschrauber rief, und wusste, dass Art in guten Händen war.

Er verließ den Raum, bevor er sich umdrehte und auf die Tür zuging.

Simon hielt ihn am Arm fest, bevor er zu weit kam.

»Bleib bei mir, Junge.«

»Dieser Mistkerl hat Bristol!«, knurrte Rocky.

»Ja, das hat er. Und wer weiß, was er mit ihr anstellt, wenn du nur halbherzig loslegst. Sie hat so lange überlebt, bring ihn nicht dazu, in Panik zu geraten und sie zu töten.«

Bei Simons Worten blieb Rocky stehen. Der Polizeichef hatte recht. Lance hatte nicht gezögert, einen harmlosen alten Mann niederzustechen. Wenn Rocky es in seiner Verzweiflung, sie zu finden, vermasselte, würde Lance das Gleiche mit Bristol tun. Obwohl er es hasste, sie auch nur einen Moment länger als nötig in der Gewalt dieses Dreckskerls zu wissen, war der Gedanke, dass der Typ sie abstechen würde, wie er es mit Art getan hatte ...

»Wie lautet der Plan?«, fragte er.

»Wir müssen Lance finden. Ihn beobachten. Wenn wir sicher sind, dass er allein ist, nehmen wir ihn mit und bringen ihn dazu, uns zu sagen, wo er Bristol versteckt hält.«

Rocky nickte und zückte sein Handy. Einige der tödlichsten Männer, die er kannte, waren genau hier in Fallport. Wenn es jemals einen Moment gab, in dem sie das, was sie bei den Streitkräften gelernt hatten, anwenden konnten, dann war es *jetzt*.

KAPITEL NEUNZEHN

Eine Stunde später war das Such- und Bergungsteam von Eagle Point über ganz Fallport verteilt, um nach Lance Zaun zu suchen. Und sie waren nicht die Einzigen. Die ganze Stadt hielt Ausschau, vor allem, nachdem die Einwohner gehört hatten, was mit Art geschehen war. Niemand war erfreut darüber, dass einer der ihren angegriffen worden war. Und weil es Art war, waren alle doppelt so aufgebracht.

Dann, vor fünf Minuten, kam Davis ins *Grinders* und bat darum, das Telefon benutzen zu dürfen. Er rief auf dem Polizeirevier an und wollte mit Simon sprechen. Er wurde mit dem Handy des Polizeichefs verbunden und sagte ihm, er habe Lance vor ein paar Minuten in seiner Wohnung gesehen. Er hatte einen großen Karton zu seinem Wagen getragen ... und es sah so aus, als würde er packen, um zu verschwinden.

Rocky war in Simons Nähe geblieben, weil er wusste, dass der Polizeichef bei den Ermittlungen an vorderster Front stehen würde. Wie der Mann aus seiner Wohnung und zu seinem Wagen gelangen konnte, ohne von dem Beamten gesehen zu werden, den Simon mit der Überwachung beauftragt hatte, war Rocky schleierhaft. Es war ihm auch egal. Er war einfach nur erleichtert, dass sie ihn endlich gesichtet hatten.

Simon hatte sich bei Davis bedankt, dann sofort seine Beamten angerufen und ihnen gesagt, sie sollten ohne Sirenen anrücken und sich am Wohnhaus treffen. Sie sollten am Ende der Straße parken, um Lance nicht zu verraten, dass sie ihm auf der Spur waren.

Rocky rief sein Team an und sagte ihnen das Gleiche. Die ganze Zeit über war ihm flau im Magen.

Jetzt war es so weit. Sie würden sich Lance schnappen und ihn zwingen, ihnen zu sagen, wo Bristol war.

Sobald er herausgefunden hatte, dass Lance Zaun derjenige war, der Art erstochen hatte, kam Rocky der unangenehme und unglaubliche Gedanke, dass er Bristol vielleicht die ganze Zeit direkt vor seiner Nase versteckt hatte. Er versuchte, den Gedanken zu verdrängen. Es war unmöglich, dass Bristol während der letzten zwei Wochen nur drei Türen von ihm entfernt gewesen war. Er hätte es gemerkt, wenn sie so nahe gewesen wäre.

Aber der Gedanke nagte an ihm. Was, wenn er es *nicht* gemerkt hätte? Was, wenn sie dort war?

Angst stieg in Rocky auf und es kostete ihn jedes Quäntchen Disziplin, das er als SEAL gelernt hatte, um nicht die Treppe hinaufzustürmen und Lance' Tür aus den Angeln zu reißen, um selbst nachzusehen.

»Woher wusstest du, dass er es war?«, fragte Rocky, als er und Simon in der Nähe des Wohnhauses mit Blick auf die Treppe darauf warteten, dass Lance noch einmal auftauchte.

»Davis hat mich gestern Nachmittag aufgesucht. Er sagte, Lance verhalte sich seltsam, was seinen Müll angeht. Du weißt ja, dass Davis den Müll durchsucht. Nun, Lance hat ihn dabei erwischt, ihn angeschrien und dann seinen Müll wieder nach *oben* gebracht. Ich war mir nicht hundertprozentig sicher, aber ich habe ein paar Nachforschungen angestellt.«

»Und?«, fragte Rocky ungeduldig.

»Lance Zaun ist praktisch sein ganzes Leben lang in psychiatrischen Kliniken ein- und ausgegangen. Seine eigenen Eltern hatten Angst vor ihm und sie wandten sich von ihm ab, als er achtzehn Jahre alt wurde. Sie warfen ihn aus dem Haus, zogen um und änderten sogar ihre *Namen*.

Ich konnte die medizinischen Berichte über ihn nicht lesen, aber aus den Notizen, die verschiedene Beamte nach seinen diversen Verhaftungen wegen öffentlicher Ruhestörung, Bedrohung und Spanneraktivitäten gemacht haben, geht hervor, dass er eine obsessive Persönlichkeit hat. In einem Moment ist er ruhig, im nächsten gerät er außer Kontrolle. Als ein langjähriger Kriminalbeamter aus Memphis schrieb, er sei, ich zitiere, ›einer der furchterregendsten Männer, die ich je in meinem Leben getroffen habe‹, war ich mir ziemlich sicher, dass ich meinen Mann hatte. Ich hatte allerdings keinen Beweis dafür, dass er Bristol in seiner Gewalt hatte«, erklärte Simon, wobei die Reue in seinem Tonfall deutlich zu hören war. »Hätte ich einen gehabt, hätte ich nicht gewartet.«

Rocky nickte. Er konnte das verstehen. Das bedeutete nicht, dass er es gut fand, aber er konnte es verstehen.

»Wie sieht der Plan aus?«, fragte er.

»Wenn er aus der Wohnung kommt, überwältigen wir ihn. Unter keinen Umständen darf er die Treppe wieder hinaufgehen.«

Rocky schloss für einen Moment die Augen. »Du glaubst, sie ist da drin.« Das war eine Feststellung.

»Alles andere ergibt keinen Sinn«, bemerkte Simon. »Wir haben buchstäblich überall sonst gesucht.«

Rocky versuchte, sich zu beherrschen, aber es gelang ihm nicht. Er drehte sich um und übergab sich in das Unkraut, das neben dem Backsteingebäude wuchs.

Als er daran dachte, was Bristol durchgemacht hatte und immer noch durchmachte, musste er sich erneut übergeben.

»Ruhig, mein Junge«, sagte Simon leise und legte kurz eine Hand auf Rockys Rücken.

Rocky wischte sich mit dem Handrücken über den Mund und holte tief Luft, während ihm die Tränen in die Augen stachen.

Zu seiner Überraschung tauchte Simons Hand vor ihm auf – mit einer verdammten Packung Pfefferminzbonbons.

»Was zum Teufel?«, fragte Rocky, während er sie dankbar von dem Polizeichef entgegennahm. »Trägst du die immer mit dir herum?«, fragte er.

Simon zuckte mit den Schultern. »Ja. Ich bin lange genug dabei, um zu wissen, dass die Dinge sich jederzeit zum Schlechten wenden können, und was mich stört, stört jemand anderen nicht, und andersherum. Deshalb habe ich immer ein paar verdammt starke Pfefferminzbonbons dabei, nur für den Fall.«

Rocky nickte, aber der Gedanke, dass Bristol direkt vor seiner Nase war, brachte ihn fast um. Er hatte sie im Stich gelassen. Und wie. Und wenn es ihr gut ging – *Gott, lass es ihr gut gehen* – und wenn sie ihn immer noch wollte, nachdem er sie nicht beschützt und nicht rechtzeitig gefunden hatte, würde er sie *nie wieder* enttäuschen.

»Es tut sich was. Haltet euch bereit«, hörten sie Ethans Stimme über das Funkgerät. Sie hatten alle ihre Funkgeräte auf denselben Kanal programmiert. Zurzeit waren sieben verärgerte Mitglieder des Such- und Bergungsteams und drei Polizisten, plus Simon, bereit loszulegen.

Alle Augen waren auf die Treppe gerichtet, als Lance Zaun sich nervös umsah und seine Wohnung verließ. Er stellte den großen Karton ab, den er bei sich trug, und drehte sich um, um die Tür hinter sich zu schließen und zu verriegeln.

Nichts hätte Rocky deutlicher sagen können, dass Bristol hinter dieser Tür war. Wer schloss schon seine Tür ab, nur um einen Karton in den Kofferraum zu packen? Niemand. Es sei denn, derjenige wollte nicht, dass jemand sah, was – oder wer – hinter dieser Tür war.

Lance hob den Karton wieder auf und machte sich auf den

Weg zur Treppe. Rocky startete einen Countdown in seinem Kopf, während er darauf wartete, dass er nach unten kam.

Zehn, neun, acht ...

Sein Herz begann, wie wild zu klopfen.

Sieben, sechs, fünf ...

Er wollte, dass Lance verdammt noch mal litt, aber mehr noch, er musste zu Bristol gelangen.

Vier, drei, zwei ...

Simon und seine Leute würden direkt auf Lance zugehen, während Rocky und sein Team die Treppe hinaufgehen würden.

Eins.

»Los! Los! Los!«, hörten sie eine Stimme über das Funkgerät.

Rocky war bereits in Bewegung und stürmte so schnell er konnte zu der Treppe, die der Dreckskerl gerade heruntergekommen war.

Überrascht von der Anzahl der Leute, die aus dem Nichts auftauchten, erstarrte Lance für einen Moment – dann drehte er sich um, als wollte er die Treppe wieder hinaufgehen.

Miguel, einer der besten Männer von Fallport, war zuerst bei ihm. Dann waren Bo und Robert da. Bo trat zurück und richtete seine Waffe auf Lance, der nun mit dem Gesicht nach unten auf dem Beton lag und von drei Männern festgehalten wurde, die ihm die Hände auf den Rücken drückten.

»Lance Zaun, Sie sind wegen des versuchten Mordes an Arthur Lever verhaftet. Und ich behalte mir das Recht vor, die Anklage zu erweitern, sobald wir Ihre Wohnung durchsucht haben«, erklärte Simon ihm.

»*Nein!* Nein, nein, nein, nein, nein! Sie gehört mir! Sie hat mir schon immer gehört!«, schrie Lance, während er sich unter den Polizisten durchkämpfte.

Rocky verlangsamte sein Tempo nicht. Er wollte nicht sehen, wie Lance zu Boden ging. Er musste zu Bristol.

Er und Ethan kamen zur gleichen Zeit an der Tür an. Er

sah vage, wie seine Nachbarn ihre Türen öffneten und überrascht und ängstlich auf das Spektakel starrten, das sich um sie herum abspielte. Er rammte seine Schulter gegen die Tür, aber sie rührte sich nicht.

»Verdammt«, murmelte er, während er durchatmete und es noch einmal versuchte, mit demselben Ergebnis.

»Versuchen wir es gemeinsam«, sagte Ethan.

»Nein. Bleibt zurück«, befahl Drew.

Rocky drehte sich um und sah, dass Drew und Brock beide Rammböcke in der Hand hielten.

»Ich dachte, die könnten wir brauchen«, sagte Drew. »Nennt es ein Abschiedsgeschenk von meinem letzten Job«, erklärte er mit einem entschlossenen Gesichtsausdruck.

Es war offensichtlich, dass Brock auch Erfahrung im Umgang mit dem Werkzeug zum Aufbrechen von Türen hatte, denn er stand bereit und wartete auf Drews Wort.

Ethan packte Rocky am Arm und zog ihn zurück, damit ihre Teamkameraden die Tür aufbrechen konnten. Bei drei stießen die beiden Männer die Rammböcke gleichzeitig gegen die Tür. Das Geräusch von zerbrechendem Holz war eines der besten, die Rocky je in seinem Leben gehört hatte.

Er schob seine Teamkameraden aus dem Weg und stürmte durch die Tür, wobei er abwesend feststellte, dass der Riegel verstärkt und nicht derselbe war wie der in seiner eigenen Wohnung.

»Ganz ruhig«, murmelte Zeke. Er hatte eine Pistole in der Hand und richtete sie auf die scheinbar leere Wohnung. Für einen kurzen Moment wurde Rocky flau im Magen.

Bristol war nicht da. Der Wohnbereich sah fast genauso aus wie beim letzten Mal, als er hier gewesen war, um Elsie und Tony beim Einräumen zu helfen.

Aber dann schüttelte er den Kopf. Nein. Sie war hier. Sie *musste* hier sein.

Zeke und Drew räumten den Wohnbereich und die Küche. Es sah fast beängstigend normal aus. Die beiden Männer gingen Schulter an Schulter den Flur entlang zu den Schlafzimmern. Das erste war leer. Sie bereiteten sich darauf vor, das große Schlafzimmer zu betreten.

Die Tür war verschlossen.

Diesmal war es Talon, der mit dem Rammbock vorging. Er zögerte nicht, und die Tür zersprang mit seinem ersten Schlag in mehrere Teile.

Rocky hörte Talons erschrockenes Einatmen, bevor er seinen Freund zur Seite schob.

Und was er sah, ließ sein Herz höherschlagen – und brach es gleichzeitig.

Bristol. Sie war am Leben.

Mit großen Augen starrte sie auf die Tür. Sie hatte einen Ballknebel im Mund und Speichel tropfte von ihrem Kinn. Ihre Hände waren an eine Kette gefesselt und ihr rechtes Bein war auf ein paar Kissen gestützt. Die Kette war auch um ihren Knöchel gelegt und lief bis zum Bettgestell hinunter.

Der Raum roch muffig und hatte einen Gestank, den Rocky nicht identifizieren konnte. Außerdem war es stockdunkel. Das einzige Licht, das in den Raum fiel, kam aus dem Flur hinter ihm. An jeder Wand, auch über dem Fenster, hingen scheinbar Decken.

Rocky nahm die Umgebung in Sekundenschnelle in sich auf, bevor er zu Bristol ging.

Sie gab hohe, wimmernde Geräusche von sich, und es war das Herzzerreißendste, was Rocky je in seinem Leben gehört hatte. Im Hinterkopf hörte er ein klickendes Geräusch. Vage registrierte er das Geräusch als eine Handykamera. Er wusste, dass die Szene mit Bildern dokumentiert werden musste, um den Täter strafrechtlich verfolgen zu können.

Er hasste es, aber er verstand es. Und er war demjenigen dankbar, der die Geistesgegenwart gehabt hatte, das zu tun, wozu er nicht in der Lage war.

Rocky fiel neben dem Bett auf die Knie und griff verzweifelt nach der Vorrichtung um ihren Kopf. Als die Frau, die er mehr liebte als das Leben selbst, von ihm wegzuckte, erstarrte er.

»Ganz ruhig, Rocky«, murmelte Ethan leise. »Ganz ruhig.«

Rocky atmete tief durch und sagte: »Ist schon gut, Punky. Wir sind ja da. Du bist in Sicherheit. Ich nehme dir das jetzt ab, okay? Halt dich kurz fest, dann bringen wir dich hier raus.«

Je mehr er redete, desto mehr schien sie sich zu beruhigen.

Der Anblick der gefesselten Frau ließ in Rocky die Wut aufsteigen, sodass er Lance am liebsten eigenhändig umgebracht hätte. Aber Bristol brauchte ihn mehr. Sie kam zuerst. Immer. Aber das bedeutete nicht, dass er nicht in seinem Hinterkopf Pläne schmiedete, wie er den Mann ein für alle Mal erledigen konnte.

Er kannte Leute. Leute, die Leute kannten. Solche, die leicht an den Dreckskerl herankommen konnten, der Bristol das angetan hatte, selbst wenn er hinter Gittern saß.

Es dauerte eine Minute, bis er die Riemen des Knebels gefunden hatte, und in dem Moment, in dem er den Ball aus Bristols Mund entfernte, kam der qualvollste, herzzerreißendste, wütendste Schrei überhaupt aus ihrer Kehle. Rocky hatte noch nie einen solchen Schrei gehört. Er hörte nicht auf, als würde sie all die Angst loswerden, die sie seit ihrer Entführung in sich aufgestaut hatte.

Schließlich wurde das Geräusch leiser und ging in Schluchzen über. Drew und Talon arbeiteten daran, ihre Hände von den Ketten zu befreien, und Ethan und Raiden waren zu ihren Füßen und machten wahrscheinlich dasselbe mit der Fessel dort. Rocky nahm sie in die Arme, und als sie ihren Kopf an seinem Hals vergrub, als er ihren heißen Atem auf seiner Haut spürte, während sie weinte, schloss Rocky dankbar die Augen.

Er hatte keine Ahnung, was sie durchgemacht hatte, aber sie war am Leben. Er würde ihr den besten Psychologen des Landes besorgen, um ihr zu helfen, damit fertigzuwerden. Was auch immer sie durchmachen mussten, Rocky war so verdammt dankbar, dass sie wieder in seinen Armen lag.

Plötzlich drang Licht in den Raum, als Zeke die Decken herunterriss, die das Fenster verdeckt hatten. Staubmotten schwirrten in der Luft und wurden durch das Sonnenlicht, das durch das Fenster fiel, angestrahlt.

Rocky konnte spüren, wie Bristol versuchte, die Fassung zu bewahren. Sie wich ein wenig zurück und sah zu ihm auf. Jemand reichte ihm ein Handtuch, und Rocky wischte ihr sanft und vorsichtig das Kinn und das Gesicht von dem Speichel und den Tränen ab, die noch zurückgeblieben waren.

»Wasser«, sagte Brock und reichte Rocky ein Glas.

»Bitte«, flüsterte Bristol, als sie die Flüssigkeit betrachtete. Rocky half ihr, sich aufzusetzen, und hielt ihr das Glas an die Lippen. Sie trank es aus, ohne eine Pause zu machen, um Luft zu holen. Als sie fertig war, reichte Rocky das Glas zurück, ohne sich dafür zu interessieren, wer es ihm abnahm. Er konnte den Blick nicht von Bristol abwenden. Er konnte kaum glauben, dass sie hier war.

»Ihr Bein ist völlig hinüber«, erklärte Talon in einem rauen Flüsterton.

Rocky wandte sich zum ersten Mal von ihrem Gesicht ab.

Endlich sprach Bristol. Ihre Stimme war rau, als hätte sie schon lange nicht mehr gesprochen. »Er hat es mit einem Hammer zerschlagen, nachdem er den Gips abgenommen hatte«, erklärte sie. »Er wollte nicht, dass ich aufstehe, also hat er so eine Nummer wie bei Stephen Kings *Misery* mit mir abgezogen.«

Das Entsetzen erfasste Rocky und raubte ihm den Atem. Er hatte den Film nie gemocht. Er hatte es nicht ertragen können, den ganzen Film zu sehen. Und bei dem Gedanken, dass seiner Bristol so etwas zugestoßen war ... wurde ihm erneut ganz schlecht. Aber er beherrschte sich. Gerade so.

»Er hat den Raum mit den Decken schalldicht gemacht. Er hat mich geknebelt, wenn er wegging, damit ich nicht schreien konnte. Er hat meine Hände gefesselt, damit ich den Knebel nicht abnehmen konnte. Mir waren wirklich die Hände gebunden. Ich wusste nicht, wann es Tag und wann es Nacht war.« Sie redete jetzt fast hektisch, als wollte sie alle Details mitteilen, falls noch etwas passieren sollte. »Als er mich am ersten Tag nicht tötete und kein Interesse daran zu haben schien, mich zu vergewaltigen oder so, dachte ich, es sei das Beste, zu tun, was er wollte. Ich wollte nett zu ihm sein. Ich wollte nicht, dass er mich als eine Art Bedrohung ansieht. Oder dass er den Hammer wieder gegen mich einsetzt.« Sie lenkte mit ihrem Kinn die Aufmerksamkeit aller auf den Hammer, der auf einem kleinen Tisch auf der anderen Seite des Raumes lag.

So stolz Rocky auch auf seine Frau war, in seinem Herzen brannte der Hass.

»In Ordnung. Sie ist frei«, erklärte Drew.

»Niemand fasst etwas an«, befahl Simon. Rocky hatte das Eintreffen des Polizeichefs gar nicht bemerkt. Seine ganze Aufmerksamkeit war auf Bristol gerichtet. »Wir müssen die Beweise sichern, um diesen Dreckskerl dingfest zu machen.«

»Oh, er wird verurteilt werden«, bemerkte Talon, wobei seine Stimme vor Wut zitterte.

Rocky reagierte erst mit Verzögerung. Der dunkle Raum, der Hammer, die Ketten. Er begann zu zittern ... und konnte nicht mehr aufhören.

»Es ist okay«, beschwichtigte Bristol ihn und legte ihre Arme um ihn, so gut sie es von ihrer Position auf dem Bett aus konnte. »Mir geht's gut. Du hast mich gefunden.« Es war erstaunlich, wie ruhig sie klang. Nach ihrer ersten Reaktion hatte sie es geschafft, sich zusammenzureißen.

»Es tut mir leid. Es tut mir so leid!«, entgegnete er und vergrub seinen Kopf in ihrem Haar.

»Was denn?«, fragte sie.

»Dass es so lange gedauert hat!«

Sie lachte – und Rocky riss bei diesem Geräusch überrascht

den Kopf hoch. Wie zum Teufel konnte sie in diesem Moment *lachen*?

Sie hob eine Hand und strich ihm über die Wange. »Ich wusste, du würdest nicht aufhören zu suchen, bis du mich gefunden hast. Egal, wie lange es dauert.«

Sie hatte unrecht. Es spielte *sehr wohl* eine Rolle, wie lange er gebraucht hatte. Aber er schaffte es zu murmeln: »Verdammt richtig.«

»Ich hätte wie der Teufel gekämpft, um nicht da reingesteckt zu werden, Beinbruch hin oder her«, sagte sie und deutete auf etwas hinter ihm.

Überrascht blinzelnd sah Rocky sich um und entdeckte etwas anderes, das er zuvor übersehen hatte.

Einen großen offenen Koffer.

»Er ist gestern aus irgendeinem Grund ausgeflippt. Er fing an, sich darauf vorzubereiten, mit mir abzuhauen. Er wollte mich betäuben, in den Koffer stecken und wegtragen.«

Jeder Muskel in Rockys Körper spannte sich an.

»Verdammt noch mal«, murmelte Drew.

»Das wollte ich nicht zulassen. Ich wollte kämpfen, egal wie sehr mein Bein wehtat. Ich schaffte es, eine Nadel zu verstecken, als er nicht hinsah. Eine, mit der ich den Schmuck hergestellt hatte, den er von mir haben wollte. Ich wollte ihm ins Auge stechen oder so.«

»Braves Mädchen«, lobte Zeke.

Rocky wollte Bristol sagen, wie stolz er war, aber er hatte einen Kloß im Hals.

»Die Lage ist sicher. Er ist auf dem Weg zum Polizeirevier«, erklärte Simon leise. »Wir müssen sie hier rausbringen. Ich habe die Sanitäter informiert, dass sie mit ihr direkt nach Roanoke fahren müssen. Der Hubschrauber ist noch besetzt ...« Seine Stimme brach ab, doch das Team wusste bereits, warum der Hubschrauber nicht verfügbar war. Weil er noch damit beschäftigt war, Art in die Notaufnahme zu bringen.

»Ja bitte«, sagte Bristol mit einem kleinen Seufzer, die nicht wusste, was mit dem älteren Mann geschehen war. »Ich könnte eine lange heiße Dusche gebrauchen, einen riesigen Hamburger und vielleicht eine Pediküre, wenn wir schon dabei sind.«

Alle lachten darüber, aber Rocky konnte sich nicht dazu durchringen, über diese Sache zu lachen. Noch nicht, und wahrscheinlich auch nie.

»Darf ich dich tragen? Oder tut dir das zu sehr weh?«, fragte Rocky.

»Wenn du es bist, der mich trägt, wird es nie zu sehr wehtun«, antwortete sie.

Rocky war sich da nicht so sicher, aber da er sie aus diesem Zimmer und dieser Wohnung haben wollte, war er bereit, es zu versuchen.

»Ich werde dich hochheben, aber sag mir Bescheid, wenn es zu schmerzhaft ist, dann überlegen wir uns etwas anderes.«

Sie zog eine Grimasse und ließ Rocky wissen, dass sie wahrscheinlich schon mehr Schmerzen hatte, als sie zugeben wollte. Aber sie nickte. »Dann wollen wir mal.«

»Ich halte ihr Bein ruhig«, sagte Talon. »Mach langsam.«

Als würde er nicht verdammt noch mal vorsichtig sein. Aber er schnauzte seinen Freund nicht an. Sie waren alle nervös, und Bristol in diesem Zustand zu sehen ging allen an die Nieren.

»Fertig, Punky? Los geht's.« Rocky schob seine Arme sanft unter sie und hob sie aus dem Bett. Er hörte, wie sie einatmete, aber sonst kam kein einziger Schmerzenslaut über ihre Lippen. Rocky konnte spüren, dass sie abgenommen hatte, was erneut den Wunsch in ihm erweckte, Lance umzubringen. Der Mistkerl würde dafür bezahlen.

Talon ließ sanft ihr Bein los und nickte Rocky zu. Er ging vorsichtig auf die Tür zu. Er atmete erleichtert aus, als sie das Gefängnis verließen, in dem sie die letzten zwei Wochen verbracht hatte. Er hörte die Ankunft des Krankenwagens, als er sich der Tür näherte, und ging ein wenig schneller. Es sah so aus, als müssten sie noch einmal ins Krankenhaus nach Roanoke fahren, aber wie schon beim letzten Mal wollte Rocky nicht von ihrer Seite weichen.

Er fragte sich, ob Art auch dort wäre, aber er beschloss, sich darüber erst Gedanken zu machen, wenn er wusste, dass Bristol wieder gesund werden würde.

Lance Zaun hatte Fallport viel Leid zugefügt, aber Rocky war stolz darauf, wie die Stadt bei der Suche nach Bristol zusammengehalten hatte. Sie würden sich wieder zusammen-tun, um sich um Art und Bristol zu kümmern, wenn sie nach Hause kamen, um sich zu erholen.

Rocky trug sie die Treppe hinunter und in Richtung des Krankenwagens, der gerade eingetroffen war. Als die Sanitäter hinten die Trage für Bristol vorbereiteten, schaute Rocky auf sie hinunter. Sie war blass, ihr Haar war fettig, sie roch, als hätte Zaun sie überhaupt nicht gewaschen ... aber er hatte in seinem ganzen Leben noch nie jemanden gesehen, der so schön war wie sie.

»Ich liebe dich«, platzte er heraus und wollte keinen Moment länger warten, um es ihr zu sagen.

Sie schloss für einen Moment die Augen, öffnete sie dann und begegnete seinem Blick ohne Angst oder Zweifel. »Ich liebe dich auch. Ich wusste, dass du mich finden würdest. Ich *wusste* es, Rocky. So wie du mich vor ein paar Monaten im Wald gefunden hast. Ich musste nur durchhalten, ihn glauben lassen, ich sei seine Freundin, bis du mich finden konntest.«

Ihr Vertrauen in ihn überwältigte Rocky.

»Wenn Sie sie hier absetzen könnten, Sir«, bat einer der Sanitäter und unterbrach die beiden.

Rocky bewegte sich vorsichtig und tat alles in seiner Macht Stehende, um Bristol nicht noch mehr wehzutun, als er es ohnehin schon getan hatte. Er legte sie vorsichtig auf die Trage, merkte aber, dass es ihm sehr schwerfiel, von ihr wegzugehen.

»Sir? Wenn Sie bitte zurücktreten würden, damit wir unsere Untersuchung durchführen können.«

Rocky nickte – und bewegte sich nicht.

Erst als Bristol seine Hand drückte und sagte: »Mir geht's gut«, konnte er seine Füße dazu zwingen, zur Seite zu schlurfen.

»Ich nehme an, Sie fahren im Krankenwagen mit?«

»Ja«, bestätigte Rocky mit Nachdruck. Er hätte gern gesehen, wie sie versuchten, ihn mit Gewalt aus dem hinteren Teil des Krankenwagens zu entfernen. Daraus würde nichts werden.

»Ich werde Lilly holen. Wir treffen uns dann in Roanoke«, erklärte Ethan durch die offenen Türen des Fahrzeugs.

»Ich auch. Elsie würde einen Aufstand machen, wenn ich sie nicht mitnehme«, bemerkte Zeke.

»Wir sehen uns auch dort«, sagte Drew.

Als er in die Gesichter seiner Teamkameraden blickte, dankte Rocky einmal mehr seinem Glücksstern, dass sie da waren. »Danke, Leute. Einfach nur ... danke.«

Sie nickten alle, als der Sanitäter die Türen schloss.

»Wir haben bereits die Genehmigung erhalten, direkt in die Notaufnahme zu fahren«, sagte der Sanitäter zu Rocky.

Er nickte, konnte den Blick aber immer noch nicht von Bristol abwenden. Sie hatte die Augen geschlossen und verzog vor Schmerz das Gesicht, als der andere Sanitäter im Krankenwagen begann, sie zu untersuchen. Er wollte den Mann anschreien, vorsichtig zu sein, aber er hielt den Mund. Je weniger er sich einmischte, desto schneller konnte Bristol die medizinische Versorgung bekommen, die sie brauchte.

Aber er konnte nicht anders, als sich nach vorn zu beugen und seine Hand auf ihren Kopf zu legen. Ein kleines Lächeln bildete sich auf ihrem Gesicht, aber sie öffnete die Augen nicht. Die Tatsache, dass sie wusste, dass er da war, reichte aus ... zumindest vorläufig.

KAPITEL ZWANZIG

Bristol war mehr als bereit, nach Hause zurückzukehren. Sie war eine Woche lang im Krankenhaus in Roanoke gewesen. Sie war operiert worden, um die Schraube zu ersetzen, die Lance herausgeschlagen hatte, als er ihr das Bein erneut gebrochen hatte. Sie hatte eine Infektion von der Wunde, die sich hartnäckig hielt, war dehydriert und ihr Blutdruck war ein wenig unregelmäßig. Aber sie war am Leben, und dafür war sie sehr dankbar.

Sie war am Boden zerstört gewesen, als sie erfuhr, dass Lance Art niedergestochen hatte. Offenbar hatte er den Schock in Arts Gesicht gesehen, als der ältere Mann das Paket bemerkte, das Lance in die Post brachte, und war ihm nach Hause gefolgt. Nachdem Lance eingebrochen war und ihn zur Rede gestellt hatte, leugnete Art, etwas von dem Paket gewusst zu haben, aber der Entführer konnte nicht riskieren, dass Art die Behörden alarmierte. Lance stach auf ihn ein, wahrscheinlich in der Annahme, er würde verbluten und sterben.

Bristol hatte Art im Krankenhaus nicht sehen können, aber sobald sie beide entlassen wurden, war er der Erste, den sie besuchen wollte. Rocky versicherte ihr, dass es Art gut ging und dass seine Enkelin sich hatte beurlauben lassen, um ihn während seiner Genesung zu unterstützen.

Rocky war erstaunlich gewesen. Jetzt, da sie von Lance losgekommen war, litt Bristol unter Albträumen und Flashbacks. Er blieb bei ihr im Krankenhaus, und wenn sie nachts aufwachte und nicht wusste, wo sie war, war er der Erste, den sie sah, wenn sie die Augen öffnete. Er weigerte sich, das Licht im Zimmer auszuschalten, sodass sie nie im Dunkeln sitzen musste.

Während der letzten drei Tage war er tagsüber für ein paar Stunden weggegangen und hatte ihr gesagt, er müsse sich in Fallport um einige Dinge kümmern. Sie fand es schlimm, ihn gehen zu sehen, aber sie wollte auch nicht zu anhänglich sein. Er ging nicht näher darauf ein, was er vorhatte, aber Bristol nahm an, dass er es ihr sagen würde, wenn es wichtig war.

Sie hatte einen ständigen Besucherstrom, wenn Rocky nicht da war, also war sie wenigstens nie gelangweilt oder einsam. Bristol hatte geweint – sehr geweint –, als sie Finley gesehen hatte. Rocky hatte ihr erzählt, dass sie diejenige gewesen war, die ihre Webseite besucht und herausgefunden hatte, dass die Leute Bewertungen über Sachen abgaben, die sie erst kürzlich erhalten hatten. Als Bristol sich besorgt darüber geäußert hatte, dass ihre Freundin die Bäckerei geschlossen hatte, um sie zu besuchen, hatte Finley mit den Schultern gezuckt und gesagt, sie hätte einen Zettel an die Tür gehängt, dass sie in Roanoke sei, um Bristol zu besuchen, und wenn jemand ein Problem damit habe, sei das eben so.

Es war schön zu sehen, dass Finley an Selbstvertrauen gewann. Aber es schien, dass sie in Brocks Nähe immer noch genauso schüchtern war ... denn als er auftauchte, um Bristol zu besuchen, war Finley nur noch ein paar Minuten geblieben. Dann hatte sie erklärt, sie habe noch etwas zu erledigen, und war schnell wieder gegangen. Bristol hätte Brock *so* gern etwas über sie erzählt, aber sie wollte Finley nicht in Verlegenheit bringen.

Jetzt, eine ganze Woche später, war es Nachmittag und Bristol war mehr als bereit, das Krankenhaus zu verlassen. Sie war dankbar für die wunderbare Pflege, die sie erhalten hatte, und für alle, die einen weiten Weg auf sich genommen hatten, um sie zu besuchen, aber sie wollte mit Rocky nach Hause fahren. Sie wollte, dass er auf etwas Bequemerem schlafen konnte als auf dem Krankenhausbett neben ihrem Bett oder dem Stuhl.

»Wie geht es dir?«, fragte Rocky. »Und sei bitte ehrlich.« Er war erst eine Stunde zuvor von einem weiteren Ausflug nach Fallport zurückgekehrt.

»Es geht mir gut.«

»Ich weiß, dass du mit Simon über die Fakten des Falles gesprochen hast, aber mich interessiert mehr, wie es dir hier geht«, sagte er und strich mit dem Daumen sanft über ihre Schläfe.

»Ganz ehrlich? Mir geht's gut. Ich kann nicht leugnen, dass ich Todesangst hatte, aber solange ich tat, was er verlangte, war es fast so, als wäre er … ein Mitbewohner.« Als Bristol zum ersten Mal Lance' Namen sagte, hatte Rocky eine unwillkürliche Reaktion gezeigt. Sein Gesicht wurde rot und er hatte die Hände zu Fäusten geballt, als könnte er es nicht ertragen, den Namen des Mannes zu hören, der sie entführt und gefangen gehalten hatte. Also tat Bristol ihr Bestes, um ihn nicht noch einmal in Rockys Gegenwart auszusprechen.

»Er war *kein* Mitbewohner«, stieß Rocky hervor.

Bristol legte ihre Hand auf die Wange ihres Mannes. »Ich weiß«, erklärte sie leise.

»Ich kann nicht darüber hinwegkommen, dass du überhaupt nicht weit weg von mir warst«, sagte Rocky kläglich.

Sie fand es furchtbar, dass er sich deswegen so aufregte. »Ich hätte die Tür nicht öffnen dürfen.«

Rocky schüttelte den Kopf. »Nein, tu das nicht. Fallport ist nicht gerade eine Großstadt. Außerdem hast du ihn doch erkannt. Du warst mit deinen eigenen Gedanken beschäftigt und das Böse klopfte an. Das war nicht deine Schuld. Nichts davon.«

Sie nickte.

»Aber ich habe zu kämpfen«, gab Rocky zu.

Bristol brach es das Herz. Seine Worte kamen nicht überraschend. Sie konnte es an seinen Gesichtszügen sehen und daran, wie er sich fast verzweifelt an sie klammerte.

»Es wird einige Zeit dauern, bis wir beide darüber hinweg sind«, stellte sie fest.

Rocky nickte. »Wenn ich unerträglich und überfürsorglich werde, dann nur, weil ich zwei Wochen in der Hölle verbracht habe. Es war nicht annähernd so schlimm wie das, was du durchmachen musstest. Aber nicht zu wissen, wo du bist oder ob du leidest ... ich möchte so etwas nie wieder erleben. Nie wieder.«

»Ich verstehe dich.« Und das tat sie. Die Zeit, in der sie an das Bett gefesselt war, war sicher kein Spaß, aber sie hatte das Gefühl, dass Rocky mehr gelitten hatte als sie, selbst mit ihrem verletzten Bein.

»Sind Sie bereit, hier rauszukommen?«, fragte eine Krankenschwester fröhlich, als sie den Raum betrat.

Rocky stand auf und ging zum Ende des Bettes, um der Krankenschwester die Möglichkeit zu geben, Bristol noch einmal zu untersuchen, bevor sie offiziell entlassen wurde. Er legte seine Finger auf ihren linken Fuß und hielt so die Verbindung zwischen ihnen aufrecht.

Bristols Fäden waren an diesem Morgen entfernt und ein weiterer Gips war an ihr Bein angelegt worden. Zu diesem Zeitpunkt war sowohl Rocky als auch Bristol alles vertraut, und sie wussten, was im Laufe der nächsten Wochen im Hinblick auf ihre Genesung auf sie zukam.

Eine Stunde später saß sie in Rockys Wagen, als sie auf der Interstate nach Süden fuhren.

»Warum lächelst du?«, fragte Rocky irgendwann.

Bristol sah zu ihm hinüber. »Ich bin einfach nur glücklich.

Ich weiß, das klingt verrückt, aber nachdem ich nur zweimal knapp dem Tod entronnen bin, bin ich so dankbar, dass ich noch hier bin. Die Sonne scheint – oh mein Gott, ich werde mich nie wieder darüber beschweren, dass es zu sonnig ist, nachdem ich in dieser dunklen Bude eingesperrt war – und die frische Luft fühlt sich großartig an. Ich bin mit dem Mann zusammen, den ich liebe, und kehre in die Stadt zurück, in der alle alles getan haben, um mich zu finden. Habe ich da nicht genügend Grund zu lächeln?«

Rocky reichte ihr die Hand und hielt sie fest. Bristol war noch nie so zufrieden gewesen. Manche Leute würden vielleicht nicht verstehen, wie sie nach allem, was passiert war, immer noch so fröhlich und positiv sein konnte. Aber sie war am Leben. Rocky liebte sie. Sie hatte tolle Freunde, die sie nie als selbstverständlich ansehen würde. Also ja, selbst nach zwei Wochen Hölle war sie glücklich.

Rocky fuhr auf die I-480 und es fühlte sich für Bristol an, als käme sie nach Hause. Sie lebte noch nicht lange in Fallport, aber sie konnte sich nicht mehr vorstellen, irgendwo anders zu leben. Sie unterhielten sich ein wenig darüber, was in der Stadt los war. Rocky erwähnte, dass Drew und Arts Enkelin sich im Krankenhaus kennengelernt hatten und dass es nicht gut gelaufen war.

»Warum? Was ist passiert?«, fragte Bristol.

»Sie haben sich einfach nicht gut verstanden. Ich schätze, Caryn ist Feuerwehrfrau in New York City und daran gewöhnt, dass sie in ihrem Leben so gut wie immer das Sagen hat. Sie ist verdammt zäh und vielleicht ein bisschen ruppig. Sie war verärgert, weil Art einen schlechten Tag hatte, und ich schätze, sie hat es an Drew ausgelassen, der ihn besucht hat.«

»Oh, armer Art. Aber es geht ihm doch besser, oder? Du hast mir gesagt, dass er bald nach Hause kann.«

»Ja, das tut es. Ich habe heute vor unserer Abreise nach ihm gesehen. Er lässt dich grüßen und sagt, dass du besser der erste

Mensch bist, der ihn besucht, wenn er nach Fallport zurückkommt.«

»Natürlich werde ich das«, rief Bristol aus. »Und Drew und Caryn sind sich also in die Haare geraten?«

»Ja. Sie wird für eine Weile in der Stadt bleiben und bei Art wohnen, bis er wieder auf den Beinen ist und selbstständig etwas unternehmen kann.«

»Das ist großartig. Er wäre nur ungern in einem Rehazentrum oder Pflegeheim.«

»Das hat Caryn auch gesagt.«

»Was war dann das Problem zwischen ihr und Drew? Er ist einer der nettesten Menschen überhaupt. Ich kann mir nicht vorstellen, dass er mit jemandem nicht zurechtkommt«, sagte Bristol.

»Er war ein Polizist. Sie ist Feuerwehrfrau«, entgegnete Rocky.

»Und? Ich dachte, diese beiden Berufsgruppen kommen miteinander aus.«

»Tun sie auch, aber es gibt auch ein natürliches Konkurrenzdenken, vermute ich. Und offenbar hält Caryn nicht viel von Polizisten, denn ihr Ex war Polizist in New York. Als sie also hörte, dass Drew das früher gemacht hat, ist sie wohl sofort in die Defensive gegangen.«

Bristol konnte das kleine Lächeln nicht unterdrücken, das sich auf ihrem Gesicht bildete.

»Worüber lächelst du *jetzt*?«, fragte Rocky.

»Nur darüber, wie viel du über die Frau weißt. Das gute alte Fallport-Klatschnetzwerk ist fleißig am Werk. Caryn hat die Sommer in Fallport verbracht, richtig?«

»Soweit ich weiß, ja.«

»Sie ist also praktisch eine Einheimische.«

Rocky zuckte mit den Schultern und nickte.

»Ich denke, Drew wird alle Hände voll zu tun haben«, entschied Bristol.

»Was hat das damit zu tun, dass Caryn sozusagen aus Fallport kommt?«

»Jeder wird Partei ergreifen. Und Wetten abschließen.«

»Wetten?«

Mann, ihr Kerl war manchmal ahnungslos. »Ja. Darauf, wie lange es dauern wird, bis sie zusammenkommen.«

Rocky starrte sie einen Moment lang an, bevor er anfing zu lachen. »Okay, das kann ich verstehen. Aber Drew ist irgendwie unnahbar. Und ich bin mir nicht sicher, ob diese Caryn sein Typ ist.«

»Also ... willst du wetten?«, fragte Bristol.

Seine Lippen zuckten amüsiert. »Klar, warum nicht. Um was willst du wetten?«

»Hmmm.« Bristol führte ihre freie Hand zum Mund und tippte sich an die Lippen. »Wie wäre es damit. Wenn Caryn und Drew zusammenkommen, während sie in der Stadt ist, um sich um ihren Großvater zu kümmern, lässt du mich ein lebensgroßes Glasgemälde von dir im Wald anfertigen, wie du dein Ding machst.«

Rocky verdrehte die Augen. Sie hatten irgendwann in der letzten Woche darüber gesprochen, und er war strikt gegen diese Idee gewesen. Er hatte gesagt, dass niemand, auch er selbst nicht, ein gläsernes Abbild von ihm sehen wolle. Er behauptete, man würde ihn mit Bigfoot oder so etwas verwechseln. Es wäre viel besser, wenn sie eine Glasmalerei von Bigfoot anfertigen würde, wie sie es ursprünglich geplant hatte. Bristol war ganz und gar nicht dieser Meinung.

»Gut. Und wenn nicht, wirst du mich noch vor Ende des Jahres heiraten.«

Bristol starrte ihn erstaunt an. »Was?«

»Du hast mich verstanden. Ich will, dass du offiziell mir gehörst. Und ich will dein sein. Mann und Frau. Verheiratet. Unter die Haube gebracht. Das ganze Drumherum.«

Plötzlich fiel Bristol das Atmen schwer.

»Willst du mich heiraten, Punky? Ich kann mir mein Leben ohne dich nicht vorstellen. Ohne dich an meiner Seite.«

Ach du meine Güte. »Ja! Natürlich will ich!«, rief sie aus.

»Das wollte ich eigentlich nicht tun, während ich fahre«, beschwerte sich Rocky.

»Aber wenn ich die Wette gewinne ... heißt das, dass wir nicht bis Ende des Jahres heiraten werden?«, fragte sie.

Rocky grinste. »Nein.«

Bristol verdrehte die Augen. »Wozu dann die Wette?«, fragte sie.

»Sag mir ehrlich, dass du die Glasmalerei von mir im Wald nicht schon in deinem Kopf hast«, sagte Rocky.

Bristol biss sich auf die Lippe.

Er lachte. »Dein Teil der Wette ist also Blödsinn und meiner auch.«

Bristol konnte sich ein Lächeln nicht verkneifen. Er hatte absolut recht.

»Dein Bruder feiert also eine Halloween-Hochzeit und wir feiern eine Weihnachtshochzeit?«

»Sieht so aus«, bemerkte Rocky. »Ist das okay für dich?«

»Ja.«

»Gut.«

»Bekomme ich einen Ring?«, fragte Bristol nach einem Moment.

»Oh, du willst auch noch einen Ring?«, fragte Rocky.

Eine Sekunde lang dachte Bristol, er meinte es ernst, aber dann sah sie das Grinsen auf seinem Gesicht.

»Du bist gemein«, beschwerte sie sich mit einem Schmollmund.

Rocky führte ihre Hand zu seinem Mund und küsste sie auf den Rücken. Sie lehnte sich entspannt gegen den Sitz, als sie nach Fallport fuhren. Rocky so entspannt zu sehen, dass er lächeln konnte, war eines der besten Geschenke, die sie bekommen konnte. Die letzte Woche im Krankenhaus war genauso hart für ihn gewesen wie für sie. Verdammt, die letzten *Wochen* waren außerordentlich hart für ihn gewesen.

Bristol konnte nicht anders, als sich zu verspannen, als sie sich dem Wohnhaus näherten. In dem Gebäude hatte sie einige ihrer glücklichsten Momente erlebt, aber auch einige ihrer schlimmsten Erinnerungen.

Aber anstatt zu verlangsamen und auf den Parkplatz zu fahren, fuhr Rocky direkt daran vorbei.

»Ähm«, sagte Bristol und drehte sich um, um das große Backsteingebäude hinter ihnen verschwinden zu sehen. »Du hast die Abzweigung verpasst.«

»Nein, habe ich nicht. Ich möchte dir etwas zeigen.«

»Oh, okay«, sagte Bristol. Sie war verwirrt und ihr Bein pochte, aber wenn Rocky ihr etwas zeigen wollte, würde sie noch ein bisschen länger durchhalten. Sie konnte auch nicht leugnen, dass sie froh war, nicht die Treppe in den ersten Stock hinaufgehen zu müssen. An der Wohnung, in der sie als Geisel gehalten worden war, vorbeizukommen, wäre kein Vergnügen, aber sie war entschlossen, sich von Lance Zaun nicht noch mehr wegnehmen zu lassen, als er ohnehin schon hatte.

Sie fuhren am Stadtplatz vorbei, vorbei an der Frühstückspension *Chestnut Street Manor*, bis sie am Stadtrand von Fallport ankamen. Rocky bog in einen Feldweg ein. Es sah so aus, als würden sie geradeaus in den Wald fahren, der sie umgab, aber im letzten Moment machte die Straße eine scharfe Kurve – und dann stand ein großes Kolonialhaus vor ihnen. Auf der linken Seite stand eine große, verfallene rote Scheune. Das Gras war mindestens kniehoch und das Grundstück sah vernachlässigt und vergessen aus.

Bristol drehte sich um und sah Rocky verwirrt an.

»Willkommen zu Hause«, erklärte er leise.

———

Rocky war nervös. Er hatte bereits seinen Heiratsantrag vermasselt, indem er ihn einfach so herausposaunt hatte, er wollte nicht auch noch das hier vermasseln. Aber andererseits war es auch nicht gerade das Klügste, ein Haus für eine Frau zu kaufen, ohne dass sie es gesehen hatte.

Als er dieses Anwesen gesehen hatte, war ihm sofort klar gewesen, dass es sein Zuhause war. Es war eine Menge Arbeit nötig, aber er war ein verdammt guter Handwerker, und auch wenn es eine Weile dauern würde, würde er es genau so herrichten, wie Bristol es wollte.

Er wartete mit angehaltenem Atem auf ihre Reaktion auf seine Worte.

»Was?«, fragte sie und wandte den Blick von ihm zurück zu Haus, Scheune und Grundstück.

»Deine Maklerin hat mich angerufen, als du verschwunden warst, und mir gesagt, sie hätte die perfekte Immobilie für dich gefunden. Du und sie hatten viel darüber gesprochen, was du suchst. Als ich es sah, wusste ich sofort, dass du hier leben sollst. Das hier habe ich gemacht, während du im Krankenhaus warst. Ich musste zurückkommen und ein paar Papiere unterschreiben, die Finanzen regeln und solche Sachen. Aber es ist beschlossene Sache. Es gehört dir. Uns.«

»Ich ... ich weiß nicht, was ich sagen soll«, entgegnete Bristol.

Rocky schluckte schwer. Er konnte nicht sagen, was sie dachte.

Als sie ihn wieder ansah, standen ihr die Tränen in den Augen.

»Wenn es dir nicht gefällt, werden wir ...«

»Ich liebe es!«, erklärte sie und unterbrach ihn. »Ich würde am liebsten aus dem Wagen springen und es mir ansehen, aber ich kann nicht, und das macht mich wütend! Es ist perfekt, Rocky! Ich kann mich schon in der Scheune sehen, wie ich meine Glasmalerei mache. Und die Veranda ist zum Sterben schön. Können wir eine Veranda-Schaukel bekommen? Sieht aus, als ginge sie um das ganze Haus, richtig? Ich hoffe es! Dann können wir draußen sitzen und zu Abend essen, wenn es warm ist. Und der Garten ist riesig! Wir können alle zu uns einladen. Oh! Können wir hier heiraten? Im Dezember ist es vielleicht kalt, aber wir können die Scheune für den Empfang nutzen und ...«

Jetzt war Rocky an der Reihe, sie zu unterbrechen. Er legte seine Lippen auf die ihren und beendete ihr Geplapper mit einem leidenschaftlichen Kuss.

Als sie beide schwer atmeten, zog er sich zurück, hielt seine Hand in ihrem Nacken – er war sich nicht einmal sicher, wann er sie dort hingelegt hatte – und sagte: »Ich liebe dich, Bristol. So sehr. Ich möchte, dass dies unser Zuhause wird. Dass wir hier unsere Kinder großziehen. Dir beim Schaffen deiner Kunst zusehen. Ich werde auf der gesamten Rückseite des Hauses raumhohe Fenster einbauen. Unser Schlafzimmer wird einen Balkon haben, damit wir die Türen öffnen und die Brise hereinlassen können. Ich möchte, dass du dich nie wieder eingesperrt fühlst oder im Dunkeln sitzt. Ich verspreche dir, dass ich dich immer finden werde, auch wenn du wegläufst, weil ich dich verärgert habe. Natürlich können wir hier heiraten, das ist eine tolle Idee. Vielleicht können wir sogar mit der Hochzeit von Ethan und Lilly üben ... es dürfte nicht allzu schwer sein, zumindest die Scheune herzurichten, auch wenn schon bald Oktober ist.«

Bristol lächelte ihn an. Sie beugte sich vor und legte ihre Stirn an seine. »Ich liebe dich so sehr. Obwohl ...« Sie hob den Kopf und runzelte die Stirn. »Dieses Anwesen kann nicht billig gewesen sein. Ich habe mehr Geld, als ich gebrauchen kann. Lässt du mich die Hypothek abbezahlen?«

Er lächelte. »Es gibt keine Hypothek, Punky. Ich habe es direkt gekauft. In bar. Keine Inspektion oder so. Du hast eine tolle Maklerin ausgesucht. Sie hat mit harten Bandagen gekämpft. Der Listenpreis war viel zu hoch für all die Arbeiten, die an diesem Haus gemacht werden müssen. Wir haben einen niedrigen, aber fairen Preis angeboten, und der Eigentümer war einverstanden. Er war bereit, es zu verkaufen, und fertig.«

Bristol runzelte die Stirn. »Ich will ja nicht damit anfangen, aber da wir heiraten ... hattest du so viel Geld herumliegen?«

Rocky nahm es ihr nicht übel. »Du darfst mich natürlich immer alles fragen. Und ja, das hatte ich. Ich habe als SEAL anständig verdient, und es ist ja nicht so, dass es in Fallport viele Dinge gibt, für die man Geld ausgeben kann.«

»Alles klar. Richtig. Dann bezahle ich eben die ganzen Renovierungsarbeiten.«

Rocky öffnete den Mund, um zu protestieren, aber Bristol hielt ihm den Mund mit der Hand zu. »Nein, keine Widerrede. Wenn wir eine Partnerschaft haben wollen, wirst du dich daran gewöhnen müssen, dass ich mein Geld ausgebe. Ich hatte nie vor, reich zu werden. Und ich will mein Geld – *unser* Geld – für uns ausgeben, Rocky.«

Er küsste ihre Handfläche und sie ließ sie langsam fallen. »Okay.«

Sie warf ihm einen Seitenblick zu. »Okay?«

»Ja.«

»Ich dachte, Alphamänner finden es komisch, wenn Frauen Geld für sie ausgeben.«

Er lachte. »Hey, es macht mir nichts aus, mich von dir aushalten zu lassen, wenn es dir nichts ausmacht.«

Sie grinste.

»Ich sehe das nicht so, als würde ich das Geld für mich ausgeben, sondern wie du gesagt hast, für *uns*. Wir investieren in unsere Zukunft. Wir bauen ein Zuhause für unsere Kinder. Einen Ort, an den sie hoffentlich in vielen Jahren *ihre* Kinder bringen werden, um ihre Großmutter und ihren Großvater zu besuchen. Irgendwann werden sie erben, und der Kreislauf des Lebens geht weiter.«

Bristols Augen füllten sich mit Tränen. »Dieser Gedanke gefällt mir.«

»Mir auch«, erklärte Rocky und küsste sie sanft. »Willst du es dir ansehen?«

»Ja!«, sagte Bristol und ihre Augen leuchteten vor

Aufregung.

Rocky wusste, dass es eine harte Zeit werden würde. Sie hatten beide einige Dämonen zu besiegen und die Arbeiten am Haus würden eine Zeit lang schwer zu ertragen sein, aber er hatte keinen Zweifel daran, dass sie es gemeinsam schaffen würden. Er wollte es auch gar nicht anders haben.

»Bleib sitzen«, erklärte er, als er seine Tür öffnete.

»Sehr lustig«, murmelte Bristol, bevor er aus dem Wagen stieg. »Ich kann ja alleine sowieso nirgendwo hin.«

Er lächelte immer noch, als er ihre Tür öffnete und sie hochhob. Rocky trug sie zuerst in die Scheune und erklärte ihr, was er mit dem riesigen Raum vorhatte. Dann trug er sie in das Haus ... und sie erlebte eine noch größere Überraschung.

Als sie hereinkamen, seufzte Rocky erleichtert auf.

Ihre Freunde hatten sich mächtig ins Zeug gelegt. Sie hatten alle Möbel und anderen Sachen aus seiner Wohnung geholt und ins Haus gebracht. Das füllte den Raum nicht einmal ansatzweise aus, aber es war ein Anfang. Und sobald sie Bristols Sachen aus ihrem Haus in Kingsport geholt hatten, würde es noch mehr wie ein Zuhause aussehen.

»Wie ... was?« Bristol stotterte, als sie sein Sofa in der Mitte des Wohnzimmers stehen sah.

»Es wird nicht gerade toll werden, hier zu wohnen, während ich alles renoviere, aber ich wollte dich auf keinen Fall in die alte Wohnung zurückbringen«, erklärte er leise. »Wenn es nach mir ginge, könnte das ganze Haus abbrennen, aber das würde den Bewohnern nicht gefallen, schätze ich. Also habe ich das Nächstbeste getan.«

»Du hast uns ein Haus gekauft und hast innerhalb weniger Tage alles hierhergebracht?« Bristol schüttelte ein wenig den Kopf.

»So ungefähr.« Rocky beugte sich vor und setzte sie sanft auf das Sofa. »Ich liebe dich, Bristol. Du wirst nie wissen, wie sehr.«

»Falsch. Ich weiß es, weil ich dich genauso liebe.«

Sie griff nach oben, packte seinen Bart und zog ihn herunter, damit sie ihn küssen konnte.

»Hey! Ist es sicher hereinzukommen?«, rief eine weibliche Stimme von der Tür her.

»Oh ... und wir feiern sogar eine Willkommensparty«, erklärte Rocky grinsend, immer noch über sie gebeugt, während sie immer noch seinen Bart hielt. Er hatte es noch nie gemocht, wenn jemand seine Gesichtsbehaarung berührte, aber bei Bristol konnte er nicht genug davon bekommen.

»Ich liebe dich«, sagte sie leise.

»Ich liebe dich auch«, erwiderte Rocky und küsste sie auf den Kopf. »Willkommen zu Hause, Punky.«

Dann stand er auf, um die Leute zu begrüßen, die gerade ins Haus strömten. Sein Bruder, Lilly, Zeke, Elsie und Tony, Drew, Brock, Talon, Raiden und Duke, Finley, Khloe, Otto und Silas, Doc Snow und sein Partner Craig, Sandra, Whitney ... sogar Edna und ihr Mann waren gekommen. Das Haus füllte sich schnell mit Menschen.

Rocky hielt Ausschau nach der einen Person, die er persönlich eingeladen hatte ... und er hoffte inständig, dass sie auftauchen würde.

Bristol hielt von ihrem Platz auf dem Sofa aus Hof, weil sie nicht gerade aufstehen und herumlaufen konnte, aber das schien niemanden zu stören. Die Leute hatten verschiedene Gerichte und Getränke mitgebracht, und alle lächelten und amüsierten sich. Das war es, was Rocky an Fallport liebte. Die Gemeinschaft.

»Ich gehe davon aus, dass ihr das Haus gefällt«, bemerkte Ethan, der hinter seinem Bruder auftauchte.

»Ja. Gott sei Dank«, erklärte Rocky. Dann fügte er hinzu: »Und du solltest wissen, dass du und Lilly hier heiraten werdet.«

Ethan lachte. »Tatsächlich?«

»Ja.«

»Von mir aus. Der Empfang findet in der Scheune statt?«

»Hm-hm. Es wird eine Generalprobe für *unsere* Hochzeit um Weihnachten herum sein.«

»Dann solltet ihr euch lieber an die Arbeit machen, denn Lilly und ich verschieben unseren Hochzeitstermin nicht über Halloween hinaus«, erklärte Ethan.

»Ist schon in Ordnung. Das braucht ihr nicht«, erklärte Rocky und gab seinem Bruder einen Stoß mit der Schulter. »Das schaffen wir schon.«

Dann drehte Ethan sich um und zog Rocky in eine feste Umarmung. »Ich freue mich für dich, Bruder. Ich bin so froh, dass es geklappt hat.«

Rocky schloss die Augen und klopfte Ethan auf den Rücken. »Ich liebe dich, Mann.«

»Ich liebe dich auch.«

Sie lösten sich voneinander und lächelten einander an.

Dann öffnete sich die Tür und Rocky drehte sich um, um zu sehen, wer gekommen war. Er strahlte, als er die beiden Männer in der Tür stehen sah. »Entschuldige mich«, sagte er zu Ethan und ging zu ihnen hin, um sie zu begrüßen.

Er schüttelte beiden Männern die Hand. »Bristol wird sich mit dir unterhalten wollen«, sagte er zu Davis.

Der Mann sah aus, als hätte er sich für den Besuch in Schale geworfen. Sein Haar war gekämmt und sein Hemd und seine Hose sahen nicht so schmutzig aus wie sonst. Aber er schien nicht gerade begeistert zu sein, hier zu sein.

Als Bristol sah, wer bei ihm war, als Rocky sich ihrem Platz auf dem Sofa näherte, stiegen ihr die Tränen in die Augen. Sie stützte ihr Gesicht in die Hand und versuchte, die Fassung zu bewahren.

Als sie wieder aufblickte, konnte Rocky Tränen auf ihren Wangen sehen. »Davis«, flüsterte sie.

»Bristol«, begrüßte Davis sie.

»Bitte komm her«, bat sie ihn. Davis schlurfte hinüber und sie wies mit einer Geste auf den leeren Platz neben sich. »Möchtest du dich setzen?«

»Ich ... ich bin nicht wirklich dafür angezogen.«

»Es ist egal. *Setz dich.*« Diesmal war es keine Frage.

Davis setzte sich.

Bristol beugte sich vor, wobei sie darauf achtete, ihr Bein nicht zu bewegen, und umarmte den Obdachlosen. Davis saß steif in ihrer Umarmung, aber er hob eine Hand, um ihr unbeholfen auf den Rücken zu klopfen.

Sie zog sich zurück, ließ aber seine Arme nicht los. »Danke.«

Davis zuckte mit den Schultern.

»Nein, im Ernst ... danke. Rocky hat mir erzählt, dass du der Erste warst, der Simon erzählt hat, was du gesehen hast. Und du hattest völlig recht, es war sehr seltsam, dass er nicht wollte, dass du seinen Müll durchsuchst. Da waren ein paar Perlen, Visitenkarten, die er mit seinem Computer in Kingsport gemacht hatte, und wahrscheinlich noch andere Dinge, die verraten hätten, dass ich in seiner Wohnung bin.«

Davis zuckte wieder mit den Schultern, aber Rocky sah, dass er sich ein wenig aufrechter hinsetzte.

»Was mich betrifft, so bist du die Augen und Ohren dieser Stadt«, fuhr Bristol fort. »Du siehst alles. Allerdings gefällt es mir nicht, dass du auf der Straße schläfst. Willst du nicht wenigstens in Erwägung ziehen, dass ich ... wir, deine Freunde ... dir eine kleine Unterkunft einrichten? Wir können sie in der Nähe des Stadtplatzes aufstellen. Vielleicht hinter dem Restaurant, an der Ecke des Parkplatzes. Sandra und ich haben vor einer Weile darüber gesprochen, und sie hat zugestimmt.«

Davis schaute überall hin, nur nicht auf Bristol.

Rocky hielt den Atem an. Viele Leute hatten versucht, den Obdachlosen dazu zu bringen, ihre Hilfe anzunehmen, aber er hatte sich bisher sehr stur gestellt.

»Ich werde darüber nachdenken«, erklärte Davis schließlich.

Bristol strahlte, ebenso wie alle anderen in Hörweite.

»Juhu! Danke!«, sagte sie begeistert und umarmte ihn noch einmal.

Davis hatte offensichtlich die Grenze dessen erreicht, was er an Zuneigung ertragen konnte, denn er stand vom Sofa auf.

»Nimm dir zu essen mit, so viel du willst«, sagte Bristol, immer noch strahlend.

Davis schlurfte davon und Rocky sah zu, wie die stärkste Frau, die er je gekannt hatte, sich bei Simon bedankte. Dann sprach sie mit jedem einzelnen der Leute, die gekommen waren, und gab jedem das Gefühl, der wichtigste Mensch auf der Welt zu sein.

Seine Bristol war erstaunlich. Wenn er sie ansah, konnte er sich nicht vorstellen, welche Hölle sie noch vor einer Woche erlebt hatte. Sie sorgte dafür, dass er jeden Tag ein besserer Mensch sein wollte.

Rocky bedankte sich bei allen, nicht nur dafür, dass sie ihm beim Umzug geholfen und das Haus eingerichtet hatten, damit er Bristol hierherbringen konnte, sondern auch dafür, dass sie so gute Freunde waren. Alle waren heilfroh, dass Bristol gefunden worden war und dass es ihr soweit gut ging.

Sie war noch nicht ganz wieder auf dem Damm, aber sie *würde* es schaffen. Und er auch.

Der Abend neigte sich dem Ende zu, die Leute gingen und bald waren nur noch er und Bristol im Haus. Er setzte sich neben sie und streichelte ihre Wange. »Du bist müde.«

Sie schenkte ihm ein schwaches Lächeln. »Völlig erschöpft. Aber glücklich. Ich hätte das um nichts in der Welt verpassen wollen.«

»Ich hätte ihnen wahrscheinlich sagen sollen, dass sie nach einer Stunde gehen und morgen wiederkommen sollen, wenn du ausgeschlafen bist.«

Bristol schüttelte den Kopf. »Nein, das war perfekt.«

»Willst du den Rest des Hauses sehen? Verdammt, ich habe dir noch nicht einmal den ganzen Wohnbereich gezeigt, bevor die anderen aufgetaucht sind.«

»Ja bitte.«

Rocky hob sie behutsam hoch und führte sie kurz durch den Rest des Hauses. Er hatte nicht gelogen, dass es viel zu tun gab, aber sie schien die verzogenen Böden oder die Trockenbauwände, die ausgetauscht werden mussten, nicht zu bemerken. Die Badezimmer waren besonders grässlich, mit rosa Armaturen in einem und grünen in dem anderen.

»Ich liebe es«, erklärte sie ihm, als er sie im großen Schlafzimmer auf ihr Bett legte. Der Raum war zu dunkel und Rocky konnte es kaum erwarten, die Wand herauszureißen und einen Balkon und raumhohe Fenster einzubauen. Er wollte, dass Bristol sich nie wieder eingeengt fühlte. Schon gar nicht in einem Raum, der ihr Zufluchtsort vor der Welt werden sollte.

»Darüber bin ich sehr froh.«

»Und ich liebe dich. So sehr, dass es fast beängstigend ist.«

»Es ist nicht beängstigend ... es ist genau richtig. Ich habe es schon in dem Moment gespürt, in dem ich dich auf dem Waldboden entlangkriechen sah. Ich wusste sofort, dass ich dich kennenlernen muss. Wenn ich es nicht täte, würde ich etwas verpassen.«

»Das ist süß«, entgegnete sie.

»Nicht süß. Die Wahrheit«, erklärte Rocky. »Willst du jetzt ein Bad nehmen?«

»Oh mein Gott, ja.«

»Das heiße Wasser funktioniert, aber ich weiß nicht, ob das heiße Wasser ausreicht für eine ganze Wanne.«

»Das ist mir egal. Ein Bad hört sich himmlisch an.«

Eineinhalb Stunden später zog Rocky Bristol in seine Arme. Sie roch nach dem Vanille-Schaumbad, das er ihr ins Bad geschüttet hatte. Ihr Haar war noch feucht, aber das war ihm egal. Sie so im Arm halten zu können war für ihn buchstäblich ein wahr gewordener Traum.

»Das ist es, was mich am Leben gehalten hat«, flüsterte Bristol.

Alle Lichter im Raum waren noch an und würden anbleiben, bis Bristols Dämonen verschwunden waren. Es war ihm völlig egal. Solange sie bei ihm war, konnte er überall schlafen. Er schlang seine Arme um sie, die Gefühle überwältigten ihn und schnitten ihm die Kehle zu.

»Ich schwöre, ich konnte deine Arme um mich spüren, und wie du mir sagtest, ich solle geduldig sein. Dass du mich holen würdest. Dass ich ihn nicht verärgern soll, dass ich ruhig bleiben und tun soll, was er sagt.«

»Ich bin so verdammt stolz auf dich«, erklärte Rocky, als er seine Gefühle wieder so weit unter Kontrolle hatte, dass er sprechen konnte.

»Weißt du was?«, fragte sie.

»Was?«

»Ich bin auch stolz auf mich.«

Rocky lächelte. Das fand er toll. »Gut. Das solltest du auch sein.«

»Ich kann es kaum erwarten, mein Leben mit dir zu verbringen.«

»Geht mir genauso«, entgegnete Rocky.

Stille kehrte in den Raum ein. Zufriedenheit machte sich in seinem Körper breit. Das war es, wovon er während ihrer Abwesenheit geträumt hatte. Sie wieder in seinen Armen zu halten. Zu wissen, dass sie in Sicherheit war.

Als er den Kopf hob, sah er, dass Bristol bereits fest schlief. Im Krankenhaus war sie nie so schnell eingeschlafen. Es war gut zu wissen, dass sie sich bei ihm genauso sicher fühlte wie er sich bei ihr.

Rocky küsste ihre Schläfe und ließ sich mit einem kleinen Seufzer neben ihr nieder. Das war es, was ihm in seinem Leben gefehlt hatte.

Nein, *sie* war das, was ihm gefehlt hatte.

Mit Bristols Duft in der Nase und dem Wissen, dass sie nach den vergangenen Wochen alles überstehen konnten, schlief er ein.

EPILOG

Drew Koopman hasste diese Zeit des Jahres. Er mochte die Hitze nicht. Er mochte die Feuchtigkeit nicht. Er mochte es nicht, dass die Steuersaison vorbei war und er zu viel freie Zeit zur Verfügung hatte.

Er war ruhelos und musste etwas tun. Er saß zu Hause und dachte an all die Fälle, die er nicht hatte lösen können, an all die Leute, die ihn gehasst hatten, nur weil er eine Uniform trug, an die Männer und Frauen, mit denen er zusammengearbeitet hatte und die im wahrsten Sinne des Wortes alles für diesen Job gegeben hatten. Und auch an die Mistkerle, die eine Uniform trugen und jedem einzelnen Beamten da draußen einen schlechten Ruf einbrachten.

Als er in den Ruhestand ging, war er froh darüber, seine Marke abzugeben und nach Fallport zu kommen.

Drew war sich mehr als bewusst, dass er unnahbar war und außerhalb seines Teams nicht viele Freunde in der Stadt hatte. Es fiel ihm schwer, Vertrauen zu fassen, und sein früherer Job in der Strafverfolgung war auch nicht gerade hilfreich. Er bemühte sich, lockerer zu werden, aber es fiel ihm nicht so leicht, wie er es sich vorgestellt hatte.

Als er beschloss, dass er langsam mürrisch wurde und aus

seinem kleinen Haus herausmusste, ging Drew zur Tür hinaus. Ein Spaziergang würde ihm guttun. Es war noch früh genug, dass die Hitze und die Luftfeuchtigkeit noch nicht allzu schlimm waren. Er ging in Richtung Marktplatz und dachte über seine Freunde nach ... und wie glücklich sie mit ihren Frauen waren.

Lilly, Elsie und Bristol waren wirklich toll. Drew mochte sie sehr und war froh, dass seine Freunde Menschen gefunden hatten, mit denen sie ihr Leben verbringen konnten. Er war sich nicht sicher, ob er das für sich selbst wollte. Drew genoss es, allein zu sein. Er war nicht jemand, der lange Gespräche mochte, er sah nicht viel fern, er zog die Stille einer Menge äußerer Reize vor.

Vielleicht lag es daran, dass er ein Einzelkind war, dessen Eltern nicht viel Zeit für ihn gehabt hatten, als er klein war. Er war es gewohnt, sich selbst zu unterhalten. Vielleicht lag es auch an der Zeit, die er allein in seinem Streifenwagen verbracht hatte. Was auch immer der Grund sein mochte, Drew hatte kein Problem damit, allein zu sein, und nach fünfundvierzig Jahren ging er davon aus, dass das einfach sein Los im Leben war.

Wandern war etwas, das er für seinen Job beim Eagle Point Such- und Bergungsteam tat, aber er ging auch oft allein in die Wälder. Er kannte die Pfade rund um die Stadt wie seine Westentasche, weil er so viel Zeit auf ihnen verbracht hatte. Er fühlte sich freier, wenn er von der Natur umgeben war.

Der Spaziergang zum Stadtplatz dauerte nicht lange und Drew ging in Richtung *Sunny Side Up*. Er überlegte, ob er ins *Sweet Tooth* gehen sollte, um eine von Finleys köstlichen Backwaren zu holen, oder in das Restaurant, um ein richtiges Frühstück einzunehmen. Da er an diesem Tag noch nichts vorhatte, entschied er sich für ein richtiges Frühstück, um mehr Zeit totzuschlagen.

Kaum hatte er die Tür zum Restaurant geöffnet, rief Sandra ihm zur Begrüßung zu. Lächelnd nickte Drew ihr zu und ging

zu einem leeren Tisch an einer Seite des Restaurants. Obwohl
es noch früh war, war das Lokal schon recht gut besucht. Es
dauerte ein paar Minuten, bis Karen, eine der Kellnerinnen, an
seinen Tisch kam.

»Morgen, Süßer. Kaffee?«

»Ja bitte«, bat Drew eifrig.

Sie füllte eine Tasse und sagte: »Brauchst du noch etwas
Zeit? Oder weißt du schon, was du bestellen möchtest?«

»Kann ich zwei Spiegeleier, Rösti, Würstchen, ein Schäl-
chen Obst und ein großes Glas Orangensaft bekommen?«

»Aber natürlich. Wir sind ein bisschen im Verzug, weil Carl
einen Notfall in der Familie hatte und wir nur einen Koch
haben. Aber ich bringe dir gleich deinen O-Saft und das Obst,
damit du schon mal anfangen kannst.«

»Ist mit Carl alles in Ordnung?«, erkundigte sich Drew.

»Ja. Seine Frau ist schwanger und hat einige Schwierigkeiten, wie du vielleicht weißt. Anscheinend ist ihr Dreijähriger
heute Morgen mit Fieber aufgewacht, also bleibt er zu Hause
und kümmert sich um alle.«

Drew nickte. Er wusste über Carls Frau Bescheid. Doc
Snow hatte sie zur Bettruhe verdonnert und ihr gesagt, dass sie
sich schonen müsse, wenn sie ein gesundes Baby zur Welt
bringen wolle. Es war erstaunlich, wie viel in Kleinstädten
jeder über jeden wusste. »Kein Problem mit der Wartezeit. Ich
habe heute noch nichts vor.«

»Danke. Ich bringe dir gleich dein Getränk und das Obst«,
versicherte Karen ihm.

Im Sommer ging es in Fallport immer hoch her. Touristen
kamen in die Stadt, um auf den Pfaden in den Appalachen zu
wandern, und jetzt, da sich herumgesprochen hatte, dass dort
eine paranormale Dokumentation gedreht worden war – und
die erste Folge im Fernsehen ausgestrahlt worden war –,
kamen immer mehr Touristen in der Hoffnung, einen Blick auf
den schwer fassbaren Bigfoot zu erhaschen. Es würde nur noch

schlimmer werden, sobald die Bigfoot-Folgen tatsächlich ausgestrahlt worden waren.

Er nippte an seinem Kaffee und aß das Obst, das Karen ihm vorbeigebracht hatte, als die kleine Glocke über der Tür bimmelte und jemand hereinkam.

Drew blickte auf und konnte sich das unangenehme Gefühl in seiner Brust nicht erklären, als er sah, wer es war. Caryn Buckner.

Sie war Arts Enkelin, die in die Stadt gekommen war, um ihm zu helfen, wieder auf die Beine zu kommen, nachdem er niedergestochen worden war. Drew verstand nicht, warum sie ihm Unbehagen bereitete. Sie war ziemlich nett – damals im Krankenhaus war sie zwar etwas ruppig gewesen, als sie einander kennengelernt hatten, aber was das betraf, ließ er Nachsicht walten, da sie ziemlich unter Druck gestanden hatte – und jeder in der Stadt schien sie aufrichtig zu mögen.

Sie war ein paar Jahre jünger und war mit ihren knapp ein Meter achtzig etwa genauso groß wie er. Sie hatte kurzes blondes Haar und blaue Augen. Sie war nicht gerade übergewichtig, aber sie war definitiv kräftig gebaut. Muskulös und stark. Drew hatte gesehen, wie sie ihren Großvater ohne Hilfe hochgehoben hatte, als er in Roanoke im Krankenhauszimmer des älteren Mannes vorbeigeschaut hatte, während er dort Rocky und Bristol besuchte.

Das hatte ihn nicht abgetörnt. Ganz im Gegenteil. Drew hatte sich schon immer zu Frauen mit Caryns Statur hingezogen gefühlt. Gegen Bristol war nichts einzuwenden, aber da sie ziemlich klein war, fühlte Drew sich in ihrer Nähe wie ein Hüne.

Leider hatten er und Caryn keinen besonders guten Start hingelegt. Er wusste nur, dass er sich in ihrer Gegenwart unwohl fühlte, und offenbar beruhte das Gefühl auf Gegenseitigkeit.

Er beobachtete, wie alle sie begrüßten, als hätte sie ihr ganzes Leben in Fallport verbracht. Soweit Drew wusste, hatte die Frau einige Sommer hier verbracht, und das reichte offenbar aus, um wie eine Einheimische behandelt zu werden.

Sandra kam aus der Küche und umarmte sie herzlich. Er konnte hören, wie sich die beiden Frauen darüber unterhielten, dass Caryn dort war, um eine Mahlzeit für Art zu holen, der übel gelaunt war, weil er noch ein paar Wochen an sein Bett gefesselt war. Seine Freunde Silas und Otto verbrachten zwar die Nachmittage bei ihm und informierten ihn über den Klatsch und Tratsch, den er verpasste, weil er nicht wie üblich vor dem Postamt saß, aber er war trotzdem noch missmutig.

Drew war nicht verärgert darüber, dass er fast fünf Jahre lang versucht hatte, Fuß in der Stadt zu fassen, deren Gemeinde extrem eng zusammenhielt, und nun kam diese Frau zurück, nachdem sie jahrelang nicht hier gewesen war, und alle behandelten sie wie eine lang vermisste Tochter oder so. Angesichts dieses herzlichen Empfangs fragte er sich, warum sie so lange nicht in der Stadt gewesen war. Wenn er einen Ort gehabt hätte, an dem er vorbehaltlos aufgenommen und akzeptiert worden wäre, wäre er bestimmt dorthin gegangen, nachdem er aus dem Polizeidienst ausgeschieden war.

Ein lautes Geräusch zu seiner Linken erregte seine Aufmerksamkeit. Als er zu der Familie blickte, die ein paar Tische weiter saß, sah Drew, dass der Vater neben seinem Stuhl stand und panisch dreinschaute.

Er bewegte sich, ohne bewusst nachzudenken. Der Mann umklammerte mit den Händen seinen Hals, sodass es offensichtlich war, was mit ihm los war. Der Mann war am Ersticken, und alle saßen nur da und starrten ihn schockiert an.

Als er zu dem Mann kam, war Caryn bereits dicht hinter ihm.

»Ich mach das schon«, sagte er zu ihr.

Aber sie schüttelte ihn ab. »*Ich* mach das schon«, konterte sie, legte ihre Hände auf den Mann und zog ihn von dem Tisch weg, an dem er lehnte. Sie drehte ihn mit Leichtigkeit und schlang ihre Arme um seine Brust.

Drew beobachtete sie mit konzentriertem Stirnrunzeln. Er war in Erster Hilfe ausgebildet, das hatte er als Polizeibeamter des Bundesstaates Virginia immer sein müssen. Und seit er nach Fallport gezogen war, hatte sich seine Ausbildung auch in der Praxis als nützlich erwiesen. Aber es war mehr als offensichtlich, dass Caryn die Situation unter Kontrolle hatte.

Nach zwei kräftigen Stößen des Heimlich-Manövers flog ein Stück Essen aus dem Mund des Mannes und landete auf dem Boden. Caryn ließ ihre Arme sinken, behielt aber eine Hand auf seinem Arm, um ihn zu beruhigen.

Drew schob einen Stuhl hinter ihn und Caryn half ihm, sich zu setzen, indem sie ihm sanft und beruhigend sagte, dass alles gut werden würde.

Drew ärgerte sich zwar über die Frau und die Art und Weise, wie alle im Restaurant ihr gratulierten und dankten, weil sie so schnell gehandelt hatte – es war fast schon amüsant, wie alle praktischerweise nicht bemerkt hatten, dass er tatsächlich zuerst zu dem erstickenden Mann gekommen war –, aber er war nie ein Mensch gewesen, der sich nach dem Rampenlicht sehnte. Er überließ es gern Caryn, als er zurück zu seinem Tisch ging.

Als er sie jedoch dabei beobachtete, wie sie sich mit den Einheimischen unterhielt, merkte er, dass sie sich mit der Aufmerksamkeit, die ihr zuteilwurde, nicht wohlfühlte. Ihre Blicke trafen sich und für einen Moment sah er in ihrem Blick, wie unwohl sie sich fühlte, was ihn tief berührte. Er vermutete, dass er eine Seite der Frau sah, die sie nicht oft zeigte, eine Seite, die sie hinter einer sehr dicken Mauer versteckte.

Doch dann blinzelte sie und ein Schleier fiel über ihre Augen, und die Fassade aus Stärke, die er bereits zu sehen gewohnt war, war wieder da. Nachdem sie sich vergewissert hatte, dass es dem Mann wirklich gut ging, wich Caryn vom Tisch zurück, um der Familie etwas Privatsphäre zu geben, und ging auf Drew zu.

»Du hättest mich gern zur Seite gestoßen, nicht wahr?«, fragte sie Drew leise.

Er lachte überrascht. »Ja, irgendwie schon.«

»Gut, dass du es nicht getan hast. Ich hätte dich zu Boden gerissen«, erwiderte sie selbstbewusst.

»Meinst du, du könntest das?«

Sie musterte ihn von oben bis unten, dann sagte sie achselzuckend: »Davon bin ich fest *überzeugt*.«

Sie klang ziemlich eingebildet, aber Drew bewunderte ihr Selbstvertrauen. Als Antwort zog er nur eine Augenbraue hoch.

»Hast du eine Ausbildung?«, fragte sie und wies auf den Mann hinter ihr.

»In Erster Hilfe? Ja. Ich nehme an, da du bei der Feuerwehr bist, bist du zumindest Ersthelferin?«

»Rettungssanitäterin«, korrigierte sie.

Drew war beeindruckt. Nicht dass es wichtig gewesen wäre. Diese Frau wollte weg. Sie würde bald nach New York City zurückkehren. Wahrscheinlich hasste sie es, hier in dieser verschlafenen Kleinstadt zu sein. Offensichtlich hatte sie es nicht so sehr vermisst, dass sie in letzter Zeit zu Besuch gekommen wäre. Er fand es gut, dass sie hergekommen war, um sich um ihren Großvater zu kümmern, aber sie würde wahrscheinlich wieder weg sein, sobald es Art wieder gut ging.

»Wann reist du wieder ab?«, platzte er heraus und schämte sich sofort dafür, wie schrecklich seine Frage klang.

»Warum? Hast du es eilig, mich gehen zu sehen, damit du ungestört den Helden spielen kannst?«, fragte sie.

Wieder hob er die Augenbrauen und öffnete den Mund, um zu antworten, sich für seine unhöfliche Frage zu entschuldigen und ihre Anschuldigung zu bestreiten, aber Sandra unterbrach sie.

»Caryn! Das war unglaublich. Gut, dass du hier warst!« Die Besitzerin des Restaurants sah Drew an und sagte hastig: »Nicht dass du nicht auch hättest helfen können.« Sie zuckte entschuldigend mit den Schultern und drehte sich wieder zu Caryn um. »Deine Bestellung ist fertig, und sie geht aufs Haus.«

»Oh nein, geht sie nicht«, konterte sie. »Ich nehme keine kostenlose Mahlzeit von dir an.«

»Doch, das wirst du«, entgegnete Sandra.

Die beiden Frauen gingen zurück zum Eingang des Restaurants und zu der Tüte, die auf dem Tresen stand und auf Caryn wartete.

Im letzten Moment blieb sie stehen und drehte sich wieder zu Drew um. »Ich hätte das nicht sagen sollen. Es tut mir leid.«

Drew nickte einmal und nahm ihre Entschuldigung an. Er wollte keinen Streit mit der Frau, und es gefiel ihm sogar, dass sie sich nicht scheute, ihm die Stirn zu bieten. Ihm zu widersprechen. Ihm wurde klar, dass es lange her war, dass sich jemand so gegen ihn gewehrt hatte, abgesehen von seinen Teamkameraden.

In Caryn Buckner steckte viel mehr, und zum ersten Mal seit langer Zeit war Drews Neugierde geweckt.

Sie drehte sich wieder zu Sandra um und sie setzten ihren Weg zum Tresen fort. Drew setzte sich wieder hin, aber er wandte den Blick nicht von Caryn ab. Sie machte ihn neugierig.

Ihm wurde klar, dass sie seine Frage nicht beantwortet hatte. Er hatte keine Ahnung, wie lange sie in Fallport bleiben würde. Wahrscheinlich würde sie eher früher als später abreisen, da Art auf dem Weg der Besserung war.

In Anbetracht dessen war es lächerlich, herausfinden zu wollen, wie sie tickte ... aber der Wunsch war trotzdem da.

Es war Jahre her, dass Drew etwas für eine Frau empfunden hatte. Er war sich nicht sicher, ob es ihm gefiel. Gott sei Dank würde sie bald weg sein, und er konnte die Art und Weise vergessen, wie sie ihn mit einer Mischung aus Tadel, Neugierde und Verletzlichkeit ansah.

BÜCHER VON SUSAN STOKER

Das Bergungsteam vom Eagle Point
Ein Retter für Lilly
Ein Retter für Elsie
Ein Retter für Bristol
Ein Retter für Caryn (4 April)
Ein Retter für Finley
Ein Retter für Heather
Ein Retter für Khloe

Die SEALs von Hawaii:
Die Suche nach Elodie
Die Suche nach Lexie
Die Suche nach Kenna
Die Suche nach Monica
Die Suche nach Carly
Die Suche nach Ashlyn
Die Suche nach Jodelle

Die Zuflucht in den Bergen
Zuflucht für Alaska
Zuflucht für Henley (3 Jan 2023)

EIN RETTER FÜR BRISTOL

Zuflucht für Reese
Zuflucht für Cora
Zuflucht für Lara
Zuflucht für Maisy
Zuflucht für Ryleigh

Mountain Mercenaries:
Die Befreiung von Allye
Die Befreiung von Chloe
Die Befreiung von Morgan
Die Befreiung von Harlow
Die Befreiung von Everly
Die Befreiung von Zara
Die Befreiung von Raven

Ace Security Reihe:
Anspruch auf Grace
Anspruch auf Alexis
Anspruch auf Bailey
Anspruch auf Felicity
Anspruch auf Sarah

Die Delta Force Heroes:
Die Rettung von Rayne
Die Rettung von Emily
Die Rettung von Harley
Die Hochzeit von Emily
Die Rettung von Kassie
Die Rettung von Bryn
Die Rettung von Casey
Die Rettung von Wendy
Die Rettung von Sadie
Die Rettung von Mary
Die Rettung von Macie
Die Rettung von Annie

Delta Team Zwei

Ein Held für Gillian

Ein Held für Kinley

Ein Held für Aspen

Ein Held für Jayme

Ein Held für Riley

Ein Held für Devyn

Ein Held für Ember (1 Dez)

Ein Held für Sierra

SEALs of Protection:

Schutz für Caroline

Schutz für Alabama

Schutz für Fiona

Die Hochzeit von Caroline

Schutz für Summer

Schutz für Cheyenne

Schutz für Jessyka

Schutz für Julie

Schutz für Melody

Schutz für die Zukunft

Schutz für Kiera

Schutz für Alabamas Kinder

Schutz für Dakota

Eine Sammlung von Kurzgeschichten

Ein langer kurzer Augenblick

BIOGRAFIE

Susan Stoker ist die New York Times, USA Today und Wall Street Journal Bestsellerautorin der Buchreihen »Badge of Honor: Texas Heroes«, »SEAL of Protection«, »Die Delta Force Heroes« und einigen mehr. Stoker ist mit einem pensionierten Unteroffizier der US-Armee verheiratet und hat in ihrem Leben schon überall in den Vereinigten Staaten gelebt – von Missouri über Kalifornien bis hin zu Colorado. Zurzeit nennt sie die Region unter dem großen Himmel von Tennessee ihr Zuhause. Sie glaubt ganz und gar an Happy Ends und hat großen Spaß daran, Geschichten zu schreiben, in denen Romantik zu Liebe wird.

Besuchen Sie Susan im Netz!
www.stokeraces.com
facebook.com/authorsusanstoker
twitter.com/Susan_Stoker
bookbub.com/authors/susan-stoker
instagram.com/authorsusanstoker
Email: Susan@StokerAces.com